每個人心中都有一座島嶼，
藉文字呼息而靜謐，
Island，我們心靈的岸。

冒犯書

陳希我

你破壞了我的想像力……

——莫索克《穿裘皮大衣的維納斯》

引

這是一個可怕的世界。不管你是否承認。反正我是看到了。你會問，你看到了什麼？我告訴了你。但你仍會說：這不是真的，你怎麼就看到了？你病了。是吧，我病了，我是個不幸的人，因為我看到了你看不到（或者只是不願意看到）的世界。我的所有的不幸就是因為我看到了。生命的本質是骷髏。

但是你就真的幸運嗎？你，就像被抓了放在燉罐裡的田雞，水在加溫，你雖覺不妙，但還可以忍受，就忍受著，慵懶地；到了水熱了，開了，你想逃脫，但為時已晚，你已無能為力。最好的拯救倒是早早將你扎痛，讓你跳出來，活命。

但是這命就非要活嗎？老實說，我也猶疑。假如活得像心滿意足的豬，活得屈辱，為什麼偏要活？某種意義上說，敢於不活的人，要比非要活的人值得尊敬。因此我要冒犯你，我要引領你去看看，活是一種怎樣的景象。看看吧，雖然你忌諱，但我也相信，你也渴望看。其實你也想放棄自己，渴望被冒犯，渴望受虐。其實每個人都有受虐的潛意識，比如牙痛，明知道碰它會更痛，卻還是情不自禁用舌頭去頂它，那是一種對痛的確認。我們需要這種確認。甚至乾脆讓它更痛。在痛到不能再痛的時候，痛反而減輕了。

在最黑暗的底層，會有一種光。這光，是理想之光。我堅持我是個理想主義者。單憑我眼下在不知好歹地冒犯你們，就足以證明我是理想主義了。當然我不能強迫你也是理想主義者。我只是把這本書放你面前，它宛若一個中式深宅大院，每一章就是一進，一進比一進更深，一進比一進更可怕。在進入每一章前，我會問你：你想好了嗎？你可以選擇闔上。如果你要打開，那就不是我的錯了。

目錄

您想好了嗎？
您可以選擇闔上。
您確定要打開嗎？

一章　曬月亮

1

電話響時老婆在廚房。老婆叫，你去接一接。我就去接。原來是我高中同學。大奶在不在？他們劈頭就說。

操，我說。

喔，不是大奶，是二奶呀。他們哈哈笑了起來。

我慌忙瞥了瞥廚房。老婆正把鍋碗弄得哐哐響。你電話沒免提吧？那邊又問。有話就說有屁就放！我喝。他們就又笑。那好，我們就只管說，出了問題，睡沙發跪搓衣板，可不怨我們。他們說。

他們是約我去溫泉山莊的。同學會。可別把家屬帶來喲！他們最後說，語氣詭祕。

老婆從廚房出來，攤著手。她的手上洗潔精閃閃發光。誰呀？

還不是那幫同學？我說，閒膩啦！閒的人那麼閒，忙的人這樣忙！這些年我越來越會強調自己忙，早出晚歸，忙；老婆要睡了我還不睡，忙；家裡有事不能請假，忙！老婆笑了。去哪裡？

蘇北。

蘇北是經濟不發達地區，根本不會讓人聯想到度假村。孩子從裡間蹦出來。爸爸我也要去！

不行！

不嘛，人家要去嘛！

不能去就是不能去！我忽然火了。啪！一個巴掌就甩在孩子臉上。兒子哇哇大哭了起來。我也不知道自己怎麼發這麼大的火，從來沒有過。第二天一早，我就帶著一套換洗的衣服走了。走前特地去孩子房間親他一下。孩子睡得正香，胖嘟嘟的臉，跟我小時候一個模樣，也不專心讀書。我沒跟老婆告別，蹩身出了家門。好像去私奔。到溫泉山莊時已經天將黑。大家早已等在那裡。一見那陣勢，我心就更慌得厲害。小小一幢別墅，三對人。所謂對，都是當年鬧的。我們有次爬上學校後山頂，那是個月亮非常圓、離我們非常近的晚上。不知誰說，我們一齊說出自己最喜歡班上哪個女同學，不說的是小狗！就全說了。不料第二天就被傳了出去，後來竟真成對了。我的那半對就坐在單人沙發上。她長大了。

我們最終是吵翻了分手的。她是不是還恨著我？她衝我一笑。她沒有記仇。

大家衝我唱起了「遲到」。我賊模賊樣地笑了起來，忽然感受到惡作劇的快活。唉，還他媽什麼遲到啊！一個說，都是一九——年的老黃曆了！

喔，已經是二〇——年了！在不久的將來許多表格出生年月欄上，都會預印出二〇——年的字樣，我們必須把二〇槓掉，添上一九。已經不是我們的時代了。年輕人問我們年齡，會很自然地問：二〇——年生的？我們就只能像弱小的稀有動物一樣小聲說：一九……是一九……他們就會像我們瞧見祖父輩登記表上的一八一樣稀奇，喔，一九——年，不是二〇——年的呀！

二〇——年了，你變了沒有？

變了！變白了。

是沒有曬月亮的緣故哇！

會心笑了。曬月亮，那是一個關鍵字，現在已跟當年許多詞，諸如拔草，一起廢掉了。現在小年輕談戀愛，已不需要躲在密樹草叢裡，他們有很多地方可去。可當年卻不敢。這一對，一直停留在目光交流階段，直到畢業，直到各自結婚。那一對呢？有一次企圖利用女方父母不在家的機會，在女方家約會。父母剛走，男的就從窗戶跳進來，不料那父親折回來拿菸，羞得他們險些雙雙自縊。而你自己，則是天天晚上跑到學校晚自修。就因為學校裡有個她。她是寄宿生。你的鋼筆總是會突然沒水了，苦惱地四處張望。而且，離你最近的也總是只有她。於是，你就只得向她要。而她筆膽裡的鋼筆水總是剛好也沒了，只得到她宿舍拿。你們端著褪下外殼露出筆膽的鋼筆，走出教室。你們不敢一起走，一前一後。直到沒有人的地方拉近距離。喂！你說。喂！她也說。你們總是叫對方喂。然後談了起來。

當年你們都談些什麼？記不得了。只記得總在發牢騷。你們抗拒老師拖課。有一次，差三分鐘就要下課了，語文老師還要大家朗讀一遍課文，〈馮婉貞〉。你們抗議起來：來不及啦，來不及！怎麼來不及？老師說，還有五分鐘才下課！三分鐘！你們叫。三分鐘就三分鐘，老師說，來得及！

你們仍叫：來不及！你們要念，第一段早就念完了，老師說，你們是自己拖拖拉拉，自己讓自己念不完，來，念，馮婉貞……叮鈴鈴……喔——下課囉！

其實當時還是很快活。四化簡直一蹴而就，只是我們偏不願意。我們故意在那門檻外吊兒郎當，就像每次上課鈴響都要由老師把我們趕進教室一樣。

問題就在於你們不拚搏！老師總是說：拚搏，從上到下，從報紙到老師到父母，都這樣堅信著。如今我們都拚搏過來了，七混八混，在這個社會上多少占了點利益份額（我成了高級工程師），個個衣冠楚楚，從頭到腳的名牌，就連內褲也是三槍的。可那裡卻滿是臊味。進了桑拿房，抖浴巾的動作都猥瑣不堪。早已不是能夠穿著普藍色球褲到處跑的年齡了。那時穿廉價布料做的奇裝異服，哼「一無所有」。那首歌叫什麼來著？站在櫥窗猶豫大半天，摸摸口袋沒有多少錢。我們用上帝特許給我們的柔韌肢體跳太空舞，可現在這軀體卻稀稀拉拉腆著大肚腩。那時個個精瘦得肋骨畢現，女孩乳房小小。當我第一次瞧見她小小的處女乳，還微微有點失望。她現在是不是也已有了一對躊躇滿志的大乳了？開宴了。那時愛喝酒卻其實不勝酒力，老是喝醉，現在卻想醉也醉不了。全都醉不了，於是這場聚會更像是一場假性遊戲，扮演回到前生。你瞧他們成雙成對牽起手來了，好像已經是幾十年的夫妻。不，比夫妻還更親。我們全都沒有成為夫妻，一對也沒成。高中一畢業就作鳥獸散了。十幾年啦！喝！咱們老夫老妻喝交杯酒呀！你怎麼怕我口水了？想當年親吻都不怕……女的就追呀，打呀。我微笑著。我瞧見她也微笑著。我們都沒有說，沒有做。我們無聲地吃著。她還是那樣子，矜持，文靜，即使內心瘋狂。諸位，聽說過一段行酒令故事沒有？一個說——

—

說是有一對新人舉行婚禮，家庭背景顯赫，來客眾多，各行各業。婚宴上，主持人建議行酒令。眾來客立即山呼海應，現代的人不管墨水多少，誰不能侃出幾套？但主持人要求酒令必須和自身有聯繫，這就為難了眾者。官員這一桌的人都眼巴巴地瞧著官員，官員倒也爽快：好，我先來：筷子尖尖，盤子圓圓，我去過的飯店有千千萬，我吃過的酒樓有萬萬千，我掏了一分錢沒有？沒有！

眾人一聽，齊聲叫好。祕書就坐在官員旁邊，他想，這點小問題根本不在巨筆話下。筆桿尖尖，筆頭圓圓，我寫過的文章有千千萬，我發表過的文章有萬萬千，有一句實話沒有？沒有！

領導帶了頭，群眾爭上游，一個曾經進過局子的小偷也不含糊：萬能鑰匙尖尖，保險櫃的鎖頭圓圓，我偷過的經理有千千萬，我偷過的官員有萬萬千，有一個報案的沒有？沒有！

一個大款心想小偷真是雕蟲小技。金條尖尖，金錶圓圓，我承包的工程有千千萬，偽劣工程有萬萬千，有追究我責任的沒有？沒有！

林業局的也含笑來了一首：鋸齒尖尖，滾木圓圓，我砍的樹有千千萬，我賣過的木材有萬萬千，我栽過一棵樹沒有？沒有！

水利局的有點不好意思。

石頭尖尖，浪頭圓圓，我修過的大壩有千千萬，不頂用的大壩有萬萬千，大壩裡放了鋼筋沒有？沒有！

主持人發現一位德高望重的老教授什麼也沒說，就鼓動老教授也來一段，推辭不過，老教授就說了一段：A尖尖，O圓圓，我教過的學生有千千萬，我培養的高才生有萬萬千，有一個留在國內的沒有？沒有！

一個推銷員再也沈不住氣了，他走南闖北，對酒令頗感興趣。頭髮尖尖，腦袋圓圓，我去過的髮廊有千千萬，我見過的髮廊女有萬萬千，有一個會剃頭的沒有？沒有！

主持人心想，就你這也叫作酒令啊，還是看我的吧！新郎的手指頭尖尖，新娘的小嘴圓圓，我主持的婚禮有千千萬，我見過的新娘有萬萬千，有一個新婚之夜叫痛的沒有？沒有！

哇哈哈哈……大笑了。有一個新婚之夜叫痛的沒有？沒有！真是絕了。天才！新婚之夜我老婆也沒叫痛。她很歡愉地兜著我的背，配合著我，一下一下。我沒有問我是不是她的初戀。這是個愚蠢的問題。我好好過著好日子，我給她盡丈夫的職責，然後在她睡著後我自己再過一次，手淫。我始終沒有戒掉這習慣。這是我的平生最愜意也最失落的事。我想著她。

她在痛，在掙扎，在求饒……就是面前的這個女人。有一個叫痛的沒有？沒有……他媽的！

……你兇狠剝著又厚又滑的風雪衣，那個身體就在風雪衣裡的毛衣裡的胸罩和內褲裡，駭然出現了，魔鬼一樣白。你簡直不能把它看作自己的同類。那小肚下面，像被擤掉的鼻涕一樣什麼也沒有。那晚月光很亮。還是那麼亮。起初，你們談著談著，她忽然告訴你她爸已將她許人了，一個副區長的兒子。你憤怒了，好像她本已跟你定下了終身，本來還沒點破的關係被點破了。你罵這是買賣婚姻，罵她是商品。可罵又有什麼用？你是什麼？你什麼都不是。你絕望。最後，你對她動手了。

她沒有抗拒，躺在水泥地上。水泥地冰冷。那是一個冬夜，沒有一個人。正是你下手的好時機。好像你早已蓄謀。你竭力告訴自己根本就不曾愛過她。你野蠻壓她，揉她。她順從著，像個臣服的罪犯。你吻她，她就張嘴，讓你吻。你咬她的舌頭，她也沒把舌頭縮回去。這反讓你不滿足，你去掰她的腿。她意識到了什麼，猛地一抖，反抗了起來。可是她沒有叫，只是躲閃著，掙扎著。這讓你更覺得自己理直氣壯。我要懲罰你！我要懲罰你！她越害怕，越抗拒，你越要幹！你要強姦！強姦，這詞讓你快意。你感受著她的腿在你身下像青蛙一樣顫抖。可是，你卻怎麼也瞄不準那個洞口。

突然，你發覺一隻手在引導著你。你瞧她，可她面無表情，好像那並不是她的手。她的臉死一樣白，沒有光澤，好像只是一張畫皮。你嚇得跳了起來。可那隻手卻緊緊逮住你，好像是在報復你。她眼睛忽然變得賊亮，堅定，絕望，讓你不敢看。進去吧！她迸出一句。這句話讓你害怕。你不知道她在想什麼。你不敢。可是那手兇狠地抓著你。你恐懼。你的下面已沒有了感覺，只覺得包皮被扯得發疼。她死死纏住你，像可怕的女鬼。你簡直後悔自己剛才的衝動。你拚命掙扎。她咻咻哭了起來。

我給你，給你！讓我死！我們一塊死！我們一起去死吧！……她說。

2

後來，我們倆全哭了。

現在已經沒有人會把處女膜跟死聯繫在一起了。已有了處女膜修復技術。即使一個妓女，只要她願意，花上不算太多的錢，就可以照樣變成黃花閨女。雖然那時我們喜歡大逆不道的東西，可當聽說美國女孩居然以處女為羞恥，還是驚訝得怪笑起來。我們記得一部國產電影中的鏡頭：新婚之夜，一個土炕，一塊白布。我們害怕那塊白布。

她最後說：等我三天……

你好像沒明白她的意思。

她說，三天後的星期天晚上，他會約她出去。

你似乎更不明白了。只覺得一隻毛毛蟲趴在脊梁上，冰涼涼的。你沒有回答。接下來幾天你甚至都不敢想她了。你不敢去想那晚上的事，她對你說的話。她變得可怕，像妓女。（不知道現在年輕人，是否會把一個為你付出貞操的女孩看作妓女？）

你們的關係因你而起。她很漂亮，曾參加學生模特兒比賽。你追她，死纏硬磨，遞紙條，找藉口跟她說話，什麼伎倆都用上了。你甚至在公眾的場合把紙條遞給她，把她臉都嚇綠了。不接吧，那樣她將更無法收場。她接下了，團在手心裡。這就更給了你纏她的藉口。她背上總有一橫兩豎，像倒放的條凳，那是她胸罩背帶。她坐在你的前桌。你癡癡瞧著那倒放的條凳從她的襯衣透出來，還有那微微突起的搭扣，有時那背帶還打旋了。有時候沒有背帶，只是圍胸一抹。你不知道還有這樣的胸罩，怎麼不會滑下來？你對女孩子的東西很不了解。你一直以為那洞是衝著前面的，所以你跟她面對面站著時，總覺得有種吸力，你搖搖欲墜，把握不住，一不小心就會被吸進去。你聽說女孩子的身體是帶電的。你也帶著電。你的慾望像一團熱氣，空洞而灼熱。其實即使把她給你，你也未必摸得了要道，也只能稀裡糊塗洩在外面。可你還是會很滿足。

她原先並沒有說要嫁給你。你也沒有提出要她嫁你。你們甚至沒有說到愛字。羞於說。可現在說出這樣話的她，還值得你愛嗎？如果被人家破了處女膜，她還是她嗎？即使你得以進入她，你是得到她嗎？拋棄尊嚴的得到，是得到嗎？你不知道。你感覺自己處在夾縫中，簡直要被夾死。

她卻跟你更黏乎了。好像經過那一場，你們間已沒有了隔閡。她當著大家的面叫你，給你撣背上的土灰。你躲著她，可是你也沒有去阻止她的計畫，只是放任她，近乎卑劣。你暗暗數著日子，三天……星期五，星期六，星期天……星期天要怎麼樣了？會發生什麼事？她要做什麼？不知道。我不知道。我什麼也不知道。我只是數著日期。星期天！

星期一你沒有去上學，你裝病在家休了一天。第二天你去了，她仍然叫住了你。

她告訴你，星期天晚上他們去看了電影，可是什麼也沒發生。

什麼也沒發生！你豁然輕鬆下來。一切如故！你甚至感激地將她抱了起來，好像抱著一個失而復得的東西。你簡直都要流淚了。

她說，他們看電影，他的手始終放在自己膝蓋上，直到銀幕上映出大大的完字。動也沒動。有一刻他動了，卻是把手伸到自己衣袋裡掏手帕，擤鼻涕。你咯咯笑了起來。他還用手帕？擤鼻涕！你挖苦。唔，那手帕還摺得方方整整的呢！她也撇嘴附和你。他們那樣家庭的孩子，總有著種種可笑的地方。面皮白白，還說著普通話，就是學幾句當地罵人的話，也腔調可笑極了。不敢爬樹，不敢打架，什麼也不敢。你們大肆嘲笑他。你說說不定他就經常流鼻涕呢，說不定他每次出門前，他媽還要叮嚀過馬路要小心呢。嘲笑他，幾乎成了你們談話的全部內容。你作賤著他，用最惡毒的話，最離奇的想像。你把他想像成愚蠢的小財主。不論你怎樣說，她都附和，還給你提供例證。你說他也許現在還讓他媽餵飯呢，她就說，對對對，他家就有這麼一個圍兜，掛在廚房牆上，我看到過的。說不定他還在吃奶！你說。你表演他哼哼尋他媽乳頭的樣子，她就笑得滾到你懷裡：哎喲，笑死我啦，饒了我吧！

這麼說，這小子也沒鬍子囉你又說。

就像太監！她也說。

不過，當太監也省得麻煩嘛！你簡直得意地摸著自己的鬍子。其實你並沒什麼鬍子，不過是嘴上長點茸毛。你總是嫌自己嘴上的毛太軟，鬍子未能爬滿腮頰。聽說刮了鬍子才能長得粗，長得硬，長得茂盛。你開始偷父親的剃鬚刀，刮鬍子。刀刃殘酷逼人，可你不在乎。你只是擔心刮了，鬍子從此不再長。可是你又想，不如冒個險，即使去死。你刮。你感到臉頰火辣辣的。你從鏡子裡看到自己臉上有血。你沒有退縮，你對自己說男子漢就是在這樣殘酷中練成的，我禁得起。只是你怕被她看出破綻：你在製造鬍子。你記起父親刮鬍子時，總是把手放肥皂上，蹭兩下，再抹在臉上。你也用肥皂抹，傷口扎心地疼。誰像你這樣呀！大鬍子，土匪一樣！她罵你。

土匪就土匪！你應，我就是土匪！

你喜歡被她這麼叫。土匪這個詞比英雄還要讓你喜歡。英雄是正面的，土匪是反面的，反面的更有力量。反面的更讓你心安理得，反面的黑暗能夠掩蓋你的虛弱。

那你就是我的壓寨夫人！你又說，說！他跟你約會，都說些什麼？

沒說什麼。她應。

不可能！你們談戀愛怎麼可能不說？

誰跟他談戀愛啦？她叫了起來。

那你跟誰談戀愛？

我不跟誰談戀愛！她說，乜了你一眼。你就一把將她抓住，捏她。她就哇哇大叫起來。戀愛的名分好像變得重要了起來。你們開始雙雙在公眾場合走。在學校不敢，你們就到街上去。你們牽著手，買冰棒一塊吃，你一口，她一口。路上人投來驚訝的目光，你們不在乎。你們讓自己感覺你們在熱戀，有那麼點癡，不經世故，還那麼點走火入魔。只有這樣你們才心安。有一次，也不知誰帶的頭，你們居然向他的家，區委宿舍走去。那門口還有看門的。

那看門狗在看報紙，瞧見你們，就攔出來。幹什麼！

找人！你說。

找什麼人！對方不信。你感到受了羞辱，真想撲過去擰下他的狗頭。突然，一旁的她報出了他的名字。你很吃驚。

什麼？可是對方仍問。她更大聲說了一遍，還說出他爸，那個副區長。你瞧見她面不改色，你很感激。你也說了遍那副區長的名字。對方猶疑地盯你們半晌，終於進傳達室打電話了。他在拿話筒。他在撥號。他的身影在玻璃窗上恍恍惚惚。你忽然有點慌張了，覺得馬上就會有人衝出來，從那宿舍區哪個拐角，或他爸，或他媽，官太太，甚至是武警，把你們抓進去。你慌忙瞥了瞥她。可她卻衝你無所謂笑了笑，死心塌地得像個女地下黨。女人真是奇怪的東西。你也朝她笑了笑，把手插在褲兜裡，腿抖了起來，還吹起了口哨。哼的什麼調，你自己也不知道。倒好像打氣筒在打氣，又噓噓漏著氣。你們撐著，誰也不逃。時間一秒一秒過去了。看吧，他就要出來了！你們好像在彼此說。簡直在煎熬。當那門衛再次出來時，你覺得自己都已經死了。

不在！門衛說。

居然不在！

一個人都不在？你問。

都不在！對方說，不耐煩地。

他媽的躲到哪裡去啦！你忽然罵了起來。那門衛沒有理睬你，就回傳達室了。你衝過去：你他媽到底有沒有給我打電話！

你小子嘴巴給我放乾淨點！他火了。老子就是不乾淨，怎麼樣？他噌地就要衝了出來。出來吧！出來吧！老子就是罵！有本事就出來！

他真的衝了出來，抓住了你的領子。你就跟他打了起來。來吧，來吧！老子不怕你！你叫。你想揍他，可他卻閃在你的身後，牢牢揪住你的後領。他反而抽出一隻手抽你一個嘴巴。你覺得嘴上什麼東西流了出來。她尖叫一聲猛撲上來，像一隻母猴，又嚎又跳。她把尖尖的手指甲扎進他的手背肉裡。他哇地大叫一聲，鬆了手。你就趁勢反揪住他，開拳就揍。看你怎麼樣！看你怎麼樣！你感覺揍的不是門衛，而是他。你們全來吧！老子不怕你們！你大聲宣揚，簡直驕傲地。

3

過後你們也捏了一把冷汗，奇怪自己當時怎麼那麼大膽。經過了這一場，你們平靜了，好像大哭過一場，擤著鼻子，空氣淒淒的。她用唾液為你洗傷口，又到醫務室騙來紅藥水。她用紅藥水把你塗得小丑一般，你就罵，就追，就打。你朝她喊：快快滾到你老公那邊去！你故意提起他，把他稱作她老公。這樣說時，你有一種殘忍的滿足。你以為我不敢去呀？她也反擊，這就去！還煞有介事噔噔走兩步。我成功了也不告訴你！她說。究竟成功指什麼？她沒說，你也不捅明。你們都在打哈哈。你們老開著這樣的玩笑，一會兒說成功了怎樣怎樣，一會兒又打賭你不會成功，一會兒又發誓我一定要成功！成功……可是他只會約你看電影！你說。他總是約她看電影。看電影時，他總是自始至終把手放在自己的膝蓋上，專心看電影。簡直是傻子。你不知道他是傻子，對你是件值得欣慰的事呢，還是可恨；是讓你苟延殘喘，還是一個障礙。學校操場邊有塊草地，你們窩在那裡，就像老夫老妻窩在被褥上。已經是冬天。你嗅得到她紅色風雪衣裡的珍珠霜味道。你揪著草，嚼著草根。你們在密謀。我們要破壞他看電影！

知道怎樣才能不讓他看電影嗎？你說。你賣關子。來點陰謀啦！她說。陰謀！這詞讓你們興奮得發抖。我們在耍陰謀。陰謀這詞讓人想起篡黨奪權，整人，殺人滅口，那些巨大的罪惡。陰謀這概念蓋住了你們卑微的心理。對啦！你不會說你不能看電影，一看就頭暈？你說。

對呀！她叫。於是，看完電影出來，她就故意按太陽穴，做出要嘔吐的模樣。怎麼了？他問。頭暈！她說，我一看電影就頭暈。他果然信了。他去買後排的座位。他說這樣就不會頭暈了。她就說，後排也頭暈，坐得再後也頭暈。那，我們去逛商店吧！他說。

商店有什麼好逛的？又沒東西好買！她應。

那……我們去散步。

散步幹什麼呀！腳走得瘦死了！她說，再說，滿街都是人的……你盡出餿主意！

對不起……他說。

他居然說對不起！她回來一說，你們哈哈大笑起來。讓你說對不起！讓你說對不起！你手舞樹枝，抽打樹幹，喊，說！對不起！說！就抽就打。兇狠地打它。啪啪！你彷彿聽到了他的求饒聲。可他好像並不明白你為什麼打他，仍然說對不起！這樣的傻子！就因為他有一個當官的爸，當雞巴區長的爸！你小子何能何德能夠得到她？一個傻子！太監！連鬍子都不會長！你恍惚覺得自己是個巨人，威武強壯，毛髮旺盛，巍然淩駕在那小子之上。你打，啪啪！

你的下面昂揚起來，像一桿槍。你一把將她抱了起來。你把她馱在肩上。她在你肩上軟塌塌的，好像電影「紅高粱」裡的鞏俐，你就是那個土匪頭姜文。她的手垂下來，輕輕捶打著你的腰。你馱著她翻過學校圍牆。你們學校後面是座山。上去，再上去……那裡有最安全的地方。那晚的月光像水，月光瀉下樹縫，黑影稀疏。你把她放下。月光照著你們的臉。你們彼此明白，這裡還是不行。好像你們要有什麼大動作。你們又牽著手，往裡走，走進深處。樹越來越密，路越來越崎嶇，你看不見她，她看不見你。只有你的手，她的手。她的手很小。神祕。這可真是個好地方。這樣的好地方怎麼就沒有人佔領？說不定已經被人佔領了。說不定你一腳就會踩出人頭來。你們下腳輕了，小心翼翼。

可是沒有。沒有人。真是天賜給你們的好地方。

也許上帝也知道你們要幹什麼。可是被上帝看著，你們也羞。你們往更深處走。突然你一個趔趄，她輕叫：小心呀！別跌著。你爭辯：誰會跌了？是嚇唬嚇唬你呢！呀，你欺負人家！她就叫，撒嬌地，抓你，打你。你得意叫道：欺負你又怎樣！現在就是欺負死你也沒人救你了！沒有人會來，沒有人會看得見，沒有人……

所以你就要怎麼欺負就怎麼欺負了？她說。當然囉！你一把將她放倒，我要怎麼樣就怎麼樣！萬事俱備。你氣喘吁吁，疲憊不堪。越是疲憊你越亢奮。你衝鋒！可是你突然被彈回來。你不能。

再沒有人看見，也不行。就是上帝矇上眼睛也不行。你的槍沒有用武之處。你汗流浹背。你驀然感覺出去的路好漫長。為什麼要進這麼幽深的地方？這麼辛苦有什麼意義？你們一直只能擁抱，撫摸對方的身體。她身上的痣你能數得一個不漏，七加X。那X是一顆痣不像痣、胎記不像胎記的東西，就在那個洞的口上。可是那個洞，你就是不敢進去。

有時你會僥倖地想，或許進去，不會把那個膜弄破。可以進得淺一點。可是到底怎樣才算淺，你拿不準。你去窺探，可你看不見。你在一個父親當醫生的同學家裡偷偷看了一本醫學的書，也不甚了了。你又想，如果只放在口上，不會有事吧？可她說，這很難說，保不準就會滑進去……

有時你會想，說不定她早已沒有了處女膜。書上不是說劇烈運動、從自行車上摔下來，就可以導致處女膜破裂嗎？天知道是怎麼破了的！可是這樣想，又覺得自己很自私，很對不起她。

有時候你會大笑一聲：哎，管他個鳥呢！他不是個傻子嗎？又知道什麼？可是你又不敢肯定他就是個傻子。

有時候她會沒了耐心。

那麼傻的傢伙，簡直沒辦法！她絕望地叫。有一次她突然暴躁起來，向你喊：我不去了！再也不去啦！你就怪她嬌氣，不懂事，這樣你們怎麼能成功？女孩子真是沒有用！她哭了。她說她再也不會不懂事了，我們要成功！你們的成功，其實就是讓他搞了她，就是把她當祭品，獻出去。她為什麼要當祭品？因為她愛你。你為什麼非要做？非要進入？因為只有進入才能完全體現你的愛。我們的愛有多深？這麼深！為了愛，你們去蒙受恥辱，千方百計讓自己蒙受屈辱。你轉到廁所，在洗手台鏡子裡照自己的臉。你突然狠抽自己一個耳光。你決定，親自出馬。

你在電影院門口等他們。他和她來了，可是你沒有瞧見他的臉。也不知道為什麼你偏偏瞧不見他的臉了。你本來極想瞧瞧他的，看看他的傻臉，沒有鬍子，光溜溜像大白豬。可是你偏偏沒能瞧清他。你只知道他塊頭還算不小。（傻大個！）你瞧見他向售票處走去，他要去買票。你撿起一塊小石子。你要阻止他買成電影票！你要把他們趕進公園！

你扔出小石子，扔在他前面。可是他稍微一閃，又向前去了。他的步伐一如既往。他買了票，抓在手裡。你又撿起一顆石子，扔在他前面。他抬頭。你仍然沒有瞧見他的臉，像水粉畫中遠景人物的臉，沒有五官。

那沒五官的人又在給她買零食。他指著什麼，她搖頭。又指別的，又搖頭。她就是不吃他的東西。你又撿起一顆石頭，是卵石。你沒有想這石頭會不會砸出人命。你只想奮力扔出去。他開步走了。她沒走，一定是想給你留個時機。你團了團那卵石，還沒扔，他忽然回頭叫她。她只得跟了上去。你把卵石放下了。他們走進了剪票口。他有個順溜溜拉著的背，股部很富態，像女人。他們眼看要進去了。你心頭一緊，又掄起手臂。但你又遲疑了。假如傷到她，怎麼辦？

她被他擄進了電影院。她回過頭來，目光幽怨。

你猛地想到去買票。買張票，也進去！可你發現自己兜裡沒有錢。

你在電影院外面焦急地亂轉，像一隻急得跳牆的狗。你把那卵石揣在口袋，攀著電影院廁所的花格磚牆，翻了進去。

電影院裡靜悄悄。沒有燈。你不知道他們在哪裡。到處都是一對一對。只有你一個人，孤零零，像孤魂野鬼，遊蕩著。沒有人理睬你，沒有人知道你要幹什麼。你走啊，走啊。電影院像深不可測的海。你聽見邊上有對戀人在分吃著東西，男的塞女的嘴裡。酸！女的說。真的？男的緊張問。騙你，甜死了！女的吃吃地笑了。你忽然想到她也許也在吃著他的東西，雖然今天他沒有買，但保不住他一直沒有買。她不能不吃。她的嘴裡不能不濡上他手的氣味。膩甜？

好幾天，你都不吃她給你的零食。你甚至因此對她沒有了慾望。你覺得是跟他共用一個牙杯。我很累。你說。

你多麼羨慕那些戀人，可以一起看電影，明目張膽。可以為所欲為，還可以到對方單位（他們總是有工作，有可以自己支配的錢）找對方，甚至，不，完全可以到對方家去，管對方的爸叫爸，管對方媽叫媽。然後，結婚，然後理直氣壯把自己的房門關上，理直氣壯地把那個處女膜捅破了，還讓女方腆起了肚子，生出孩子來。沒有人說他們不應該，沒有人找他們算帳，人們還為他們祝賀，好像他們理所當然可以這樣，要流氓？為什麼結婚了，就可以理所當然地要流氓？即使沒有愛，即使她根本不愛他。你真羨慕他們可以要流氓。

可是，我不羨慕他。

我絕不羨慕他！

4

他們那種家庭，一切總是那麼可笑。他們裝飯的碗小小的，她說那是存心不讓人吃飽，說是吃完了再裝，可誰好意思一再裝（好像她飯量很大似的）？

他們的吃飯程序繁瑣，每人面前放一個空小碗，那是用來自己裝湯的。桌子中間放著一碗湯，上面還擱著一個大瓢，湯必須用這大瓢舀到自己小碗裡，然後再用自己的調羹舀進自己嘴裡。他們說是這樣衛生。不過這樣也有好處，可以避免她沾上他的唾液。

你竭力攻擊他們家的可笑之處。與其是不屑，毋寧是妒忌。你家很窮，你的父母都下崗了。你們飯桌上的東西總是很簡單，根本沒什麼好折騰的。你們家在舊棚屋區，破破爛爛。你捫心自問：你忍心讓你愛的人住這樣的房子，跟你過這樣的生活嗎？

她最初就反抗她父親的安排。我不喜歡！她說。

什麼是喜歡？她父親說。有錢就會喜歡起來。

那時候大家都很窮，總以為有錢了，一切都會好起來。

我不喜歡！她仍然說。你喜歡的，能給你飯吃？她父親說，喜歡能當飯吃？我喜歡有錢，錢能跑到我錢包裡嗎？還賠得褲子都沒穿了！

她父親是做生意的，是那時代早期做生意的一批人，轉賣化工材料。可是他賠了，債主追在屁股後面。如果我能像當官的那樣，利用雙軌制搞倒賣，我能到今天這地步？她父親說。我就是不喜歡！可是她堅持說。她從來沒有這樣。她一直是乖乖女。

她父親驚愕地瞪著她。你，該不會有人了吧？他說。沒有。她趕忙否認。沒有？我可告訴你，你要弄出怎樣來，我打死你！她父親說。誰要二鍋頭？我就是不打死你，你自己也沒臉活！你只能去死！

去死就去死！她說。

她真的想到了死。所以她那晚叫喊著死。即使不為了找個好婆家，也要被道德審判。那時代，金錢觀放開了，道德秩序還守著。道德和金錢共同鑄成了十字架。你們畏懼它，甚至，你們還相信著它。

你明白她不屬於你。當她的身體擺在你面前，你明白那只是個擺設。她是那麼漂亮，身材那麼好，她是個模特兒。這身材擺什麼樣的姿勢都很美。你發明了好多姿勢。能想像出的都演習過了。你們探索敏感區，快感點，你們摸索出了後來才知道的G點。你技巧圓熟。後來你成了工程師，你總會想起當年技術的高超，你甚至想到也許自己天生就有這素質。天生不是將才。她離你很近，又很遠。有時你簡直是在玩弄她。你折磨她，蹂躪她，咬她，你變得瘋狂了。她毫不反抗，她總是竭力想奉獻得多一些，再多一些。她什麼姿勢都願意做，但這並不能撫慰你。那是假性的，沒有實質性，一種將就，一種閹割。你們的熱情被折騰得七零八落。她負罪地細細拭擦著你洩出的東西，流了淚。最後你們懊喪地癱倒在地上，望著抹得一團黑的天空，暗淡，冷。你憤怒了，不管三七二十一進去算了！你真的發起了衝鋒，可是到了那個口上，還是畏縮不前。

他仍然只帶她看電影，哪裡也不去。沒有去公園。

春來了。那是別人的。雨季，清明。植樹節，全國在植樹。忽然有一次，他提到了公園！他說，在某個公園有他們植的樹。咱們什麼時候去看看？她猛地一跳，他居然自己提出來。她竟心虛了，疑心他是在刺探。

哎呀，你說什麼呀！她說，去公園，人家還以為幹什麼！

回來後才後悔了。她恨自己怎麼就那麼膽小？只能再等機會了。可是他不提公園了。有一次他好像又提起，可他又馬上打住了。你剛才說什麼？她只得追問。沒有。他說。

有一天，他忽然說到了他家。他說他家人白天都去上班。這就是在引誘你到他家去呀，我的上帝啊！你對她說。胡說！人家又沒說要去他家。她說。

這還用說？你說，男的全這樣！你又不知道男的。你居然現身說法了。其實，去公園又哪裡有在家方便？

你停住了。什麼叫方便？方便什麼？你不敢捅明。可他再沒有提去他家。船過水無痕。

有一天，她索性對他說：我要去你家！她也不知道自己怎麼突然迸出口來了。一同看完電影出來，並排站在電影院門口，外面下著雨。她忽然說：我要去你家！

他很詫異地掉過頭來，瞧著她。她這才明白自己講了什麼。她頭腦一片空白。她想：完了，這下要完了！可是她聽到他說：好啊，去我家，等下我再送你回去。他沒懷疑。真是個傻子！誰要現在去！她說。

那，什麼時候去？他說，下禮拜六晚上？

誰要晚上去！是跟你談戀愛，還是跟你全家？每次都這樣，話都不能講！她說。他笑了。所以我說看電影嘛！他說。電影院裡能講什麼話！你不怕被聽見，我還怕呢！她說。他又笑了。那，要沒有人聽見，只有去江邊，公園……那就去公園！她立刻說。她簡直有點感激他了。你們倒在草地上得意大笑。去公園！去公園！你們笑著，叫著。驀地，這笑好像變了味，都臊了，盈盈瞅著對方，彼此都窺見了對方別有用心。她咬著牙，嗲嗲打了你一下：看人家幹嘛嘛！

你們難捨難分了起來。那天晚上，你們在學校後山做了一次最逼真的虛擬。你脫光了她。她的身體在黑暗中熒熒發光。這是你第一次這麼徹底這麼從容面對著她的全裸身體。那身體變得有些陌生。然後你也把自己脫光了。你把她放倒，放在一塊碩大的岩石上。你吻她，先輕輕一觸，然後狂吻了起來。你又吻她的身體，從上到下，重點分明，有條不紊。你享受著。這是在你們的新房，樹幹是你的床架，樹葉是你的蚊帳。簡直奢侈。月亮當空，月光是金色的，像一個烤熱的金盤。你被烤得熔化了，像一股鋼水。可是鋼水被困住了去路。

你又頹然垮了下去。

她起來了。她望著你，她的臉沒有表情。她忽然握住了你。她欣賞著它，驀然，她把它含進了嘴裡。這是從來沒有過的。你甚至有點怕，有些不習慣，縮了一下。她哼了一聲，抬起了頭，眼睛在問：你不喜歡？不，我喜歡。你用眼神說。

她一笑，又低下頭去，含住，運動了起來。你呻吟了。她也呻吟了。如願以償，不，已經超越了。你撫摸著她的臉，她的頭髮，她的髮絲摩擦過你的指間，癢絲絲的。你又把手按住她的頭，狠狠往自己壓。你感覺到龜頭碰到了她的喉嚨口，她痛苦地扭動著頭。你快意。她是你發洩的對象，她是一個女奴，你是帝王。這個世界就是這麼不公平。你側過頭，你望見山下一片燈火輝煌，遠遠的，一個城市倒豎著。上海。這是你生於斯長於斯的城市，一個正在繁榮的城市。你在它的邊緣。很靜。你明顯感覺到快感的弧線，有點冷，有點黑。黑暗中的快樂，快樂中的黑暗。

你想起那一次，她說：三天以後……一縷黑暗籠罩而來。這是你有生以來的第一縷黑暗。你從此知道了黑暗如穴。你什麼也看不見，你不能把握。

你朝這洞穴呼喊，聲音被吸入無邊的空虛……你緊緊抓住，你的手脫了。她抬起了頭，嘴裡含著你的精液。她把它吞下了。

你是不是覺得我很淫蕩？她忽然問。

你猛地抱住她。是我淫蕩！我是畜生！我恥辱。我全部努力都是要讓你受辱，讓自己受辱！我不讓你去，我再也不讓你去了！

她搖頭。

你告訴自己這是最後一次，唯一的一次。

我一定要雪洗這個恥辱！

5

禮拜六。

你數著日子。上課也神思恍惚，不停地看她，好像看著就要出征的戰友。你們的班主任好像觀察到了什麼，老是提問你。你當然什麼也不會回答。他就說：人在課堂，心在操場，你到底在想什麼？有人就叫：他想拔草！現在還沒到義務勞動的時候！老師說。全班就哄堂大笑。

那些也在悄悄戀愛的同學，那兩對，他們也大笑著。他們是害怕扯上自己，要用笑你來顯示自己清白。這種事，到了這份上，是不會有援助之手的。

這期間發生了一件事：學校不遠的一個公園，一對戀人一天晚上被治安聯防從草叢裡揪了出來。你們看到了。那一對男女被押著，低著頭，女的把頭髮披在臉上，像暗娼。她大腿側邊的褲口，拉鏈還來不及拉上，露出裡面紅衛生褲。你瞧見聯防隊亮晃晃的手電筒。你打了個寒顫。你瞧她，她衝你笑了笑。你們都笑了，也不知是在笑那對狗男女，還是在強作無所謂。接下去幾天你頭腦簡直一片空白，好像無所期盼。直到最後一天，那個傍晚，你瞧見她背著書包走出了教室。你忽然不顧一切追了上去，叫住了她。她停下來。可是你又不知道應該說什麼。你衝她喂了一聲。她乜了你一眼：幹嘛！語氣從來沒這麼嗲。

幹嘛！邊上有人學起來，笑。

你也笑了。末了，你向她做出個OK的手勢。

OK！她也做。

然後，你什麼事也沒有似地回家了。吃過晚飯，你又習慣地去拿書包。

你突然被什麼燙了一下，一跳，奔出去。父親從屋裡追出來：到哪去？你才意識到沒帶書包，又轉回來。

你想到哪去？父親又問。

沒有……

什麼沒有！

人家去學校嘛……晚自修。你支吾。

我不管是不是晚自修，父親拿筷子敲碗，筷子濺著很寒磣的飯汁。我只看你考得上考不上！明年，就要兌現了！

你不知道父親為什麼要這麼說。明擺著你高考就是考不上，他又不是不知道。你居然也答應了。你根本顧不了那麼多。你只想衝出去。你衝上了大街。你煞住了腳，想著該往哪裡去。你這才記起你根本不知道他們去的是哪個公園。那麼多公園！你又沒自行車。天一茬一茬黑下來了。你扭頭往回走。父親的自行車就放在家門口。你拽過，就要上，可卡住了。車上著鎖。你闖進去。父親驚愕地瞧著你。

我要車！你說。

什麼？

我要自行車！

父親好像明白了，站起來，可是他的手沒有揣進口袋。他好像要說什麼。他還要囉嗦什麼！你猛地衝向工具箱，抄起一把榔頭，折出來，哐哐哐就砸起車鎖。父親衝出來，你已經騎上車走了。車鎖還掛著，絆著輪子嗒嗒響。你只顧騎。天完全暗了，像一塊恐怖的黑幕布懸在你頭上。你拚命騎。有一次你連車帶人被撞倒，你翻身跳起，抓過車把又跨上去。車把子歪了，可你一點也沒察覺。你只想著快，快！你彷彿瞧見他已經向她伸出了手了，可你還不知道他們在哪裡。你看見了聯防。幾個聯防向你走過來，他們腰間吊著手電筒，泛著銀光。你想叫住他們，可你沒有叫。你不知道自己是想借助他們打撈她，還是怕他們把她抓住了。你怕那手電筒的光。當那幾個聯防經過你身邊時，你慌忙把頭掉到別地方去。他們一過去，你又後悔了起來。你看到了黑暗。在黑暗的某個地方，她正被他壓在地上。他像惡虎壓著自投羅網的小動物。你甚至還能聽到他得意的獰笑（原來他並不傻）。她的臉在斑駁樹影中痛苦掙扎。她在喊你救她。她在叫：我不幹啦，我不幹啦！一輛公車對你嗥叫。那車上的人們都在安逸地過著他們的日子哪！你真恨自己，把她送出去。我們不幹啦！我們不幹啦！

你像沒頭蒼蠅在街上亂跑了一夜，連他們的影子也沒見到。街燈一處一處地熄滅了，夜像不可測的深淵。你瞧見一個公園門口，一個老太婆在收拾椅子。有幾個聯防打著哈欠走了過去。他們好像在說著什麼。該發生的早已經發生了。你拖著疲塌的身子回到了家。爸已睡著了。那晚上你做了一個夢。夢中，她趴在你身上哭。你對她說：我不嫌棄你！我不嫌棄你……

第二天你沒吃早飯就奔學校了。可是班上已經滿是人了。你沒能跟她說上話。你只能從背後觀察她，用盡你所有的道聽塗說的知識，觀察她，還是不是處女體形。終於，你們有機會接觸了。她出去，你也跟出去。她說，沒有。

沒有？

什麼也沒有。

他們是去了人民公園，在那裡坐到半夜。他居然還是一下也沒動她。他帶著她找到一張明亮處的石凳，坐下來。他仍然兩隻手放在膝蓋上，直到最後也沒有移開。一對對談戀愛的人從他們的面前走過去，都瞧了他們一眼，好像瞧著路燈。

人家瞧著我們呢！她說，我們去走走吧！

他們走到一個有樹蔭的地方，她故意裝作很喜歡那裡的空氣似的，深深呼吸起來。其實那裡只有尿臊味，可這味道也傳遞著一種隱祕氣息。可他卻捂了捂鼻子，要走。她就生氣起來。

你到底愛不愛我？她一咬牙，說。

我怎麼不愛你了？

你就是不愛我！

你怎麼會覺得我不愛你了？

你就是不愛我！她硬說。

到底什麼說明我不愛你了？

你愛人家，怎麼不理睬人家！

她說，話說出口就害羞地掩住了臉，一邊從手指縫裡窺視著對方反應。

可是他仍然說：你不是冤枉人嗎？

我就是冤枉你就是冤枉你！她叫。

他突然明白了，笑了。她慌忙捶打起他來：你真壞你真壞你真壞！她叫。又去抓他頭髮。她想把他全身抓得亂亂的。他慌忙抵擋著。他攔她的手，可當他一接觸到她的手，又像觸電似的撒掉了。最後變成不停地擺手。別這樣，別這樣！聽我說……我知道你愛我，請相信我也是愛你的，非常愛……只是，只是……我想，讓我們把最幸福的時刻留給結婚那一天，好嗎？

我——操！傻，傻子！原來是他媽一個大傻子！

你簡直受不了啦！你真想衝去找他，扒下他褲子，看看他，是不是真是太監！太監！不長鬍鬚的太監！傻子加太監。

一個傻太監懂得什麼處女膜？你想。可是，他就這麼傻不愣登站在那個洞口上。不，他只是把裡面抽個真空，一勞永逸地睡大覺去。你就是進不去。他是那麼的優裕。

6

退了吧，我們。

酒足飯飽，打著嗝。桌面上還剩著許多東西。沒有人想再動筷子。附近酒店的服務員來了，收拾杯盤，小心翼翼地把還能吃的東西撿進一塊碗裡。一個同學揶揄地衝我擠個眼睛，笑著。我沒有笑。飽漢不知餓漢飢。現在我們也很優裕了。大家悠然退到了客廳。跳舞吧！有人提議。不用說，這裡是準備音響的。熟練地操作，放出音樂。友誼地久天長。其中一對就起身跳了起來。一小節完，有人做出撚滅蠟燭的手勢。笑了。這是電影「魂斷藍橋」裡的細節。一支支蠟燭滅了，走向黑暗，走向分別……旋律旋到了底。一支支蠟燭滅了，一盞盞燈暗了。房間裡一步步晦暗了下去，音樂聲也小了。那跳舞的一對轉進了邊上的一個房間。另一對，也站了起來。好像烏鴉呼啦啦飛了起來，昏天昏地。我猛地緊張起來，這才發現，圍繞客廳有三個房間。恰好三間。他們怎麼了？他們要幹什麼？原先可沒有跟我講的呀。我想瞧他們的臉，可是我瞧不見。誰也瞧不見誰。可是誰又好像都瞧得見誰。誰都知道要幹什麼。那麼默契。好像原先就串通好了似的。輕輕的關門聲，還有屋子裡的腳步聲，貓一樣的輕。還有輕笑聲。

她會怎麼想呢？她是不是以為我也是設局者？她坐在那裡，不作聲。音樂轉到了什麼曲子？嗡嗡的，我辨不出。我拿出一支菸，點火，故意裝作打不出火來，然後去找火柴，轉到她那裡，想看她的神情。她驀然把火柴遞給我。

哎，本來嘛。本來我們就心照不宣。那過去的一切，還記得嗎？我們有著比誰都艱辛的過去。我們更有理由得到補償。已經沒有障礙了。她早已結了婚。而我，也已經有錢了。有錢還真他媽的好。雖然我們失落，可是我們苟活得像隻豬。窮困之中的理想和尊嚴，是什麼東西？

現在人都明白了。可是那時候，這麼簡單的道理，你就是不明白。

……父親把你狠揍了一頓。

你沒想到父親會到學校來。你才從教室外回來，父親就出現在門口了。

他龐大的身體把走廊擋得漆黑。去哪了！

沒……

啪！頭就被敲了一下。你這才發現父親操著傢伙。你簡直被敲懵了。想往回逃，可是又害怕被當作抗拒，就縮頭往教室裡鑽。可又被父親敲了一下。你更緊張了，拚命鑽進教室。父親追了進來。你這才發現自己愚蠢，你已經在眾目睽睽之下了。父親並不就此甘休，仍然對你舉起了傢伙。你瞧清了，那是一根掃把棍。

這時她進來了，驚駭地瞧見這一切。她瞧你，擔心地。也許她的眼神被你父親捕捉到了，他盯上了她，眼睛像鷹。他甚至繞她轉了一圈，活像一個老色鬼。她慌忙縮著頭跑回自己位子。好啊！談起戀愛來了！父親叫。你不知道他怎麼知道的，也許是班主任告訴他什麼了。也許他早就知道了，自己昨天竟還那樣荒唐。他揮舞著棍子又打下來。你逃，他就追。他一邊追，一邊罵：我看你有本事談戀愛！我看你有本事搞女人！你聽見大家笑了起來。你瞧見她滿臉通紅。你羞辱極了。我又不是小孩了！你向父親喊。父親愣了一下。也許他沒有想到你會這麼說。你說什麼？你不是小孩了？你是大人了？你骨頭硬了？他吼道，更撲過來。你後悔了。可是你想反正也認了，我不能軟！你沒有逃。你站著，你竭力表現得勇敢有出息些。你等著一棍子再砸下來。可這下棍子沒揮起來，它丟掉了。父親抓住了你的褲帶。你不知道他要怎樣。你不是小孩了？你有本錢了？他嘟囔，你有本錢了？我倒要看看你有什麼本錢！就剝起你褲子來。他居然要扒褲子！你完全沒有料到。你要逃，可你的皮帶已被他死死控制住了，動彈不得。你掙扎。拚死掙扎。你聽見父親氣急敗壞的喘氣聲，好像要憋過去了。他突然又撿起棍子，敲下來。你顧了躲閃棍子，就顧不著褲子了。你只得死死守住褲子。他就狠狠打你護皮帶的手。你的手痛得鬆開了，可馬上又抓住皮帶。繼而又不得不放掉。你簡直不知道那手是該守住還是該逃脫。你覺著自己的褲子就要被剝下來了，你就要被剝得精光，自己就要像剝了皮的兔子。就在眾目睽睽之下。你真想把生殖器縮到肚子裡去，你真想根本沒有長生殖器。你瞥見了她，她幾乎要哭了。好像她也被剝著褲子，你們是一體的。你於是就更狠命拽住皮帶。父親無奈了，也許因為無奈他更加憤怒，他突然操棍子打你的下身。哪裡都不打，就打那部位。你痛得嚎叫。並不是因為肉體痛，而是心痛。那是你所以是一個男人的器官，你的一切。你好像還感覺到器官在敲打下有些勃起了你簡直不知道該怎麼辦。我看你風流根還蹺不蹺！父親嚷。

你不知道父親為什麼要發狠打你那地方。他一直為你有雞雞而自豪。你是他的獨生子。小時候，你不肯撒尿，他就跟著母親哄你，給你模擬各種各樣聲音，鳥的，雞的，老虎的，還撮著嘴對著你的小雞雞。你小雞一蹺，尿就撒在他身上，他還樂呵呵。他為自己創造了一個雞雞而得意。好像有了雞雞，這世上就有你的一個份額。

什麼時候不再為雞雞得意了？他被換去燒鍋爐。他找領導鬧，領導說：你能幹什麼？現在都講技術講文化知識了。沒有文化知識有雞雞也沒用，甚至沒有雞雞還可以去嫁人，有雞雞的反而硬磕磕沒人要。他衝他們喊：你們不也沒文化？你們有什麼本事？將來當官也要大學畢業！從此他開始向人吹噓，自己的兒子多麼會讀書。

這樣你就不怕了，會讀書就有希望。人家說。

他就又高興了。他總是這樣對人家說。他這樣撒謊著，一次又一次。撒一次謊，他就掙了一次面子，同時也更把他逼近危險懸崖。因為他兒子書讀得其實並不好。他把什麼都給了兒子。沒有吃？沒關係。沒有什麼都沒關係，只要孩子讀書好，將來一切都會有的。記住！像我們這樣的人，不靠讀書是沒有出頭之日的！他對你說。父親活了大半輩子，什麼路都向他堵死了，於是把希望寄託到了子女讀書上。其實不是誰都必須讀書的，只有無路可走的才靠讀書尋求出路。有權的人不必讀書，必要時他們可以透過特殊管道拿個文憑（假如你有錢，也可以買文憑），而你卻只有讀書這條路可走。父親到處打零工供你。現在他恨你，也許更恨自己。沒本事，生個有雞雞的又有什麼用？反而是負擔，是孽根。

學校開始分文理班，理科，文科。你被分到了文科班（她則因他父親的關係被分到了理科班，雖然她的成績連你都不如）。文者，無也。文科，就是無科。

父親慌了，跑到學校求老師，像陀螺一樣跟著班主任轉。班主任說，我理解你，可是誰都希望進好班，理科班，如果這樣還不都亂了？總要按標準辦事，那就是成績。成績面前人人平等。父親碰了一鼻子灰。你沒權勢，也沒有錢，人家只能跟你談平等。父親又把你狠揍了一頓。他喝著酒揍你。他流了淚。你第一次瞧見父親的眼淚。

7

你們的語文老師能說會道。第一節課，他就說：誰說文科是無科？無者，原也。萬物出於無，無乃有之源。文學的作用大著呢！你簡直被他的思辯傾倒。

他喜歡針砭時弊，尖銳，大膽，他的課堂上總是充滿了笑聲和掌聲。大家一鼓掌，他就打個暫停手勢，這是課堂，不是自由市場。他說。他知識非常淵博，什麼都懂，讓你明白了文學是什麼都管的，政治，歷史，社會。他常常撇開課本，講當今文學作品。有一次他說起一篇叫〈綠化樹〉的小說。在清水裡泡三次，在血水裡浴三次，在蘇打水裡煮三次……他朗誦。這是蘇聯作家托爾斯泰的名言，一個知識分子的朝聖歷程。章永麟，在承受苦難和學習《資本論》中走向聖潔。

為什麼是《資本論》？你嘟囔。

我知道你們不感興趣。可你們知道嗎？在西方，馬克思也被視為偉人呢！三大偉人之一，愛因斯坦、佛洛伊德、馬克思！

哇！居然跟佛洛伊德擺在一起（還有愛因斯坦）。你們從沒聽說過。

你們不要一聽馬克思主義就反感。存在主義還源於馬克思主義呢！

存在主義！就是那個……人生就是荒謬！一個同學說。

你剛才說什麼來著？他指這同學。

沒說什麼……

不要抵賴。有知識為什麼要不承認呢？他說，你知道什麼是存在主義。

我不是要罰你，是要獎你。

大家笑了。

當然囉，章永麟不可能讀存在主義，讀薩德。他忽然又說，那時候不可能。我也是一遍又一遍地讀《毛選》，最安全，還有就是馬列著作，要讀原著。當然也為了外語不會丟。就是現在也不能宣揚薩德。這正是作者巧妙之處，打擦邊球（注：比喻敏感問題不能提及，只能顧左右而言他）。作者是著名作家，張賢亮，他也是飽經坎坷的，據說還當過乞丐。

乞丐！

你們都還太年輕，他說，不明白我們國家是這樣過來的，我們都是這樣過來的，不容易！我們能做的就是充分利用自己的權利，參政議政，這也是對黨的忠誠，是……他停住了，似乎找不到合適的詞。另一種忠誠。他終於說。他好像非常滿意這種說法，瞅著大家，那神情詭祕極了。大家又大笑了。

另一種忠誠！你簡直著迷這種說法。你也給自己和她的關係取了個名稱：另一種愛情。一個東西到了需要命名、需要狡黠地用堂而皇之的詞語命名的程度，其實已到了無可奈何的危機的邊緣。同時你學會了奢談，所有的問題，所有所有的問題，你懂的，你不懂的，你都談論，津津樂道。那是一個高談闊論的年代。那年代的關鍵字有：

落後挨打

改革開放

真理標準

四化、科技、攻關

第三次浪潮
西方現代派
四個基本原則
精神污染
星球大戰計畫
中國女排、奧運會
武打片、氣功
崔健、搖滾、羅大佑
自由化
……………

你喜歡大辭彙，喜歡大問題。越大的問題你越喜歡。你喜歡爭論。你覺得真理掌握在自己手上。你覺得自己是落難英雄。你悲觀，你憤怒，但是你不敢正視自己的虛偽。你竭力為自己辯護。你辯論時脖子上血管暴現，有一次一個同學揶揄說：就像要發洩的輸精管！

你跟他打了起來。其實你已經很久沒有碰她了。你不知道該拿她怎麼辦。你們已經很久沒有幽會。晚自修，你一個人跑去看電視，女排就要五連冠。她不喜歡體育。你甚至後悔自己怎麼愛上一個不喜歡體育的。其實你也並不喜歡體育，你對體育一竅不通，你對球分怎麼計算都不甚了了。你只知道：贏，還是輸，成功還是失敗，振興還是沈淪，光榮還是恥辱，生存還是死亡，就在此一比。教室幾乎跑空了。你望見她孤獨的身影在教室裡。她仍在讀書。她居然坐得住！女孩子真是奇怪的動物。

你們看不到電視。你們跑到辦公樓偷看。螢屏綠光照著你們，電視螢幕好像一個魔窟。忽然，門開了，大家忽啦啦四散奔逃。一會兒，又不甘心地在樓道拐角窺探著，躡手躡腳湊近，聚攏。猛地，裡面衝出一個黑色身影，大吼一聲，就抓。逃得快的像撒豆子逃下了樓梯，逃得慢的就被抓住了。一巴掌。

不去讀書，在這幹什麼！

有學生哇哇哭了起來。教室裡傳來那個風靡大江南北的男解說員的聲音：現在中國隊領先一分。各位聽眾各位觀眾，現在我們現場直播中國女子排球隊和……

我們為什麼不能關心國家大事？

啪！又是一個耳光。哇——！好像誰被重重地扳倒了。一陣喧鬧。……

各位聽眾各位觀眾，中國女子排球隊終於贏得了最後的勝利。中國女子排球隊終於奪得了五連冠！五連冠……

黑漆漆的校園沸騰了起來，無數人影像鬼影一樣閃動。咣！宿舍樓方向響起一個摔碗聲，接著又一聲，又一聲。教學樓走廊上有人燃起了火，火星四處亂飛。一陣喝采。一掛用紙巾連綴成的長條幅從樓頂上垂了下來。又是一陣喝采。腳步聲排山倒海響了起來。很快地，操場上站滿了人，有拿臉盆敲打的，有點燃掃帚當火炬的，有一個還拆爛了簸箕，僅剩一塊木片連在畚斗柄上舉起來哼運動員進行曲。大家在操場上橫衝直撞，個個眼裡閃爍著賊光。你一把衝進教室。她還在教室裡。一見你，她猛地站起來。她只穿著單衣，身材畢現。這個讓你又愛又恨不知道該拿它怎麼辦的身體，已經成了你的噩夢。你一把衝過去。你瞥見她末日來臨似地閉上了眼睛。你沒有幹她，你拽住她衝了出去。外面已經人山人海，大家瘋狂地跑著，跺著腳。大家不能不跑，要發洩，不能停下來。校園已經容不下了，人們向校外湧去，衝上大街。你們揮舞著掃把，桌腳，衣服。大家揮舞著衝出了校門，衝到大街上去。叫喊。你喊：郎平，我——愛——你——！人群不知什麼時候成隊伍了。隊伍前頭有人舉著紅旗。他們是學生幹部。他們在領著大家喊：團結起來，振興中華！

你們不願意了。隊伍又開始亂了。隊伍很快成了無頭蒼蠅。隊伍很快就向區委區政府大院衝去。

大門緊閉。人流被猛地一擋，向後潰去。這更讓後面拚命湧上來。終於一個人出來了，自稱是祕書。他說，你們愛國，是很好的，值得肯定的！這可以證明我們的國家一定能夠更加強大，大有希望！

大家起鬨了。有人吹起了口哨。大家又喊著要進去。又有人喊起了團結起來振興中華，你們發覺這確實是個有力的藉口，也齊聲喊起來：團——結——起——來——，振——興——中——華——！

開門！開門！

那祕書好像沒有聽見，像個聾子。你想震他一下。你往門上爬。鐵門搖搖欲墜。你回頭瞧她，她朝你一笑。你真想跳下去抱她。可是你沒有下去。你高高騎在鐵門上。你聽見那祕書叫：你這同學要幹什麼？你叫：我要進去！我要進去！下來！下來！那祕書叫，會出危險的！

出危險？你知道他的潛台詞（注：「潛台詞」本為戲劇上的名詞，此處指沒有說出來的含義深刻的話。）是什麼。我才不怕你！

你聽到了大家的喝采。你覺得自己是英雄。不，是土匪！是土匪也好啊！總之你總是有著這樣的情結。你忽然想唱一首什麼歌，流行的，壯烈的，有力度的。你忽然不倫不類想起了那首歌：再過二十年，我們來相會，偉大的祖國，該有多麼美！你真的唱了起來。於是又有幾個人爬了上去。那祕書更急了，一邊叫，一邊招來幾個工友模樣的人。你這小孩怎麼搞的！還唱歌！要唱歌也得下來唱嘛！祕書又叫。

你不說開門絕不下去。

要開門，也要你下來了才能開嘛！祕書說，你看你這像什麼話？怎麼開門！

你不下去。你想那是個陰謀。

一個老頭子急煞煞喝道：你們這些臭小子！一點事理也不明白！下來下來！給我下來！不下來看我打爛你們的屁股！

這話讓你們覺得受了侮辱。你們猛地向裡面翻去。他們慌忙上來抓你們，可是你們已經用最快的速度打開了門，外面的人湧了進來。你瞧見了她，她也在人流中。人潮洶湧。那些傢伙無奈了，又去關那大門。沒進來的人又被關在外面。他們忽然折回來抓你們。你們這才意識到退路被堵死了，慌忙逃竄。他們的人越來越多，你們中不少人已被抓住了。你絕望。你驀然發覺誰抓住了你的手。是她！你以為她是在尋求你保護，你並沒有覺察出是被那手拽著走。她在引著你。你們在小路上逃著，走的全是小路。有一刻還跨過一排灌木叢，好像沒路可走了。你忽然想起了父親。不知為什麼你想起父親了，是害怕他知道了你闖了禍而揍你，還是害怕他的眼淚？我要出去！我要出去！我要逃出去！就是變成一隻貓、一隻狗也可以，只要能蒙混著逃出去……

8

你逃脫了。然而是在遇上一個人之後。

那時她也已經迷路了。這時候，你們撞見了他。事情發展得如此有趣，你真想痛哭一場。

後來當上德國外長的菲舍爾，當他青年時代街頭鬧事的鏡頭曝光，你能理解他的懊悔有多深。尤奈斯庫說：當年追隨我的年輕人都到哪去了？他們都成了律師、辯護士。當經濟和物質的塵世法則代替了精神之夢和道義之基，激進主義和理想主義必然遭到清算。而且這種清算是集體的，幾乎是不約而同的，充滿著沆瀣一氣的味道。因為有著共同的目標，最本能的目標。於是從當年的街頭鬥士變成了道貌岸然的政府官員，從決策層的高級幕僚變成了理直氣壯的大賺髒錢的董事長或總經理，從先鋒詩人變成了黑了心的書商和文化掮客，從前衛導演變成了國慶觀禮台上的貴賓和希望工程的歌功頌德者，從嚮往西方的自由主義者變成了抵抗西方霸權的民族主義者和新左派，由憤青到小資……好像是歷史的必然。你那時必然遇到他，只能遇到他。

你們慌忙撤了牽著的手。她謊稱你是她的同學，一般的同學，一起逃到這裡來的。他說，到我家來吧。他說得很慷慨，音色渾厚。

她還抗拒地搖了搖身體。來吧！他又說，你同學也來吧！他又對你點點頭。

你不知道自己怎麼跟著走的。他帶著她，你跟著她。他塊頭很大（這你知道）。他打開他家的門。他家很大，有裝修，幾樣家用電器很顯眼地擺在大廳上，還有大沙發。他叫你們坐。你忌諱那沙發是他的屁股坐過的，你不坐。你就站著。你準備站著迎接他的挑戰。你已經準備好了。可是他似乎並沒有這意思。他走向廚房，打開冰箱。廚房沒開燈，只有冰箱的光線似清晰似不清晰地晃出他的臉。他問你們喝點什麼。她說不喝。你也說不喝。你抗拒著這裡的一切，味道。

這時他母親出來了。這老不死的官太太在她的身邊坐下來，握住她的手。然後她就教訓起她來，不該跟著大家亂跑。官太太說的時候眼睛不停地瞟著你。你真想拉著她走掉。媽，不要再說了，讓人家歇一歇好不好。他在那邊說。那官太太就呵呵笑了起來。好，好，我就不說了！就進了裡面的房間。我爸出去了，不在。他在那邊說。

我知道你父親去哪裡，你想。你不出去？你問，挖苦地。

不出去了。他應。

為什麼？你問。

不是找到了嗎？他說，笑了起來。明顯指的是她。那笑聲讓你恨。你忽然想看他的臉，非常想看。你不知道自己為什麼想看他的臉。你要證實什麼。不，毋寧是在哀求，你的一切都維繫在這張臉上。這張你做過多少猜測的臉。可你仍然看不清。真的不喝？他又問，什麼也不喝？喝點可樂？

我最討厭這類東西！你說。

那麼，我出去看看。他說。走到門口。開門，帶上門。他帶上門前猛一回頭。你瞧見了那張臉，終於！落腮鬍被驕傲地刮得精光。一片青色。你的心猛然被灼了一下，好像保險絲燒斷了。等一下，代我招待你同學。他對她說。寬厚，熱忱，矜持。因為他是勝者，當然能。

只有你們兩個人在了。她問你真的不喝什麼？你說：我喝！你招待呀，招待呀！她似乎明白了你的意思，不吱聲了。你們面對著。你忽然想做什麼，想做一件荒唐的事，最大膽最荒唐的事。就在他的家裡。那是一種挑釁。可是你沒有做。你沒有力氣。什麼力氣也沒有。

他回來了。他說，外面已經平息了，可以帶你們出去。那是你平生走的最黑暗的路。你什麼也看不見。路燈晃著黑暗的光。他在前面引領著，時而轉過臉來（那張臉！）叮囑著什麼。他叮囑她時，她就狼狽地回頭瞅你。你感覺到有一種巨大的念頭在聚集，在膨脹，你無法控制，它要爆炸。它忽然又變得纖細了，纖細如髮，簡直猥瑣……他有鬍子！他把你們送出來。送出很長一段路。你想也許你應該自覺先走，離開。她一再讓他回去。他最後停住了。還交代了接下去的路。像個細心的父親。

你不是。

你們一起走，你和她。你沒有說話。月亮很大，很暗。她終於來拉你的手，你猛地一甩。你騙我！你嚎道，發疹地。

她猛地睜大了眼睛。

你原來都是在騙我！你又說，還有什麼花招，你說吧！她吃驚地瞪著你，她在問：我要什麼花招？我騙你什麼？你為什麼說他沒有鬍子？你說。其實你想說：他比我強！可你說不出。

你只能去說鬍子。她臉色煞白，頭大擺了起來。嘴巴翕開，好像要辯解，可是就是不讓她辯解。也許這對她不公平，你就是要不公平。什麼是公平？你要霸道，殘忍。只有霸道殘忍才能拯救你。對自己的陣營倒戈一擊，是多麼的快意！就好像往自己身上狠戳一刀。你彷彿瞧見她和他躲在哪個陰暗的角落，笑你。然後，她投入他（毛茸茸？）的懷抱。用對你同樣的溫柔。不，真正的溫柔。她的手又來拉了，你猛地起了雞皮疙瘩。你怕那隻手，怕那溫度。你甩掉它。蕩婦！你就是蕩婦！你不是自己說自己淫蕩嗎？你不是一直想搞嗎？你的花招我全明白！我他媽的全明白！

9

那毋寧是在逃避。逃避一場我永遠無法勝利的角逐。

後來她給了我一封很長的信，辯解說她雖然沒有對我講實話，但是她並沒有在心裡欺騙我。

我何曾不知道她是為了附和我？再說，我又何曾不在希望著這種附和？我實在沒有資本。

我給她回了信，為自己那天的話道歉。但以後我再也沒有理睬她。

我發憤讀書。畢業後第二年，我終於考上了大學，理工科大學。在科技救國、崇尚技術的時代，我將成為寵兒、強者。

大學畢業那年，我讓一個女孩子打了胎。那是我真正的第一個女人。我成熟了。只是我沒有跟那女孩結婚。跟現在的妻子結婚，其實是在無可無不可的狀態之下的。也許我一直惦念著她？現在她就在面前了。我能夠聽得到她的呼吸聲。夜已經很深，很靜。那兩個房間裡也很靜。他們已經擁抱著進入夢鄉了吧？只有我和她還待在客廳。這時候，家裡的老婆在幹什麼？孩子應該睡著了吧？那張胖嘟嘟的臉。那句話怎麼說來著？男人一生，兒子情人。只要你伸出手去，已經沒有障礙了，她早已破了那個膜，夢可以圓了。但我並不想再和她轟轟烈烈來一場，已經不是那種年齡，那種時代了。我只是懷舊。懷舊——一個多麼時尚的詞。那音樂聽清楚了，是那首「未來的主人翁」。當年我們都把它連詞帶譜抄在漂亮塑膠皮的筆記本上，雖然我們根本不識譜。現在再拿出這樣的本子，是不是跟現在還拿處女膜向人炫耀一樣，一個過時的時髦？羅大佑。去年秋天，這個羅大佑又在我們這個城市舉辦演唱會，媒體描繪說：老男人在台上用情地唱，已經過了追星年齡的追星族在台下縱情地和。

你走過林立的高樓大廈穿過那些擁擠的人
看著一個現代化的都市泛起一片水銀燈
突然想起了遙遠的過去未曾實現的夢
曾經一度人們告訴你說你是未來的主人翁

在人潮洶湧的十字路口每個人在癡癡的等
每個人的眼睛都望著那象徵命運的紅綠燈
在紅橙黃綠的世界裡你這未來的主人翁
……

未來主人翁？我說。她笑了。我也笑了。
還好嗎？我問她。
好。
他呢？
在家裡。
她答。我們都噗哧笑了起來。多少事，到頭來都抵不過這麼個幽默。
我忽然又感到屈辱。有一種報復的情緒。
你瞧，現在我們就是這樣待到天亮，也沒人相信了。我說。
那就，進去吧。她說。
我向她伸出了手。我感覺到自己的手在發抖。她也微微顫抖起來。一種久違的感覺。我牽著她，她讓我牽著，沒有說話。也不知道怎麼進了房間。我抱住了她。她仍然沒有說話，閉著眼睛，只把自己交給我。我聞到了她的味道。居然還是珍珠霜。現在已經沒有人抹這東西了，她是不是特意抹的？我解開了她的釦子。她穿得很少。她的身體很快就呈現在我眼前了，還是那麼白，乳房仍然小巧。七加X顆痣。洞口上那顆痣不像痣、胎記不像胎記的東西，好像變大了點。我拿手指繞著它。我覺得自己更像老嫖客，那麼熟門熟路，有條不紊，技術精湛。那個洞。關於這洞，十幾年來我已經追加了許多理性認識——

陰道為性交器官及月經血排出與胎兒娩出的通道。初有處女膜，性交後破裂。也有因為外傷破裂者。性交引起的處女膜破裂（未生育），多位於四點和八點處；外傷導致的處女膜破裂多不規則。陰道是一種收縮性很大的肌性管道。從開口至子宮頸大約有七點五公分。前後略扁，其壁有很多橫紋皺襞，外覆彈力纖維。前壁距陰道口三公分左右的地方，為G點。

我用嘴吮它，吮得那麼準確，好像我嘴上長著眼睛似的。她的小腹在顫抖。我聽到了她呻吟聲。我一再吸吮，等待著自己實質性感覺的出現。我要用這種最佳姿勢瞧見自己終於如願以償。已經沒有障礙了。可奇怪，我的腹下卻靜悄悄的。是不是因為在房間裡，太舒適了，太安全了？我爬起來，走到窗前，拉開窗簾，外面月光直射了進來，連同遠遠花園外走動的人影，還有聲音。她睜開眼睛，瞇瞇笑著。你瘋了。她說。

是，瘋了！我說。

我又走回去，端坐在床上。我將她的臀部端了起來，讓那個洞口完完全全展現在我的眼前。就是這個洞！來吧，已沒有障礙了！我又對自己說。可是我仍然一點動靜也沒有，好像一個叫不起床的懶覺鬼。怎麼了？奇怪！怎麼了？這不是你曾經苦苦追求的嗎？可是仍然沒有一點感覺。最後成了摸摸索索，成了一種拖延，一種掩飾。她仍然閉著眼睛，靜靜的，嫺靜得宛若處女。我們這時代最後一個處女。我輕輕趴到她身上去，抱住她。

如果我說可以了呢……

她開口了。我知道她在提醒什麼。我吃吃笑了。

她睜開眼睛，瞧著我。我猜我的表情一定很古怪。她也懵懵懂懂地笑了。

就像，亮燈的房間裡照進了月光。我說。

您想好了嗎？
您可以選擇闔上。
您確定要打開嗎？

二章 暗示

1

他們來時我剛丟了工作。我又丟了工作。我也不知道我為什麼總丟工作，莫名其妙就丟。我幹得好好的，叫幹什麼就幹什麼，踏踏實實，盡職盡責。唯有一次，老闆叫擦遙感玻璃門，我擦擦擦，以為擦好了，結果老闆在門前一踏，門一開，玻璃上卻現出了污跡來。結果就丟了工作。這次又叫擦玻璃門，我就擦了又擦，擦了又擦，擦好，還自己先上去一踏，門咣地一開，亮如平湖。可還是丟了工作。

不是你不好。老闆說。

不是我不好。不關玻璃門的事。世界像個大彩場，中不中彩，他媽天知道！我就回家倒頭睡覺。我一覺睡到天大亮，被咚咚敲門聲敲醒。我其實是被我媽敲門聲給驚醒的。我還跟我爹我媽一塊住，或者說，我還住在他們家裡。糟糕的就是我還住在他們家裡。他們一見我沒起來，就馬上反應，我又丟工作了！就慌。起床來！起床來！我爹就憋過去一樣地狠咳。好像我已經死在了床上，起床才表示我活著，好像我一起床就有希望起來，就會有工作。中獎率越來越低，可越低，人們中獎慾卻越強。瞧著三十到眼前了，你怎麼辦？他們叫。

其實我才二十五歲，他們急，就危言聳聽。

好了，好了，我去偷，去搶。

我應。他們就不吭氣了。他們也知道這是不可能的。其實他們都是規矩人，一輩子無產階級。過去在學校念政治，無產階級就是工人階級，我總覺得我爹我媽不像，其實這才叫無產階級。無產階級最規矩，窮得沒飯吃了，也不會去搶，倒是那些去搶的並沒有到沒飯吃的程度。他們的規矩也遺傳給了我，我從來就不是壞人，對壞人壞事，我最大膽的舉動就是在一旁笑。所以在學校時我總是給人猥瑣的印象，到畢業，大家三三兩兩拍照留念的拍照留念，開派對的開派對，寫贈言共勉的寫贈言共勉，就是沒一個跟我共勉。

我懶懶搔著襠下癢癢爬起來。這時，他們來了。

他們是我中學時的同學。一隊摩托，全副武裝，轟隆隆，轟隆隆，就到我跟前來了。幾個鄰居老頭老太嚇得直捫胸口，我們這貧民窟幾乎沒有過馬達聲。來人好像全不在意，自顧擰著眉頭歪歪脖子脫帽盔，甩著頭髮。畢業後，他們都像小鳥撲撲高飛了，只有我飛不了，還住老地方，沒本事。他媽的他們怎麼都那麼有本事？個個摩托。送我一輛，我牌都報不起。

靠工資，還不他媽餓——死！他們說。

他們是來約我同學會。同學會，就是有本事同學向沒本事同學炫耀的會。

我沒空……我說。我差點要說：我要上班。

時間你訂！可是他們說。

我這麼偉大呀？我說。

不是你偉大，是她。

她？

她是我中學時的前桌，老向我借橡皮擦，一轉過身來就借，一轉過身來就借。我就專門買一塊有香味的橡皮擦吸引她。其實她長得並不出眾，很瘦，可是手臂很白很長，每次來借，總要胳膊肘大屈，摺得像板夾一樣。我就天天思念這板夾，把香橡皮擦放在板夾搆得著的地方。可是有一次，我們都被老師叫了起來，全班大笑。

人家現在要嫁個大款了！他們說。

我心一個咯噔。

「那大款，還開著凌志呢！聽說是做房地產生意的。」一個說。

不是，是做期貨！又一個說。

不對不對，你們都不對！是「保利」下面一個角色。

他們就在我面前大爭了起來。好像誰都非常懂，誰都有一雙乾探眼。我們這時代，好像誰都有一雙窺視財富的乾探眼。可是誰又不能探得絕對明白，誰也不能說服誰。反正是有錢。有錢得不明不白更顯得有錢！他有錢得不明不白，就好像我丟工作不明不白一樣。我什麼也不知道。我已經好久沒見到她了。

他媽的她居然拋棄你！結婚也不跟你商量。一個說。我倒是沒想到她結婚要跟我商量。還不如我那個她！

他那個她？她，就是班花。原來他跟班花還有一腿？大家就也跟著大講了起來，自己跟哪個女生曾經看過一場電影，自己跟哪個女生曾摟摟抱抱過，自己跟哪個女同學曾海誓山盟要一起自殺……原來他們都有浪漫經歷！我就失落了起來。其實我跟她並沒什麼事，不過是橡皮擦，可現在我忽然覺得我們間曾有什麼驚天動地的大情仇，我被她拋棄了。我真想去找她，搧她耳光，問她是不是嫌我沒本事沒凌志了？可我越想問她，卻越不願去。

「凌志」也有去。大家說。

他也去？我就更不去了。

哎呀，你這鳥人怎還這麼窩囊！我們都替你抱不平呢！去，我們替你尋開心尋開心那「凌志」！

他們也嫉妒他？有摩托嫉妒有小車的。可是我還是不去。

你小子，該不是怕他「凌志」了吧？大家說。

我怕什麼呀？笑話！笑……我辯，我他媽……唉！我他媽怕什麼呀？事業沒一點，愛情沒一撇，飯都沒吃了，我他媽的還怕被凌志軋死？去就去！

2

我沒料到她變得這麼漂亮。女孩子他媽的總是說漂亮就漂亮。她漂亮得像一盞彩燈。彩燈吊在我眼皮上，叫我睜眼不是，不睜眼也不是。她背後就是那輛凌志，大得像座山。他就倚山而立。可他不幸非常矮。再有錢也改不了他的矮。他他媽的矮矮的鏗鏗掂著車鑰匙，好像耍彈子球。這麼矮，媽的能開車？離合器都他媽的踩不著！怎麼不能開？下面墊唄，雷鋒（注：雷鋒是毛時代曾經大力提倡學習的人物，喜歡做好事。但是在小說所寫的社會風氣敗壞的九十年代，「學雷鋒」為一種反諷。）都是這樣的……大家惡毒大笑起來。

可對方好像全沒聽見。她還舉起手臂（那又長又白的手臂）招大家來照相，他媽的好像班長一樣。大家全都不照。不但不照，還反要他們照，把他們兩個推在一起，要他們挎肩、摟腰，還要臉貼一起，說不然就不夠親熱了。

這你們可就不知道了，不料他卻說，床上親熱的，外面就不要親熱，床上不親熱的，外面才親熱呢。

倒把大家噎得對不上來。她就頓著腳去追他。他就逃。大家眼睛巴噠巴噠反而看都不敢看了。什麼叫大款？這就叫大款！什麼都不在乎。一會兒大家就又不甘心起來了。喝酒，就又要去灌他。可他們誰也不上去，偏來推我上。我不幹。他們就聯合把我拱出去。我拚命抗拒。不料他卻自己端了酒杯過來了。

哎哎，不要欺負老實人嘛！他說。

他老實人？大家叫，哈哈大笑起來。

我朝大家瞪眼。可他們不管，還在笑。我忽然害怕他聽明白了。我這才後悔自己不該來。大家都可以來，就我不該來，我一來，就掉進了陷阱。可不料他卻也哈哈大笑了起來。他笑得像隻青蛙，胖乎乎手臂屈在胸前，好像在摸胸脯。我才輕鬆下來。

這世界就是老實人最會偷油吃！可大家還在說。

他偷油吃？他說，戳著我。他那樣子好像秉公無私的黑臉包公。大家就又大笑。他忽然不笑了，給我斟酒。滿滿斟上一杯酒。偷不偷，我有辦法檢驗。他說，一舉自己的杯，先喝下去，杯底對著我。大家就起鬨要我喝。我沒法，只好喝了。喝乾！喝乾！他們又叫。我就喝乾。

好！他說，喝酒偷的人平時偷，喝酒不偷的人，平時也不偷！他不偷！

大家嘩啦大笑起來。我倒有些感激起他來了。他一點也不笑。他新開一瓶酒，居然在我旁邊坐了下來。來，咱們喝！他說。就跟我喝，不管大家吵吵嚷嚷。他甚至把她也涼在了一邊。她無聊地啃著小碟裡的葵花籽。她不知什麼時候臉已經繃得繃布一樣緊了。突然，她站起，衝了過來，一把奪過他手裡的酒杯。你喝醉了，怎麼開車回去！她說。

怕什麼？他應，大不了撞死在電線桿上！

他的回答讓大家喝采起來。這是真的喝采。我瞧見她臉一陣紅一陣白，眼淚都要掉下來了。

你死了誰心疼，我心疼車！她說。

車？他又應，還不就是幾十萬元？零頭！

哇！大家叫，真有錢哇！

你他媽哪來這麼多錢？一個忽然問。

偷的，搶的。他說。

大家一愣。大家簡直沒料到他會這麼說，豁地笑了。

你走到大街上去，看到人家身上錢包沒有？一伸手，就是你的了。你看到滿店鋪的珠寶沒有？你拿一把刀，一個編織袋，衝進去，往袋子裡統統一裝，就全是你的了。他又說。

大家哈哈大笑了起來。

3

假如他當時一本正經談起生意經，一定會被大家掐死。他這麼說，倒讓大家有點喜歡上他來了。我也有點喜歡上了他。後來我還讓他用凌志把我送回了家。可我沒料到，三天後他居然自己跑到我家來了。還是開著凌志，仍然鏗鏗掂著車鑰匙，引來好多人圍觀，探頭探腦。他卻大大趔趔一屁股坐在我家地板地上。我家破破爛爛，平行四邊形外加輔助線，地板蹺起來會打屁股，他卻坐在這樣地板上。他說，要跟我喝酒。

我想不出他為什麼要跟我喝酒。他從衣袋裡掏出一瓶人頭馬，又掏出了下酒菜，鴨腿鴨翅膀、魷魚絲，還有一包蘸汁。他開著凌志，居然把下酒菜連同蘸汁揣在衣袋裡，教人覺得滑稽可笑。我們就笑著喝了起來。

我是偷跑出來的。喝著，他突然說，險些跑不成了。他還鬼頭鬼腦瞅了瞅門縫。我家的門盡是縫，門縫閃著賊光。我這才發現，少了一個她。沒有了她就好像少了什麼，一談起她，我就覺得我們共同擁有了什麼，我的思念有了寄託。

整天管著你，嘮嘮叨叨，又是喝酒不好呀，酒精中毒呀，又是肝硬化呀……

他又說。看來她挺賢慧的。在中學時我怎麼一點也沒看出她會賢慧？女人總是女人，到頭來自動會賢慧，就好像生了孩子自動就會有奶一樣。

她這人就是這樣。我說。連我自己都不可思議，我居然這麼說，好像我早就領教過了她的賢慧一樣。

煩死啦！他卻說。

我悲傷起來。她的賢慧到頭來不是對著我，而是對著別人。我站了起來。當然囉，你好啊，人家愛你嘛！我酸酸的說。

這倒是真的。他說，你知道，她要我時，總是胳膊從我的腋下穿過來，反扳住我的肩，像板夾一樣。

我一跳。我呵呵笑了起來。他在我面前這樣糟賤她，我更感到從來沒有的滿足。誰叫你有錢啊！我說。

有錢個屁！偷的，搶的。他說。又來了！我哈哈一笑。

真的！可他說，你不相信？他居然說了下去：不過，幹這行，說沒竅門也沒竅門，說有嘛，竅門也大著呢！就說踩點，幹這行當最關鍵的是踩點，踩對了，成功一半，踩不對，你只能對他哭！

他還真能吹！這就是他找我喝酒的原因吧？有人喜歡吹，不吹就要死，喜歡把自己的聰明建立在別人的愚笨之上，喜歡看你一驚一詫。可我忽然發覺他也並不在意我的表情。他只顧自己說下去。他的神情居然一本正經。那些老頭老太太，一般沒什麼貓膩；那些家庭婦女模樣的，也不會有什麼大貓膩，她們身上只有買菜的錢；那些小女孩家嘛，只有魚腥，碰了她們，弄不好，還得被抓進去，還不如偷個家庭婦女錢包去嫖划得來……

我哧地笑起來。看來他對這還真有點研究。

最有貓膩的就是銀行。他說。

我嚇了一跳。銀行？可是戒備森嚴呢！

他輕蔑地戳戳我。這你就不懂了！嚴，正是因為它虛！你別看連櫃台都鋼化玻璃封得嚴嚴的，取錢都要拿手指頭摳，可總有出頭的時候。一個小鐵匣子，裡面全是鈔票，壓得實實的，壓縮餅乾一樣……喂！

他突然拍了我一下。我猛地一醒，不知什麼時候自己已經發了癡。我慌忙掩飾，戳著他叫了起來：你搶銀行！你搶銀行！這可是你自己說的！

他霍地站了起來，躥到門口，神情慌張。他警惕地聽著門外動靜。我這才覺出自己過火了。他好像被逼到絕路的罪犯，酒瓶捏在他手上，好像要被捏碎了。

你，要告發？他說。

告發？我慌忙辯，我為什麼要告發？哈！哈……又不是搶我家！我家有什麼好搶的？我告發，他媽的我能得多少賞金？我語無倫次地辯解了起來。我竭力把自己說得卑劣，越卑劣，越心安。我簡直要向他剖開我的心。我甚至想作賤自己對他喊：我算什麼？連女朋友都沒有，她會愛你她會愛我嗎……

他終於重新坐了下來。

過兩天，又要有個行動。沈默了許久，他又說。

4

我忽然對這事好奇起來。我變得關心起新聞來了。我本來從不看新聞節目，本市的更不看。新聞全他媽的假，越是近，越顯得假。可我忽然變得關心起新聞來了，一聽電視上本市新聞節目的片頭曲，就會跳起來。可我又不敢在家裡看，我甚至不敢在熟悉地方看。我跑得遠遠的，到離我家幾條街的一家小賣店，那裡有一台黑白電視機，店前總是圍滿了民工。我就躲在他們中間偷偷看。

我希望看到搶銀行案件報導。

可是沒有。一連幾天都沒有。

我這才發覺自己可笑了，居然相信了他這樣人的話。我簡直愚蠢得可以！這樣的人，他媽的！

可一星期後，他媽的他又來了。仍然開著凌志，仍然鏗鏗掂著車鑰匙。而且還帶上了她。一見她，我就更覺屈辱起來。我忽然覺得他就是帶她來看我的愚蠢的。他們一定在一起笑過我了。我對他們的笑容充滿了警惕。

可是她卻沒有笑容。她陰著臉問我，他那天是不是跟你一起談生意了？什麼？談生意！我叫。突然瞧見他在朝我使眼色，打暗號。是。我答。也不知自己為什麼要這樣答，要跟他合著撒謊，好像那暗號太詭祕，有非常強的磁力，我從沒遇到過。

他就咯咯笑了起來，像被硌了胳肢窩一樣。

你也騙我！她說，你們，狼狽為奸！

我忽然也笑了起來。

談生意也不行！她耍賴地叫了起來，反正不許離開我！

不做生意，怎麼賺錢？他說，忽然理直氣壯起來。他說做生意，讓我想起他說的偷和搶，我更笑了。可他卻已經不笑了。他很認真起來。他居然認真了起來，讓我吃驚。沒有錢，你吃什麼？穿什麼？還有什麼屁車開？還結什麼屁婚！他越說越激動，好像受了極大刺激，好像就要發瘋。我忽然伸手去撫摸他的背，調解了起來。我還居然當起了調解人，我自己也覺得不可思議。可他被我撫摸，卻好像被我慫恿了，越加耍潑了。你們女的懂什麼？就知道吃、穿、花！我也最好這樣，當個女的，天天讓人陪，什麼也不要管！誰叫我是男的？誰叫我是男的！

他噔噔噔就往外走。我猛地心頭一緊，跟了出去。我覺得他是要去死，他要去自殺！不知為什麼我覺得他要去自殺。我趕上他，抓住他的胳膊。他掙脫著。我死死抓著。好像我們不是情敵，而是難兄難弟！活著這麼難！總是這樣！總是這樣！他訴說。我理解地點著頭。我知道，我知道，我們總是虧，誰叫我們是男的呢！我突然說。好像要去自殺的不只是他，還有我。

你不知道，上星期一筆大生意，就是被她岔掉了！他突然說。

我一跳。難道就是他所說的搶銀行的生意？

真的？我叫。她出來了。我瞪著她，簡直有點怒不可遏。好像她岔掉的不只是他的生意，也有我的生意。車發動時，我忽然從車窗探進頭去。那生意……現在怎麼辦？我問。

他一抬頭。只能下星期再……

我眼尾瞥見她莫名其妙地瞅著我。我穩穩收出頭來，沒理睬她。

小心點！我捏了捏他的肩膀。

5

果然，有了搶銀行案件——一家儲蓄所，通向櫃台內的鐵門大開，攝像機鏡頭猛撞進去，裡面一片狼藉。操他媽好大膽！椅子倒翻在地，幾條粗礪的蹭痕自內而外，拖出來，地上丟著幾張紙……大家全睜大眼睛，看著。那家小賣店前黑壓壓擠滿了人，鴉雀無聲。

【播音員】……建設銀行橋西分行增強防範意識，加強安全管理，取得了顯著成效……

我簡直不能相信！

我馬上跑到那家儲蓄所。那儲蓄所正常營業著，櫃台內，營業員面色平靜。沒有人。地上一張紙片也沒有，乾乾淨淨。可乾淨得教人不自然，白得像剛粉刷的牆，分明是剛用掃帚掃過的，可見這之前發生了什麼！我明白了。新聞總他媽的報喜不報災，新聞上誇的，說明這事現實中非常少；新聞上批評的，說明這事多成災了。現在新聞又巧妙地將壞事變成好事，將洪災變成抗洪救災，將銀行被搶變成加強安全措施……我笑了起來。當然要這麼說，不然拿那麼多關注的眼睛怎麼辦？人們偏他媽的特別關注這類事件。他們會怎麼想？那些聚在小賣店前的眼睛，那眼睛後面的腦子會怎麼想？他們連坐的地方都沒有，拍著腿上的蚊子，他們撐著疲乏的身體，來看，來看不可能發生的事發生了！搶銀行！操他媽好大膽！他們看到大把鈔票被搜出、被繳獲的鏡頭，總要發出一陣驚嘆。他們驚嘆什麼？他們被刺激了！他們罵。他們罵，是因為他們自己不能得到。人們罵偷，罵搶，罵貪贓枉法，罵腐敗，是因為他們自己不能偷、搶，不能貪贓枉法，不能腐敗。大家都在恨，大家都在想，大家都在內模仿！

我再見到他時，他果然不一樣了，已經不再是凌志，而是賓士了。我不知道他為什麼要換成賓士，好像沒賓士就不能做他的生意似的。到手的錢買什麼不好？我有點替他吝嗇。他邀我上車，他說要帶我去飛車。我還沒反對，或者說我反對不出來，他就一踩油門，飛了起來。賓士可真賓士！我趕忙抓緊車窗框，我覺得是抓著自己虛弱的命。我從來膽小，害怕飛，從沒想過飛。中學時有一次班會，大家談理想，我的理想，大家這個說要當球星、影星、歌星，那個說要當企業家，愛說什麼就說什麼，思想大飛，像噴氣式飛機，放個屁就飛。輪到我了，我一個屁也放不出來。全班就哈哈大笑起來。她也笑了。我明白了，就是那一次她看不起我了，我是個飛不起來的笨鴨。這是一個最不要笨的時代，嘴皮不破只管吹，飛機不掉只管飛。所以大家都在吹所以大家都在飛這就是飛速發展這就是騰飛！他飛，還輕鬆哼著曲子。我一飛，才他媽的發現飛的感覺其實就是感覺不到自己在飛。好車跟差車的區別就在飛得起來飛不起來。好男人和笨男人就是看你能不能帶她飛！我明白了，可惜太遲了。

她好了吧？我忽然問他。

「好了！有賓士，當然好了！」他答。

你帶她飛，她怕不怕？

怕？他說，那就……讓她胳膊從我腋下穿過去，夾住，像板夾一樣。

他嘿嘿笑了起來。我也嘿嘿笑了起來。我們一起大笑了起來。

下次行動什麼時候？分手時，我突然問他。

什麼？他說。

你他媽別跟我裝死！我罵，捶了他一下。

他嘻嘻笑了起來。要國慶了吧？

國慶？我幾乎叫了起來，今年五十大慶，可有閱兵！

是呀，又怎麼了？

到處都在警戒……

我知道。我還知道東長安工商行那地方最戒備森嚴。他說，笑了一笑。

6

我直奔東長安，工商行。

那裡非常擠，人擠人。進銀行的都是有錢的人，或是存，或是取，一疊疊鈔票嘩啦啦在他們手上點呀。我才記起這是發過節費的時候。我要是有工作，也會有過節費發，也可以進銀行，鈔票，嘩啦啦……我瞧見一個高高瘦瘦男的嘩啦啦點著鈔票。他把鈔票放進了手提包裡，出去了。我忽然發現一個矮矮胖胖的傢伙也隨即跟了出去。他是誰？我認識。我想朝他笑。可他好像沒瞧見。他跟了出去。那高高瘦瘦的騎上了一輛摩托車。他就也發動車，賓士。不，不是賓士，也是摩托，本田二五〇！他是準備好了用摩托的，他早準備了一輛大排量摩托，尾隨而去。然後，到了僻靜處，一撞，然後就，搶！不，他沒有下來搶。他不用自己下來搶。他有同夥。那同夥跳下，就搶，然後，飛車而去。可是那瘦子的手卻抓得緊緊的，抓住那個包，手指頭都要掰斷了！那包裡有多少錢？到底有多少錢？剛才我不是看到了嗎？撐破了也就幾千元。可他抓得緊緊的，揪也揪不脫，掰也掰不脫！他媽沒見過大錢了！還好他沒瞧見我朝他笑了。

又有錢出來了。這下是裝在硬硬的鐵匣裡。兩個身穿淺藍色銀行工作服的女營業員一邊一個抬著它，向運鈔車走去。她們身肢好像被沈甸甸碩果壓彎了的樹椏。鐵匣子這麼小。壓縮餅乾。我突然記起他說的這個比喻，我覺得這比喻十分妙。

兩個荷槍實彈的護衛站在那裡。我看不清他們的臉，他們的臉被掩在鐵盔下。他們一定在盯著路。路很長，兩個營業員抬著，路邊滿是忽啦啦的眼睛，瞧著她們。她們就故作姿態地扭著腰肢，簡直在表演。路邊人全都駐足凝視。這是一個儀式，一場閱兵式，凝重、莊嚴、無聲。

鐵匣子被放到了運鈔車上。然後，關門，走了。

塵埃落定。街上燈亮起來了。

每當華燈初上，我就特別惶惑。天還沒黑下去，燈已經亮了起來，天光下的燈光黃黃的刺得人眼睛發辣。地上嗡地冒出更多人、車，好像是從另一個世界冒出來似的。他們個個都那麼有錢，花起來，花起來，好像這錢都是從哪裡搶來的。我不知道這地方在哪裡，我也不知道自己要去哪裡，我不願回家去，家徒四壁。我在街頭站著，瞧著。一個禿頭男人摟著一個女的腰在走，那腰肢好像那抬黑匣子女營業員的腰肢。那男的不停打著手機，好像他媽的非常成功。一個酒家保安向我走了過來，像獵狗一樣嗅了嗅我，又走開。一張焦灼等人的臉。對面的麥當勞落地窗上，一家三口，大口大口地啃著，吃著，女主人一會兒一會兒就用她那又長又白的手將桌上吐出的垃圾攏一下，一串車燈在她的動作中流洩旋轉……

叭！突然，一聲喇叭在我身後鳴響。一回頭，是一輛小車，虎視眈眈，張著血盆大口，衝著我。我知道它要怎樣，可我沒有動，不讓開。它就又叭了一聲。車擋風玻璃後漸漸現出一個人影來了，他也在打手機。他好像並不專門關注我，繼續打他的手機，還哈哈笑了一下。什麼事對他這麼重要？使他這麼開心？一定是搶到什麼了，說不定，就是剛才那輛運鈔車，他得手了！他們在手機裡密謀，分贓。我就更不讓了。我不但不讓，還故意悠閒地抬頭看著天。他終於一闔手機，頭鑽出車窗朝我做手勢。我還是不動。他就火了，衝我大聲吆喝了起來，好像他是隻老虎。我是個逆來順受的人，從來怯弱的人，只要誰向我瞪一眼，我都會嚇得像貓一樣躲起來。可現在我變得不怕了，貓變成了老虎，連我自己都有點吃驚，我居然跟人對抗起來了。我覺得自己的腳在打顫。我的後面馬上堵成了一團，像一團亂麻，是我製造的亂麻，我自己看了都害怕。叭叭聲響成一片。但我仍然不動，抗拒著，好像只是為了固執。終於，那人從車內跳了出來。有好幾個人也從他們車內跳了出來。你這人怎麼這樣！擋了道，還不讓開！你！妨礙交通，破壞秩序！你他媽破壞秩序！要大家都像你這樣還不亂了！哼！亂了？我笑了起來。什麼亂了？要不亂，你們有車子有房子有女人？你們這一切還不都是亂中偷來的搶來的？剛才你還在手機裡密謀呢！你們可以亂了，就不要別人亂了？就讓你們亂？就讓我們該死守秩序，遵紀守法？你說一個人要遵紀守法，對，沒錯，可是大家都在幹，大家都是賊，大家都在亂來！你說一個人損公肥私要受譴責，可人家還在侵吞國家巨財呢！大蟲放過了，小蟲被網住了，傻瓜被鎮得老老實實，憑什麼我要當傻瓜，要當秩序墊腳石，要當犧牲品！我就是不要！不要！我要讓你們急，讓你們氣！氣！我想氣他們，可我自己眼淚卻被氣出來了。我想哭！我一拍那車頭：你有小車，就可以撞我了？撞吧，撞吧！把我撞死吧！

7

我幾乎天天跑去東長安工商行，待那裡。我觀察它的方位，地勢，瞧著運鈔車天天早一次晚一次把裝著壓縮餅乾一樣的鈔票的鐵匣子送進去，拿出來。我揣摩著他的搶劫方案。我像一隻羔羊，可憐巴巴地仰望著母羊的乳頭，他是我生命的支柱，我智慧的源泉。我發現，這銀行果真是行搶的絕好點，前不挨村，後不挨站，它的正面攔著人行道護欄，運鈔車只能停在它左側五十米遠的一條支幹道上（我專門用腳步悄悄丈量過，剛好五十米）。這就使得銀行營業員每次必須被檢閱似地把鐵匣子抬過這五十米的路程，這就給行搶創造了絕好機會。這五十米，隨時可能發生異變。可是，他們有護衛，緊跟其後，營業員到哪裡，護衛就跟到哪裡……護衛！哈，護衛算什麼？瞧他們全副武裝，還端著槍！到底懂不懂得開槍？也他媽煞有介事，端著槍！那臉繃得緊緊的，好像繃得緊緊的弦，只消給他們一嚇——扔顆炸彈！對呀，扔顆炸彈！轟！我猛地一跳——我的媽呀，原來我也是搶劫高手！

原來誰都可以成為搶劫犯的！

我相信，他一定會在這段路的某個地方隱藏了炸彈。我竭力尋找著這地方。時間一天天過去了。這其間有件事，我爹的一個舊同事給我介紹了一個工作，公司業務員，月薪八百。在我所有的工作中，這是最高的。可我一口回絕了。把我爹急得直跳。你還不幹！這麼好的工作，你還嫌什麼？你能找到什麼工作？你能找什麼工作！我笑了一笑，不應他們。我覺得沒必要應他們。我仍然天天跑到東長安工商行去，那裡有我的工作，那是我的朝拜。我在那兒待著，摸索著他的思路。可是我絕不想也動手去搶，毛主席保證！我是一個好人。我是一個老實人。我只想看。我只想知道自己的想像是否印合了他的方案，像有獎猜答，我甚至不要獎品……

十月一日。

人山人海。員警三步一哨，五步一崗。空氣像脆弱的燈泡玻璃。

一隊小學生拿著塑膠花環和彩旗走了過去，一定是去為閱兵式當花瓶的。他們將會在最前面，有機會看得清清楚楚。他們臉上洋溢著幸運的光彩。他們要比大人們幸運，大人們，聽說沿街的窗戶都被命令關上了呢！一個小孩也在人群中跑來跑去，他看過去不超過五歲，他從沒見過閱兵式吧？出生以來就沒見過，多麼熱鬧，多麼熱鬧的節日，好玩的一個接一個，多麼舒服！我記起我小時候一到節日，骨頭總是舒服得酥軟軟的。多想告訴未來，我的心情是多麼豪邁……那首歌叫什麼來著？張也唱的，操又唱起來了。（注：張也是大陸九十年代紅歌手，以唱鄧時代頌歌聞名，所引用的是她唱的一首歌。「操」為罵人的話。）

突然，我發現了一輛自行車。它放在那五十米長路的中段。它出現得太蹊蹺了！我甚至覺得瞧見一輛自行車都太蹊蹺了。它那麼古老、破舊，像一塊化石。它靜靜地佇立著，高深莫測。它好像突然間就會飛起來。只要運鈔車一到。只要運鈔車一到。只要運鈔車一到！運鈔車到了，我竟有些害怕起來。人群在擁擠。人群因運鈔車佔據了地盤更加擁擠起來。可自行車一動不動。人頭攢動，如波濤。兩個銀行營業員在波濤上出現了。是兩個女營業員，站在銀行門口上。她們穿得特別鮮豔，奇怪同樣的銀行制服今天看起來怎麼特別鮮豔。她們很漂亮，可當她們一走近那自行車，轟！一切就都完了。血肉橫飛。雖然她們這麼漂亮。她們漂亮得讓我想哭。她們是不是知道有人在為她們哭？她們不知道。她們沒事一樣地從自行車邊上走過去了。可是那自行車沒有動。毫無動靜！它怎麼可能有動靜呢？錢還在運鈔車上呢！運鈔車的門還沒有開。我禁不住笑起自己來了。我趕忙修改自己答案：它應該，應該在運鈔車門一開才炸。運鈔車的門開了。可還是沒有炸。這時候怎麼可能炸呢？笨蛋！應該等到鐵匣子出現。鐵匣子出現了。還是沒有炸。應該等到走近了。兩個小姐抬著鐵匣子向銀行大門走了過來，走近了，再近！再近！其中一個小姐的袖口還撩了一下自行車把。可還是沒有。自行車偏著腦袋，歇著一邊腳，它好像睡著了。怎麼了？怎麼了？現在不炸，更待何時？她們的腳後跟已經完全離開了你的後輪子！難道是忘了放炸彈了？難道是設定錯了？那麼趕快補救呀！笨蛋！鐵匣子就在面前了！我都能瞧見那鐵匣子上紅漆的字。伸手可得。衝出來，衝出來，衝……可一點影子也沒有！他媽的他（他們）都跑哪裡去了？死靜。一切死靜！死靜像乾冰一樣灼著我，我的心都要被灼焦。我簡直被灼得不行。

索性老子自己伸手一搶！

我猛地一驚：該不會他本來就是暗示我去搶？

8

我大病了一場。

他再也沒有來了。

忽然有一天，她卻來找我了。她問我是不是見到他了，我說沒有。她就哭了起來。我沒想到她會對著我哭，從來沒想到。她哭著哭著，居然伏在了我的肩上，她的手臂居然也從我的腋下穿過去，搭在我的肩胛上。我非常吃驚。我斗膽摸了摸那手臂，她沒有反抗。

她愛上我了。我不知道她為什麼愛上了我。她說，見到了我，就好像見到了他。可是我仍然沒有錢。我還是沒有錢。可是我要有錢，我要結婚。我腦子裡天天想怎麼能賺錢成家，怎麼能？怎麼能……思路就堵住了，堵得慌。

去偷，去搶！突然會自言自語溜出一句來。莫名其妙！

他一直再沒出現，有時候我甚至懷疑是不是曾有過這個人。但是，她確實在要我時，總是把手臂從我腋下穿過去，扳住我的肩胛，像板夾一樣的。

您想好了嗎？
您可以選擇闔上。
您確定要打開嗎？

三章 補腎

1

我要說說我的生活。我活得很好，就像那句耳熟能詳的話：生活水準極大提高了。我生活提高的證明就是我有了錢。十年前乘小平南巡的春風，我下了海，於是就有錢了。人家說，男財女貌！就給我介紹了個漂亮妻子。我們買了房，結了婚。我們的房子是全市第一高尚社區，二十四小時紅外線防盜監控，外加保安日夜巡邏。我們住八樓（有電梯）。從我們的陽台往下看，可以瞧見一片花圃，有歐式圓拱門，有噴泉。花圃裡有人悠閒打拳，散步，每天傍晚，你定會瞧見一對夫婦（跟我們相仿年齡）在那裡散步，丈夫總是將嘴巴湊在妻子耳邊溫柔地說著悄悄話，女的微微笑著。風雨無阻，撐著傘，頭靠在一起。他們走在花圃中的小徑，又走出花圃，到了社區大道上。大道上許多小車，五顏六色，像拼圖。那輛米黃色雅閣就是我們的。透過後窗玻璃，可以瞧見後座背有許多絨布小動物，那是我女兒的。我們生了個小女兒，也很漂亮。俗話說對了：一朝娶美女，十代無醜人。我喜歡掐著她玩，把她掐得滿臉通紅，大喊救命。妻子就杵我胳膊肘，哪有像你這樣疼孩子的！我真的疼孩子，不掐不足以滿足我的愛。她真的逗人愛。我們一說話，她就也搶著大說，生怕我們撇了她。她就加塞。她喜歡加塞。晚上睡覺也要塞在我們中間。你一定想到了，這樣我們就幹不成什麼了。其實又有什麼必要非得幹什麼呢？有幸福的家，有可愛的孩子，我們很滿足。女兒在我們中間睡著了，妻子掖小孩肩頭的被子，那邊你把關。她說。

我們生活得很安穩。我們甚至不關窗戶睡覺（除了開空調的時候）。當然也主要是住高層的緣故。但我們的生活也沒有祕密。我們從沒有想到誰會來窺視我們。我們沒什麼可窺視的。所以當我發現對面樓上窺視的目光，我簡直吃驚不小。當時我正在陽台做著健身操。對面樓房的一塊窗玻璃晄地一晃，我眼睛一閉。我幾乎要忽略過去了，可是當我睜開眼時，那玻璃再次一晃。

我瞧見了玻璃後面有個人影。他在看著我。我猛地從陽台逃進屋來。我不知道自己為什麼這麼驚慌，我的生活沒什麼可窺視的。我把所有窗戶都關了起來。我開始介意起自己的屋子了，我們的日常生活，一舉一動，妻子的穿著。她總是穿睡衣。其實這睡衣人家都穿到集貿市場去了，可我仍然不放心。後來我明白了，我要掩蓋的是私人生活的形式，比如上床的動作，躺在床上的模樣，就是穿得再工整也不宜讓別人看到。

我開始檢點起我們日常生活，是不是曾有什麼疏漏？什麼動作不合適了？換衣服的地方是不是不夠隱蔽了？進衛生間是不是過早就撩起了衣襬？出來後是不是還在弄褲腰帶？我突然發現生活是一件太難的事。走在外面，見到人，就會不自覺側過身去，好像我有什麼見不得人似的。（那對夫婦散步時總是微微笑，是不是在笑我什麼？）好像總有人在窺視著我。那窺視的眼睛就好像兩顆圖釘，死死盯著我的背。我不能掙脫。我曾經也去窺視對面樓房那個房間，那窗戶，可它總是關得緊緊的。印象中似乎它就從沒有打開過。因為關著，那窗戶就顯得更加可怕了。那玻璃後面就好像總是站著一個人。我瞧不見他的臉，他的表情。他在想什麼？他是不是在笑？他在笑什麼？我不知道。我不知道！我只知道他在看著我。我實在受不了啦，有一天，我終於衝了過去。

可是什麼人也沒有，也沒有裝防盜鐵門。好像這房子還根本沒有賣出去。我破開衛生間小窗爬進去。果然沒有人，空盪盪的，灰牆，水泥地。我走到那個可以窺視我的房間。那地上撒著土灰，那土灰上沒有腳印的痕跡。我看到了我的房間，銀色鋁合金窗，藍玻璃，還有玻璃後面的淡藍色窗簾。我的臥室。一張床。一個人躺在床上，是男人。我微微有點驚訝瞧見自己了，我們家沒有別的男人。我甚至還有點生妻子的氣，我已經多次警告她要關好門窗。臥室的門是關上的。我瞧見自己蓋著一床大紅毯，像祭品。我找自己的臉，可那張臉卻不是我的，是另一個男人。我再去瞧他的身。我發現他的手藏在毯子下面，在幹著什麼。我不知道他在幹什麼，他閉著眼睛。突然，那張臉激情澎湃起來，那麼燦爛，那毯子下的手更加劇烈抽動。我彷彿能聽到他的喘息，我彷彿能聞到他嘴裡呼出的氣味，那種跟我一樣的男人的氣味。彷彿有什麼攥住了我的下體。一隻手，一隻別的男人的手，帶著溫度，還有溼度。我毛骨悚然了。

我知道那是誰。就是那個總是把嘴巴湊近妻子耳朵講話的丈夫。他就住在我的樓上。每一次瞧見他們散步，我妻子總要說一句：就跟談戀愛一樣。（他們沒有孩子。）那天我妻子又這樣說，我笑了笑，笑而不答。

我沒有將此事告訴妻子。我也不知道為什麼。我沒有告訴任何人。是因為這種事難以啟齒？這種事情不比打架鬥毆，殺人越貨，甚至是姦淫，你完全可以大聲疾呼，可是這卻是——手淫，總有著揭露老底的嫌疑，不論是對說的自己，還是對聽的一方，畢竟誰沒有老底可揭？我只能將之藏在心底。它在我心底發酵了。

他完全沒有必要那樣對她說話。老夫老妻了。我們是幾乎同時搬進來的，那時他們就已結了婚。而且，又有什麼話不能留在屋子裡說？他們又沒有孩子。（他們沒有孩子是不是就足以說明問題？）

他難道就不怕妻子突然推門進來？他不可能反鎖上門，那樣豈不引起她的懷疑？那麼撞見了怎麼辦？想想吧，妻子突然推門進來，猛就撞見了，縮也來不及，掩飾已來不及了，完了！拿什麼災難作交換都不可能，比如跌一跤，破了財，事業全敗，甚至，千刀萬剮。不可能。你死了都不能。死還能讓妻子懷念你。而你只能身敗名裂。一切全完了！一生一世。後悔也沒有用，無可挽回。而且對方並不懲罰你，像沈入海底，細無聲息。你不知道她是否還記著這事。多麼可怕！難道他就這麼熬不住？非得如此冒險不可？在這時間？當然他沒有別的時間，她總是比他遲出門，早回來，把一切都打整好了，他才回來。

我開始留心樓上的動靜，樓上的一切都變得別有意味了。一次關門，一點小震盪，一個叮的響聲，一縷油炸味，他們澆上黃酒了，那味道！我細細觀察，哪怕是一點蛛絲馬跡都會令我歡欣鼓舞。我不知道我為什麼會這樣，這其實不關我的事。也許是因為突然從被窺視變成了窺視者吧，我承認我很欣慰，甚至有一種幸災樂禍的滿足。你聽他們的腳步聲，一個重，一個輕，重的慢，輕的快，輕的顯然是出自有跟的鞋底，是她的。出現頻率高，從臥室到廚房，又從廚房到大廳（我猜他們一定把餐廳放在大廳一角了，所以每到飯前飯後腳步總是特別頻繁地拉過來，拉過去）。她好像總有忙不完的事情。它總是最後消失，我能聽到那鞋底最後在床前脫落的聲音，磕地一下，磕地又一下（他們臥室是鋪著金剛板的，你聽那聲音那個脆）。然後徹底消失了，消失在夜空裡。可是我還聽著，我想像著他們在床上的情景。他一定是掩飾地打著哈欠，顯出很睏的樣子，睡吧，拉燈。沒有節目。沒有再出現腳步聲，丈夫起床排殘留精液。死一般的靜。我聽著，我不能睡，唯恐錯過了。那動靜再次出現。我不敢沈睡，我熬著。上面的聲音又響起來了。天色熹微中。那不是他的，那是她，先是從床邊，然後衛生間，抽水馬桶的沖水聲，然後再出來，到了廚房，惺惺忪忪，伴著鍋盆的磕碰聲。只有她一個人。我知道此時另一個人在哪裡，就在同一個屋簷下，一扇薄薄的膠板貼成的門後面，戲開場了。

她到底知不知道他在幹著這種事？就在她剛剛離開的床上，那床上還有她的體溫，她身上的香水味道，也許還落著幾絲她的頭髮。她到底知不知道？有一次我甚至摸了上去，就在他幹著那種事的時候。我敲門。門開了，她出現了，穿著睡衣。她顯得很驚訝。我這才發覺我得找個理由。我說，你們陽台滴水了。

沒有呀，她說，表情更驚訝了。我們沒有沖水呀，她說。也許看我不相信的樣子，她又說。她又把門開大了點，留出一個道，好像是說，那你自己進來看。

我終於進入了這個家，這個費了我多少猜想的家。有一股精液的氣味。果然他們把餐廳設在客廳一角，北側。餐桌上已經放著一盤吐司（那叮的聲響原來是從麵包烤爐發出來的）。地上果然是金剛板。臥室的門緊閉著，是水曲柳板的。想著那種事現在就離我這麼近，就在那脆弱的門後面，我有一種異樣的刺激。可她開始猶豫了。我這才發現，原來陽台就在那間臥室後面，要去陽台，就必須經過臥室。我禁不住得意自己怎麼想出這個理由了。就是要沖水，也得跟我們先打個招呼呀，我們把東西收起來後再沖。下面都曬著東西吶！我故意說。

我們真的沒有沖水。她說，我愛人在睡覺。

什麼睡覺！我想。還在睡覺呀！

她忽然轉進了廚房，在裡面忙碌了起來。她打燃煤氣，往油鍋裡下了兩粒雞蛋。晚上睡遲了。她說，有點不好意思的神色。她抹著抹布走了出來，模樣像一個使女，那麼羸弱，那麼樸實。看來她還蒙在鼓裡。我忽然有一股衝動，我真想衝向那扇門，一腳踢開。他一定正在陶醉呢。那東西還直挺挺蹺著，精液像鼻涕一樣抖在一邊。一切全被撕破，她頓時發現了自己原來過的是怎樣的生活，她一定會大吃一驚，會絕望，甚至，會發瘋，去自殺。我忽然又猶豫了。這時她叫了一聲，又往廚房跑去。我聞到那裡傳來微微的焦味。她忙亂著，把鍋高高端著，鍋底下的火仍在燒。她好像懵了，不知如何是好。她忽然把求救的目光投向了我。

對不起，幫幫忙好嗎？她讓我給她拿鍋鏟。鍋鏟跟瓢子刷子等齊刷刷一溜掛在側面牆上，那是她整理的。我忽然真想哭。我把鍋鏟遞給她。她接應的手從睡衣袖子拉出來，很長很瘦。她把蛋揭出鍋來。

炸焦的東西吃了會致癌的。她說，他總是睡得遲，要不，您稍坐會兒，他就要醒來了。

2

我簡直是逃著出來的。我沒勇氣等他出來，彷彿那樣就是我把他拽出來似的，對著這麼一個一無所知的妻子，這麼有幸福感的女人，簡直殘忍。也許是樓上吧。我說。

我們真的不會這樣。她送出來，又說，不會這麼不文明。

我點頭。我甚至還真的上了上面一樓。敲門，你們有沒有滴水？

我開始可憐起她來了。一見到她，就想起她丈夫幹的那種事。因為她丈夫的所作所為，她的身體總有那種事的意味。也許她也會半夜突然醒來，悵然若失望著黑暗，覺得生活少了什麼，可她又不知道到底少了什麼。她就更加可悲。她不知道她丈夫把應該給她的給了別人。他在幹著那種事時腦子裡一定在想像著別的女人。我也曾有過手淫的經歷。在冥冥之中想像著跟我不相干的女人，對她做根本不可能做的事。幾乎每個男的都不同程度有過手淫經歷，就好像幾乎每個司機都不同程度觸犯過交通法規一樣。可是一結婚我就戒了，因為有了實實在在、跟我相干的對象。我覺得夫妻間的這種事是彼此壟斷的，一方只能跟另一方過，要嘛一道過，要嘛雙方都不過，要是一方自己過了，就是對另一方的背叛，即使是一方的不讓過。這種背叛如今太多了，何況他這樣身分的人。他好像也是一個老闆。我曾經聽到一個到他家找他的人在門口稱他X總。這世界有多少女人為X總X長時刻準備著呢！那麼多女人，那麼多雞。

我對雞向來無太多感覺。雞之對於我們，就好像城市空氣之對於現代人一樣正常。請個客，玩一玩，叫幾個小姐，無非就是多點了幾道菜。有一次，大家要一個小姐撩開衣服看胸脯，小姐真的就撩了，大家笑，我也跟著笑。反正就是那麼回事，有什麼大驚小怪的？她們是小姐嘛，就跟我們是老闆一樣。

我們的生意幾乎都是在這樣的氣氛下做成的。晚上又要請一個客人，是水幫忙拉到的。水是我的好友，因為他到處打槍，大家說，你射出的已經不是精液，都是水了，就有了這外號。精液還真未必濃於水，能拉來大客戶。我搞保健品生意。今天來的是省立醫院的一個副院長，吃飯，我們要叫幾個小姐作陪，副院長說不要。於是就不要。我忽然有點巴不得。很奇怪，不知為什麼我今天變得很緊張。

不要女人，只勸菜，勸酒。副院長說他的酒量是很小的，不肯多喝。

我幾次提起進藥的事，副院長總是問：你們真的不會害我聽話？

怎麼能讓您聽話呢！我們應。

藥品可是人命關天啊！可是副院長還是說。

什麼藥都會吃死人，就補藥不會吃死人！水就說。

沒有小姐勸酒還真的不行，不只是少了幾樣菜。水就說，我們去桑拿！副院長又擺手：不要了。水就硬拉他。就是周總理日理萬機也要休息休息，他說。他媽的他可真會說話。這樣的話這樣的場面我也不是不會應付，可是今天，不知為什麼我變得很笨。

進了桑拿，大家脫得光光的，副院長態度才開始隨和了，說起自己人生的滄桑，這院長也不是好當的，還是像我這樣子好，自由自在。水就趁機說，院長今天也自在一回囉，去推拿推拿！副院長就嘻笑著不言語。水就連忙跑去找小姐。

有沒有漂亮的？

我們這裡的小姐都漂亮！領班應，一副不容置疑的樣子。陰暗中三三兩兩坐著躺著走著的小姐，好像真的很漂亮。水又說，我們可要真漂亮的。領班就笑了，怎麼敢拿不漂亮的出來呢？大老闆來了嘛！

他才是大老闆！水指我，我們這大老闆可是糊弄不了的喔！

不知為什麼，我忽然很忌諱他這麼說。

我們一同過去挑小姐。副院長一副扭扭捏捏的樣子，只是對著一個小姐直笑。水馬上明白了，叫了那小姐。水叫小姐的手勢很灑脫，把食指向小姐勾了勾。我以前是不是也用這種手勢？輪到了我自己，我說，我算了吧。

水慌忙擰我的胳膊，你他媽怎麼回事！不是自己拆台嗎？果然那副院長立刻說道：我看就算了吧。我連忙說，我不是這個意思，我是想先上個廁所。

領班說，那無妨，老闆你先挑一個，小姐可以在包間等嘛。

我說，我不是老闆。

那通往裡面的弄道幽深莫測。同樣的單間，一張按摩床，燈很暗，有一股熏人的氣味，那是黴氣混合著香水脂粉面膜膏的味道。不知道為什麼我今天感到窒息起來。我聞到了小姐頭髮味，很甜很膩，有點菸味。那味道一會兒就到了我的頭頂。我感覺有兩個又硬又軟的東西頂在我的頭上，可它的所有人似乎毫無知覺。她在給我做頭部。她的手肉摩挲在我的臉肉上，我的感覺忽然異常銳利起來，我能感覺出那指尖的細細紋理，我甚至能覺得面膜膏在肉紋間的滑動。我縮著自己的肉，那隻手像一把溫柔的刀子，要剖開我的靈魂看。我像放在案板上的肉。我奇怪以往我怎麼就那麼處之泰然了？那手又伸進了我的胸脯，在我乳頭上揉捏起來。她們總是這麼做。為什麼要這樣做我不知道，也從沒問過。從來沒想過問。為什麼要做這？我問。

為什麼不可以？小姐應，這是一種錯誤的觀念，以為男性的胸部就不重要了。

不是這意思……我連忙說。

那您只說舒服不舒服，她說，舒服就行。她笑了，笑成一朵罌粟花。我驀然明白了那笑的含義。我猛地抓住那手，拉出來。還是不要按了吧，我們說說話。

我問她是哪個地方的人，多大了，她回答。可她的手仍在我身上動，隔著衣服。我又說，不要按了。就停了。她問我是做什麼生意的。我說，我不是做生意的。

那手又悄悄動了起來，好像不動她就不安心，動著才能表明她在幹活。這是她的工作。她千方百計都要動。那手溫溫的。我簡直受不了了。我猛地跳了起來，不要按了！

那隻手猝然不動了，像死了似的。它的主人驚愕地瞧著我，好像不明白自己幹錯了什麼事。我聽見門外響起了腳步聲。小姐嚶嚶哭了起來。也許我過分了。我爬了起來，我開門走了出去。門周邊來了幾個人，見我出來，紛紛閃開。我感覺到領班聞訊跑來，企圖攔住我。老闆你發個話，她有什麼不夠周到的地方了？

不周到？不，太周到了。

領班衝進單間。你對客人做了什麼了？

我什麼都沒有做……小姐辯。

老闆，那這是怎麼回事了？領班又衝出來，我們這可是正規推拿耶！

他不要推拿……小姐道。

不要推拿？不要推拿你來幹什麼？你有沒有搞錯啊？有沒有毛病呀？領班叫。

也許真是我有毛病。一切本來很正常。我瞧見幾個小姐用怪異的目光望著我。我瞧見了那個副院長，他還在整著腰帶。他故意裝作沒看見我的樣子。我瞧見了水，他的臉吃驚得都變了形了。我知道他為什麼如此吃驚。我知道我這樣做的後果是什麼。我不知道自己為什麼要這樣，我只覺得我不能夠忍受。我忽然有了潔癖了。我要離開！我要去一個乾淨的地方！

我回到了家。孩子睡著了，妻子正在整理被子。被子擱得廳上沙發都是。連邊上一把躺椅上也都是被子。燈開得非常亮，把棉被照得明晃晃的。我從沒有發現我家有這麼多棉被，簡直就是棉被倉庫。這是我的家嗎？我感到堵得慌。妻子跟我說了句什麼，我沒聽見。我只瞧見她抱了一床被子出來了，那樣子好像又懷孕了。被角從我面前掃過，我一閃身，踩到了什麼。滿地都是小孩的插塑，還有被玩髒了的布娃娃。妻子又對我說了一句，她在問我肚子餓不餓。我沒回答，躲進了衛生間。一絲莫名的空虛襲上心頭。我聞到了自己身上的味道，發霉的，脂粉的，香水的，面膜膏的。

淡淡的，好像一個久遠的夢。也不知過了多久，妻子敲上了衛生間的門。她進來，忽地就把睡裙撩起來，小便。就在我面前。我的眼睛猛地被刺一下，這好像突然闖入的惡作劇。我不知道自己怎麼去窺視它了，也許不是窺視，只是習慣，她是我妻子。但是我忌諱。我趕緊出去。我溜到了床上。床冰冷而又陌生，也許是因為我沒有洗澡的緣故。我要關燈，只有在黑暗中才有安寧。

3

你小子怎麼啦？水追來了電話。

什麼怎麼啦？我知道他是指什麼。

心中有愛了吧？那邊水笑了起來，所以有潔癖了。

哈，我會愛？有誰值得我……

別跟我說你老婆很漂亮。水打斷我。畢竟是水。這是我老是用來反駁他的理由。老婆再漂亮也是老婆，也有厭煩的時候。總不能一輩子只吃一碗菜吧？

去你媽的！我應。

再說會娶漂亮老婆，就說明你色。他更變本加厲。

去你媽！我仍這樣應。好像我只會這樣應，罵。你以為那些雞就有魅力？我忽然想出一句。我瞥了瞥外衛生間方向。沒事掛了，我要睡了！

跟誰睡？那小子還糾纏。

操！我說，你小子別什麼時候染上愛滋病了。

寧在花下死，做鬼也風流！那邊哈哈笑了起來。

有妻子腳步聲。我掛了。拉燈。

這時候還有多少男人在外面野呢？酒吧，按摩院，桑拿……各種各樣的好去處。有多少丈夫在跟不是妻子的女人睡呢？有多少男人，前半夜還抱著另一個女人，也許後半夜就已經躺在妻子身邊了。他們是不是想到有朝一日和妻子一同走上街去，會被那另一個女人看？在那另一個女人眼裡他可憐的妻子會是怎樣的？可憐的妻子，她們還蒙在鼓裡。假如她們知道了自己是在跟別人共用她丈夫陰莖，就像跟人共用一把牙刷，會噁心得嘔出來嗎？她們不知道。甚至她們被傳染上病還不知道是怎麼回事，還懷疑在什麼公共設施上染上的。

樓上那位妻子總是乘電梯上上下下。無論上去還是下去手上總是提著東西。上去時滿當當的，下來也同樣滿當當，那是拎著垃圾袋。滿當當的垃圾就是他們每天消費掉的生活，好像他們的生活總是滿當當的。我從電梯壁的鏡子觀察她，她總是那麼恬靜。我們沒有說話（也許是我沒有跟她說話）。她提著垃圾。提著垃圾的女人是多麼的可憐！可憐得讓你不能不伸出援助的手。

她就能提得動？我說。

誰？妻子問。

我一驚，這才明白是在對妻子說話。我們剛從電梯出來。我嘴努努電梯。我不知道自己為什麼要在妻子面前說起她，好像一股寂寞忍不住要溢出來。那至少有五十斤！我說。

五十斤！你這是哪個星球上的秤？妻子叫，笑了。我也笑了。反正是不輕，他們家的事好像都是她在做。

你管人家那麼多。妻子說。

那丈夫也太不自覺了。

你還是管管自己家吧！這週末我們去哪吃飯？妻子說。

喔，週末。我幾乎忘了。每個週末我們都要出門吃飯。這已經成了慣例。在自己家裡早已吃不出名堂了，什麼鍋，什麼爐，什麼機，什麼樣的調味料，什麼樣的整法，死整還是活整，剝皮還是不剝皮，掏腹還是保住腹氣，先弄死了再下鍋還是沒有死就下鍋，下油鍋還是蒸、燜、煲、燻。即使再用生猛二字也吊不起胃口了。妻子說一到市場一進廚房就跟上考場一樣。於是就到外面吃，酒家酒家酒家，山珍海味山珍海味，四大菜系八大菜系。也沒了胃口。就到處搜羅有什麼奇特的，肯德基、麥當勞、西餐牛排、日本料理？也沒了吸引力。聽說韓國鐵板燒可以邊看他做邊吃的，還可以自己動手做，就奔去了，但很快又厭倦了。再說吧！我說。很奇怪，我出奇的慵懶。

樓上那一家在吃上好像也很折騰。常有種種味道飄下來。晚上九點了還在煮。我又爬進了對面樓的那間房間。那房間仍然空盪盪的，地面土灰上還完整地保留著我留下的腳印。我關掉了手機，在裡面待著，好像藏在一口荒廢的井裡。有時候也會突然響起一陣喧囂，那是屋外有人走過，一會兒就恢復了寧靜，而且更加寧靜。什麼人也沒有，只有我。她果然在廚房忙著。她穿著睡衣。她穿睡衣的樣子顯得特別可憐，讓人想到她瘦骨嶙峋的身體。她一定是很瘦的，被剝削被壓榨的人，一片被拋荒的土地。有時我希望她外面也有個人，有個外遇，也算是對她丈夫的報復。可是她似乎沒有。她在一所衛校當教師，有一次下課，我瞧見她和學生一起從教室出來，哄地一下，顏色那個單調。我從沒見她跟哪個男同事多說話。她的臉幾乎沒有笑，像一隻羸弱的羔羊。她把講義抱在前胸，完全不能讓人想像她還有提食品袋的模樣，更不會讓人想到那被講義壓著的胸部跟她某些生活場景有關。她幾乎沒有朋友，只有一個人，是在醫院工作，也是女人，一個很優雅的女人，總是把手揣在護士服口袋裡。

鍋裡在燉著什麼。她揭鍋蓋，看。濃濃的煙氣幾乎把她的身影掩沒了。這好像更成全了她的形象，廚房似乎是她的最好環境。她幹起活來那麼熟練，乾淨俐落。她從鍋裡端出一碗東西。也許是宵夜吧？那碗很小，說明那碗裡的東西很珍貴。她試味道。她端著東西去了大廳。他也在家裡，好像專門在家等著吃似的。可是當她把東西遞給他，他又扭捏了起來，不肯要。他反將碗推給她，她也不要。兩人就你推我我推你起來。他在說著什麼，她也在說著什麼。又是推。突然，她好像生氣了，一把接過碗，走向衛生間。她似乎要將東西倒掉。他慌忙搶上去，奪。她不肯放，他就哀求了起來。他的樣子低聲下氣，他媽的可真會作戲。她終於滿足了，回心轉意了，拿起拳頭在他肩頭上輕輕捶了起來。他得意地笑了。她要是知道那笑的後面是什麼，要是知道他所幹的事，一切全是假的，她還會這樣拿拳頭輕輕捶他嗎？還會給他吃？

我們多大程度上生活在假象中？那個窗戶，就在他們邊上的那一間，有個女人總是對著鏡子邊化妝邊做著各種各樣的表情，大概是想探索自己的最佳形象吧。有一個老頭，總是對他家一個像鄉下人的女孩子（大概是小保母吧）動手動腳，那小保母大概已習慣了，還什麼事也沒有似地一邊做著事情，有一次我還瞧見她像孝順的孫女一樣把老頭攙出來（他好像生病了），叫三輪車。有一個男孩，總是躲在他父母臥室搜索電視中的那種鏡頭，當父母推門進來，他就馬上調轉頻道。有一對夫婦分開了睡，他睡一個房間，妻子跟孩子睡一起。有一個女的，經常帶不同的男人到家裡，有一次我瞧見她光溜溜跑進了衛生間。有一個人躲在自己家裡學張鐵林神態，眉毛一揚，又一低，唔！點點頭。有一次他衝我這邊一笑。我一驚。其實他並不是看到我了，他在自己羞澀。但那直逼眼前的感覺也足以讓你膽戰心驚。我忘不了那個老嫗，已經倒在床上了，我總是瞧見她一個人不停地擺弄著收音機，子女進來她都不怎麼理睬。也許她被病痛折磨著，子女也愛莫能助。一天晚上，我居然瞧見她從床上掙扎起來，顫巍巍爬上窗戶，她的子女慌忙把她死死拉住。我聽到了她的哭聲，像貓。我不活了呀，我不活了呀！您這樣讓我們怎麼有臉見人哪！子女們說，我們哪裡做得不夠，您老人家可以說嘛！

老人沒話了，順從地退了下來。我認識那兒女，他們剛在前幾天給老人辦壽宴，廳上大壽字醒目可見，我後來又聽人家說，老人一百歲了。長壽啊！大家說，也是子孫孝順。為了這，她還得再熬下去，端著幸福美滿的牌坊悲慘地活下去。那家，就是她的地獄。

妻子又在問週末去哪裡吃飯。好像非出去不可似的。好像家裡有鬼，留在家就會撞見鬼。（地獄？）她弄來好多生活類雜誌和宣傳品。這些雜誌、宣傳品總是充斥著我們的世界，它會教你如何活，什麼是好生活，什麼是時尚，什麼是成功，什麼是現代化，什麼是富裕，富裕就是非要這樣做，比如有房子，有車，有別墅，去休閒，去旅遊，去度假，去打高爾夫，進高級健身房……我從來沒這麼覺得活得累。以往是怎麼過來的？以往每個週末是怎麼捱過去的？我一屁股坐到沙發上，摸出遙控器，摁開電視。電視上也都在折騰，綜藝節目，晚會，智力競賽，搞笑小品，電視劇……一個個頻道過去，再回來。山重水複。好生活好像已經到了頭了。妻子又在問去哪裡。

隨便。我說。

隨便是哪裡？妻子問。

不去了吧。我說。

為什麼？妻子叫起來。這是我第一次說出這樣的話。

我沒空。我說。

誰在說？沒空是男人的最佳藉口。

你沒空喔！看電視都有空！妻子一把搶過遙控器，不停按啊按，你到底要看哪一台？

我也不知道要看哪一台。其實我一直沒想過要看哪一台。一坐下去就摸遙控器，一摸到遙控器就拚命地按，好像有所期待，又好像無可期待。我站起來。唉，你不知道出了什麼事！

出了什麼事了？她擔心了。

跟你說也沒用。我支吾。

不說就是沒有！

你怎麼這麼纏人哪！我火了。我還真覺得出了什麼事。什麼事呢？樓上的她？我看你是活得太舒服了！你沒看看人家樓上。我說。

人家怎麼過了？人家天天散步！妻子應。

什麼散步！全是假的！你不知道那女的有多可憐！

你可憐她，怎麼就不可憐我？妻子說。

我一驚。我不是這個意思！趕忙說，那就問孩子吧！孩子說去哪裡就去哪裡。我說。

女兒才三歲。讓一個三歲小孩來決定，自己也覺得滑稽。女兒正在看電視。媽媽，我要吃「腦白金」她說，電視上正演著腦白金廣告：今年爸媽不收禮，收禮只收腦白金！

那就去吃猴腦吧！我說。

對了！上次有張宣傳單就介紹了滿漢全席猴腦羹，去吃！去吃！妻子興奮得叫起來。

我不知道自己怎麼會冒出這念頭。再沒有比我更知道這類玩意兒的了。中國人特信補，男人要補腎，女人要補血，老人要補鈣，兒童要補腦。有一次居然有人向我推薦一種叫猴腦靈的補腦藥，還煞有介事拿了塊什麼軟組織，說就是猴腦。我說，你就是拿塊豬腦我也不知道，再說，假如我患了癡呆症，你就是說豬腦能健腦，我也信，我不能不相信。也許吧，是百無聊賴了。

我在下面等，她們在樓上磨磨蹭蹭。車發動了熄滅，熄了又發動，她們仍然沒有下來。一個好丈夫好父親就是要有耐心，要等得。我拍著方向盤。她們下來了，妻子還在給女兒整腰帶，一邊自己扣著外套。她穿一件很時髦樣式的外套，硬邦邦的，臉化妝得像罩上一張面具一樣。她的手指頭還在面具上不放心地修飾著，絕不肯留著破綻讓人說。

幹什麼嘛！我說，又不是去展覽，是去吃！

我說吃，說得有點惡狠狠。

爸爸正駕座，媽媽副駕座。這是我們出門的常規。女兒照樣要加塞中間，總掣肘著我胳膊。妻子就不停地教誨女兒：過來點，過來點！爸爸危險！

還沒開出一公里，就要停車，因為女兒要小便。一會兒妻子自己又要去買清嘴含片。她買了清嘴含片還要塞我嘴裡要我吃。我不吃。妻子就說，你從來都吃的。我承認，可是我這下不想吃。孩子就也跟著喊：爸爸清嘴，爸爸清嘴。真沒辦法。我不知道以前是怎麼忍受過來的。當初買車時怎麼就沒想到？當初只想有了車能夠跑得自在，可無論你怎麼跑都必須載著這堆包袱。想想水從不帶老婆孩子出去玩是有道理的，他只用車載外面的女人。他載著她們滿世界瘋跑，你呼他，他總說：我人在外地呀！哪裡？北京，上海，深圳，海南，哎呀我現在在美國哪！你他媽又跟哪個女的在一起了吧？哪裡都有你的床，什麼床上都可以搞！他就大笑。你也想了吧？要在哪裡操就在哪裡操，要怎麼操就怎麼操！就連車內都可以操！哈哈哈哈……

我想像不來在車內操的情形。

有時候也覺得自己好像缺點什麼。所以吧，才老是去罵水：你這種人沒救了！

這不是我熟悉的豪華酒家高級食坊，像原始部落的屠宰場，滿是怪石嶙峋，那般刺激。有人在喝采，昏暗中一群人圍在一張桌前，全都站著，在爭看什麼。女兒問在看什麼？不知道，我說。我故意說不知道。我不想這麼早就把祕密洩露了。

我們被帶到一排猴籠前選猴，那些畜生好像已明白我們的意圖，忽啦一下譁變起來。也許這就是選猴這程序的必要性。一隻猴子窮兇極惡地向我們發出一聲咞！我說，就要這隻吧！夥計把手伸進籠子，猴子們忽然互相推搡起來，竭力要把那隻猴子往前推。那隻猴子就反過身來拚命往裡面擠，牠蹺起了紅彤彤的屁股，反顯出孬相。我們都哈哈大笑了起來。倒是另一隻猴子躲在最深處，牠力氣似乎非常大，永遠占著最好位置。我改了主意。就要那隻力氣最大的！我說。

我們又被帶進一間豪華的包廂。包廂全是絹布裹著，像柔軟舒適的床。餐桌中間有一個洞，我猜待會兒猴子就是被枷在這裡面。想著屠殺就要在如此柔軟的環境中進行，我禁不住有些激動。很久沒有這種激動了。這就是商家精通服務的地方吧。外面傳來了一陣喝采聲，伴隨著慘叫，我知道又有一場戲在開場。不知道那一隻猴子是不是比我的兇？也許是比我先挑的。

我們的猴也來了。捆著鐵鏈，腦殼上的毛被剃得精光。牠被洗得很乾淨，可牠仍然竭力牽動手臂要抓搔身體。好像仍然有無數的蝨子。牠很快就被枷在桌子中間的洞內。牠的目光開始在我們三人中間驚恐地搜羅起來，這就是猴子比其他動物聰明之處，牠很明白，因此也就更富有刺激。我發覺妻子牽了牽我的胳膊。這是平時不會有的動作，平時她總是用嘴巴，喚我吃飯，讓我拿東西，讓我管女兒，叮囑我把我那側的孩子的被角壓好。可我不理睬她。我不看她。我感覺著她的全身神經都被啟動了，緊緊揪住我。我把她的手拂掉了。我也不看牠。我故意讓對方覺得無可把握，好像一個死刑犯被刑警從後面戳著槍，你不知道他何時開槍。那是真正的恐懼。有時候我也會莫名其妙產生這樣把握不住什麼的恐懼，我什麼時候完蛋？我舉起了銀錘。我敲。可是沒有打開天靈蓋。我再敲，只裂開一條縫。女兒驚叫了一聲，好像這才明白在幹著什麼事。妻子慌忙拿手掩她眼睛。我笑了笑，我想著如何撬開那腦殼，越難就說明它越是堅實，越有生命力，就越有吸引力。我又拿起了銀刀，猛地插進那腦殼的裂縫，狠狠一撬。猴子一聲慘叫。那個叫作腦漿的東西終於呈現在我的眼前了。滑溜溜的。那滑溜溜的感覺好像為我們呈現出世界的另一面，像皮囊的內裡。它在蠕動。女兒又害怕地叫了起來。讓她怕，她也該懂得什麼是怕。她太幸福太舒服了。我啐道：叫什麼叫！不會動了，死了，還有什麼吃頭！

店夥計問我要怎麼吃。生吃，還是在火鍋湯裡涮？各有千秋。他說，火鍋吃，香；生吃，鮮。我問妻子。妻子不回答。她在發抖。不就是吃一餐飯嘛！我說。你以為幹什麼了？我讓夥計澆上熟油，生吃。嘩！油澆下去。猴子猝然一震，那臉好像驟然蒼老了。

吃！我叫，拿起了湯匙。那腦組織在我湯匙裡蠕動著。它在我牙齒間。腦組織在掙扎，在我牙縫間掙扎。我從來沒有想到還會這樣。活著真是好啊，我希望這樣活著。在對方的痛苦掙扎中，在慘烈的叫喊中，我感受到了空虛。猴子的腦部被挖去的一角，那個空虛的痛。就好像被蛀空的牙齒的痛，那種牽動神經的痛苦，像飢餓，需要什麼來填補。哪怕是用打呀，以痛抵禦痛。哪怕是再挖它一湯匙。我感覺牠在渴望著。可是我偏不。我把湯匙在那傷口的邊緣輕輕劃，想像著那種被提醒的痛，那是深層的感覺。有些感覺是深藏的。我叫妻子吃。她仍然在顫抖，不知什麼時候，她已經背過身去了，跟女兒摟在一起。我忽然感覺要從興奮的巔頂跌下來。我慌忙又拿起湯匙。可是我不知道該怎麼做，狠舀一口，還是不舀？不舀就不能鎮住我的慌張，舀了讓猴子解除痛苦，我更無以安慰自己。我忽然想看看那桌子下的猴子的臉。我貓下腰。那猴子在黑暗忽然嘻地衝我一笑。我沒想到牠會這樣。我不知道痛苦跟笑什麼關係。

我猛地感到極度空虛。

我忽然發覺自己其實想讓牠咬我一口。

我戳進湯匙，胡戳亂攪。我聽到了桌下的噗噗聲，像馬蹄奔走。我又叫妻子。她仍然不吃。我舀一大口送到她嘴裡。她的腦袋搖了起來，不肯吃。你幹什麼嘛！來了又不吃！我叫。她仍搖頭。我不知道是這樣！她辯。那你要怎麼樣？我叫，你還要怎麼樣！我不吃！她叫。湯匙被碰掉了，咣噹一聲，猴腦灑在地上，像不可收拾的豆腐。你以為這便宜呀！你以為這就不要錢！我叫。我不知道自己怎麼提起錢來了。我們不缺錢。吃！吃！吃！我又狠狠舀一湯匙。我要撬開她的嘴。她死鎖住嘴，頭搖著。她的口紅沾在猴腦上，現出假惺惺的意味。猴腦也沾上了她的嘴，她的腮，她的臉花了。她的樣子討厭極了。不就是吃嗎？你不是天天都在吃嗎？一日三餐。吃活魚活蝦生猛海鮮怎麼就不怕？就是死的，就是屍體，也是吃屍體！屍體！

妻子哇地嘔了起來。瞧你，瞧你，你什麼樣喲！我罵。

4

憑心論，妻子模樣沒什麼不好。放我們社區也是數一數二的漂亮。可是現在讓我說說她到底怎麼漂亮，又說不上來。反正是到了不需要去懷疑的地步。從這點上說，又有點像被掛起來的鹹帶魚。

曾經有不少人追求她。跟我戀愛時，我還直擔心半路被誰劫走了。可是她跟定了我。直到結婚了還有人給她打電話，可她絕不跟他們拉拉扯扯。她是一個很明智的女人，沒有結果的事就不做，這樣的女人就是最理想的當妻子的料。

結了婚，一切就像她那張漂亮的臉，凝固了。我掙錢，她理財，生活就像火車，沿著既定的軌道滑下去。我也迅速胖了起來。我學會了陷在沙發上、窩在被窩裡看電視，不停地按遙控器，走馬燈似地按，其實也沒有想看什麼。有時候會回憶當初怕她被人搶走的情形，甚至希望有誰再來追追她，讓我重溫那種失去她的飢餓和恐慌。

當年有一個跟我同時追她，是個個體企業小老闆，一個真正做起了生意的人。而我其實只是捏著小皮包，這裡求，那裡鑽，倒賣（注：將商品貨物買來，再轉手賣出去，謀取其中的差價利潤。）些化學原材料，手頭並沒有什麼大錢。大學剛畢業，一下子丟到現實中來，什麼都看破了，一門心思放在掙錢上。掙錢，討老婆。我把偶爾賺了的大筆收入謊報成平均月收入。要不是後來終於找到了賣藥生意，還不知道如何對她交代。當時還萌生起不管三七二十一先佔有了她身體的念頭。現在這身體已經完全屬於我了，無可置疑地躺在我的床上。那躺在床上的身體不再令我心驚肉跳。她會當著我的面若無其事地把衣服嘩啦剝光了，再換上一套，然後把剝下來的奶罩褲衩洗了飄在陽台上。不知什麼時候起，那種事也慵懶起來了，常規姿勢，男上位，一套程序，甚至頻率快慢、多少下，都嫻熟於心了。晚上上床也懶洋洋了，總是會突然去看鐘，那口立式大鐘。它正對著床頭。幾乎是不約而同地。這時候，那鐘上的分針就會猛地向前一躥。總會這樣，無論在什麼時候，只要你一看，分針就猛地一躥。然後彼此顯出驚訝的樣子，這麼遲了啊！不覺得！好像在說。做出困乏的模樣，哈欠。

睡吧。

睡。

拉燈。其實互相都知道對方想什麼。總有一種被凝視的恐怖，彼此的凝視。總有一天要把偽裝看穿。也許當初要在臥室擱這樣的鐘，就是為了一上床就有個推託的理由。完全沒必要在臥室裝這樣大的一口鐘，又笨，又沈，像一口棺材。那秒針走動之響。催你睡，引你入眠，讓你一如既往生活下去。

一看——分針一躥。

也許這樣才講起身體重要的？這種事不能太頻繁了，一週兩次到三次，一、三、五，二、四、六，像文革期間我父母晚上政治學習。還是兩次吧，身體還是要保重。早睡，早起，早起鍛鍊。好習慣是必需的。可是那些壞習慣才真正養人呢！熬夜，睡懶覺，抽菸，喝酒，罵娘，隨地吐痰，打麻將，玩女人……

也許才要聊些無關緊要的？今天在街上看見人家怎麼怎麼了。誰戴了一個首飾多麼多麼好看。現在都在時髦什麼了。沙發是真皮的高級還是布藝的高級。雞蛋是全熟吃有營養還是半熟吃有營養。優生態純淨水是不是也不利於孩子生長。有個哈佛女孩叫劉易婷。誰捧走了體彩最高獎。買幢別墅吧。那個炸大樓的原來是聾子。那個大學生竟然向大熊潑硫酸你說他媽的可恨不可恨。奧運會終於申辦成功了。現在又在反腐敗……打造著熱點，打造著幻象。給莘莘學子打造進名牌大學留學出國的幻象，給少男少女打造瀟灑明星的幻象，給情人們打造纏綿悱惻愛情的幻象，給成年人打造事業成功香車寶馬的幻象，給女人打造永保青春永遠美麗的幻象，給老年人打造健康長壽的幻象，給弱者打造強者的幻象，給國家打造現代化的幻象。也許現代化就是不斷打造幻象的加工廠？也許現代化就是最大的幻象？科技一日千里，生活越來越好，咱們生意的大滾輪在滾動哪，哎呀咱們的防盜鎖可要最結實……可一方從外面回來了，另一方也不會掉頭去看一下，聽任鑰匙插進鎖孔。還會有誰有鑰匙呢？連彈簧都跳得懶洋洋的。那張臉，那個身影。那鎖，鬆了。驀然間，門開處，一個陌生女人。居然是。頭髮拉得直直的，進來了，好像一個女賊。一個膽大妄為的入室女賊！飄然進來了。我霍地從沙發上跳了起來。知道這叫什麼來著？她說。妻子總是一頭捲髮，從我認識她時就一直是，是自然捲，幾乎得到所有見到的人的讚美。

不知道。我回答。

離子燙！你猜要多少錢？八百塊！

八百塊！哇你們女人可真捨得花。

那一天整個家變得怪怪的了，一個陌生的女人在我房間裡轉。她在我的廚房忙碌著，用著我的鍋，抓著我的瓢，擰著我的抹布，開起了我的冰箱，動作飄盈；她給我端飯，我只看得到她頭髮遮臉，我看不到她的臉，我還能聞到她的味道（藥水味？），我只看到那拉直得有些怪的頭髮。恍然間她又飄到了廳上，拍著沙發上的靠墊；一會兒又飄到了房間，打開衣櫥，取出女人的內衣，飄進了衛生間。我故意裝作小便，也進了衛生間。可是我在解開褲門時犯了猶豫，我不敢在陌生女人面前打開褲門。我在客廳上坐立不安，我聽到了衛生間裡淋浴噴水頭的嘩嘩聲，我又悄悄接近那門，那門是虛掩著，我推開一條縫。我瞧見她的身體從黑瀑布下裸露了出來。那身體跨進了浴缸。我的按摩浴缸。滿當當的各種各樣洗浴物品頓時變得饒有趣味，那個沐浴露就是用來抹在那個身體上的，那條毛巾剛剛離開那身體。我不敢正眼看，我想逃。可是我也沒有逃。我忽然有一股犯罪的衝動。我走近了她湯匙被碰掉了她的背對著我。心在猛烈撞擊，我被撞得暈眩，我感覺到自己需要付出一股勇氣。我好久沒有覺得需要勇氣了。我一閉眼，撲了過去。那個身體被我摁倒了，水沖了我一臉。我覺得暢快。我緊緊抱住了她。她似乎有些掙扎，可是馬上就順從了。她靜靜地讓我抱著，揉著。她在哼哼。這是非常規的聲音，這是非常規的姿勢。她像一匹馬。她直直的頭髮像馬鬃。

等一下，驀地，她說，你到床上等一下。

也許因此我們才要孩子的？也許我生女兒就說明了問題？我看了一本生男生女祕訣的書，女性不能達到高潮就不能產生鹼性物質，就只能生下女孩。我也有高潮嗎？沒有激情。

孩子一出來，我們就成為爸爸媽媽了，不再是丈夫妻子，不是應該交媾的一男一女。不是互愛，而是共同愛著一個孩子。忙得屁滾尿流，孩子哭呀，鬧呀，奶呀，米糊呀，瓶瓶罐罐呀，尿呀，尿片呀，把我們的生活堵得滿滿的。（我們都不肯要保母是不是就是一個陰謀？）我是給孩子攢錢的人，她是給孩子餵飯的人。我是給孩子開車的人，她是給孩子尿尿的人。我是在右邊給孩子掖被角的人，她是在左邊給孩子掖被角的人……想想，這些年我的精液都跑到哪裡去了？輸精管似乎也有無數的毛細血管，我的精液一路滲掉了。我從沒有在外搞女人，也沒有遺掉，沒有在被單上留下地圖，那被單上的地圖多麼令人難堪！我也擔心過。有時候我想索性先自己解決掉了，也不失為一種好辦法。準備好衛生紙，可以做得乾乾淨淨。可我終究沒有做。那麼精子都到哪去了？

我又爬進了那個房間。她仍在廚房。好像她總是在廚房，離開了廚房她就沒了價值。她穿著睡衣。看她穿睡衣的感覺跟看妻子完全不同。她的身體在睡衣內搖搖擺擺。睡衣鬆散，鬆散得像塊裹住身體的包袱皮，心不在焉的。那動感的胸部，蓬鬆的腰頭，腹下的斜坡和褶皺，還有那拖鞋（她一定穿著拖鞋的）。這就是睡衣吧。睡衣沒有裝飾，讓人看到世界的另一面，隱祕的那一面。有一刻，她朝我這邊瞧了一下，她好像發現了我。我趕忙閃到窗戶後面去。也許她看到了，她在跟她丈夫說。她丈夫出現了。他總是天天回來同她一道吃飯，然後散步，然後整夜待在家裡。他一個老闆，難道外面就不需要應酬？一個大男人，整個晚上被綁在家裡，他做什麼？

他們在說話。看樣子不是在說我。他們沒有發現。她一邊說著一邊幹著活，他就她走到哪裡他就跟到哪裡。她在廚房，他也在廚房；她走到了廳上，他也跟到了廳上；她去冰箱拿東西，他也跟了過去；她返回廚房了，他也又陪進了廚房。他說著，仍然是嘴巴湊著她的耳朵，跟在外面時一模一樣。好像這房間是那麼空曠，荒涼。他陪著她。有時候他走開了，可是他又出現了，拿個無關緊要的東西回來，有時甚至乾脆袖著手，有一次是去洗碗槽開水洗手。他在衛生間就不能洗？

我期待著只有她一個人出現，沒有他的身影玷污。我只希望看到她。我等著，等得心焦。我不知道自己為什麼要這樣希望，好像那時我就會有什麼動作。有什麼動作？我也不知道。時間慢慢流逝。他始終纏著她。虛情假意！你能來個實質性的嗎？等到上了床上你又能怎麼樣？

到上床時候了。她穿睡衣站在床頭。燈滅了。一切都死了。黑暗。我沒有走。我凝視這黑暗，黑暗給人無限遐想。我凝視著。我的手慢慢伸向自己的腹下。我知道自己要幹什麼了。想像著那床上的那個身體，怎麼想像都行，要怎麼做都行，像個帝王。也許這就是來假的為什麼比來真格要更有吸引力吧。床上似乎有什麼動靜。

她忽然坐了起來。

她怎麼又坐起來了？

我不知道。我只看到她的黑影……

聽說有一種紅外線望遠鏡。我買了一台。當然是黑管道弄到的。對黑道，我遠比正道熟。

5

我忽然發現自己沒有藏望遠鏡的地方。當然不能擱在公司。雖然公司有保險箱。那些職工是不可信的。他們會在哪個晚上撬開保險櫃（或裡應外合），或者乾脆扛走保險櫃。東西並不重要，偷就偷了，要緊的是祕密暴露了。

放車上也不安全。現在盜車賊太多了。

我更不敢帶回家。在家裡我沒有個人的抽屜，沒有一個抽屜上著鎖。原來都曾配過鑰匙的，現在不知道撒到哪裡去了，若換鎖匙，太興師動眾了。何況，從來沒有上鎖的抽屜突然上了鎖，說明了什麼？

我的一切都是公開的。我又不藏私房錢。我以前總這麼認為。我沒有祕密，所有的抽屜妻子女兒都可以翻。現在想來真是愚蠢，就好比婚前財產公證。

我驀然發現，在這世上我一無所有。

我曾想到藏在大廳的吊頂上，我的吊頂是塌井的那種。可是我如何拿進拿出？大廳可是公用的。

我又想到藏在衛生間的頂篷上，那樣我就可以假裝上衛生間，關上門，放進去（恰好衛生間就在大門邊上）。取出時也方便。我小心翼翼藏著。然後裝作真的撒了一泡尿一樣，沖水。出來時，我啞然失笑了。我怎麼到了這地步？我從來沒有如此掖掖藏藏過，即使在賣假藥時也沒有。我這是怎麼了？

可是當我把望遠鏡取下時，還是被女兒發現了。這是什麼？她問。

沒……我支吾，是藥。

我知道了，是匯元腎寶！女兒說。

我一驚。匯元腎寶？你怎麼知道這個？

電視上都在演的，匯元腎寶熱賣中！喝匯元腎寶，他好我也好！

她學著電視廣告中的女人聲。女兒喜歡學廣告，什麼樣的廣告都學，學得唯妙唯肖，從今天你喝了沒有——樂百氏，到大寶明天見大寶天天見，一直到安爾樂衛生巾清爽不側漏，到美媛春。一到這時候，我們總是捂著嘴笑。大人們不能啟齒的，從小孩嘴裡說出來就化成了搞笑，沒有了偪迫。可是真的就不偪迫嗎？我們企圖掩飾尷尬，逃避追問。就逃避得了？我能告訴她什麼是腎寶嗎？什麼叫好？

哎，小孩懂什麼！我說。

為什麼小孩就不懂？可是她仍問。

小孩不懂！大人的事……我說。說出大人的事我又有點後悔了。大人的事是什麼意思？大人的事就是小孩子不能知道的事，大人的事就是隱祕的事，大人的事就是見不得人的事。我懂！我就是懂！女兒仍在叫，就來拽我的包。我緊拽著包。我恐懼地瞧見她的叫聲把妻子引過來了。我連忙說，回頭給她買玩具。

現在就給買。女兒說。

現在不行。我說。

不嘛，現在就買嘛！女兒叫。

現在買跟回來買還不一樣？妻子說。我不知道她是不是看出什麼了。我要來不及了！我說。

你不是反正也要下去嗎？我帶她上來。妻子說。我知道逃不了。

我被押著下了樓。一路上有人打招呼，跟我女兒開玩笑。去哪裡？去買玩具。對，應該狠狠敲詐你爸一下，他有錢！大家說。我更抱緊了包。這包裡的東西是不能公開的，絕對不能。即使世上人都知道了，也不能讓她們知道。我怎麼到了這地步？

我被綁架了。被女兒綁架了。女兒很可愛，人見人愛。都這麼說。我們夫妻間也總是這樣開玩笑，你給我走，把女兒給我留下！現在看來，那未必就是開玩笑，那是我們在遮蔽彼此的厭倦。人有時候真會自蔽，就連自己也以為真是那麼回事。

有女兒的家庭是溫馨的。笑是好玩的，哭也是好玩的，發個脾氣也是好玩的，打你更是好玩得很。女兒問到敏感的問題，可以哈哈應付過去，不當她一回事。她若吵，就更加好玩。這是一個玩的時代，誰那麼傻B的認真？

有女兒的家是溫馨的，溫馨得近乎慵懶。未來無可擔憂。有什麼可擔憂的呢？女的越來越成了搶手貨。女歌星比男歌星多，女影星比男影星紅，女作家比男作家容易成功，女商人也比男商人受呵護。不是有的女人生意還做到美國曼哈頓去了嗎？而男人則必須女人化。男人女人化，女人兒童化。男人玩起了精品物的東西，女人喜歡用兒童用品，護手霜，兒童香皂，嬰兒奶瓶。我們跟小孩一樣幼稚。孩子要什麼，我們就買什麼。孩子喜歡的，我們也喜歡。女兒在社區內小百貨挑挑揀揀，從這個店到那個店，我被推著走，像個傻子。我像一個傻子，我抱著一個包，我揣著望遠鏡。那望遠鏡的紅外線鏡頭好像在窺視著我哪，窺得我發慌，發毛。那個玩具商好像也窺到了我的祕密。他瞥瞥我，又瞥瞥我女兒。女兒已經選中了一個藍貓。她把藍貓摟在懷裡。

多少錢？妻子問。

五十元。對方伸出五個手指頭。

這麼一些再生垃圾就值五十元！可是妻子卻要掏錢。她幾乎不討價，我一直以為這是她的好品質（特別是在跟人爭愛那時）。我會掙錢。掙錢不就是為了花？可我擋住了她。不要。我說。

我要嘛！女兒叫。

那麼，便宜點吧？妻子說。

我這已經夠便宜的了！對方說，這可是當前最流行的皮卡丘啊！

不要不要！我叫。

我要！女兒叫。

還給人家！

女兒卻閃到一邊。我去奪，她拔腿就逃。我不要！她嚷。我叫不住她。我追她，她把皮卡丘死死摟著攥在懷裡，就要哭。我又瞧見了店家得意的眼神。他很清楚我們是非給孩子買不可的，因為我們要掩飾生活的空虛。我們自己很心虛。你們瞧孩子真是喜歡哪！孩子高興能值多少錢哪！想想看你們一切還不都為了孩子做？是不是？還反問我。簡直是訛詐！

算了，孩子喜歡嘛！妻子也對我說。

不能買！我叫。又去追女兒。女兒又大逃。我要！她叫。不知什麼時候已經圍了很多人，認識的，不認識的，社區裡的，社區外的。他們都在看我。我不知道自己為什麼要這樣。我完全應該應付了事的。我還有我的事，還有更重要的事。我包包裡還藏著東西吶。但現在我好像不是在躲藏，而是在自我暴露。我根本不想快快結束，溜走。我看先生您也不在乎這一點錢嘛！那商人又說，我看您也是個大老闆，成功人士……

我不是老闆！我應。

老闆說笑了，不是老闆能住這樣高級的房子？

我沒住這裡房子。

他笑了。他笑得讓你發毛。對，我有錢。我有錢被敲詐，有錢被這裡盤剝那裡盤剝，我必須用錢去賄賂，去當孫子，去當冤大頭，去麻醉自己，我他媽的有錢又怎麼樣！買一個吧！妻子說。不要縱容她！我吼，就是把錢扔到海裡，也不能買！我知道自己有多失態。大家都在勸我。你們知道什麼！還是管管你們自己的生活吧！你們的家！家家都是地獄！一個人擠在最前面，我一伸手搡開他，幾乎把他搡倒。你這人今天怎麼了？妻子叫了起來。你到底怎麼了！從上個週末起。你要是討厭我們母女就直說！

她說。我知道，她一直是記在心裡的。其實她一直都在厭倦我，就像我一直在厭倦她一樣。我笑了。

爸爸不愛我們了！孩子突然說。

我一愣。

我知道爸爸不愛我們了！

說什麼呀，妻子好像預感到了什麼，又慌忙制止小孩，一邊瞥著我。她又心虛了。夫妻就處在這種狀態中。可孩子仍然說：我知道爸爸愛誰了！

小孩懂什麼……妻子臉白了。

爸爸去愛別人了！

閉嘴！妻子喝。

就是就是！爸爸去愛別人了！

我猛地給她一個巴掌。

孩子哇地嚎啕大哭起來。

妻子護住孩子。你跟孩子認什麼真嘛！

我又是一巴掌。血從孩子鼻孔流了出來。好像一切無可挽回，妻子再不顧忌，她又變得猖狂起來。你怎麼這樣對待孩子！孩子懂什麼？你也下得了手？你，你做什麼父親，做什麼丈夫喲……

做什麼丈夫？人家還嫖呢！人家還包二奶呢！哼，我已經做得夠好的了！已經做夠了！

6

我不知道女兒怎麼發現我的祕密的，她才三歲，也許我什麼地方被她看破了。很可能是妻子。我的行蹤早被她盡收眼底。也許是在某一次出門以後，也許是在某一次我的說話中（也許是在某次我提起樓上女人的時候），在我不知不覺的時候，她悄然凝視過我。想到自己早已被人悄然凝視，而且就在身邊，而且我還完全不知道，我不寒而慄。

那個房間，好像是為我準備的。它空盪盪的。它那樣空著簡直不可思議。我們這社區是全市最熱銷的商品房，當初一開盤就被搶購一空，怎麼可能還留著空房？也許那房子是個圈套，是人家專門為我設的圈套。那窗戶居然那麼容易就被我打開了，我從來就沒有碰到任何人。而且它恰恰又在我陽台的正對面。當初我怎麼就覺得那窗戶後面站著一個人呢？他在窺視我，致使我去探究它，倒成了被人窺視的對象。我怎麼就會那麼覺得呢？莫不是就因為我疑心，我恐懼，我對自己生活不自信？

我想她一定知道了我和老婆爭吵的事，樓上的她。我們在道上吵，她一定會聽到吵鬧聲跑出陽台，看下來，看到我了。我很希望她來問，你們怎麼了？我想回答她：性生活不和諧！我想看她的反應。可是她沒有問。我們在電梯見到了，電梯裡沒有人，她也沒有問。我的心空得慌。

那天我不敢去那房間。第二天我出門，在街上兜。我沒有去公司。哪裡都沒有去。我哪裡都待不下。我只想著天黑。天黑了又怎麼樣？我還是要去那房間，去看她。她坐了起來。她怎麼坐了起來？

我想給水打電話。我想跟他談談女人，關於女人。我從來沒跟他談過女人。可是他手機關機。我不知道他又跟哪個雞去廝混了，說不定這時候正在高潮中。我一面想像著那雞的樣子，那種情景，一面鄙夷他們。那是行屍走肉，沒有刻骨銘心。我在街上兜。白天怎麼這麼漫長。天黑了，整個城市紅彤彤起來。

水的手機一直關機。

我往回走，悄悄地。我去對面樓。電梯上有幾個人瞧了瞧我。我沒有退縮。我破釜沈舟了。我不知道我為什麼非要這樣做。也許，與其是急著要窺視她的身體，毋寧是要急著證實她的淒苦。這世界上另一個淒苦的命運。她在黑夜裡坐了起來。她坐著。她被冷落。她可以隨意坐起來。坐不坐起來，她丈夫都不理會她。你坐就坐，你躺就躺，即使坐上一個晚上，那個丈夫也不會問一句。他在做個關於別的女人的夢。

黑夜遮住了一個男人的花心。

他們不在家。可能他們還在散步。我等著他們。又是漫長的等待。這個漫漫長夜我要等下去，孤獨地等下去，和她一起孤獨。我站不住，蹲了下去，把下巴頂在窗台上。我的眼睛不敢離開那窗戶。他們回來了。我站了起來。他們在講話。我又蹲了下去。又站起來。他們終於要睡了。他們上了床，她穿睡衣站在床頭的樣子讓我心碎。燈滅了，兩個人並排躺著。他們的身體紅彤彤。她沒有脫睡衣。

忽然，他抱住了她。

我不知道怎麼會有這種事！

他居然吻她。

他的手同時在她的身體上撫摸了起來。他側著身。他的動作非常慢，非常輕柔，從上到下，所有的區域都兼顧到了，有板有眼，絕無遺漏。完全符合教科書上程序。他可真是調情能手。他漸漸把手伸向妻子下腹。她躺著，閉著眼睛。他嘗試地稍稍一動，她抖了一下。然後她好像認可了似地安靜下來，眼睛閉著。可是他始終側著身，沒有覆到她身上去。他只是用手動著她。他居然在給她手淫！時光漫長。異常的漫長。終於，她一個顫慄。她迅速抓住他的手，按住，不讓它再動。然後，她轉身抱住了他，把臉溫柔地貼在他的胸脯上，喘著氣，那神情充滿了幸福。這簡直不可能！我真想從這窗戶衝出去，飛過去，把她從被欺騙中救出來！

可我不能。

她坐了起來。她在摸床頭櫃上的手紙盒（那一定是個精緻的手紙盒，精品屋裡的）。然後擦，然後又躺下了。

闃寂。

居然是這樣！也許他對她說他不行了，因為病，因為疲勞，因為本來性能力弱。但我不能把你涼在一邊，我沒有拋棄你，我也滿足你。多麼合情合理。我為你做。

聽說在上海有一個老詞新用：為人民服務。那些婚姻契約中的妻子定期為丈夫服務。這也是他的服務嗎？

他服務得那麼到位，那麼久。他側著身子，他的手不停地動著，他的動作細碎而均勻。她始終沒有脫睡衣。有時候我懷疑她是否還醒著，她好像已經睡下去。他是否也要沈沈睡去？他驀然動了下胳膊。他沒有睡。

這是漫長的苦工。面對著天大的美女也沒有了興致。像竭力把一塊大石頭往山頂上推，只要一鬆懈，就前功盡棄。他乏力了，他換了一邊手。他不停地變幻著姿勢，像一隻忙忙碌碌的狗，疲於奔命，死心塌地。絕不半途而廢。不到最後絕不撒手，絕不撒下她。為人民服務。

他是不是後悔自己要這樣做？讓她知道他會這一招？自討苦吃？

我沒有走。我沒有回去。我像隻喪家狗，我呆呆站在窗前。後來我蹲下了，坐下了。窗外，一輛車開遠了。後來不知什麼時候睡著了（也許根本沒有睡）。驀然有一種很慘的感覺，好像一夜之間什麼都被搶光了。我聞到了早晨的淒涼的氣息，我聽到了人聲，腳步聲，我聽到了鍋盆瓢碗鏗鏘的聲音。她又在廚房忙碌了，得到滿足的主婦該會怎樣感激，為丈夫奉獻呢？

不，這成什麼事嘛！丈夫自己手淫，然後再為妻子手淫。簡直是在污辱她！一個更大的欺騙！

我又在電梯見到她。她仍然提著大包小包，一個塑膠薄膜袋氣打得滿滿的，一袋裝滿了蔥、蒜和油菜。我從壁鏡窺視她。她神態滿足，好像剛從丈夫的胸脯上仰起來。她還在滿足著吶！假如她知道一切全是假的，她的丈夫是那樣，他在應付她，她會不會對自己的這種神情羞愧萬分？她一定會震驚，會絕望。她會去自殺。當然我會拉住她，我一定會拉住她。然後她會茫然四顧無依靠，她會悲慘地靠在我的肩膀上。天！難道我對她有所企圖？難道我是抱著這樣的企圖？從一開始起，我為什麼就不懷疑他那樣做是她的原因？是她不願意，才使得他不得不靠自慰來滿足？我只憐憫她。

她渾然不知。她彷彿還穿著睡衣。我彷彿瞧見她睡衣之下的身體，赤裸裸的，陌生的。我從沒看見這麼赤裸裸的身體。這赤裸裸的身體的手上還抓著蔥、蒜和油菜。

買東西？我問，猶豫而果敢。

是。她應。塑膠薄膜袋裡蠕動著一隻粗大的河鰻。

吃鰻魚？

是。

就冷場了。電梯外隱約有打樁聲，好像很近，又好像很遠。

你們好像挺重視營養？

她笑。生活好起來了嘛。她說。

打樁聲悶悶的。

營養真的有用？

有吃總有用吧。

漏不中補喲！我說。

笑。把東西換一邊手。那換過手來的是一把油菜，搖著黃色的花。

電梯門開了，一群人進來，嘈雜了起來。

我簡直恨她！

她在殺鰻魚。那鰻魚裝在一個不鏽鋼鍋裡，她用酒醉鰻魚，一手拿紅酒瓶，一手執鍋蓋，緊張地。酒一倒，立刻蓋鍋蓋。幾顆酒星濺到她臉上，她抹了抹。鍋蓋在震盪。似乎平靜了。她仍然不放心，在上面加壓了砧板。他們用的是很厚的木砧板，大廚用的那種。她開始整理東西，東西撒了滿台面。突然，鍋蓋一跳，鰻魚鑽了出來。她驚叫，想用手擋，可那鰻魚已經衝了出來。很快就衝到了地上。她叫喊著，去抓。他從廳上趕了進來。他堵前，她截後。可是牠卻游向側面。他們就連忙去抓。牠游這邊，他們就抓這邊，游那邊，就到那邊。牠速度緩慢，簡直有點慢條斯理。緩慢而從容，有力。也許正因緩慢才從容，才有力，一副全不在乎毫不畏懼的樣子。有時候牠還抬了抬頭，挑釁地望了望他們，她就又大叫了起來。那毋寧是在玩笑。她笑著，驚叫著，跳著，好像那鰻魚鑽到了她心頭，她是因為癢才叫。偶爾又做出極度恐懼的樣子，撲向他，抓住他，躲在他後面。她簡直像個騷貨！

有一天，她買了一口砂鍋。

有一天，她提的東西中隱約有幾樣中藥，其中幾樣我認出來了：肉蓯蓉、五味子、蛇床子、枸子仁。她還是在給他補。

一個黃昏，我聽到樓上有人叫：王老師！原來她姓王。叫的是女聲。她們在房間裡嘰嘰咕咕什麼，神神祕祕的。出來時，那女聲說了句：王老師，不要洗，記住了，千萬不要拿去洗，就這樣放進去！

那指的是什麼？

我又爬進那房間。她仍然在廚房。廚台上放著一些中藥，還有砂鍋。她把一個紫色扁圓的東西放進砂鍋裡。好像那東西還挺黏乎，放進去後她用水狠狠沖了手。然後放中藥，加水。武火煮。然後再文火。她做得非常認真，像在行什麼宗教儀式。她始終守在旁邊。

突然，好像出了什麼岔子。她慌忙去端砂鍋，手被燙了一下。她又抓了抹布再次伸手過去。砂鍋裡的東西被倒在了別的器皿內，似乎是砂鍋爆裂了。她瞅著它的底。她丟下砂鍋就往外跑。我連忙也奔下樓去。我從樓裡出來瞧見她的身影閃進一家食雜店，她是去買砂鍋。可她馬上又退了出來，又進一家，又退出。已經九點了，店紛紛開始打烊。她跑到街上去，攔住了一輛人力三輪車。我們門口總是停著許多人力三輪。她要坐車去買砂鍋，連夜地，就為了這砂鍋。我不知道為什麼一定要砂鍋。我在藥業浸淫這麼久，我也老教人用砂鍋，其實為什麼非用砂鍋？毋寧是一個儀式。她的樣子簡直神經兮兮。我也攔住一輛。跟緊前面那輛！我說。車夫意味深長笑了笑。我知道他笑什麼。想什麼了！我說。她自殺了，你負得了責？

我不知為什麼會說她自殺。

車夫認真了，緊踩起來，我瞧見他衣服下隆起的背肌，汗淌了下來。也不知走了多遠，前面的車終於停下來。她很快衝下來。是一家日雜店，在高高的階梯的上面，可那門已經關了。她衝上階梯，在門上拍打了起來。簡直不像她從來的樣子，她簡直像個潑婦。裡面終於響起了一個聲音，很厭煩的。幹什麼！

給我砂鍋！她說。果然是。

半夜三更要什麼砂鍋！

我要熬藥！她說。

門裂開一條縫。一道光射了出來。神經病！裡面罵。

謝謝，謝謝啊！她說。

熬什麼藥這麼急！裡面說。

補藥。她說。

補藥？裡面叫。我以為對方會火起來，不料卻問道：什麼補藥？

一種祕方……

什麼祕方？對方問，感興趣了。我瞧見了她，也是一個女人，胸前按著一個砂鍋，好像在說，你不告訴我，我就不給你！

補腎霸。她說得很小聲。

她居然給他補腎！

她摟著砂鍋下來時，原來的人力車已經走了。她攔計程車。街上已經沒人了，也沒什麼燈光。她站在黑夜的風中。我想過去，想佯裝我們是巧遇，我們同打一輛計程車（可惜我沒有開車）。不，我們不打車，我們就站在夜晚的風中。可是她一定非要回去不可，她要給他熬補腎引。那砂鍋摟在她懷裡，像她的孩子。她沒有孩子，她永遠不可能有孩子。她摟著的是她的丈夫，不，是摟著她自己的命！

這時候怎麼就不會有誰突然出現在她面前？那些流氓、黑社會團夥都到哪去了？那天晚上，我做了一個夢。她正在廚房做藥。她家的門虛掩著，她丈夫不在家。我衝了進去。我從背後抱住了她，我用胳膊肘把那砂鍋砸到地上，砸個稀爛。所有中藥都砸個稀爛。她企圖搶救，但她被我緊緊控制住，動彈不得。她反抗。你還他媽的什麼補腎羹！你知道你丈夫的腎為誰而虛嗎？我叫，你知道嗎？他在給你做，在你欲仙欲死時腦子裡想著別的女人，你還忠於他！你有什麼必要忠於他？你這個不爭氣的女人，你這個麻木的女人，她渾身篩糠似地顫抖起來，張大了嘴，好像喘不過氣來。可是我不饒她。我仍說。她全然垮了，她跪在了地上。我騎了上去，她像一匹馬。我抄起了她的睡衣。她的睡衣攏到了她的脖子上。她的裸體。那睡衣掛在她脖子上像狗套。我鞭打她，她的頭痛苦地扭動著。地上滿是藥，完全不可收拾。我讓她痛，她讓我痛！（她的赤裸裸的身體的手上還抓著抹布）……我射了。

這是多久以來的第一次？

她仍然在給他補。有一天晚上，樓上的腳步聲糾纏了起來。突然，她叫道：又身體不好，又不吃！叫我怎麼辦！

有一天，她忽然不見了。

7

我們這座城市舉世聞名，一是因為它是全國最大的中藥集散地，宮廷祕方，祖傳單方，黃帝內經，陰陽五行，幾乎人人都可以出口成章。一是因為出了個賓拉登。此賓拉登非彼賓拉登，是中國有名的黑社會頭目，因為殺人如麻，所以有了這稱號。我就曾親眼瞧見他把人家的肝剖出來，說要做藥，就在大街上。他的嘍囉押著對方，起初還以為只是威脅，那刀在對方胸前比劃著，像是在畫畫。對方哀求著，他還做出專心傾聽對方的樣子，問著，好像還挺有商量的餘地。對方的語調也平穩了下來，好像還感覺到了那刀畫在肋骨上被咯得癢癢的，有點想笑。忽然那刀就戳了進去，血就迸了出來。賓拉登熟練而迅速地閃開。血噴到圍觀的人的身上，臉上。被殺的人頓時就不動了，臉上還殘留著企圖笑的表情，好像還沒明白發生了什麼事，只是漸漸沒了血色，那血全流到地上去了，滿地是血。那肝還在發熱。從開始到結束，不足三分鐘。

賓拉登終於在這次嚴打中落網了。

槍斃賓拉登那天，刑場上人山人海。當賓拉登被拉下刑車，人群轟然暴亂了。人們撲向他，掄著拳頭，喊著：一槍斃了他太便宜他了！千刀萬剮了他！

要不反正就是一個死，誰還怕？有人議論。挖出他的肝，吃了！

武警攔不住，朝天開了一槍。可是無人畏懼。武警只得彼此串起了手臂，硬將人群擋在周邊。有人向賓拉登投擲石頭。賓拉登被砸到，猛一回頭，目露兇光。大家一愣。一個小孩站在高高的山坡上宣布：賓拉登還很活！

大家又向前湧……

這天水來了。那晚從桑拿房甩手離去，我就沒有見過他。想起那晚的事，恍若隔世。他沒提那事，仍然炫耀他的風流帳。他又吃了許多雞。他用的是吃，中文真是絕了！行屍走肉！我說。

你不行屍走肉。他應，你吃的是不是雞，是不是雞的雞。你高級！

我一愣。我吃了麼？我笑。

你沒吃，你在意淫！

我心一個咯噔。愛就是性，性就是想像，不然，就無非也是那樣的肉，有什麼意思？他又說。

胡——扯！

世界多麼大，想像多麼大，任你隨心所欲，翻過幾道牆都行。可我奉勸你，翻過幾道牆都得保住自己家這道牆！

我一驚。別聽我老婆瞎嘮叨。

他噗哧笑了。被我猜中了吧？咱們這麼久的人了，誰看不清誰的屁股？趁你老婆還沒發覺，聰明點吧，好好活。活著，偷著，偷著，活著。

去去去！有話就說，有屁就放！我啐道。

他笑了。這下是我瞞不了你。他笑得很賊，有一種沆瀣一氣的意味。我很忌諱。有個生意要不要做？他問。

什麼？我說。

腎。他說。

補腎藥？又是這玩意兒！是延年護寶還是滙元腎寶？或者是萬艾可？我揶揄道。

是真的腎。

活體腎？

是賓拉登的腎！他說，做了個拉燈的動作，拉登（燈）！

我一跳。

賓拉登的腎，準能賣個好價錢！你沒看到那天槍斃的時候，還是那麼兇，目光如虎。換個人早跟死狗一樣了。我笑了。是狗腎還好辦，這可是人腎！你開醫院？搞臟器移植？你是院長？

我說你不明白了吧？水說，得意地，院長算什麼鳥？醫院又算什麼兵器？醫院姓什麼？姓「公」！進了阿公的程序，再多的錢也是別人的了，拿外面就實打實是自己的。

自己的？你想掙就都能掙？我啐，這世上的錢多了海了。我先讓你弄台透析儀器。

什麼呀！他叫了起來，吃啊！

吃？我猛地感到噁心。

你是怕……

滾。我說。

放心，保證安全！是上了保險的。有特批！

滾！

你他媽的怎麼了？

滾！我從來沒有對水這麼兇。

我簡直沒料到。我賣了這麼多年藥，我想像得出用豬腦假冒猴腦，用野菇冒充靈芝，用麵粉做藥丸，用甲醇兌藥酒，甚至喝人尿，吃經血，可從沒有想過吃人腎，一個活蹦亂跳的人身上取出的腎。什麼時候推出這藥方了？也許也是什麼祖傳單方宮廷祕方。也許是我這些日子無心經營了，對市場生疏。我只風聞有醫院盜取人體器官的，我沒料到會從死刑犯身上。

我想起那天賓拉登行刑後，人們哄然追趕那輛丟著屍體的車，車窗嚴閉。人們成群在後面跑，好像瘋了。

這世界瘋了！

我非常想見到她。

可是她不見了。我只看見她丈夫在房間裡。他彷彿坐立不安，像知道她去哪裡了，又好像不知道她去哪裡。晚上她也沒回來睡，他一個人睡。我想這是他巴不得的，可奇怪的是他總是仍要把她的被子張開，鋪成筒狀，然後他自己在邊上躺下，側著身體。他在給被子手淫。

他仍然出去散步，一個人。下雨仍然撐著傘去，留著她的傘位。有一次下大雨，他仍然還跑下去散步。我被困在家裡，亂按電視遙控器。我猛地從電視掙脫出來。我走出陽台。我看到了他。電視播音員的聲音還在耳邊迴響：

發生在我市的全國最大人體腎臟盜竊案偵破工作又有了新進展，又有一個犯罪嫌疑人被拘留，這是因本案被拘留的第三人，在此之前被拘留的是案發醫院的一個護士和購買腎臟的一個家庭主婦……

她！雖然那臉部被打了馬賽克。

她的丈夫在樓下的大雨中散步著，他撐著傘。他半個肩膀被大雨淋透了。

忽然有一天，樓上響起了乒乒乓乓聲。我跑了上去。一群公安在他們的房間裡搜查，一片狼藉，那些藥撒了一地。那些人警惕地看了我一眼。我簡直挑釁地回應他們。我不知道自己怎麼這麼大膽，有什麼必要這麼做。他們把我擋在外面。我瞧見那個丈夫愣愣地站在一旁，就在我的面前，這麼近。這個人，這個幹著那種事的人，這個被我從遠處窺視到幹那種事的人，現在就這麼明明白白這麼切近地在我面前。我頓時感到有點不真實。他也看到了我。他看了我一眼又低下了頭。他知道我已經知道了發生的事。他是不是也知道我知道了他們的一切？他像完全被壓扁了。這讓我很愜意。想想吧，這就是她所託付的人，這個傢伙。假如他無理而野蠻一些，我還能認可她的託付，甚至是，愛，即使是被欺騙的愛。我真想為她哭。都沒辦法了？那些人走後，我對他說。

沒有。他說，口氣平實。

你就那麼沒用？

也許真是我沒用吧。他說，實在是……

那你就讓你老婆永遠待在裡面吧！我說。你老婆這稱呼讓我很不舒服。我忽然憤怒起來。她那麼為了你，你就讓她永遠關在裡面！

我實在是沒有辦法啦！他說，能託到的關係都託了，可是沒有用。

也許我就有用呢。我說。

他的目光在我臉上一掄。

知道那腎怎麼來的嗎？

她沒說。他說。她明顯是指他妻子。他們也沒說，他們只說，醫院丟了腎臟，是一個護士幹的。那護士是我妻子的朋友，多年前的一個學生家長。

那個護士？那個很優雅的女人，總是把手揣在衣袋裡。

她怎麼能這樣？他急躁起來，明擺著就會被發現，錢到手還沒抓熱，就要被發現。簡直瘋了！總是說，人家有權，咱們沒權；有權有權做，沒權沒權做！她就這麼做！我愛人她也瘋了。她根本就沒告訴我，這是什麼？我就覺得味道怪，想吐，可她就是說這很補……

荒唐！簡直。她怎麼也相信這玩意兒了？

我猛地想起那天，那個黃昏。王老師，不要洗，記住了，千萬不要拿去洗，就這樣放進去……那是賓拉登的腎！我說，殘忍地瞧著他。我希望他嘔出來。也許是過於吃驚，他沒有嘔吐。不可能！簡直！他叫。

你不知道並不等於別人不知道。我說，儘管我也說不準是否就是賓拉登的，也許根本就不是。可是我能說得準我能救她。我知道我該怎麼做。

你知道？他問，聲音發甕。

什麼？

你知道那是誰的腎？

賓拉登的腎！

他這才猛地嘔吐了起來。那個華僑也混蛋！他叫，要不是他去告。他是專程回來換腎的，都住在醫院了！他突然抓住我的手。你幫幫我，幫幫我！求求你幫幫我！現在只有你能幫我了！他叫，幾乎要跪了下去。他乞憐得像一隻狗。這就是他，這個幹出那種事的男人！她的丈夫！她一心為他著想的丈夫！她信賴的丈夫！我簡直要為她哭。我真想一腳踹開他。我憑什麼要幫你？憑什麼要幫你！憑什麼！

8

我和水的關係非同尋常。因為他，我才有了今天的事業。嚴格說，是他救了我。那時我還提著人造革公事包到處鑽，像沒頭的蒼蠅。轉手化工原料，轉手西瓜，什麼都幹。大學剛畢業，自覺得已經脫胎換骨。我肯跑，肯磨，有文化。可是還是被人耍了。那一次我做了生平最大的生意，搞了一火車新疆哈密瓜，貨到時買方卻跑得無影無蹤，整火車哈密瓜眼看就要爛掉了。我跑到那傢伙單位（他是停薪留職在外跑業務的），哭著求大家幫我找他，可是沒有一個知道他的下落。這時水像救一條落水狗一樣地救了我，幫我推銷了部分哈密瓜。那一次，他跟我說了一句話：這世界，生產不如倒賣，倒賣不如造假。醍醐灌頂。我就做上了保健品行銷。

最初的生意也是他幫跑的。讓我賣人胥也是出於這用意？我就是這麼無情無義。我看透我自己了。我們就生活在這種情義的網中，我們就是在這種黑網中運作。也許是我現在忌諱了？忌諱自己的過去，後悔自己下了水。我有錢了，富起來了，開起了真正的公司，可是我一直對那一切很忌諱，對自己很憎惡。

我找水，他很驚訝。我從來不吃後悔藥的。我們都了解對方。你變了。他說，是愛的緣故吧？

閉上你的肛門。我說。我故意罵得有創意些。

你是變了！他仍說。

難道我真的變了？我是否瘋了？

你可別害我呀！最後他半開玩笑半當真說了一句。

不幸說中了。我就是要掌握那罪證。我要用那罪證作為要脅。我什麼都不要了。好像我一旦救出她，我就什麼都得到了似的。

我真的瘋了？

我終於在拘留所見到了她。她變得更加瘦，瘦得讓人覺得自己稍微豐腴一點都是罪過。只有我一個人進去。我讓她丈夫在外頭等著，謊稱只有我能進去。他未必就能相信，但不聽我的他又能怎麼樣？只有我能救她。在不久的將來我就要為此承擔代價。那些被我要脅的人一定不會放過我。也許將來，不久的將來進來的就是我。誰沒有尾巴可揪呢？誰的屁股乾淨？那審判是必然合理的。那個領我進去的人當然並沒想到，只驚訝於我給他的打點不薄，對我分外客氣。我讓他領我們從另一個通道出來，撇開她丈夫。他有事先走了，我對她說，坐我的車吧！

我騙了她。

她上了我的車。

這是她第一次坐上我的車。我忽然感到陌生，沒有實感。我倒著車，她掉頭為我看著車後，提醒著，小聲地。我第一次聽她這麼小聲說話。我有點侷促，有點慌張，像一個賊，她是我的贓物。

不，她是我的獵物。我終於可以對她說了。我終於有了這機會。一切我都已經準備好了，我已經等好久了。我不會再猶豫了。即使讓她再次受傷，即使是屠戮！她仍在掉頭瞅著車後，絲毫沒有察覺。我忽然有一種異樣的滿足。我承認我生性中有一種對殘忍的渴望。許多年前我還是大學生，有一次，我被當作六・四動亂分子追趕到一個胡同裡，後有追兵，前有堵截，我逃出脫。胡同裡無處藏身。我敲門，沒有人肯給我開門。我藏在一個門當旁，竭力縮緊自己。我不知道自己為什麼要躲，不亮出身去據理力爭。我只想到躲。鐵蹄從我旁邊踐踏而過，像萬馬奔騰，我被壓得簡直要垮了。我恐懼。我不知道自己還是不是活著。我只能掐自己的大腿，我感到了痛。我狠狠掐。那痛刻骨銘心。只有痛，我才不再恐懼，我越殘忍就越不恐懼，殘忍才感覺到自己活著。我要死啦！我活著……（那以後我就喜歡掐人。戀愛時，我掐女友。往死裡掐。當年作為我女友的妻子就總是被我掐得哇哇叫。後來就掐女兒。）我一踩油門，車轟然飛奔起來。她猛地抓緊了椅座。

你害怕？

她笑了笑，搖頭。

你丈夫從沒這樣開過？

她搖頭。一臉無知。有時也真恨她那麼無知，她一點也不知道。有點熱，已經是中午了。就要到了夏天，毯子要蓋不住了。

看來人腎也沒有用。我說，還是腎虧。

她臉猛地通紅了。她慌忙把臉轉向窗外。幾隻海鷗飛上車頂。已經上了海濱大橋了。這座橋是我們這城市現代化的標誌，其大，其長，據說在世界懸索橋中也排名前列。如今鋼索上還留著一塊通車時纏上的紅標語，跨向世界幾個字還依稀可見。她好像瞧著那幾個字，很認真地瞧著，好像沒有聽到我的話。

知道你丈夫為什麼腎虧嗎？我說。

她忽然抓住車門。停一下，她叫，又掩飾地說明：我東西忘了！

忘了？

忘了。

忘哪裡？

裡面。

她說。我笑了起來。怎麼可能呢！忘在裡面。天方夜譚！驀然，我感覺到了什麼，好像在黑暗的底層開了一個口，那個光。難道她是在尋找藉口？難道她是在逃避？難道她已經知道了？難道她早已知道？這，這簡直太可怕了。她是知道了她丈夫的事了。她是在知道的情況下還跟他的。不，不可能！根本不合常理！哪個女人能這樣？而且像她這樣的女人。不可能！可是我很慌張。我說，算了，不要了！

我有要緊的東西在裡面。她說。

什麼要緊的東西！你最要緊的丈夫都那樣了！我說。

讓我下車！她叫。

難道她真的知道？下去有什麼用！我說。

我東西忘了！她仍說。

你知道不知道你丈夫是什麼樣的人！他背著你在幹什麼！

我要下車！她仍叫。

你知道不知道！我叫。不顧一切全倒了出來，好像不說就沒機會了。你知道不知道他背著你幹什麼？每天早晨，當你在外面忙碌的時候，給他做早飯的時候，他，他，他在自己，手淫！對著她說出這詞多麼困難，同時又多麼的快意。

我要下車！

她開始摳開門扳手。我抓住她。我抓她，搖她，我摟她，狠狠地。你知道不知道！可是她仍在掙扎，拚命地掙扎。她掙扎得像泥鰍，我抓不住。你知道不知道？我看到了！我全看到了！你還跟他，你居然還跟他……。我幾乎把握著方向盤的手也撒掉了。一輛大卡車突然從左側竄向右側。兇狠嚎叫。它的身子歪歪的，載滿了沙土，沒有車牌。我給你講個故事吧！她說。幾分鐘後我一個人回到了家。女兒在午睡，妻子在衛生間洗澡，衛生間裡水聲在響。家裡很靜。妻子出來了，裹著浴巾，站在午後的光線裡。從今往後我要習慣這個形象，包括嘩啦脫光衣服換睡衣的樣子。

飯吃了？

沒有。

我去給你做。

我開電視。仍是一台一台亂按。等著。好險！好在已經過去。就是將來要被報復，他們也只能追究別的，售假，超範圍經營，偷漏稅，即使是假藥致人死命，也是為了多掙錢，為了這個家，為了過上更好的日子。那一切無痕跡。

9

我給你講個故事吧。後來，她說。

很久以前，一個丈夫背著他妻子手淫。那妻子全知道。

起初簡直不知道該如何面對了。他們已經很久沒有夫妻生活，他不行。她想也許是他事業勞累的緣故，他辦了一個規模頗大的公司。她理解他，她照樣感到生活幸福。他們也因此沒有孩子。現在她沒有勇氣跟他這樣生活下去了，她更不知道他在嚮往著哪個女人。總有一天，一個女人會浮出水面，他會提出離婚。雖然她也想到過跟他離婚，可一想到他會提出離婚，她又有點怕。（這世上有好男人嗎？）

她給他買了一盒匯元腎寶。她當然不相信這類東西，她只是想暗暗提醒他。讓一個根本沒有性生活的人補腎，其寓意是不言而喻的。假如他不承認，他抗議，可以退而說是為了強身健體。這東西電視上街頭巷尾到處都在做著廣告，連小孩都會學幾句。

他沒有申辯，默默地吃了。可是他也並沒有戒。

漸漸地，她發覺他晚上不再出門了，一下班就回家，和她一起吃晚飯，然後整夜待在家裡。外面的世界多精采，可是他哪裡也不去。一回到家就把手機關掉。人家把電話掛到家裡，他就推三推四，竭力躲避。她不知道那些電話中有沒有女的，有一次她接到一個奇怪的電話，聽到她的聲音，對方就不說話了。他就讓她把電話掛了，他說不說話的電話接了幹什麼？接著，說話的電話他也不接了。他讓她去接，說他不在家。有時候是個必要的應酬，他就匆匆到場碰個杯，推個理由就走。（他可真會撒謊！她想。）有時候她也勸他去吧，他說，你不知道那有多煩！

他一直沒有提出離婚。

他們的生活安然無恙繼續下去。他開始傍晚陪她散步。他跟她說話，總是把嘴巴湊在她的耳旁，絮絮叨叨說著。每天如此，風雨無阻，一直堅持下來。那是他們一天裡的談話時間。一對夫妻，能夠每天保證有這麼一個談話時間，她也滿足了。還有就是每晚睡前，他堅持抱一抱她。

可是一天晚上，在抱了她後，他忽然提出要為她做。她不肯。

他說可以用手幫她做。

她堅持不讓。

他說自己已經不行了，要不讓她得到滿足，他會更恨自己無能。說到無能，他就悲傷起來。她就又只得去寬慰他。她不知道他的悲傷是不是真的，他是為自己無能悲傷，還是為自己不能跟使他有能的人做那種事而悲傷。她怕引起他的懷疑，捅破那張窗戶紙。她推說所以不願意，是因為怕他太累了。她覺得他簡直像是拿自己的無能作為要脅。

她不得不答應了。

你能理解那是一種怎樣的感覺嗎？有點黑，有點冷，有點慘，你好像遠遠站在一旁，你能夠清晰感覺到快感的弧線，比真正的行事更直接的快感。你不得不承認，那是快感的捷徑。那是一種壓縮得像晶片一樣的冰冷的快感。那是一種強姦。她覺得自己就像一個妓女。不，一個買春者，明明知道對方並不愛你而和他，和他纏綿。

他每次都有新姿勢。她看一本雜誌說，做這種事的姿勢在一年中不重樣也做不完。有一天，她恍然明白過來，正是因為這樣，他們的關係才能維持下來。她啞然失笑了，哈！他要是真有別的性伴侶，還用得著自己滿足自己嗎？要是他真不愛她，他在床上完全可以不為她做。只是，他們不會有孩子。

她曾考慮過體外授精（科學已發展到如此先進地步），或是，抱養一個。她開始擔心起他的身體了。她不知道沒有了他，她該怎麼辦？她不安。她這才發現自己是多麼依戀他！她想給他補。男人到了這年齡，也到了需要補的年齡了。她給他買補品，聽到什麼補，就給他補。市面上出了什麼補藥她就買。她的所有熱情都放在給他進補上。她本來是不相信那些勞什子的，現在她明白了，那些補品之所以長銷不衰而且價格昂貴的原因了。她甚至為自己總是那麼不費力地買下任何補品而懷疑那藥的功效。她不安，她恐懼。給我最貴的！錢沒關係，我有錢！她說。

她為他買人腎。

您想好了嗎？
您可以選擇闔上。
您確定要打開嗎？

四章 我們的骨

1

他坐在沙發上看電視。中央電視台新聞聯播。他習慣於從電視上了解世界。

她在廚房刷碗。咣咣響。這是他每天看新聞聯播時的伴奏。電視裡邢質斌說一句，廚房那邊就咣地一聲響。有時候人家才說到一半，她也一聲咣。仔細琢磨，似乎還是她的節奏對，倒是人家把話說長了。久而久之，她的洗碗聲居然成了一種調節。雖然聒噪，但沒有它，脈搏還走得滑溜溜的，不到點兒。

這是晚飯吃完的時候。他看新聞，她洗碗。有一種慵懶的安逸。電視上在列數改革開放以來的經濟成就。中國人的生活好起來了！喜歡吃什麼？他忽然聽到。原來是她在問：明天喜歡吃什麼菜？

明天是週末。他愣住了。不知道。正如電視所說的，生活好起來了！但是若要問怎樣才算過得好？還真沒想過這問題。隨便。他說。

隨便？隨便是個什麼菜呀？她說，幽默地。她從廚房走出來，手裡拿著抹布，站在他面前，等他回答。這還真是個難以回答的問題，可又實實在在，需要回答。她又問了一句。

隨便就是隨便。他說。

就隨便，你好歹也說個菜名呀。她說。簡直在逼他。他煩了。我怎麼知道？剛剛吃的東西還沒有化成屎，你叫我能說什麼？煩死了！他簡直粗魯地叫道。

她怔了一下，也火了。你煩？我就不煩了？一年三百六十五天，天天要考慮吃什麼，進了市場，就跟進了考場一樣。她把抹布往沙發上一甩。

她是教師，這比喻還挺貼切，看來是在腦子裡繞了好長時間了。她說著就哭了起來。這問題確實讓人困擾，也許以往還將之當作樂趣，畢竟吃什麼可以選擇了。現在才發現，其實是苦惱。吃什麼？怎麼吃？家裡烹調得不好，就到外面下館子，吃了中國菜吃外國菜，吃了滿漢全席又吃家常菜，這世界上的東西好像都吃光了，日子好像已經過得到頭了。最後又回到家裡來了。可是，回到家裡又吃什麼？

也奇怪，生活好起來了，問題卻變得難以解決了。倒是原來，缺吃少喝，吃什麼都覺得好吃。兩口子經常把一點點的東西讓來讓去。也爭吵，那是為了對方不接受而吵。那麼困難時候都過來了。他後悔了。把抹布撿起來，送她手上，以示賠罪。

她卻哭了起來。與其因為怨恨，毋寧因為被勸慰了，所有的冤屈都爆發了出來。她奇怪自己怎麼會有這麼多冤屈？她執拗地抗拒著，不肯接抹布。他就自己拎著去廚房。廚房的東西還沒有洗完，他就洗了起來。她在外面不哭了，好像在聽他如何洗。這些事一直是她做的，他確實做得不利索。他就更覺得自己不對了。

她進來了，搶過他手上的抹布，他就在一旁幫著傳洗好的碗筷。她就偏不把洗好的碗交給他，閃過身，自己放到消毒櫃裡去。他笑了。她也笑了。

她笑起來很燦爛。他彷彿又瞧見年輕時候的她了。那時候他倒沒有時間欣賞她的笑。她也常是緊鎖著眉頭，一臉焦灼。他們要致富。她是教師，就業餘辦班補課，他也利用自己是雜誌社美編的優勢，業餘給人家畫扇面，過得很潦草。這生活，現在才精緻起來。他發現她其實很漂亮。

漂亮什麼？她說。老媽子一個！說著又笑了。他們和解了，但是問題並沒有解決。明天吃什麼呢？

他們是我的父母。作為一個晚生代作家，我已經習慣於認定他們這一代人迂腐。他們總是說，過去多麼苦，現在多麼好，你們還要再怎麼好？好像總是很滿足。他們活得安安穩穩。沒想到，他們也會有被絆倒的時候，而且，是在最基本的問題上絆了一腳。

也許，基本的，也是關乎我們的。

那時候我不住在他們身邊。我在京城上大學。我是後來才知道他們的事的。順便說一句，我父母其實並不老，五十來歲，老三屆（注：指一九六六、一九六七及一九六八年三屆初、高中畢業生的合稱。當時文革正開始。）文革，上山下鄉，恢復高考，改革開放，是跟他們緊密相連的關鍵字。還有那句：把被四人幫耽誤了的青春奪回來……他們什麼時候竟老了呢？

2

他們終於決定一同上市場。現場刺激食慾，喜歡什麼就挑什麼。從能吃什麼就吃什麼，到想吃什麼就吃什麼，畢竟中國人的生活水準提高了。

第二天一早，他們就出家門。迎面的人都朝他們點頭，問好。他們一直是受人尊敬的，有文化，又有經濟實力。吃了？大家問。

他們一愣。這是很平常的問候。要在平時，他們一定也回一句：吃了，您呢？可是今天，他們卻回答不出來了。中國人問安，怎麼不問別的，就問吃呢？好像要把自己的胃翻出來審視一般。胃裡有一種異樣的感覺。早上吃得很潦草，掛著一筆帳：中午這餐會補償的。

按常識，東西最全的是大型超市。這些年流行大型超市，只要進裡面，吃的，喝的，用的，什麼都齊了。也許是因為星期天的緣故，超市裡人山人海，貨物也琳琅滿目。可是當要認真尋思買個什麼，又發現，並沒有什麼可買的。他看很多人其實也只是在徘徊著，最後無可如何地抓了些東西。但自己可不能這麼做，自己是負著使命的。嚴格上說，是負有證明自己生活好的使命：咱們過得好！

食物區裡最有生機的是海鮮區，各種各樣的海鮮，叫得出名的，叫不出名的。但無論是叫得出名還是叫不出名的，似乎都吃過了。一見牠們，胃裡就湧出牠們的味道，就排斥了。他們匆匆避過了那裡。

最熱鬧的是賣肉的地方。剁肉聲此起彼伏，刀們也此起彼伏。一個壯年肉販，把整個半片豬身推了過來，乓地放倒，剁。他敞著懷，露出肥肥的胸肚，真是百分百的屠夫！他想。那屠夫叼著菸，煙氣熏著他的眼，他的眼睛半睜半閉著。半隻豬的輪廓很快就消失了。他剁著，一刀一刀下去，好像很隨意，不禁令人擔心他會不會剁到自己另一隻摁著豬肉的手了。可是那下面的手卻很靈巧，進進退退。一個發狠進攻，一個靈活閃避。配合默契，準確，有一種表演的意味。精采！與其精采的是熟練和準確，毋寧是有力，狠。他的興致被吊出來了，就好像把蔥花放進熬到高溫的油上，吊出了味道。生活有時候就需要這種狠。

那屠夫忽然停住了刀，咣地撂下，用操刀的手去摳肉裡的東西。那手上青筋暴起。他瞧見屠夫從裡面抽出了一拉子骨頭。他的眼睛一亮。

那個骨頭似曾相識，但是他又記不起來。它跟筒骨相連，直到那屠夫把它跟筒骨分開了，他才看清楚了，那是瓢骨。她似乎也有所觸動，拉了拉他的胳膊。兩口子已經很久沒有拉胳膊了，他感覺一陣酥麻。時光被拉回了二十多年前，那時候他們剛結婚，她就經常這樣拉他的胳膊。他們相親相愛，可是拿不出什麼來愛對方，他就拿這種肉骨頭來愛對方。他們不知道那骨頭的學名，就按著市場上的叫法，因為它樣子像飯瓢，就叫它瓢骨。

那時候的肉骨頭不是隨便就能買到的。肉需要憑票供應，不需要票的，就只有骨頭了。於是骨頭也成了搶手貨。他們透過一個當醫生的親戚，開了病員證，可以優先購買骨頭。但是他們往往也只能買到這樣的瓢骨。筒骨，甚至豬頭骨之類，早就被有門路的網羅走了。瓢骨乾癟癟的，只偶爾掛了幾絲肉。但是即使是這樣，他們也能充分利用。熬了，喝湯，把掛在骨頭上的幾絲肉刮下來，把能嚼爛的骨頭嚼了，吮骨髓。那味道無異於天下最美的食物。現在他看了看她，她也看著他，好像又體味到那味道似的。她彷彿還瞧見了他嚼骨頭時沾了一嘴邊骨渣的狼狽模樣。她笑了起來。

好久沒有見到這東西啦！怎麼會一直沒有見到呢？好像現在的豬都不長這瓢骨似的，也許是沒有留心了，都覺得什麼也不好吃了。可其實不是沒有好吃的，而是好吃的東西被忽略了。

他瞧瞧她，她也瞧瞧他。她從他的眼睛裡讀出了意思：買！

他們叫住了那肉販。

肉販驚詫地瞅著他們：瓢骨？似乎聽不懂他們指的是什麼。難道現在，連這骨頭的名字都取消了嗎？他戳了戳那骨頭。

肉販拿起了筒骨。他以為他們要的是筒骨。現在純粹的肉已經不再讓人感興趣了，比如上排肉，往往是最滯銷的品種。倒是筒骨價格一直在攀升。不，要邊上這個。她說。

對方訝異地瞥了他們一眼，把瓢骨丟給他們。

她接了，把它們端端正正放在購物籃裡。這一斤要多少錢？她問。雖然錢對他們無所謂，但是她還是習慣性地問了一句。

不要錢。不料那肉販應。

不要錢？

不要錢。

他們簡直不相信。

這要什麼錢呀？肉販說，一揮手。你們要就拿走吧。他的眼神中充滿了輕蔑，敢情他把他們當乞丐打發了。

什麼話嘛！他叫，問你多少錢，你這是什麼態度嘛！

對方愣了一下。那神態，好像沒想到施捨也要講究態度。什麼什麼態度？不是說不要錢嗎？

人家就是問你錢！他說。

我說了，不要錢！

那我們不要！她說。從購物籃裡把東西抓出來，放回案板上。她的樣子，與其是在退還，毋寧是在談判。她把東西放在案板的正中央。

不要就不要。不料對方說。這東西誰要呀？對方一操刀，把那瓢骨唰地一下刮到地上去了。他又開始切肉。馬上有人擠了過來，叫著要某塊肉。他們很快就被擠到了邊上。他們根本不想買那些肉，他們只想買瓢骨，可是那瓢骨已經可憐地躺在地上。他們很快就要被排擠出去。他們抗拒著，幾乎是可憐地。他們很久沒有這種可憐的感覺了，自從手頭有了錢，有了財產。可現在，好像這財產全被人家搶走了似的，什麼也沒有了。這財產就是那塊瓢骨。他們漸漸看不到它了。這世界是別人的世界了。

3

為什麼會把這樣的骨頭視為全部財產？我想不明白。現代社會，一切以價格論價值，沒有價格的東西會是重要的東西嗎？

我的父母絕不是不食人間煙火的人，他們跟所有的人沒有兩樣。他們也愛財，也貪小便宜，比如喜歡買打折的東西。便宜沒好貨，好貨不便宜，爸，媽，我們又不是沒有錢！我曾這樣勸他們。他們卻說，能省的為什麼不省？

這下為什麼又不省了呢？

他們簡直是逃出超市來的。滿腦子空白，在街上亂走，漫無目的。走到快中午，覺得肚子餓了，才恍然發現，自己沒有實現給自己的肚子許下的諾言。

他們決定去餐館吃。餐館總有一種犒勞人的感覺。餐館服務員拿出菜單，全是各種熟悉的菜。所有的餐館都一樣。海鮮，魚類，肉類，菜類，麵食，湯。什麼湯？

青蛤田雞湯，三鮮豆腐湯，榨菜肉絲湯……

肉絲？肉有什麼好吃的？有骨頭湯嗎？

有。服務員回答。有海帶排骨湯。

不要。

還有山芋筒骨湯。

他們眼睛一亮。有瓢骨的嗎？

什麼？服務員問。聽不懂。難道這個詞真的已經從這時代消失了？

就是筒骨上面那部分。他說，竭力耐心比劃著。可是那服務員還是不懂。她跑進去叫出廚師。

廚師手裡還拿著一把瓢，他就指著那把瓢形容著。廚師明白了。他說，沒有。那東西，現在誰還要？

怎麼會沒人要？她說。

不出料。廚師撇著嘴說。現在用筒骨，即使一根冰凍的筒骨，從早上熬到晚上，也還能出料。

滴點醋！他說，滴點醋就出料了。

廚師笑了。我知道，滴了醋也沒有筒骨會出料。

這是事實。可是他不同意。你不懂得吃！他說。

我不懂？廚師不高興了。我是不懂得吃，我只懂得做，當然是你懂得吃囉！

我就是懂得吃！他火了，梗著脖子。

廚師也想發火，但是他忍住了。那您就吃吧！廚師說著就往裡面走。神經病！嘟囔了一句。

誰神經病？他叫。

我沒說你。那廚師應。我說我自己，行了吧？

他們憤而出來了。我看他真是神經病呢！他說。

就是。她也說。她本來是個息事寧人的女人，往往是他喜歡跟人爭吵，她來勸。可是今天，她好像不是她了。

現在這世界真是有毛病了。她說，你看看那些菜，有什麼好吃的？也一道一道的，還取個好聽的菜名，有模有樣似的。

他說，還不如我們當初醬油調飯，一點蝦米，蘸蘸醬油，味道多好！

對了，那我們就吃這蝦米蘸醬油吧！她提議。

於是他們在一個雜貨店買了蝦米。醬油家裡已經有了。那中午他們就這樣吃了一餐飯。一邊吃，還一邊挑剔現在的蝦米沒有過去的好，太鹹！醬油也沒有過去地道。是什麼化學原料做的吧？他說。現在科學發展越來越邪門了！所以癌症那麼多！他這樣說，覺得很解氣，彷彿是故意跟這時代較勁似的。他們就是要較勁。

所以我們還是天然的東西，少少地吃一點。她也說，過去都不會這個毛病那個毛病。好像過去吃那些東西，吃得少，並不是他們無可選擇，而是他們選擇的結果。他們喜歡吃，其實那時候他們吃得很無奈。

吃完，收拾停當，坐下來，忽然感覺到有點委屈。彼此沒有說話，睡覺去了。她進了房間，他在沙發上睡。

他沒有睡。他想起自己當年和妻子一塊吃瓢骨的情景了。那還是年輕的時候，他們圍在爐灶前。她把瓢骨洗了，放進鍋裡，加水，滴上一些醋，熬湯。酸溜溜的味道瀰漫在整個屋子裡，他們的眼淚都被酸出來了，但是很溫暖。再熬一會兒，再熬一會兒。終於揭開鍋蓋了，濃濃的香氣撲鼻。那湯上是泛著油的，那是營養所在。撈出來，把掛在骨上的幾絲肉刮出來，專門放在一個碗裡，留著炒菜，湯可以放著下飯，只有骨頭本身沒有用。再熬一遍。然後，他啃骨頭。他啃下瓢骨的邊緣，嚼，味道濃得脹到鼻腔裡。那時候他的牙齒還很好，能啃很多東西。但是他在啃骨頭時犯了矛盾：如果現在就把它啃了去，那麼接下去就不能再熬第三次湯了，因為能出料的地方都被他啃掉了。他不捨得了。妻子說，啃了以後照樣也可以再熬的。那豈不衛生？他說。哎呀一家人，衛生什麼呀！你還跟我講衛生呀？那好，我炒菜試味道，你嫌不嫌我不衛生？妻子說。他笑了。夫妻之間有什麼衛生不衛生的？要說不衛生，親吻是最大的不衛生。可那才是愛。

再熬出來時，湯白白的，味道不那麼濃了。加點味精，那味道又有模有樣了。

那味道，是什麼味道呢？那味道，什麼也代替不了的味道。

4

他們決定再去超市。

他們換了一家超市。晚上的超市跟白天略有不同，熱鬧勁好像都溢到了門口了。門口搭了台，有人在唱歌，舉辦著抽獎比賽。

一個推銷商攔住了他。先生，您看這彩電。

他沒有理他，逕直往前走。

先生，您看都不看，怎麼知道是不是您喜歡的呢？您看，這色彩，高保真。

他不管。那人就跳到他前面，擋住了他的路。

她說：你這人怎麼回事？我們不要！

不要？這麼好的彩電你們不要？你們還要什麼？那人還糾纏。

我們家已經有彩電了。她說。

我知道你們家有彩電。那人還說，我還知道像你們這樣的老同志家裡有什麼樣的彩電，為什麼不更新換代？

他停住了腳步，瞧著那人。那人還以為他動心了，得意了起來，就又要說下去。只有她知道自己的丈夫怎麼了。她連忙說，我們不要更新彩電，我們不需要。

不需要？現在生活好起來了，消費觀念也要跟著改變呀！不要等著東西用壞了才捨得換。現在人家都是見了好的就換。您看，這色彩，全平的……

那人說著就要去拉他的手。他猛地一搡，那人跌跌撞撞險些要跌倒。他也不知道自己怎麼會有這麼大的力氣。雖說自己是搞畫畫的，平日練些書法，但是那不是練拳呀。倒好像練了多年功夫，蘊藏著多年殺機似的。

那人好容易穩住腳，不解地瞪著他：不要就不要嘛，動什麼手？你打人啦！

她連忙說，我們哪裡有打你？只不過你擋了我們的路了。

那傢伙道：擋你們的路又怎麼了？我們攤擺在這地方，我們還擋了人家大超市的路了呢！你們比大超市了不起？大超市什麼都有，你有嗎？

我們有！她說。

有？有這全平彩電嗎？

我們才看不上你這破電視呢！

這麼多的電視都看不上？那人道，這麼好的電視還嫌破？不高檔？你們還要怎麼高檔的？超大螢幕？背投影？有人圍了上來。那傢伙得意了。電影機？家庭影院？整個電影院都搬回家？他叫道。簡直是在耍潑了。夠不夠？你們看得上看不上？

看不上！他應。

那你們還要什麼樣的？

我為什麼要告訴你？他應。

不告訴，就是沒有！那人道，你根本就不知道這世界上還有多麼好的東西，你根本不知道！

他一愣。憑心論，他並不是那種對時代發展孤陋寡聞的人。他甚至還很關心。只是他一直覺得沒有必要去追逐潮流，他一直以為自己很有平常心，平靜得很。現在他發現自己並非如此。他被刺激了。

我知道！他道。

那你說說！那人道。

要說說，還真說不出來。平時那些時髦東西總是在眼前晃著，在耳邊聒噪，讓你覺得自己沈溺其中，其實你一樣也沒有記住。

我當然知道！但是我們不要！他應。

不要？對方冷笑了。哼，我看你是得不到！這世界上只有得不到，沒有不要的！你得不到！

他滿臉通紅，就要衝過去打那傢伙。她連忙拉住了他。邊上的人也覺得那傢伙太過分了，紛紛數落那人：人家知道不知道，買得起買不起關你什麼事？不要聽他的，不要聽他的！又對他說。倒好像他真的是這麼回事了。他真想索性去買它一台彩電，挑這攤上最貴的一台，買了。用實際行動說明自己的實力。可是，這樣豈不證明了那彩電的價值？他覺得很難。

而自己認為有價值的，在眾人眼裡又是一錢不值！你敢公開說出來嗎？一定會遭到大家的恥笑。他們感到了心虛。

他們是被大家推著進了超市的，一些看客也跟著進來了，就在他們邊上，他們覺得邊上有無數的眼睛在瞄著他們，看你到底要什麼。要什麼？我還是要瓢骨！我們沒什麼不對，沒什麼可羞恥的！他們互相肯定著。管他們呢！他們算得了什麼？我們為自己活著！

他們堅持著向肉攤走去。也許是已經晚上的緣故，案上很空，已沒有了瓢骨，擺著幾塊肉，全是淨肉，已經用保鮮膜包裝好，打上條碼。也沒有人在賣。只有一個女工在做著衛生。

哪裡有瓢骨？他們問。

女工聽不懂。

骨頭。她只得改口。

沒有了。

哪裡有？他問。

那女工愣了半晌，忽然向邊上一指。順著她指的方向，他們瞧見了一個垃圾桶，裡面還真擱著幾塊瓢骨。他們就貓腰去撿，裝進包裝袋。他們直起身來時，發現有人在用異樣的眼光瞅著他們。

他們馬上意識到，他們一定把他們當乞討的了。他們中間是不是有剛才在門口的看客？即使有，又怎麼樣？我們是要買！我們是要去付錢的！是不是？

付錢的意義變得特別重要。按規定，必須先到計量處稱重量，貼上條碼。他們向那裡走去。需要排隊。排隊的感覺很好，讓他們明確成為一個購物者。可是他們被拒絕了。這東西沒有賣。計量員說。

怎麼會沒有賣？他們故意裝糊塗了。

就是沒有賣的。計量員說。

我們要買！他大聲說。

不行。對方說。

給我們打個價吧！她說。簡直是哀求。

計量員說，不是我們不打價格，我們這裡沒有它的單價，根本打不出來。

他們沒話了，狼狽地退了出來。為什麼還要打條碼！他罵了起來。簡直多此一舉！好像如果不打條碼，他們就可以蒙混過關似的。其實他們未必不知道下面還有關卡，比如收銀處，還有門口劃條子檢查的。但是他們沒有辦法了，只是能混一關算一關。他們不像穩重的長輩，反像個沒出息的混混兒。

條碼又怎麼樣？她也說。難道條碼就能代替東西了？本末倒置。

她忽然停了下來，有了主意。他們回到肉攤上去，那女工已經不在了，那兩份淨肉還擱在那裡。她把其中一個包裝盒上的條碼揭下來，貼在他們的瓢骨袋子上，那條碼上並沒有註明貨品的名稱。她做這事時簡直像個頑童，她自己也覺得荒唐。做完，慌慌張張躲到一邊去，捂著嘴自己笑了。好像一個不更事的孩子。

她願意自己是孩子。

他也故意做出要逮住對方的樣子，張牙舞爪。好像他們都是孩子。

然後她捫著胸口，好像在懺悔。她對自己說，我這不是在做壞事，而是在做好事，因為我並沒有損人利己。我這是相反，損己利人。

在選擇揭哪塊肉上的條碼時，她費了一番躊躇。兩份肉，一份量多，一份量少，量多的價格貴。最後她選擇了價格貴的條碼。他也很贊成，他不願意把這瓢骨的價值弄低了。而在她，覺得這樣讓自己多損失一些，會心安理得一些。當然他們這種損失並沒有人知道。誰也不知道，即使是損己利人，也不會得到讚揚。我們自己知道就行了！他們這樣對對方說，像彼此舔著受傷的傷口。

他們跳過了計量程序，到了收銀處。收銀員是女的，一副疲憊的樣子。她拿出裝著瓢骨的袋子，他們聽到了刷卡機嗶的一聲，他們幾乎要歡跳起來了。可是當對方把它裝進印著超市名字的購物袋時，一個瓢柄部分凸了出來，卡住了袋沿。女收銀員就用手去按。一按，就懷疑了，拿出來看。沒料到她如此疲勞了，還這麼認真！他真有點恨她。

這東西不是。女收銀員說。

什麼不是？他想抵賴。

貨品跟條碼不對。

你怎麼知道？她也說。這條碼上又沒有寫，你就認得它了？她故意說得很俏皮的樣子。

我當然認得。女收銀員還真說。這種東西，是非賣品。

非賣品？

就是沒有賣。

沒有賣……我們買就不行嗎？她說。

不行。

為什麼？

因為是非賣品嘛。

為什麼會是非賣品呢？

我怎麼知道？女收銀員應，翻了一下眼白。這下又看出來她的疲憊相了。

非賣品我們也要。他堅持道，好像要趁著她疲憊進攻似的。

那怎麼行？

怎麼不行？

這帳沒法算的。

怎麼會沒法算？她引誘地戳了戳那條碼。

那不是這個價格呀！女收銀員說。

那你說，多少錢？她說，就把錢掏出來，放在收銀台上。他們早已經準備好錢了，團成一團。他們瞧見那收銀員去拿錢了。只要一展開那團錢，就說明她有收的意思了。他們的心在跳。可是對方並沒有去展開錢，而是抓了直接還給他們。他們不收。好像他們不收，對方就會無可奈何收下，放進了錢櫃裡。可是那收銀員卻把錢丟了過來。錢碰到了她的手，她彷彿觸電似地趕忙閃避。那錢就又丟到了他的手上。他一頂，那錢又被頂回了收銀台上，像個可憐的誰也不要的棄嬰。

幹什麼嘛，你們這是！女收銀員嚷了起來，不耐煩了。那疲憊相又出現了。他簡直恨她疲憊但又不疲憊。

你這是幹什麼呢？他反問。我們這是在買東西！我們有錢！

女收銀員火了：有錢也沒有用！你以為你們有錢就行了呀？你以為有錢就什麼都可以啦？

他也火了。現在還不就這樣？有錢能使鬼推磨，什麼做不成？

唉，對方說，就偏偏不需要錢的東西，做不成！

他們知道對方指的是什麼。什麼都要錢，怎麼就偏偏這個不要錢？她說。

我怎麼知道？收銀員道。你問我們經理吧。

問經理就問經理！他說，我還怕你們經理不成？我花錢買東西還不行了？

經理來了。經理也說，不行，這是規定。

規定就不能改了嗎？他說。

規定怎麼能改？

錯了也不能改了嗎？

錯了，經理笑了，至少現在還不能改。

荒唐！她說。

經理說，好吧，我承認我們工作有失誤的地方，沒有管理好，讓你們白忙了一趟。你知道，中國人的素質就是這麼差。這是誰這麼做的？缺德簡直。經理高聲叫起來。

她抖了一下。她這輩子還沒被人罵過。你罵誰？她叫。

經理一愣。又不是罵你，你這麼神經幹什麼？

你罵誰都不行！她說。

經理似乎明白了什麼。喔，你是不是覺得在罵自己了？我還真懷疑是你們自己做的了！你們這麼大的年紀了，還做這種事！

什麼這樣？他們應，企圖抵賴。經理說，那你們就不要這麼急了，既然不是你們做的。

經理這話又讓他們不甘心起來。好像就此逃避，就是丟棄了尊嚴了，讓人這樣罵自己而不敢還口。我們做了什麼了？我們有什麼錯？

就是我們做的，又怎麼樣？他說。

果然是你們自己做的！經理說，這是什麼行為你們知道不知道？這是擾亂市場，擾亂公共秩序，說得嚴重點，是偷竊，是犯罪！

我偷竊？我是自己吃虧呢！

自己吃虧就不是偷竊呀？經理說，而且鬼知道你們抱有什麼不可告人的目的呢！只有到公安局立案偵察才清楚。要不要進進公安局？

公安局？他們一輩子沒有跟公安局打交道。不，曾經有過，有一次，她的學生在社會偷盜了，被公安局抓了進去。難道他們也要這樣被抓進去？

他們要逃了。喂，你們把錢帶走！經理叫。他們不理睬，他們聽見後面在大聲叫。撂下那錢，把錢花出去，多少讓他們心安理得些，雖然他們並沒有拿走瓢骨，他們已經不在乎買沒買到那骨頭了。可是保安攔住了他們，把錢塞在他手裡。你們到底怎麼回事嘛？你們這樣做，到底有什麼目的？

5

我們有什麼目的呢？他們問自己。捫心自問，他們並沒什麼不可告人的目的，他們只是要回味過去。他們忠實於自己的心靈，忠實於自己的心靈就必須不忠實於現實，難道忠實於心靈有錯嗎？就該上公安局？

都是你！都是你！出什麼餿主意！他埋怨妻子。

我餿主意？是喔，我那是餿主意？你有什麼好主意？我是笨蛋，你不是笨蛋？她也動氣了。

我是笨蛋！他也說。要不怎麼會拿著錢買不了東西呢？他猛然發現自己手裡還抓著那團錢。他把錢一甩在地。我有錢，我掙了很多錢！我這錢掙了，做什麼呀！他叫。

他拿拳頭砸自己腦袋。她連忙阻止。他更加不聽了，更要砸，恨不得把自己砸死。她也撒了手，叫道：好，好，你砸！你砸死了，我也死！我們一起死！我們這樣死了也白死！我的鬼魂會去抓他們的！他說。

抓他們幹什麼？她說。他們有什麼錯？說白了，他們有什麼錯？

他們沒有錯。確實。他們不把不能賣的東西賣給你們，他們有什麼錯？倒是你們錯了。你們企圖用錢去買不能賣的瓢骨，你們買不了。你們有多少錢都買不了。有多少錢，都買不來你們喜歡的東西。你們才發現，自己原來是一貧如洗。

那天晚上，他睡得很晚，他坐在沙發上回憶著當年喝瓢骨湯的情景。那時候可以用錢買瓢骨，那時候還沒有沙發，坐的是木板凳。她身體不好，又懷了孩子，需要營養，需要這骨頭湯補，但她又不願意自己一個人喝了。要讓他喝，他不喝。他們推讓著，推讓往往最後變成了爭吵。他說我能啃骨頭你能啃嗎？她說，你怎麼知道我不能？他說，擔心你牙齒鬆動了！人家說，孕婦的骨骼是最脆弱的。她就說，我不怕。他說，你不擔心，我還擔心我兒子呢！你以為是為你自己吃呀？是為我的兒子！她說，兒子又怎麼樣？我肚子難受，我吃不下！我噁心著呢！他就說，那就倒掉算啦！她愣住了。倒就倒，倒就倒，倒就倒！她就應，你把你的骨頭扔了我就倒！他當然不捨得扔。我扔又怎麼樣！扔又怎麼樣！他叫，把骨頭揮起來，搖著胳膊，可是半天那骨頭也沒有離開他的手。最後他用那骨頭去敲她。她哭了，他也哭了。

他多想再來吃一次瓢骨，即使是再來吵一場。

他聽見房間裡面的哭聲。他進去了，妻子在裡面哭。怎麼了？他問。

我夢見了兒子了！妻子說。

也就在那晚上，發生了一件事。他們家遭賊了。他半夜起來上衛生間，一開燈，撞見那賊正在撬他們家的另一間房門。他本能地嚇了一跳，可馬上冷靜了。我家沒什麼可偷的，都一貧如洗了，他想。倒是這小偷的光臨，讓他覺得自己家還有一些價值。

那賊發現了他，也嚇一跳，就要往回躥，他卻叫住了他。他把食指豎在嘴前，提醒他不要吵醒自己的妻子。你要是覺得有什麼值錢的，就拿去好啦！他對賊說。

那賊愣了。忽然意識到會不會是什麼陰謀，又要逃。他又說：我這麼一個老頭子，你捏死我就像捏一隻螞蟻，你怕什麼呢？

賊覺得也對，停住了腳。他就返進臥室，拿出鑰匙來，為賊開了他要撬的門，然後讓他進去。那賊不敢進。他又開了燈，他還是不敢。他明白了，自己家裡的物品太多了，這是老年人喜歡積攢的毛病。這也許讓對方感覺有什麼暗道機關了。其實有什麼呀？全是垃圾！

他自己進去了，拉開抽屜，拿出裡面的錢，那是他們放在家裡備用的。幾百元。他把錢遞給賊。賊不敢收，不信任地瞅著他。

你嫌少？他又轉進去，抄出幾本存摺來，定期的，他同時拿了身分證，告訴了他暗碼。那賊愣愣的，猛地望了望周圍，也許是害怕圈套。可是他卻仍以為對方在嫌錢少。

我知道，我知道。他說，我就是這麼窮了，就這麼一點錢，可這好歹也是一點錢啊，也可以混著吃口飯……

那賊沒反應。他感到這是對他的輕慢。對方把他手上的存摺當草紙了，把他當乞丐了，他急了，你到底要還是不要！他叫。

那賊猝然一跳，奪門逃走。他追了出去，賊已經不見了蹤影。他坐在家門口愣了好久。一直到天亮，她醒來了，瞧見他不在，找到門口，發現了他。

倒不如做賊好。他說。

什麼？她沒有聽明白。

倒是做賊主動。他又說。要就來，不要就走，你還得求他了。他不願意，照樣一走了之。倒不如做賊。

她一驚。你怎麼會有這念頭？

其實她也傷心了一夜。她夢見自己被人抓去遊街，戴著高帽，像文革時候一樣。但其實文革時候，她是給別人戴高帽的。她和他，跟所有那時代的年輕人一樣，都是紅衛兵。

是真的。他又說。我覺得自己賤了，我們都是被人欺負。

她點頭了。其實他們並沒有怎麼受欺負。像千千萬萬的普通中國人一樣，過著日子，竭力把日子過得好些。但似乎要說這樣過著很冤，也未嘗不可。他們忽然覺得不能忍受這個冤了。好像這冤屈一直沈澱在心底，一經攪蕩，頓時沈渣泛起。

你看那個老王，他憑什麼就比我們混得好？他說。他憑什麼就當領導，來領導我？

對！她也說。我們學校那個小張，每次都揀了好班去，她花一分力，就有十分收穫。還不就跟校長有關係？狐狸精似的……

你那校長呀，也不是好東西！他說。我見他第一次，就看出來了，那眼睛白仁多，黑仁少，整一個色鬼！

你知道？她說。她奇怪丈夫以前並沒有說他知道的。他們天天在一起，他從來沒有這麼說校長。難道原來的那個丈夫不是現在的丈夫？原來的世界，不是真實的世界了？原來我們生活，所謂的好生活居然是這樣的。以前怎麼就忍受過來了？

我怎麼不知道？我什麼都知道！他說。她願意丈夫原來真的是全知道的。男人應該比女人深刻，比女人冷峻。或者說，他們中間至少應該有一個沒有被矇騙，他們過得還不算可笑，不算太冤。

你看樓上那個暴發戶，他又說了，整天小車在我們窗戶前開，又不開走，馬達轟轟直響，震得人心臟都要停了。暗示他，他還裝不懂。他以為我不知道？他以為我們就不敢直說？他叫。他以為我們就這麼軟弱？我拿厲害來給他看一看！我這就去他家，跟他鬧一鬧。我這就去！

她嚇了一跳，又趕忙制止。不是因為不願意得罪人，而是因為，這世界太險惡，陌生而險惡。難說會發生什麼不測的事。

要卑鄙，要下流，要打小報告，要耍流氓，我也會！他叫。

你不要這麼說吧！她說。

我要！他堅持。像夏天的蟬，越捏越叫得兇了。

她感覺發虛。自己這些年是怎麼過來的，好像沒有在這世上活到這歲數似的。她好像很能幹，她在單位是一個教學骨幹，她教的學生有很多考上了重點中學。她有教學法寶，特別是指導學生作文。作文一拿高分，語文成績沒有上不去的。現在想想，她的法寶是什麼？杜撰。杜撰生活事實，更明確些說，是從範文中搬過來的生活事實；再個呢，抓立意。竭力拔高立意，跟當前的形勢掛鉤起來，跟上頭的號召呼應上，這樣意義就深遠了。管他學生是理解了還是不理解，管他是不是編的，甚至管他在邏輯上能否讓人信服：反正我寫出了如此重大的意義了，難道不對嗎？難道誰敢說這意義不正確嗎？不敢說，就只能給我高分。只要成績上得去，考上了重點中學，先上再說。品格被敗壞了嗎？將來補吧。

然而補了嗎？沒有。一旦墮落，就走入了不歸路，永遠實用下去了。久入魚肆而不聞其臭。長期以來，總是想實用，總是要贏，講發展，講索取，講消費……我們沒有信仰，太世俗，只要當世俗的強者，適應者，我們心中沒有很特立的東西。我們不顧未來。車到山前必有路。現在得過且過，能快活且快活。會遭到懲罰也罷，輪到我的時候再說呢！到處是蠅營狗苟的生存哲學，不相信有隻天眼在看著自己，沒有敬畏。

她曾經心虛過嗎？有一次，她就對學生說，不要跟著初考指揮棒走！結果呢，學生們哄堂大笑，回家跟家長一說，家長也緊張了，到學校反映，學校同事也說她是怎麼搞的，瘋了？最後，她也屈服了，趕緊說那是她的口誤。也許她還真應該錯，錯下去。那樣她現在就不會心虛了。

6

他們又要去買瓢骨。

我不相信，就沒有市場賣的！這偌大的中國，就沒有讓我花錢的地方！他說。

他們想，超市不賣，不等於傳統農貿市場不賣。超市是總體管理，不好通融，農貿市場是散戶經營，那些小商小販不可能不貪小便宜。難道給他們錢還不要？

他們去了一家農貿市場。

他們看見了瓢骨，兩塊。我們要瓢骨，他們說。也許是害怕立刻被拒絕，他們說得很含糊，不敢說買字。

聽他們說出瓢骨這名稱，對方笑了。他的臉圓圓的，笑容可掬。看來他是聽得懂瓢骨這詞的。看那年齡，就知道是從那年代過來的。

你們還記得這名呀？果然他說。現在早廢了。

他們知道。那現在叫什麼？他問。

現在叫筒骨。他說。

筒骨？

對。

可它不是筒骨呀？

無所謂啦。對方說。反正有名字也用不上。

真是怪事！他說。這世界上怪事越來越多了！

對方又笑了，瞄著他們。喔，我明白了，你們還對這瓢骨情有獨鍾呀。

這師傅可真善解人意！他們想。終於找到一個理解人的人了。想當初，這瓢骨還用病員證供應呢！她說。

是啊，是啊，對方說，那種時代一去不復返啦！生活好起來啦！

好是好……她說，可是也不見得，比如這瓢骨，怎麼就沒人要？

對方聽出來了。你們要，就拿去吧。

要賣多少錢？她問，戰戰兢兢地。與其是在問多少錢，毋寧是在強調你要賣。不是問價格，而是在懇求對方給個價。

不賣！可是對方仍然說。你要，就拿去吧。

對方說得很慷慨，還不在乎地揮了揮手。這揮手，在他們看來，簡直是在打發他們。

不行，他說，我們要買！

不行！對方說。

我們有錢。

對方又笑了。你們有錢？買這算什麼有錢呀？

什麼意思？

什麼什麼意思？對方說，這又值多少錢？你們有錢，有得是消費的地方。

不，我們就要消費這瓢骨。

對方愣了。好吧，你們一定要算，就隨便給一點吧。

終於肯收錢了。多少錢？他問，幾乎貪婪地。

對方為難了，搔著腦殼。要不然，就給一元吧！

一元？一塊骨頭一元？

哪裡呀，對方叫，你以為它是什麼呀？全部，一元。

全部？這，也太便宜了吧？還不等於沒有？

本來就沒有價嘛！對方說。你們看，它還有什麼可吃的？

有！他們說，齊聲地。

對方一怔，明白了對方是怎麼回事了。那是你們覺得的，我不能亂賣的，要不還不成了非法商人了？他說道。

這肉販看來不是非法商人，那種唯利是圖的人，但是他們倒很希望他是。你就當一回非法商人吧！她想，居然說出來了。自己也不知道自己怎麼會這麼說了，也許是過於迫切，利令智昏了。

肉販沈下了臉。您這是怎麼說話的？什麼意思？他敵意地瞄著他們。他認為這對顧客是在搗蛋了，自己卻還跟他們講七講八。肉販不說了，自顧切肉。她也意識到自己的荒唐，連忙說，對不起，我不是這意思……我們只是想要這瓢骨。

要就拿走唄！肉販說。

可是價格……

就那樣了。

太少了！她說，一塊瓢骨才五毛錢！

還要多少錢嘛！對方不耐煩了，叫道，你以為這是什麼？骷髏罷了！

骷髏！他們猝然一抖。猛然好像被推到死亡邊緣。

我們就是要骷髏！他說。

喂，喂，這麼一把年紀了，說這種話，可不吉利喲！對方說。不知道的，人家以為是我詛咒你們了……你們走，你們走，走走走，不要害我！

他們不走。他叫，我們就是要骷髏！

骷髏！這詞讓他們有了赴死的決心。

對方急了，從肉案那側跳出來，推他們。他們堅守著。彷彿走了，就一切都完了，就要墮入了萬劫不復。這萬劫不復不是死，而是生，渾渾噩噩地苟活著。他們在抗拒著生，他們在死與生邊界抗衡著。

而那肉販害怕了。好像他面對的不是兩個人，而是兩個鬼。不是兩個人擺在他面前，而是兩口棺材。他不明白這兩口子也年紀一大把了，怎麼會有那麼大的力氣？難道是練了什麼功，有了定力？最後他沒辦法了。好好，你們說吧，要付多少錢才可以吧！

他們猛然面面相覷。終於成功了！幾乎要跳起來。可是他們很快也犯難了，現在這瓢骨值多少錢？

這是他們的夢。它應該是無價之寶。他們想給它開出天價。那麼天價是多少呢？何況他們也害怕對方再次不答應了。還得講究實際。這些年，我們已經被灌輸了講究實際的方針，以合作的精神。以合作代替爭端，對話代替對抗。不然也許就什麼也得不到了。他們商定：按當年工資收入參照現在的工資漲幅算。工資漲了三十倍了。當時一塊瓢骨賣五分錢。乘以三十，一元五，兩根。三元！他們說。

好吧好吧！對方說，揮了揮手。他已經徹底慘敗了，多少都無所謂了。你們拿走吧！他說，你們可不要去工商局告我欺詐。

不會的。她說，怎麼會？

走吧，走吧！

他們給他錢。對方隨便把錢撂在肉案上，看也沒有看。

7

他居然不看錢！他說。

管他看不看呢，反正我們已經付錢了。她說。

他們高高興興抱著瓢骨往家走。這瓢骨有多麼貴重！有多貴重呢？一塊一元五。一元五有多貴重呢？就是一個人乘公車一個單程，要回來，還差五毛錢。

這是他們乘上公車時忽然想到的。時候是夏天，公車開空調，一個人要兩元錢。他們在車門口摸錢，把瓢骨擱在付款櫃上。那司機就叫了起來：拿起來，拿起來，也不看看有多髒。什麼東西嘛！

什麼東西？他應，你說是什麼東西？

不就骨頭嘛！司機說。

骨頭是骨頭，他說，可是你知道是什麼骨頭？

再什麼骨頭也是骨頭，司機應，能值多少錢？

你這怎麼說話的？她說。

什麼怎麼說話。這是事實嘛！司機說。

你說它們值多少錢？

你說吧！司機也不示弱。

多少錢呢？他們想：三元錢，總共。還不夠他們買車票！他們不作聲了。

我們買得太便宜了。他忽然說。

我們太老實了。她也說，應該提得高一點。雖然現在的收入跟過去比，是這樣，但怎麼能以收入來比呢？這二十多年來，物價漲得比工資高多了。

但怎麼能以物價漲幅算呢？她又提出。這是能按物價來算的嗎？

不能。確實不能。

他說，這麼隨隨便便就買來了，還不也等於白送了？

我們接了，就等於接受人家施捨了！她更把問題提高到原則上。

我們要什麼施捨？他叫，笑話！哼！

我們不能接受！他們幾乎同時說。他們決定，把瓢骨連同袋子丟在車上，毅然走了。但回到家，心又空落落起來了，好像丟了什麼似的。假如沒有買到那瓢骨，還不會有這感覺，無非是想辦法去買。現在得到它了，又被放棄了。他們想：到底我這樣做，該不該？

假如單從購物的角度看，不該。可是那瓢骨不是物。可也正因為它不是物，失去它的空間難以填補了。他們聽見自己在對自己喊：我要吃瓢骨！

他們也有點後悔了。自己為什麼就這麼較真？把自己逼到死胡同裡了。現在誰還這麼較真？最後他們想出個變通的辦法，跑到附近一家超市，隨便買些什麼骨。排骨也可以。沒有，就買上排骨。那賣肉的不肯單賣上排骨，要他們連肉一道買走。他們買了，拿回家，把肉切掉，扔了。他們從來沒有這麼浪費過。

他們把骨頭拿來熬。熬湯。放點醋。濃濃的醋味出來了。瓢骨湯出來啦！她故意叫，端出來，好像當年的情景。

他覺得她有點像巫婆。

當年他們吃瓢骨前，依稀就有這麼一種儀式的。妻子端著裝著瓢骨湯的搪瓷盆子，在飯桌前轉一圈，像芭蕾，又像在施展巫術。低賤的骨頭湯變成了純肉湯。

現在他們是把肉湯變成骨頭湯，正相反了。這骨頭湯要比肉湯香多了！有沁入每一個味覺孔的力量，滋潤著胃黏膜。什麼上排湯，排骨湯，筒骨湯，哪裡有這瓢骨湯半點好吃？他叫。也許是因為這恰恰是上排湯，而不是瓢骨湯的緣故，他特意要這麼說。這麼說了，才能把真正的感覺驅逐走，才能把幻覺確定下來。你看那上排肉，木木的，咬著都卡牙。他又說。那時候你還說，瓢骨肉怎麼了？掛骨肉勝過上排肉，瓢骨湯勝過上排湯。你還這麼說！

我這樣說了嗎？她說。

你不承認了？他說。那時候他總是不肯頭遍喝。他說他不想喝，理由就是：這又不是上排湯！她承認了：那時候，誰不渴望有上排肉吃有上排湯喝呀！單位裡一聚餐，見肉端上來，所有的眼睛都會發亮，像豹子似的，所有的勺子都急煞煞猛扎進去，撈！恨不得一下子撈到兩塊肉。可又怕不好意思，就又勺子一蕩一蕩的，嘴裡說著話，彼此裝作在說話，其實彼此勺子都在湯裡使勁呢！鏗鏗作響，如兵器相接。她說，笑了。

回憶往事，越是負面的，越有趣。

老實說，那時候，是窮。他說。可那時候多年輕啊！再重的兵器也拿得動，不要說勺子了。我們白天工作，晚上還得接下去政治學習，工作之外，還得去勞動，學雷鋒，義務勞動，備戰備荒，挖防空洞，疏通河泥。有一回你還暈倒在河床上了！

他大笑。她也大笑。那一次夠狼狽的。但是現在回憶起來，那過去了的一切，都成了美好的回憶——普希金。

人類有自我化解痛感的本性。這本性在一個苦難頻仍的民族，甚至成了一種虐戀。畢竟，不自己給自己找樂，誰給你快樂？

還不就是因為貧血嗎？她說。回來一喝瓢骨湯，就好了。咱們就是因為那一次我暈倒，才給辦了病員證的。區領導見到了，說，這麼努力的好同志，必須給她照顧，就讓單位給開了介紹信。

他撇嘴：那介紹信頂什麼用？要不是我找到當醫生的七叔公，人家會給你辦證嗎？

她承認。你就會弄虛作假！她說。

他倒很願意承認當時自己是弄虛作假。甚至，曾經是不法的，曾經是那麼壞。我不弄虛作假，有現在的你嗎？他說。

確實沒有。她承認。也樂於承認。

……記得第一次，咱們拿著證去買骨頭。你不放心我一個人去，咱們一起起床了。數九寒冬（注：一種中國傳統記錄時間的方式。大約指冬至後的頭一個月，也是一年中最冷的日子。），大清早（不大清早去就買不到了），我們喝了碗開水，暖暖胃，出發了。戰戰兢兢，好像弄不好就會被查出問題來，就會被逮走。——他回憶著。他們的臉霎時綠了，好像在面對著一場驚險故事。那是他們的。

他把她肩膀拍了拍。

其實原來並沒有那麼嚴重，那是他們幻化出來的。好像當時真的那麼驚險，那麼恐怖。恐怖讓他們手腳酥軟軟的。

他說：咱們走到肉櫃前。不，是我一個人走上去的。為什麼你沒有上去？不是不去，而是不能去。去了，怕目標太大了。而且還需要你在後面接應不是？假如被懷疑了，被揭穿了，要逃，後面也好有個照應。

為什麼他們會被懷疑？他們做了什麼壞事？反正是壞。越是壞，越有神祕性，刺激性，越有力量，越令人神往，也越能拯救現在的他們。他們虛弱，需要用壞來拯救。

他繼續幻憶著……那上面果然有幾塊骨頭。有的掛著肉多一點，那是筒骨，裡面有骨髓；有的是豬頭骨，夾著各種各樣可以吃的東西，豬腦呀，上顎呀，眼窩肉呀，我們都不敢問。那哪裡會賣給我們？我們就瞧著擱在最邊上的一塊瓢骨。我要……這個……我說。

那肉販抬起頭。我的媽喲，那眼睛可真兇！屠夫似的。簡直就是屠夫！我嚇一跳。他盯著我。我不敢說，但縮了更讓他懷疑。我就又壯著膽說了一句。

一塊五分錢！他說。沒想到這麼輕鬆就化險為夷了，我簡直不相信。我連忙點頭，像雞啄米似的。他就把骨頭丟進我的菜籃子裡。對了，還有菜籃子。那菜籃子哪裡去了？早沒有啦！誰讓你扔掉了？現在早就不用這樣的菜籃子了，用塑膠袋了。抓塑膠袋的感覺哪裡有抓菜籃子好？現在從上到下都在說要抓菜籃子工程，可是真正的菜籃子卻不見了。

你扯到哪裡去了？言歸正傳，言歸正傳！她說。好像她是在聽故事，她急著要聽結果。

好，言歸正傳。他說。我抓起菜籃子就要逃。突然，你叫了一聲：錢呢？

喔，我忘了，完全忘了！一慌張，我忘了付錢了。你看看你看看，差點捅了漏子了。要是他把我當作企圖不付錢的，不全完了？一切都要被捅了出來。越是怕，越是撞上鬼了。我趕忙掏錢，付！趁著他還沒有警覺，快快把錢交給他，哪怕給多一點。我掏出了整錢，想著，他能找多少就找多少吧！可是他沒有少找我。既沒有發現我的破綻，也沒有多收我的錢。好啦，過關啦！成功啦！偷成功啦！趕緊逃吧。我抱著籃子，不，抱著瓢骨。也不，這不是瓢骨，是錢哪，一紮紮的錢，是金塊！我搶銀行啦！我一回頭，瞧見了你……

我那時瞧著你，正急得不行呢！她說。

我知道，我知道！他說。

這麼大的事！不得了的事！她說。你知道，我邊上有一個人一直奇怪地看著我，我懷疑他就是員警。她說。我是躲在柱子後面的，探著頭。我就裝作沒事的樣子，在對面的菜攤上逛，從這根柱子繞到那根柱子，終於甩掉了他。我暗中做了跑的預備動作。你一出事，我就衝過去，掩護你，讓你逃掉！

是喔，我知道。他說。可是你要被抓住了，怎麼辦？

抓我又怎麼樣？我又沒有做什麼，我又沒有犯法！

你是從犯，他說，我是主犯，你是從犯。

從犯就從犯。她說，做出無賴的樣子。她是教師。她從來沒有過這樣的表情。

哈哈，你也夠壞的！他說。

你自己呢？她說。不壞，還有今天？早被餓死了！

她說，敲著裝著上排湯的碗。那碗被敲出了宏亮的咣咣聲，湯水蕩漾，上排骨現了出來。不是瓢骨。喑啞了。黯然了。

那瓢骨現在居然不賣了！原來必須驚險地用偷的辦法得到的瓢骨，不僅沒有隨著物價的飛漲而漲價，而是一錢不值了！你要拿就拿吧，像垃圾。

我們再去偷吧。她忽然說。

什麼？他好像沒有聽清。

偷！她說。

他嚇一跳。他倒嚇一跳！

她神色堅定，毫無玩笑成分。

他覺得她有點陌生。像第一次見到她時那樣陌生。

那時他多愛她，可以為她肝腦塗地。她所有的話就是聖旨。她的所有想法都是對的。是的，去偷，去搶，被偷被搶的東西，一定是有價值的東西。

8

時候已經年末了。行動就定在年前。

他們想去他們二十年前買瓢骨的那家市場。但是早已經拆掉了。城市建設突飛猛進，幾乎把他們的舊夢剷除光了。這讓他們更覺緊迫，好像要搶救什麼。

他們找了一家有很多柱子的農貿市場。模擬著當年的情景，走場，像排戲一樣。他們要在這裡找回感覺。

市場很擁擠，供應豐富。所有的人都在忙著採購，準備過年，唯獨他們，好像跟過年沒有關係似的。抑或，這就是他們過年的全部內容？偷不到瓢骨，下一年就過不下去了。他們在人群中神情落寞。大年三十這天，購物者更多了。人們好像要傾所有的錢購物，把自己送上來年，像末日到來似的，近乎瘋狂。他們決定在這一天動手。

他們出發了，仍然一起出發，還特地準備了一個菜籃子。如今很難買得到那種菜籃子了。他們最後是從一家戲劇道具店買到的。買的時候，店家問他們是哪個單位的，他們笑而不答。又問排的是什麼節目？也不說。除了演戲，才用這種東西。他們已分不清戲裡戲外了。

其實人總是搖擺在戲裡與戲外的。被兩邊的力量撕扯著，看哪邊的力量大。他們也曾一度被火熱的人群，不，是被節日祥和的氣氛所觸動：難道我們就這麼被排斥在這世界之外嗎？我們怎麼會弄到了這種地步了呢？抖抖索索走在路上。西風烈，她摸摸丈夫的袖子，丈夫的袖子鬆蓬蓬的。叫你加件毛線衣你不聽。她埋怨道，涼了不是？

我不冷！他說。死要面子得像個小夥子。當年他還是小夥子，穿得少，一方面是撐年輕，另一方面也因為窮。

看你多會撐！她說，一輩子就這麼寒磣磣的。她數落起他來了。難道我們就這麼一輩子寒磣磣的？錢掙了那麼多，幹什麼？

她把丈夫的手揣進自己的口袋裡。要平時，他會不好意思地掙脫出來，怕被人家看了笑。但是今天，他沒有。他不怕別人笑。他們早已經被別人恥笑了。

我不喜歡穿衣服。他說。

那你喜歡什麼？她反問。

他茫然了。自己到底喜歡什麼呢？我喜歡當乞丐。他說，幾乎是惡狠狠地。

我也是乞丐！她也說。

我們就當一輩子乞丐嗎？我們這輩子活得冤不冤？到了需要去盜竊的地步。盜竊這種事，是我們做的嗎？但是另一個聲音又在朝他們喊：這不是盜竊，這是反抗！用的是高音喇叭。發聾振聵。三十多年前他們都曾被這樣的聲音洗禮過，那時候他衝進一個老師家裡抄家，喇叭就朝他喊：這是革命！革命無罪，造反有理！

假如能用毀滅得到重生，那不妨毀滅。

現在，他們就怕找不到瓢骨。沒有瓢骨，一切就前功盡棄。但是似乎不可能。如此供應充足的節日，如此盛世，怎麼會沒有豬肉？有豬肉，就必然有豬骨頭，有瓢骨。但似乎又是可能的：社會前進了，科學發展了，也可能用基因工程讓豬不長那些人類所不喜歡的東西，比如內臟，比如肥肉，現在不是有瘦肉豬品種嗎？當然也可能讓豬們不長瓢骨，讓食料百分百吸收在有用的地方。

但他們多思了，市場上還是賣瓢骨的。有，三塊，丟在櫃台的一邊。恰好是在最邊上的攤位，是他們得手的最好時機。她退回到一根柱子後面，瞧得見他這邊，卻又不容易被他這角度的人發現。他回頭朝她笑了笑，開始行動。他向那瓢骨伸出了手。攤主沒有發現，他在忙著應酬客戶。是不是其中也有不重視這瓢骨的因素在？但是他不能讓自己這麼想。這麼想，就沒法幹了。他要讓自己覺得攤主是被矇蔽著的。我就要得手啦！小子哎，你就要破大財啦！你還一點也不知道。人很擠，生意很忙。攤主還在飛快地砸肉，飛快地算錢，還不時地抬頭找什麼，原來在叫老婆，埋怨老婆怎麼向酒家送個貨，去了這麼久。他就把菜籃子悄悄放在櫃台下面，對方看不到的地方。只要一伸手，把那三塊瓢骨往這邊一掃，就成功了。可是對方的老婆回來了。

他趕忙閃到一邊。

她沒有發覺。可她回來了，就多了兩隻眼睛了，自己就難以得手了。他又回頭瞅自己的妻子。她也著急得直跺腳。

也許永遠就沒有機會了。明天就是正月初一了，今天是最後一天，最後的拯救。他們奇怪，這一年，這十幾年，這二十幾年自己都是怎麼過過來的？

忽然，那肉販又叫了起來：沒有零錢了！那老婆又抓起一張百元大鈔，向外面鑽去。她的背影消失了。天無絕人之路！他在心裡叫。他再回頭瞧妻子，她也在替他摩拳擦掌，好像一個小孩。不，是女殺手。

他點頭。

他猛地把手一伸，一掃。嘩——！他沒有想到會有這種響聲。他更沒有料到這聲音如此之響。那攤主猝然轉過來。其實攤主未必就知道他在拿瓢骨，是他自己把自己暴露了。他臉色煞白，目光驚慌。他飛腳就跑。

攤主大叫，從櫃台內跳出來，把整個肉攤連同錢盒都撒下了。他逃。她迅速迎了上來，擋住攤主。就像她當年那樣，她覺得。其實他們當年並沒有這樣過，這麼嚴重，這麼轟轟烈烈。

她瞧見他很快躥到前面去了，和那攤主的距離迅速拉開。丈夫動作靈活，在人群中穿梭，完全不像現在的歲數。好像是年輕的時候，在追求自己的時候。那時候，對方穿過人群，把電影票交到她手裡。

可是那攤主也很強壯。正年輕，正當年，很快從人群較少的右側抄過去。她叫了起來。他也發現了，馬上一折。她叫他折回來。她衝上前去，接過菜籃子，就跑。她把籃子摟在懷裡。他們互相應接著，配合默契。邊上的人看呆了，也許是被他們的技巧征服，也許是被他們的年齡。大家愣在那裡，甚至為他們閃開一條通道。他們一過去，大家又搶著在後面看。那攤主的路被堵住了，直嚎叫，慘絕人寰的樣子。人們才記起這是個受害者。有人叫，打一一〇！打一一〇……

9

我是被當地派出所召回來的。

今年本來不準備回家，想趁放假時間趕完我的一部後現代小說，類似於亞瑟．A．伯格《一個後現代主義者的謀殺》，一個被解構了的偵探故事。沒料到發生了這樣的事。而且是發生在我的斯文的、德高望重的父母親身上。我發現，我的想像力一錢不值。

他們怎麼會這樣呢？

我不知道。我們這社會，最可怕的，不是壞人犯罪，而是一個良民突然變成了罪犯。一個好端端的人，突然拿起槍，朝街上隨便什麼人開一槍。一種抓不住的恐怖感覺。而且，這個犯罪了的人居然還希望受罰……

我並不是因為他們被抓住而被叫回來的。而是他們不肯被派出所放回來。派出所發現他們拿的只不過是一錢不值的瓢骨，要把他們放出來。甚至都沒有批評教育。可是他們並不領情，居然要求把自己關進去。

你們沒犯什麼事。派出所所長說。

那你們當時為什麼抓我們？

因為你們拿了人家的東西了。

不得了？他們叫，這是什麼性質的？

談不上。所長說。

那是偷！她說。是盜竊！

所長笑了。也不能算盜竊。那不過是幾塊骨頭，人家也不要的。

他不要，我要！她說。

我當天下午就飛回了家。好容易才把他們勸回去。我說，爸，媽，我回來了，你們總不能把我一個人扔家裡吧？他們回家了。有我在的家，頓時充滿了溫馨和活力。平時就他們兩個人，你面對的只有我，我面對的只有你，我能想像得到那種孤單和苦悶。在那樣的環境下，不胡思亂想才怪呢！現在好啦，讓我們把注意力集中到當下，集中在純粹的日常生活層面上——這是我們這時代所有活得好的人的祕訣。

買了很多吃的東西。他們其實也很願意過世俗的快樂生活。母親說我瘦了。母親總是覺得兒子瘦，即使兒子已經胖得需要減肥了。然後她就講起當年給我的營養不夠，我小時候沒東西吃。說到這兒，我馬上警覺了，害怕他們又想到那敏感問題上去。那敏感問題，還真是繞不開。一個人，含辛茹苦了幾十年，這記憶，怎麼能繞開呢？

母親還是提起了瓢骨。

我說，其實這瓢骨是有價值的，這裡的人不知道。根據最新科學研究成果，瓢骨是所有骨頭中含鈣量最豐富的。將來補鈣產品一研製，它就要搶手了。

我不知道自己怎麼如此妄言，也許只是為了姑且安慰一下他們，將來真怎麼樣就顧不上了。誰管得了將來呢？從某種意義上說，人生就是一程一程的安慰，或者說是一場一場的誆騙。

父親果真相信了。他說，我說嘛，我們這裡就是落後。高脂肪、高蛋白，高糖，要犯富貴病的！

父親用的是批判的口氣。這讓他挽回了面子，畢竟，他是一家之主，我從小敬畏的父親。

他又開始教育起我來了。母親卻插進來，道：別教育別人啦，我們自己就很像樣？

我怎麼不像樣了？

你當年就像樣了？母親仍說。女人有揭老底的脾氣。

我當年怎麼不像樣了？父親辯。

那過去了的，都成了美好的回憶。

母親說。父親愣住了。好好好，我不跟你爭。你是老師，你有文化，會作詩，我只不過是個畫匠。

我什麼都不是，母親卻說。我是個乞丐！

她還在說自己乞丐！

好了好了，我連忙說，大過年的，高高興興。你們看，春節聯歡晚會開始了！

母親不看電視。她為我鋪了床，然後早早睡了。零點。電視上一片沸騰，外面也在大放鞭炮。新的一年開始了。母親忽然抖抖索索抱著自己的被子出來了，說要用被她睡暖了的被子來換我的冷被子。

你媽就是這樣！父親說。

是的，過去她總是這樣，現在還這樣。我是一直被我的母親這樣呵護著長大的。我幾乎流淚了。這哪裡是那偷東西的母親呀？

我在新年和親情的溫暖中睡著了。睡得很熟，很安穩。我是被一陣電話鈴聲吵醒的。是派出所來的電話：我的母親又去了派出所。

父親也醒了。你媽就是這樣！他又說。

我不知道他指的是什麼。我不知道我母親是怎樣的了。乞丐？小偷？殺手？賢妻良母？教師？良民？或許是瘋了，也許她本來就是這樣……

我覺得軟肋被杵了一下。

我和父親趕到派出所時，母親正逼著值班民警承認那瓢骨是有價值的。好吧，值班民警說。你覺得有價值就有價值吧。

那你們應該怎麼做？她問。

沒怎麼做呀。民警說，我們免於處罰。

那不行！她說，認真地。犯了罪就應該被審判！

也許審判才是走向新生之路？

民警笑了。那你說，是什麼罪？

盜竊。

好，民警說，盜竊罪是以所盜物的價值論處的，就那麼幾塊骨頭，你說，要怎麼懲處？

什麼就幾塊骨頭？

就是那麼幾塊骨頭嘛，又不值錢。

你說什麼？她尖叫起來。

那民警並沒有意識到什麼，又說：是不值錢嘛！值不值錢是由人家商家說了算的。人家說，這骨頭是一分錢也不值。一錢不值。

一錢不值？她嚎叫了起來。它一錢不值？難道我們這麼做也一錢不值？難道我們所做的全一錢不值了？我們經歷過多少事，受過多少苦，多少冤？難道這苦，這冤，就一錢不值？就白受了？你看看……他們掐著手指頭，數了起來。這麼多苦！他們說。那是我已經耳熟能詳的故事了，早已聽得耳朵生老繭，無非是：

出生時：兵荒馬亂。
長身體時：三年自然災害。
讀書時：文革，上山下鄉。
結婚時：窮困。
孩子出生了：上大學，作為時代幸運兒，苦讀，拚搏，把被四人幫耽誤了的損失奪回來！
工作時：腦體倒掛了。忍辱負重，下海，終於致富了。
……

這是長輩給晚輩痛說革命家史，這是一個民族苦難的傳說。這個苦難的民族一直渴望過好生活。用人民英雄紀念碑碑文的數法，可以是：

十年來，他們在渴望過好生活。

二十年來，他們在渴望過好生活。

五十年來，他們在渴望過好生活。

一百年來，他們在渴望過好生活。

由此上溯五千年以來，他們在渴望過好生活。

……

我說，媽，你不要再說啦！

你不要插嘴！母親喝道。要沒有我們受那麼多苦，有你現在？（好像我必須是苦難的產物。難道苦難是我們的宿命？）要沒有這瓢骨，有現在活著的你？

這，這是什麼時候的老黃曆了，我說，都什麼時代了嘛！

什麼時代了？她叫，你說什麼時代了？你以為什麼時代了又怎麼樣？你以為有錢又能怎麼樣？問題一樣。你也一樣。你也逃不了！

我愣了。

10

我不知道什麼是瓢骨。這時代，已經沒有多少人知道什麼叫瓢骨了。我沒有見過這叫瓢骨的東西，即使我喝過它的湯，我的壯碩的生命是由這下賤的骨頭湯哺育而成的。也許它真的很神奇？我還真想見見它。

我去了那個父母偷瓢骨的農貿市場。我終於看到了它，那形狀是我從來沒有看到的。真的像瓢，它蹺蹺的，永遠放不平。它其實就是肩胛骨，支配著前肢活動，並和肋骨、胸骨、鎖骨一道保護著胸內臟器。

我記起來了，曾經有書上說鄉下人用豬骨頭舀飯。當時我理解不了，有能夠用來舀飯的骨頭嗎？原來有這樣的骨頭。動物，無論是低級動物，還是高級動物的我們，身上的骨頭千奇百怪，看著都會咯得發疼。因為它擱在適當的位置了，不覺得它的存在。假如有一天覺得它了，身體就出毛病了。

我忽然想買它。

我對肉販子說，最新科學研究成果發現，瓢骨裡含有最豐富的鈣物質，我要收購去製造補鈣製品。

我居然真這麼認為了。你們開個價吧！我對肉販說。

肉販子似乎不相信。但是對方已經像攏包裹似的把瓢骨攏在了一起。你能證明你說的是真的嗎？

你就看我這身體，我說，我就是吃這骨頭長大起來的。

對方笑了起來。也不全是吃這骨頭的吧，就沒有吃肉？還有飯，還有很多很多東西……

我搖了搖頭。你知道人體最主要的物質是鈣嗎？

對方懵懵懂懂地點頭。

你還算有文化。我說。

邊上的肉販子也聚集過來了。

可是，一個說，你沒法證明你就是吃這瓢骨呀。

那時代有什麼東西吃？我說。我怎麼也談起那時代來了？

確實沒有。對方承認。可是，你還是沒法證明吃這東西就那麼有用呀。

沒有用，人家為什麼要偷它？我反問。

誰？

你們知道前幾天偷這瓢骨的事嗎？

知道。

他們就是我的父母親。我說。我怎麼能這麼說？

對方眼睛一亮。與其是警惕，毋寧是激動。他又把瓢骨攏了一下，攏往自己身邊。你是說，他們是你父母親？

是。我說。

你就是他們的兒子？

是。

他們是你爹，你媽？對方又說，他們的思維好像在繞著圈。

是。我說。我母親懷我的時候，就靠吃它的。

你怎麼知道？

我有記憶。

你還沒生出來就有記憶？

我身體裡有記憶。我說。

記憶？他們玄祕地笑了。

你怎麼能證實你說的記憶是真的呢？怎麼證明你身體是真的用這東西補的？

當然，我說，我自己都不相信的，能做這生意嗎？

那不一定，也可能專門為別人做的，現在矇人不矇己的事多啦，像鱉精、地溝油（注：將下水道中的油膩漂浮物或將賓館、酒樓的剩飯、剩菜經過簡單加工、提煉出的油。）……

我為什麼要蒙？你叫，我是真實的呀！

真實？真實值多少錢？

就值這瓢骨的錢。我說。

瓢骨的錢？他們叫，現在誰還相信瓢骨的價值呢？

我信！我說。

他們愣住了。算了吧！他們忽然又大聲叫起來。與其是不信任，毋寧是在相信前做最後的確認。好呀，那你就買吧，你要出多少錢買？我們開多少錢你都願意買嗎？

是的。我說。

您想好了嗎？
您可以選擇闔上。
您確定要打開嗎？

五章 我疼

1

你覺得疼嗎?比如頭疼,那種摧毀整個人生意義的感覺。一早醒來,忽然就頭疼了,可你昨晚睡前卻毫無預感。也沒著涼,也沒做夢,你睡得好端端的,像落進了陰險的圈套。於是你一整天的計畫全毀了,渾渾噩噩,熬著,只等著睡覺時間再度到來。

可是,比起牙疼,頭疼又算得了什麼?就好比跟一個飢餓的人談靈魂歸宿。

那種疼直接逮著你,逼你解決。我從小就牙疼,那是我媽的基因。現在才知道除車禍其他疾病都是基因惹的禍。可那時似乎連我媽自己也不心知肚明,她只相信預防,教育。她是一個小學教師,總是相信教育。我從三歲起就被教育要刷牙,她似乎對牙齒有特殊的敏感。不要以後牙齒也像媽媽了!媽媽說,用的是既哀嘆現實又對未來充滿信心的語氣。他們那些人說起話來總是這樣語氣,弄得靈魂支離破碎。可是她女兒牙刷都拿不穩,左突右躥。她還喊:從上到下……呈四十五度傾斜!先左邊,後右邊……慢慢刷,一下,一下,做什麼事都要有耐心,有恆心,有毅力!後來九〇年代初全國大抓學生軍訓,我恰上中學,站在軍訓場上,我每每想起我的刷牙訓練。因為刷牙,我還挨了不少打。現在我對那些打居然毫無記憶了，也許當時就沒多少痛感。我只記住：不能牙疼！不能牙疼！為了這個，我什麼都能承受。我還從小被禁止吃糖。什麼甜的東西都被禁止了，包括甜橄欖。六一到了，小朋友們終於盼到了一年一度的兒童糖，抱在手裡，連外包裝塑膠都那麼好吃，可我一回到家，媽就伸過手來，我就知道自己要怎麼做了。毫無商量餘地。媽媽總是向你伸過來那毫無商量餘地的手。媽媽的手指可真直真長哪！我從來沒有吃過兒童糖，我的童年沒有甜味。媽媽說，人可以不要甜味，但絕不能不要牙齒，牙齒壞了，一切都完了。我成長的警世鐘不是狼來了，而是牙壞了。可是，牙還是壞了。

我不到五歲就患上了齲齒。我清楚記得當時我正在吃晚飯，我將一片豬肚塞進嘴裡，忽然左邊大牙一個疼。我脊梁上猛地沁出冷汗。其實那並不非常疼，但我被預感嚇壞了。我張著嘴，直到我驀然瞧見媽媽更為驚恐的目光。我趕忙閉上嘴巴若無其事地又吃起飯來，可是媽媽的眼睛像老鷹一般銳利。張嘴！她叫，那聲音都變了調。我沒有張嘴，仍然頑固地上下頜一張一合，做著機械的牙床操。張嘴！她又叫了一聲，把筷子猛地舉了起來。可是還沒等我張開嘴，她就絕望地摔起筷子來，好像世界的末日已經來臨了。我早就告訴過你要好好刷牙，好好刷牙！你就是不聽我的話！……可上帝知道，我並沒有不聽她的話。我從來都是很聽話的，我自己也怕牙齒壞。後來我被接踵而來的牙疼折磨得生不如死時，我才明白，這其實是母親她的推脫。這樣的痛苦，是誰也承擔不了的。我也承擔不了。

我至今還清晰記得我第一次躺在牙科手術椅上的情景。那醫生的臉幾乎全躲在大口罩後面了，只有兩隻滴溜溜的眼睛。我不知道他將要怎麼做，我只能從那眼睛不安地揣度他的居心。我緊緊抓住椅子的扶手。金屬器皿在鏗鏗碰響。

我瞧見一個形如鑽頭的東西旋轉了起來，然後又停了，好像是要先讓我瞧瞧它的厲害似的，然後，再伸到我的嘴裡。

我大張著嘴。與其說是怕被那鑽頭觸著，毋寧是為了討好母親。我從一開始就大張著嘴巴，好像要以此來向母親謝罪。那鑽頭在我嘴裡又旋轉了起來，可是很奇怪，並不疼，只是發著夏天蟬鳴的聲音，像搔癢，倒給我幾分安逸。

終於有點疼了，卻也並不那麼疼，可以忍受。再疼了些時我就用指甲摳自己的手肉……我忍著，像水中燉煮的青蛙，抽著腿，能忍則忍，直到徹底把我疼暈。

這感覺是那麼的讓我刻骨銘心。我一生都擺脫不了這夢魘一般的感覺。五歲起，我的牙齒一顆顆輪番動手術，又是車，又是填，又是拔，什麼榔頭鐵鍬都用上了，可是我卻唯一只有這個感覺。後來語文課上魯迅先生的文章，讀到「麻木」一詞，我總想到了它。

只能殺神經了。十歲，醫生對著我的恆牙說。

這樣就不會疼了，父親說，疼，是神經的作用。

父親也是一名醫生。他所以對我說那些原理，也許是想用科學知識釋放我的恐懼。可是卻更增加了我的不安。我從此明白了人的身體上原來像電網一樣密佈著那個叫作神經的東西。還有數不清的血管，裡面有血在穿走。想想吧，我的血管內壁總是被血磨蹭著；一不小心碰到了哪裡，哪裡的神經就會被電擊一樣迸出火花來，那該是怎樣可怕的景象！我的腦袋裡總是充滿了這些怪念頭，說起話來也古裡怪氣的。上體育課，跑步，跑得滿臉通紅，我就說，這是血在往頭上衝；有人患了感冒，我就說現在他身上白細胞正在跟細菌激戰。弄得大家渾身不舒服起來，都討厭起了我。我從小就是一個不討人喜歡的人，連老師也不喜歡我。

你總是講怪話！老師說。

可是我疼！我辯。

就你嬌氣！老師說，你瞧人家……初一時班主任總是指著我們班的班長這樣對我說。班長也是一個女孩，非常不嬌氣，非常懂事。有一次她放學回家掉到路邊一個沒井蓋的下水道裡去了，砸得頭上隆起一個大包，手骨頭也折了。有關部門都在推諉責任，她卻在班會上大講起自己如何戰勝疼痛來了，還把頭一昂一昂的。她額頭上的包也隨之一閃一閃的，看了都難受。完了，還要把手舉過頭頂行隊禮，被繃帶牽住了，她卻還堅持。她怎麼就不疼？我都替她覺得疼。

生命的疼痛如此尖銳，我無法迴避。頭疼、牙疼、肩疼、肌肉疼、跌打損傷疼，我的整個人生就是如此尖銳而赤裸裸。我還想到了死，那是怎樣一種極端的疼？那是一生疼痛的總複習。可是疼痛是不是有極限？超過了這極限，感覺疼的生命就不存在了，所以死又是一種解脫。我曾經苦苦尋思怎樣死，怎樣死法才不疼，跳河？上吊？割脈？我想到了吃安眠藥，那樣睡死過去一定就不會疼了。我還一度真的積攢起安眠藥片來了。我鑽進我父親所工作的醫院的藥房，裝作玩，跟那些藥房叔叔阿姨打得熱火。我故意指東扯西，打探安眠藥裝在哪個褐色瓶裡，然後趁他們不備偷走幾粒。

我不敢多偷，怕被他們發現了。

我從小就深謀遠慮。我不能不深謀遠慮。我也不敢放在家裡怕被父母抄出來了，我把它們藏在我塑膠鉛筆盒夾層內，每天隨書包帶走。那一陣，每天我背著書包連同安眠藥上學走出家門，都會生出一絲跟家永別的感覺。我禁不住把我熟悉的一切包括每雙拖鞋都掃視一遍，那感覺既悵惘又輕鬆，還有那麼一點悲壯。

可是有一次，我從電視上瞧見一個中年婦女服安眠藥自殺了，她的臉居然瘀得發黑。她服了安眠藥怎麼還會難受呀？我脫口就問出來。

你以為服了安眠藥就不會難受了？父親道。

我的心猛地一沈。那……人該怎麼死才不難受呢？

哎呀這孩子怎麼亂七八糟的！母親馬上打斷過來，什麼死不死的，小小年紀……

2

十三歲，我來了月經，痛經也隨之而來了。有一次，我甚至疼得滾到課桌下面去。當時正在上生理課，生理老師慌忙把我送到了樓下的校醫務室。校醫說，沒什麼，痛經而已。可是我還是疼得在檢查床上打滾。同學們全從教室裡跑出來了，我聽到了樓梯噔噔響，整座樓好像都要震塌下來。我感覺到了他們在醫務室窗外看。我知道自己很丟人，可是我沒有辦法。我甚至還聽到幾個男生起鬨聲。我聽見生理老師在外面衝他們喊：幹什麼！有什麼大驚小怪的？很正常的生理現象嘛！哄，他們跑了。

那以後我簡直無臉面對同學們了。男生們總是用特異的眼光看著我，好像我就是生理實驗室那個人體標本，他們已經破譯了我的祕密。而女生們也怪起我來了，因為我連累她們也成了標本，暴露了她們的祕密。她們竭力避免人家把她們跟我聯繫在一起，排隊，男女分隊，她們就擠在一起，躲我遠遠的。好像她們並不跟我同樣性別，有同樣的生理構造，她們並沒有月經，好像滿電視的衛生巾廣告都不是為她們做的。她們把衛生巾緊緊實實墊在內褲內（那小心翼翼藏著衛生巾的內褲多麼假惺惺呀）。她們照樣說呀，笑呀，體育課叫跑一千五百米就跑一千五百米，絲毫不說一個「不」字。可是我不行。雖然我也很想行，可是我堅持不了。我第二次出了醜，我跌倒在跑道上。學校趕緊通知我的家長。我被送進了我父親所在的醫院。

我被直接送到醫生面前。因為我父親在這醫院，我擁有這個特權。我不需要排隊掛號。我瞧見一個老人蹲在掛號窗旁拚命嘔吐，他的手還死死占在窗口鐵欄上，那麼的孤單無援。他家裡人呢？可是他即使有家人是不是能擁有特權？可是我擁有特權又能怎麼樣？仍然要經受漫長的常規程序，量體溫、血壓……這是不是一個病人必須承受的痛苦過程呢？即使你再有特權，你是中央首長。

醫生叫我躺了下來，脫下褲子。醫生是女的，可是我根本沒有去想向我下這羞恥命令的是男是女。我突然感覺到一種奇特的被撕裂的疼痛。我全部的神經都痙攣了起來。我第一次感覺到我有這個器官。它就是疼。可是她那隻殘忍的手是那麼的理直氣壯。好容易，饒了我了。她到邊上洗手台洗手了。她說：沒關係的。

我不知道她為什麼說沒關係，我明擺著還在疼。她又坐到了診桌旁，說，開點中藥吃吧。什麼？中藥？我很知道中藥藥性慢。開了藥，提回去，先浸，後煎，再沏茶一樣細細沏出來……我就常見到我媽這樣。可我的疼就像一個毒蠍趴在我的身上，我巴不得早一秒鐘扒了它！我不吃中藥！我要西藥！我叫。

她吃驚地瞧了瞧我，又瞧我爸，笑了。我爸也笑了起來。真是耳濡目染呀，小小年紀也知醫曉藥的。她說。

吃中藥少副作用。爸也說。

不，我不怕副作用！我要吃西藥！

她又笑了，還伸出手摸我的後腦勺。沒關係的……她又說了「沒關係！」什麼沒關係？你當然沒關係了！疼不是在你身上。我真想乾脆鑽到她的診桌下打滾。我不要中藥！我喊。

好好好，她又呵呵笑了起來。那笑充滿了詭譎，像個妖婆。要西藥就西藥。我就給你開西藥……

可想而知，這妖婆給我開的仍然是中藥。我於是又在第二天痛倒了，她才不得不開了西藥。可是西藥也不能解我的痛。下個月，我再一次痛到了地上。那是一個深夜，我在地上打滾，渾身黏乎乎的，我知道這是血。我在血中打滾。

滿屋子被我攪得一片狼藉，床歪了，掛衣架倒了，被子拖到地上跟桌腿椅腿攪在了一起。媽慌了，央我爸去找主任。主任是我爸的好友，又是院長。爸一走，媽就趕緊大收拾起來，一邊喝我起來。我起不來。媽拖我我也起不來。媽突然一甩手，火了。

疼也沒見你這麼疼法的！一疼就往地上鑽。地就能解你的疼了？

這倒是真的，地也許真能解我的疼。在這時候，彷彿地、血、狼藉、骯髒特別有親和力。我把臉貼著它，親它。媽又來拽我，她好像忽然感覺到了什麼，恐懼起來，我感覺到她的手在痙攣。好像我是要去赴死似的。她緊緊拽著我，可是我就是不起來。她忽然抽了我一巴掌。我臉上火辣辣的異常暢快。我嚎啕大哭了起來。主任來了。要不是實在無計可施，我肯定我媽是絕對不會讓門打開的。主任挾著冷風進來了。我停住了哭。主任的腳就在我的額前，我瞧見了那是一隻精瘦的腳，像一張幹練的臉。我匍匐那腳前，只有將自己降低到他人腳下，我的希望才會高高升起。她君臨而下，她戴上了聽診器，聽了聽我。她聽到了什麼？我忽然直希望她聽出別的什麼了，發現出別的什麼病，別的病因。

我寧可自己還有別的病。我瞧著她的臉。她臉上毫無表情，就像她的腳。她一用勁立起身來，把聽診器連同手揣在上衣袋裡，仍然毫無表情。她問我爸都吃了什麼藥了。她瞧著我吃的藥。我忽然又希望她瞧出了什麼問題，憤怒起來，大罵那個醫生，庸醫！甚至，用院長的權利把她解職了。可是她仍然沒有。她說，這藥可以繼續吃。

我眼前一片黑暗。什麼主任？狗屁主任！到底會不會看病！是撿便宜當上主任的吧？我簡直要叫。爸連忙把她請到了客廳，關上門。

結了婚就會好起來的。我聽見她在外邊說。

結了婚就會好起來？為什麼？我不知道。結婚……我只隱隱感覺到結婚是一種更大的疼，被蹭，被壓，被屠戮……然後，子宮被無情地脹大，肚皮被撐大，再陰道撕破生育，就好像便祕。你抓哪裡都沒用，扯斷自己的手也沒有用，沒有救命稻草，你只能後悔，後悔！後悔為什麼要結婚，種下孽種！為什麼她們對結婚、對生育、對活著如此歡天喜地充滿了希望？莫非就是一種誆騙？婦科主任誆騙女病人，老女人誆騙年輕女人，熬成婆了的誆騙還在當小媳婦的，婦女誆騙處女，母親誆騙女兒，孕婦自己誆騙自己，痛過就忘，又想第二胎，痛苦到底有沒有記性？誆騙到底有沒有窮盡？

3

憑心而論，我不該罵那婦科主任。她其實真是個好醫生。這麼好的醫生對我的疼都無計可施，我瞧見了醫學的窮途。

聽說當年我就是在她搶救下才來到這個世界的。我是倒產出來的。當時，醫院問我爸，是保母親還是保胎兒？我爸說，當然保母親。也許當時真應該只保母親，也許這正是我一直喜歡父親勝過母親的原因吧。可是，手術卻成功了，於是有了個成功的範例，也有了我這個受盡苦難的肉身。也許這才是我忌恨那婦科主任的真正原因？

父親也經常聽診器連同手揣在上衣袋裡，直直立在病人床前，瞧著病人苦苦掙扎、哀號，至多托一托鼻梁上的眼鏡架。他好像已經習慣了這樣的場景。

他是醫生，他只知道把守生命的最底線——能活，哪怕是植物人。

父親一直這樣直立著，終於有一天，他倒下了。得的是一種沒有理由讓他得上的（大家都這麼說）病：肝癌。他不抽菸，不喝酒，不吃醃製品，不吃油炸物，所有據說能導致癌的壞習慣他全沒有。迷信的說，那是因為他老是跟閻王搶點名簿，被閻王忌恨了。我則猜想，那是他所見的痛苦太多而成疾了。醫生職業不像那些演藝界，可以尋歡作樂，說大家愛聽他自己也愛說的花裡胡哨的大好話，什麼長命百歲呀，恭喜發財呀，喜逢盛世呀，紅紅火火呀，就是面對人家的下崗苦難也可以要個滑頭唱聲：你該歇歇啦！醫生要面對無可逃避的人生的殘酷。

脫下白大褂的父親完全沒有了醫生的威嚴。穿著白大褂的醫生好像死神面前的一塊屏障，比共產黨員還特殊材料做成，別人會得病他不會得病，別人會傳染他不會傳染，別人會死他不會死。現在他要死了，他完全顯出了凡胎俗骨。

那麼的虛弱，無助，被人送進手術室，送去放療，還有化療。我有一次甚至也瞧見他抓住給他放療的他同事的手，小孩般哀求道：不要了！我不要了呀！聽說癌症患者晚期是非常痛苦的。可是沒有人能救他。我們早已哭乾了眼淚。

我們只能眼睜睜地瞧著他身體一天天癟下去，直到只剩下一片肉乾。他原來可是那麼高大啊，一米七八的塊頭，百六十斤重，那是他四十年積攢起來的能量。要扼殺掉這能量，該需要怎樣強力的打壓？就像把一顆吹得大大的氣球壓爆。

我總這樣想。我問，爸，疼嗎？疼！他說。他緩緩地抬高了嗓子：人生是一個大圈套！我被套住了。

我懷疑從最初起，父親就不曾對康復抱有希望。他其實比我們誰都心知肚明。他自己就是醫生，名醫。可憐的卻是我們還竭盡全力瞞騙他，一會兒說他臉色好看了，胖了，一會兒又說他精神好多了，一會兒又謊稱他體內腫瘤縮小了，一會兒又告訴他年底前有望研究出一種抗癌新藥、特效藥。他總是笑笑的。只有那笑，才恢復了他原有的風度，有時反讓我們天真地以為真的有了希望。到他生命的最後三天，他忽然對前來查房的一個他原來的助手說，給我杜冷丁！

我清楚記得那助手好像突然被一把刀逼在脊梁上，縮了縮脖子。他似乎想說什麼，但瞧見我父親那近乎威嚴的目光。他什麼也沒說，就出去了。

父親死得很有尊嚴。平靜地躺著，然後沈迷了下去。有一刻他好像叫了我一聲，那音色是從來沒有的安恬。我很吃驚一個人可以這樣活著，可以這樣死。

那是怎樣的一種讓人迷戀的生與死啊！他怎麼能這麼死？

杜冷丁……驀地有誰在說。我回過頭，窗前站著父親幾個同事在交頭接耳。陽光從他們肩頭和腋下熾烈地透射進來，他們的身影好像被光幻化了。

我瞧見一雙驚慌掩飾的眼睛。我記住了那眼睛。

4

他總是像我爸腰上的鑰匙串一樣隨我爸轉來轉去。那時他還是我爸的助手。我和我媽去醫院找我爸，見到他，要是坐著，他立刻就會站起來，把手貼在褲脊上；若我爸不在，他會殷勤地說：啊，主任他在……現在我又去醫院，又碰到了他，他居然慌慌張張還說：啊，主任他在……說了一半，覺得不對，把臉漲得通紅。

在公墓裡。我說，笑了起來。他才如釋重負地也笑了。對不起……對不起……

我總是在醫院跟他巧遇，當然這是我的陰謀。我喜歡看他張皇失措的樣子，好像一隻被追逐的兔。我故意跑到他的診室去，倚在檢查床旁，看著他。他就像兔子一樣一驚一詫地支著耳，感覺著我的存在。有時候，別科室的人，那些過去我爸的同事進來，衝我一笑。我知道他們笑什麼，我不在乎。我甚至還真希望他們知道我跟他的關係。可他卻總是把臉憋得通紅。他驚慌地瞧著最後總是剩下我跟他，然後，技巧拙劣地裝出才發現我的樣子，啊了一聲。找我？有事嗎？他說。他說的時候眼睛不看我，而是瞧著牆壁，好像是說給牆壁聽似的。牆壁寫著：人民是父母，病人是親人。

沒有事就不能找你嗎？我反問。

他馬上狼狽了起來。我喜歡看他狼狽的樣子，好像一個賊。男人的本性是賊，我引誘著他的賊性。當然我很清楚我這樣做將會有什麼後果。我必須付出的恰恰是疼！我沒有愛，我已經不可能去愛了，即使有愛是不是能免除做愛的疼？那個婦科主任簡直野蠻地撕開了我的陰道，結婚了就會好的。我感覺到了我陰道內壁在收縮，在痙攣。我做夢都夢見一桿衝擊鑽從牆壁直鑽進去，牆壁的紅色肉瓤撲簌簌噴出來。女人命中注定就要承受更多的疼。疼是女人的宿命。

毛主席問劉少奇和周總理，有什麼辦法能讓貓吃辣椒？劉少奇說，餓牠兩星期。毛主席搖頭。

周總理說，那就將辣椒藏在魚肉裡讓貓吃下去。毛主席也搖頭。毛主席說，應該把辣椒插在貓的屁股裡，一疼，就必然去舔，就吃了辣椒，越疼越舔。

越疼越舔……

可是他卻說感情這東西要有一個發展過程。他說他不相信閃電式愛情，他甚至不相信一見鍾情。他像一把鑰匙一齒一扣，說起來一套一套的，道理好像全抓在他的手裡。倒把我襯得很墮落、很無恥。好像我天生就是這麼墮落和無恥，好像他天生就是道理的化身。我討厭道理。道理是那些活得滋潤的人想出來的勞什子，什麼愛情呀、操守呀，他在台上，他就是道理化身，咱可要清醒不能順著他的道理被他套進去了。咱就是不要道理。你聽他說婚姻這詞時那麼理所當然，好像不是在說對我的肆虐似的。他身上的酒精味是多麼的一本正經而又毒辣啊！為了他的過程，我必須受著多麼漫長的煎熬！

我討厭他把我帶到大街、電影院、百貨商店，我討厭端坐在茶藝居，喝那有味沒味的涮茶湯，討厭去西餐廳裝模作樣左手拿叉右手拿刀，連五成熟的牛扒也沒有一絲血。他就這樣毫無血性毫無痛感地誇誇其談呀。他說他拿有十本各種各樣的證書。我說那你很像張藝謀喔！他卻不高興了。

什麼像張藝謀？張藝謀那是評出來的，我這是考出來的！他說。

他似乎很相信考。他最激憤的時候就是譴責高考也作弊。他說他當年考上醫大可完全是靠真才實學。我不知道他是不是知道這些只能在考場上要棒弄刀無論不作弊的他還是作弊的那些人都是天生的可憐動物，真有權勢的人是不用考而是考別人、自己不會去學習而號召別人好好學習從而更好被統治的？有一次，他居然裝滿了一文件袋七證書八證書帶來給我看。這些都是資本哪！都是資本！他一本本擺著，像擺著一張張好牌。我疑心他在自己宿舍裡是不是也天天抄出來在床上擺牌，欣賞，然後陶醉得倒在床上，就像那個老葛朗台陶醉著金條。我倒真覺得自己好像一個妓女，端著陰道，不，端著處女膜還是無法招商引資的妓女。我冤！

我撥著他的寶貝證書。哪一本是治頭疼的？又哪一本是治腳疼的呀？

他馬上把證書收了起來。這是科學！他鄭重地說，鄭重得好像小學生剛戴上紅領巾的時候。他臉上明顯有一種被褻瀆的不悅。這是我的不對。我已經養成了刻薄的德行，這德行就跟我的疼痛一樣無藥可治。我馬上改口，說我不是這個意思。他才滿意了，又說，醫學是一門科學！

他也許真懂科學，有很多知識，也有很好的技術，可是他唯一缺少的是對疼的感覺。

有時候我懷疑他是不是真信科學。

到明年，若不發生意外的話，我就可以拿到中級職稱了，到時候就是我同學中第一個了。

他說。於是他小心翼翼地開藥，為了不發生意外，有時還掐指頭計算劑量。他說稍一疏忽，一切就毀了，要珍惜！他好像很珍惜自己。他說我家跟你家不一樣，我爸是工人，我爸從我爺爺當農民發展到他當工人，我又發展到成為知識分子，不容易，要珍惜！有時候我真希望他一時糊塗，開出一帖毒藥，把他毀了，看他珍惜！可是他開完處方箋後總是要把它微微豎起來，巡視一遍。甚至作廢的處方箋都被他撕得碎碎如碎紙機吐出的一樣。我的陰謀於是也一天天被他報廢了。

好像我媽感覺到了我要幹什麼。儘管我自信我的言行並沒破綻。莫不是因為我會疼，就有了墮落的嫌疑？父親死後，家像個坍塌了的廢墟，只有媽還可憐又可笑地像圓明園廢墟上的柱子一樣支立著。她好像對我更不放心了，幾乎有點神經質。我一叫疼哪！她就緊張起來。為什麼我的病讓她這麼害怕？膽戰心驚？好像我是對著她靈魂嚎叫似的。好像我是對著這世界的靈魂嚎叫似的。

亂叫什麼！她喝。再沒有人肯沾手我的病，滿醫療界都在傳我這個名醫女兒的可怕病情。他們並且由此推斷出醫生後代的普遍健康問題，近乎宿命。媽開始向我灌輸自己，他們那一代是怎麼走過來的，絮絮叨叨——改革開放、撥亂反正、尊重知識、發展經濟、反腐倡廉，走向輝煌（一聽「輝煌」這詞，就好像亮晃晃的鋼化玻璃板直逼而來，我就疼得更厲害），你們已經夠幸福的了，還身在福中不知福，還要怎樣？

我一聽這話就火了。我要怎麼樣？我要幸福！你說我夠幸福什麼了？我疼！你生下我，給我疼，你既然給我疼不能給我幸福為什麼還要生我？你生了我不能給我幸福我自己尋找幸福還不行嗎？我不知道自己怎麼這麼大膽了，膽敢頂撞起我媽了。要以前我是不敢向她說一聲不的，那樣她會一戳她那又長又直的食指，讓我站在牆壁前反省大半天甚至一整天的。可是這次媽沒有這樣做，她居然出奇的忍耐。她忍耐得近乎陰險。

當然，我們社會還有陰暗面。她說，以往她是絕不肯這樣說的。這就是陰謀，這是一種策略，是圈套，故意顯出跟你深有同感的樣子，目的還是為了招安。她說，陰暗面（這些詞總那麼小心翼翼、似是而非、充滿狡黠），社會經濟飛速發展，造成了心理障礙，這是現代社會面臨的問題……

她怎麼居然說我心理障礙來了？好像這二十年來她就不曾瞧見我的病似的。她倒像個醫生，比醫生還醫生的大醫生，洋洋得意握著一劑靈丹妙藥。不是！我不是！我不是心理障礙！我只是疼，跟社會陰暗面無關。我只是疼！疼！純粹的疼！

我恨大家不看我的病，我更恨我媽亂看我的病。自以為是。我恨她自以為是的一向邏輯。我要砸爛！我要砸爛所有的藥！這輩子她到底信過多少靈丹妙藥呢？你既然這麼有靈丹妙藥，為什麼爸病時你也只懂得哭？你拿出靈丹妙藥來呀你拿呀！別只會哭，還一套一套的，你拿呀！別讓爸那麼疼，疼，疼死！這可刺了媽了。也許我太刻毒。可是只有刻毒才能發洩我的絕望。就你會疼！媽像母獸一樣尖聲嚎叫了起來，我也到處不舒服呢！我還重度子宮頸糜爛盆腔炎輸卵管卵巢炎從來沒有好過，我向誰去叫？做人哪能那麼舒服！

我簡直驚呆了，瞧著我媽。我第一次瞧見她這樣。我感覺到一股絕望的陰氣直逼而來。我想拉她，可是她也化在陰氣中。我哇地哭了起來，哭得像個孩子。我也不知道自己為什麼居然會哭得像個孩子，無助的孤兒。

一個女孩子，不要讓人說太「開放」了！媽叫。

「開放」就「開放」！我是一個妓女。我跑了出去。那是一個沒有月亮的夜晚，不時有機動車防盜警報汪地一叫，就有幾扇窗戶同時打開探出個人頭來，驚弓之鳥，關在鳥籠一樣的防盜網裡，可是那鳥籠裡很豪華、很璀璨、很小康咧。也許那警報根本就是他們自己疑神疑鬼遙控按的。草木皆兵。曾經看一部外國電影，說一個藝匠受雇給一個馬戲團編大球，他埋頭編，結果也把自己給編進去了，可演出時間已經到，只得認了，大家把他連同大球推上台去。

他們是不是也已經認了？他們已經認了沒有防盜網的家就成不了自己的家，沒有防盜警報的車就成不了自己的車，沒有加鎖的東西保不準哪天就飛了。他們的防盜網是不是要加粗，再加粗？（鋼筋條，鍍鋅管，不鏽鋼……）他們的防盜器是不是要技術更新再更新？他們的東西是不是要加鎖再加鎖？中國是不是要出世界最偉大的鎖匠？一個鎖匠的社會，一個沒有處方藥卻偏方層出不窮的社會（水變油、體育救國、炒地皮、產權改革股份制、說不、知識經濟、城市化、三年脫困機關分流、彈鋼琴講英語唱京劇、絕對隱私、網路經濟、類比生存……）一個巫師的社會！可是我是妓女。我一無所有。我的東西是別人的，別人的東西是我的。我敲上了他宿舍的門。他住在醫院宿舍裡。他一開門，我就倏然倒了下去。他大吃一驚，慌忙把我抱了進去。我叫疼呀！他更加慌張，問：哪疼？我說哪都疼！當然我一點也不疼，裝出來的。

我裝疼時才發現疼的感覺一點也不可怕，只是在紙上大大寫一個「疼」字，我只是個文筆嫻熟的作家，或是演員，唯妙唯肖。我死死掙扎，叫呀，我從沒想過我還能表演疼。我的樣子一定比真疼時還要可怕，我瞥見了他額頭上沁出了汗珠。他說：別叫！別叫！讓人聽見了。

可我偏要叫。

我求你了，別叫！我這就給你拿藥去！他說。

又是藥！我叫，沒有用，我這是痼疾！

那……我通知你母親……他說。

你敢叫我媽，我就立刻死在你這裡！

他被鎮住了，臉色發綠。那……你說怎麼辦哪？

給我杜冷丁！

這聲音好像不是我發出來的。這聲音好像是我爸發出來的，那麼威嚴、冷峻，盛氣凌人。一種神聖的邪惡。我瞧見了他脖頸也綠了。

聽我說，這可是管制藥品……

給我杜冷丁！

他一抖，不說了。杜冷丁三個字像三道淫鞭子抽在他的身上。你不要嚷這名字嘛！他居然說，好像只要不讓人聽見我們在談論杜冷丁，就是讓人知道我在他宿舍裡、我們在幹骯髒羞恥違法犯罪的事，他也認了。

你不知道。一會兒，他又抗拒了起來。這種藥有成癮性……

給我杜冷丁！我又說，簡直像個惡魔。

你聽我說吧……

杜冷丁！

他終於不再吱聲了。他的綠脖頸終於硬梗梗地往外移去。快到門口，他猛地又轉了回來，好像在做最後的抗爭。可是他碰到了我兇狠的目光。他改口說了一句：你別嚷嚷啊！

5

我終於嘗到了沒有疼的人生。這在我是第一次。沒有疼。他們原來都是活得這麼滋潤哪！我躺在他的床上。他的床軟軟的。他的宿舍又空又大，有點昏又有點亮，上面佈滿了三角樑架，還有幾隻蜘蛛網在飄，有一絡像鞭子一樣懸了下來。我忽然感到一種奇特的空虛，需要什麼來填，我的身體簡直都要迎了上去。那就是愛吧？我愛啊！我喚他，可他沒有應。他還站著。他居然用古怪的神情瞧著我，好像我不是我了，好像我不該這麼快樂，我天生就該是那個痛切切病懨懨的模樣。好像我就不該有快樂。

我要向你坦白一件事……在這之前，我其實並沒愛上你。

我說，那舒坦，快意，充滿真誠、趣味，像削開一顆水分飽滿的煬山梨。

他將會很吃驚，好像拉開了舞台的帷幕，甚至他會氣憤（我涎著臉等他反應），然後讓我來懺悔，他再來原諒我，擁抱我。即使他不原諒我，我也願意承擔後果。他會嚴厲地懲罰我。可是他不，他什麼都沒有。他只是終於證實了什麼似的坐到了椅子上，讓我驚訝、失望。他深陷在椅子裡，那是一張漆著白漆印著醫院編號的木辦公椅，他好像被兩股硬邦邦的力量卡住了，他被死死卡在其中，不知所措。他甚至不知道該不該伸手求援。這倒讓我可憐起他來，我向他張開了手臂。可是他馬上痙攣了起來，好像我是向他打開了一個洞，令他恐懼。他在恐懼他將要得到的窒閉的快樂嗎？他痙攣得好像一個快死的嬰兒。

真的！我又說，其實這之前我只愛它。

我指了指床頭櫃上的那個空針劑瓶。他猝然一震，像被椅座彈起似的，跳了起來，撲過去抓那空針劑瓶。他的手被扎出了血。

我抓住他的手，用嘴去吮。我覺得自己從來沒有這麼願意獻身，我愛他。

可他卻像受了電擊一般閃到一邊。我抱住他，緊緊的。都是我害的，你罵我吧！你打我吧！

他卻把我一推。

我又撲上去。他又一推。他站了起來，說：我送你回去。

我不回去！我說。

那好，他說，夾起了一床毛毯。我去值班室睡。

我不要！我叫。我又撲了上去，拽住他。他躲藏著，好像我的溫度都令他害怕。他居然連枕頭都沒有帶，我從中瞧出了絕望。為什麼？為什麼要這樣！我好疼，疼，一種一顆蛀牙暴露在風中的疼。幸福的感覺像焚燒中童年照片上的笑靨一樣迅速融毀、消失。我想挽留，哪怕是一點點，一點點。給我一點點吧！我拽著他。他掙脫了。我又拽著他的毛毯。我也不知道自己怎麼有這麼大的力氣，居然把那毛毯拽過來了。他簡直恐怖地一跳，跳到門口。他的腋下空盪盪的，卻還緊緊夾著，好像還有著什麼重要的、關乎生命的東西。他很自得地夾著。他的一邊手還拽著那只空針劑瓶子，那手還在流著血。我搶過那只針劑瓶。他猛地一慌。你要幹什麼？他叫。

我想幹什麼？我問我自己。我不知道自己要幹什麼。我只知道我非常疼！我要讓自己不疼！我要屠戮自己！就像我小時候第一次躺在牙科手術椅上一樣，不，我要破壞！我要讓自己徹底地疼，淋漓地疼！我要把快樂和痛苦扯平！

我不要感覺！我要殺死我的心！我對準了胸口。他驚恐大叫。他一定沒有料到我會對自己這般殘忍。我是自己的劊子手。他反撲過來搶奪我的兇器。他的身上滿是保存屍體的福馬林氣味。我死死拽緊不放。你瘋了！他叫。

是瘋了！對這世界來說，我瘋了，對我來說，這世界死了。

6

他去投案自首了。他說他不能原諒自己，違紀私開杜冷丁。他得到了寬恕。

他和法律媾和了。也許他們早就達成了協定。他於是還成了典型，在戒毒所的宣傳欄上有一張剪報，上面就是他的事蹟，關於正確的人生觀、道德觀、真、善、美。我懷疑他其實是個「托」。跟宣傳欄交相輝映的是一個大標語牌，每個戒毒所都一樣，上面寫著八個令人輝煌（我又感覺到了痛極）大字：

告別毒品
走向新生

你可以猜到了，我被送進了戒毒所。他送的。他說他不相信我當時是真的愛上了他。他反而說那之前他相信我愛他，那以後才不信了。戒毒所檢查了我的身體，血樣，尿樣，我相信我絕不會有問題，可是他們就是不放我出來。有時候我疑心，他們所以不放我，是因為瞧見了幸福和痛苦的落差。

那樣，真的很舒服？有時他們會這樣問我。我知道，其實他們也心癢癢的很貪婪。

不信，你自己去試試呀！我應。

他們馬上正襟危坐起來。我們才不會試呢！我們可是戒你的！

有一天，他們告訴我，我家裡人來看我了。我被帶進了會見室。我沒料到除了我媽外還有他。他攙扶著我媽（可是我媽明顯並不老），媽臉上充滿了被關愛的幸福（媽沒理由這麼幸福，他也沒義務讓我媽這麼幸福）。我懷疑，那幸福感是表演出來的，給我看，他們企圖抹殺我對快樂的辨別力。

我們等著你。

他說，他這樣說時顯得簡直有點悲壯（他也沒義務要等我）。

等我什麼呀？我問。

等你出來唄！媽說。

出來幹什麼呀？我說。

出來……媽笑了，傻丫頭，我們開始新的生活呀！

我也笑了。

可是，你們不懂得疼！我幾乎驕傲地應道。

您想好了嗎？
您可以選擇闔上。
您確定要打開嗎？

六章　旅遊客

1

她來電話：我想你！我披上外衣就往外跑。總是這樣，她一召喚，我就馬上跑去，瘋了似的，不顧一切。我們離得很遠，她在這城市的東邊，我在西邊，我需要橫穿整個城市。叫計程車。我催促司機快，快！有一次，一個司機問，你不會是去接危重病人吧？那該叫一二〇，我可不願半路擱在我車上。我知道他的意思，他忌諱。我說不是去接病人，而是我本身就是病人。他在前視鏡盯了盯我：你？什麼病？我笑了，戳了戳自己的心臟：這裡病。

終於到了她家。她已經等在門口了。抿著嘴，盈盈望著我。她向我伸出手，手指搭著手指，把我緩緩牽進屋裡。一步一退，一退一頓，像個儀式。夜深沈，恍若夢中。

她叫娜拉。她總是在半夜想見我。她說，我想死你了！我說，你現在才想啊？我可是一整天都在想呢。她說你當然有腦子想了，你是體力勞動者。

她稱我是體力勞動者，因為我是電腦工程師。工程師應該是腦力勞動者啊，她說不，只是技術活，只要掌握了技術，身體去做就行了，而她自己才是真正的腦力勞動者，她是作家。

反正她要怎麼說就怎麼是，她要怎麼樣就怎麼樣。她要你來，你就得來，不來就是不理她了。可還沒說幾句話，她忽然又叫：哎呀，時間不早了，我要開始寫作了！也就是說，你得走了。風塵僕僕橫穿一個城市，乘了這麼久的車，就待這麼一會兒？

誰叫你這麼久才來！她說。

還久啊？計程車都成了救護車了。

我不管。我想見你時你就要立刻出現。她說。

那我就住這兒了。我就說。

她捶我：流氓！

我知道她會這麼說。她是絕對不允許的。但是我真的渴望跟她長時間待在一起，什麼都不做，她不寫作，我也不需要上班，我們待一起，要多久就多久。那只有去旅遊度假。可是時間呢？我有年假，她卻沒有。她寫作。她總是很忙，沒完沒了的忙，跟工廠開動了機器一樣，有時我覺得像是吸鴉片。第一次見到她，是她的電腦故障了，人家向她介紹了我。她叫：我要馬上修好！迫不及待。倒好像她是指揮官。可她的硬碟根本讀不出來，機械損傷，也就是說，硬碟裡的資料要全部報廢了。那怎麼行？她叫，好像丟了性命。這裡有我的全部心血啊！三十萬字，你快幫我！我說，好吧，我試試，你先放這兒吧。其實我也喜歡文學，我很知道那硬碟裡東西的重要性。不行！她卻說，要馬上，馬上！你馬上就給我救出來！簡直像催命鬼。我索性說，還得試試看能不能救出來呢！這是世界技術難題！她愣了。求求你，你一定能夠救出來！一定能夠救出來……她囁嚅，毋寧是在祈禱。

後來她說她是抱著很低的希望了。但是我卻成功了，置於死地而後生。她竟激動地抱住了我。我們很快相愛了。

她也渴望有個閒下來的時候。找個很遠很遠的地方，她說，誰也不認識我們，甚至，荒無人煙！好啊！我說。我也很喜歡。當然這喜歡裡也隱含著企圖：兩個人，既然一起出去了，就可能發生一些事情了，比如住在一起。

她終於可以讓自己一個星期不寫了。不容易，找個不寫作的理由，我不知道她需要多大的自制力。我就也去調了年假。去哪裡？網上找，電話打，去旅行社問。其實我並不關心去哪裡，只要跟她一起出去，去哪裡都一樣。她是我的旅遊勝地，唯一的風景。

有個方案挺不錯，九寨溝情侶度假套餐：

最純最美九寨溝，最真最愛情侶行，配送九寨溝遊覽全攻略，避開旅行團，私人空間盡情享受，攜手與愛人共度真愛時光……

什麼情侶度假！她卻說。

噢，我忘了，她忌諱這詞。她一直不肯承認我們是情人，因為她有丈夫。她丈夫在北京做生意。明白地說，我們是婚外情。只是平時因為她丈夫不在，我常會忽略了這個現實。但是她似乎並沒忘記。她很敏感，她說我們只是很好很好的好朋友。怎麼個好法？非常好，非常好，非常非常好……再怎麼好也表達不了我們的親密。好到想咬你！她說，就在我下巴上咬了一下。

娜拉喜歡咬我，但是從不肯吻。也許是咬不關乎愛，甚至還能表示恨？有時候我覺得她簡直是自欺欺人。比如她不讓我碰她。請把你的爪子拿開！她總是說。或者叫：怎麼老愛動手動腳？鹹豬手！我說我愛她。她說，這不是愛，是需要。

有區別嗎？

男人跟女人不一樣。她說，男人可以有性無愛，女人可以有愛無性。

你說什麼？我叫，有愛無性？這麼說，你有愛，你是愛我囉？

她被我搶了白，猛地臉漲得通紅。誰愛你了？誰愛你了？想得美！不理你了！

她真的生氣了，好幾天不理我。我常常自作自受。現在也是，提什麼「情侶」，她本來就如驚弓之鳥，這下被驚飛了。一起去旅遊，會讓問題變得具體了。

2

我沒想到這麼嚴重。我只知道我愛她，她實際上也愛我，愛就是最大的理由。當然可能也因我沒有結婚吧，我沒有轉身面對自己配偶的時候。她有，何況她又是女的。

女人跨過這道檻，比男人難得多。

我所以不結婚，是因為害怕被埋進那個墳墓。瞧著結了婚的男人那種閹豬樣，我的下腹部總會被剪了似的生疼。老婆盯旁邊，孩子纏腳邊，老婆叫：他爸，你看，又不聽話啦！指的是孩子。孩子正被母親拴在胸前，控制著。孩子掙扎，去掀母親下巴，母親避著，仰著脖子，像一頭引頏的母豬。嚇！孩子他爸就衝過去，兇著臉，背心短褲，短褲褲腿被震得一抖一抖的，他已發福，手臂肌肉已鬆弛，拿著小竹批。把手拿出來，他叫，打！

猥瑣得可以，太可怕。我還看見一個在隨帶的皮包裡惡狠狠掏了半天，掏出一枝圓珠筆，用食指和拇指夾著打孩子。孩子哇地大哭了起來。他還罵：操你媽的！操你媽的！

這是我在旅行社營業廳看到的。大家都笑了。你還不就是操他媽嘛！要不他怎麼生出來？可是那父親沒有笑，恨恨地。好像他不是來辦旅遊手續，而是來洩憤似的。也許他老婆不讓他晚上出去，要他待在家裡，抬頭不見低頭見，看她。她有什麼好看的嘛！現在好容易要出去旅遊了，卻還要拖著她。倒不如不去。可是不去又不行。你是不是外面有人了？想跟她去？又會被責問。我慶幸自己能夠跟愛的人一同去旅遊。我去找娜拉，向她賠罪。我說我還可以去找別的方案，普通的方案。她說不去了。

去吧，我說，去開開心。

跟你去不會開心的。她說，不跟你一起去。

怎麼了？

不安全。她說。

我笑了。我知道她指什麼。我說，安全的，你別怕，我保證不會動你的。

我怕我會動你。她居然說。

她說著還做出虎視眈眈的樣子。我很吃驚她居然這麼說，難道她真的是這樣？

她旋即笑了。

算了，去北京了。她說。

北京？北京不是她丈夫的地盤嗎？

是呀，她說，我要去探親。

怎麼忽然變探親了？我知道她跟她丈夫感情不好。有什麼好探親的？我說。

他是我老公啊，她說。

她居然這麼強調。她一直是不願意在我面前提她老公的。我愣了。你這是怎麼了？我問。

什麼怎麼了？

不是說好我們一起去的嗎？

不行！我不能跟你去！她說，口氣忽然變得很堅決。好像她是在說話中讓自己思路清晰，意見堅決起來的。

我要是跟你去了，就等於跟你私奔了！她居然說。都什麼年代了！難道她是這麼老套的女人？我急了。你是不喜歡我，我知道。

我不敢說「愛」，她忌諱這個字。可憐的咬文嚼字的作家哪！

不是。她說。

是！

不是。

是！我說，你不愛我了！

我終於還是說出了「愛」。我想尖銳地扎她。

果然她跳了起來。好像被潑了髒水似的。你說什麼呀！她叫。

你不愛我！你根本不愛我！我更叫。

你小聲點！她驚慌地瞥了瞥鄰屋。鄰屋躺著她大姥姥。娜拉的姥姥和母親都去世了，大姥姥卻還活著。大姥姥已經一百多歲了，活成千年老龜。白天請一個保母照顧著，晚上保母回家了，老人家就睡覺。我以往都是晚上去，所以她一直沒發覺我。其實白天她大部分時間也在睡覺。她的眼睛瞎了，身體也癱了，東西也吃得很少，只有耳朵還靈著。

大姥姥屋裡發出個聲響，是喉嚨裡的痰。是海茂回來了嗎？她問。

海茂，是她的丈夫。是我，我回答。

娜拉緊張地拉了我一下。你說什麼呀！

我也不知道我為什麼會那麼說，也許只想惡作劇。她一直不承認我們的關係。也因為剛好保母出去買東西了吧，我只是面對著這老人，她太老了，像神靈，面對她，我有一種幽深觸到心底的感覺。

喔，真的是海茂啊！大姥姥說，什麼時候回來的？

剛回。我仍然說。我感覺到娜拉又把我的手拽了一下。她臉已經漲得紫紅。你瞎胡鬧什麼呀！她說。

過來我看看。大姥姥忽然說。

我愣了，這我沒料到。她臉色煞白。大姥姥，現在沒空的，他剛回來，有點事……她支吾。她看了我一眼，好像不甘願被我占了便宜似的，一瞪眼，扭過臉去。

怎麼過來一下就沒時間了？大姥姥仍堅持說。

沒輒了。其實去一下倒沒什麼，大姥姥眼睛已經看不見。只是她的耳朵並不聾，還很靈，怎麼就會判斷錯呢？

3

大姥姥躺在床上。我第一次看見她，但是我不知道她長得什麼樣。一個人老了，特別是一個女人老了，她長得什麼樣已經不重要了，性別也已模糊。我們只知道她是個老人。

她居然出生在十九世紀。曾聽娜拉說，她原來也很青春美貌的。我竭力想像她原來的長相，一襲旗袍？甚至還很優雅？但是不管你什麼樣，你只要有了丈夫了，你就會被撩起旗袍，摁著操。你必須順從、遷就，因為他是你的丈夫。只要那個叫丈夫的男人要，你就得給，不管你喜歡與否，生病與否。除了來例假，才因為他們忌諱經血不吉利，才放了你。我懷疑這禁忌原來是女人們嚇唬男人、保護自己的陰謀。弱者女人用陰謀保護自己。

大姥姥很早就死了丈夫了，她嫁的是個鴉片鬼。鴉片鬼把她當工具用了幾年，又撒手下了她，死了。她沒再嫁。現在她摸著我的手，她的手很粗糙，是一雙長久沒有被滋潤的手，冷而糙，像蛇皮。莫不是因此才判斷不出來我是誰，她把我整個手臂摸個遍，居然認可了，抓在我手腕上，問：現在回來了？

嗯。我回答。

不走了？她問。

嗯。

可別走了，夫妻在一起，才是夫妻嘛！老人家居然說。

我們都愣了。我沒料到老人家會這麼說。我甚至懷疑她是故意的。難道她沒有摸過娜拉丈夫的手？莫不是我半夜溜來，早被她洞察？她那閉著的眼皮很透明，神祕莫測。

遠水不止近渴，畫餅不能充飢！她又說。

說得讓我心裡發毛。我懷疑，她那眼睛不僅能看見，而且能穿透一切。

娜拉害怕了，慌忙支個理由想逃出去。別這麼急！大姥姥說，來，把你的手也拿來。

娜拉不敢。

來！老人家固執地叫。

娜拉仍然沒有伸出手。那手縮著，好像躲避著測謊器。

老人家急了：你還認不認我這大姥姥！

娜拉這才遞過手去。大姥姥抓住了，也摸著，突然把這手壓在我的手上。她慌忙躲閃。在平時她還可以不當一回事地讓我碰她一下，但是現在卻是被抓著確認，她害怕了。我明顯感覺她的手在發抖。我倒忽然生出一絲得意。

你們好好過。大姥姥說。

好！我應。

她恨恨瞪我。

我猛然握住了她的手。我瞧見她簡直驚愕了。我賴皮地笑了。她的手被我抓著，像驚悸的小白鼠。她怒不可遏甩掉我的手，走了，也不管她大姥姥在大聲喚她。大姥姥緊緊地咳嗽了起來，她卻也不回頭。我連忙把大姥姥扶起來，拍她的背。老人家終於平息下來了。你要好好待娜拉！她說。

我點頭，心裡猛地有一種咬破酒心糖的感覺。

我跑出去找她。她並沒有走遠，就在門外。你充當什麼孝子賢孫？她說。

我一愣。關你什麼事？她又說，這是我們家的事！

我的心猛地一沈。喔，是，是她家的事。她從來沒有這麼對我說話。以前她有事，就叫我，好像已經理所當然了，從來沒有說是她家的還是我家的。現在我猛地被她一腳踢出了門外。你家？你有家？我叫。

這就是我的家！她應。

你一個人的家嗎？我反問，你的家，你家人呢？

在那邊。她指大姥姥。

還有呢？我故意追問。

還有我丈夫，她果然說了，他在北京！他去北京謀生去了！我留守看家，不行嗎？

她顯出很溫馨的樣子。我就討厭她這種矯飾。是不是寫文章就需要這種矯飾？讀小學時老師總叫我們用華麗的詞藻。她甩甩頭髮，冷冷地瞥著我，好像我只是站在她家門口，她擋著家門，手把著門扇，就要關門。是的，我只是一個外人，我感覺頃刻間一切都失去了。還不就那個小本子？我說。

是的！她乾脆說，這是合法！

合法？我叫，合法佔有？

是的！她叫。

那麼合法強姦呢？

也是！她叫，簡直不講道理。她不像個作家，倒像個愚昧的村婦。她一扭頭就鑽進自己的房間，她的書房兼臥室。他幾乎不在家，那只是她一個人的窩。

4

她的臥室有一張奇大無比的雙人床，是她自己設計的。只有她一個人睡，她為什麼要設計這麼大的床？難道是為了給他留個牌位？

她曾說她一個人睡，從來沒有睡暖和過，到早晨腳還是冰的。女人需要男人的熱量。她一個人如何熬得過那漫漫長夜？莫不是因此她才要半夜寫作？有一次我問她性怎麼解決，她說，不去想它唄。掠了掠頭髮，一臉輕鬆。太可怕了！不去想就不存在了嗎？也許是吧，陰道本就是閉合無縫的。沒有空虛，不必探究。太可怕了。我們生活中有多少不能探究的問題？我們的存在本身就是建立在麻痺之下的，我們的身體本來就有一種鴉片樣物質，那是與生俱來的體內毒品，要是沒有它，我們一刻也不得安寧，我們會感覺到血液每時每刻在身體裡奔走，神經像閃電一樣佈滿全身。有了它，我們就覺得我們平平靜靜地活著是理所當然的了。

他幾乎不回來，回來也只有住一天兩天。過年也這樣。有一年大年初三，她打手機給我，我問她在哪，她說在街頭哭。我很吃驚。她說他已經走了。後來我們約去酒吧喝酒。仔細想想，我們就是在那時候開始相愛的。兩顆孤獨的心，不用其他理由了。取暖，她喜歡這麼說。

現在她坐在床上。我第一次瞧見她坐在床上。坐在床上的她顯得像那麼回事，一個賢妻，不，是舊式婚禮上蓋著紅蓋頭端坐在床上的新娘子，等待著合法的強姦。

她顯得很焦躁，又很無奈。她說，好了，你走吧！我求求你。她向我作著揖。我感到心痛，她從來沒有這麼低姿態地求我，我看出了她內心的惶惑。你走吧，她又說，我要休息了！

她說得急煞煞的，急煞煞要納入她的規範：她已經是人妻了。

一個女人成了人妻，她該變成什麼樣呢？我曾經尋思那些人妻，她們是不是昨晚剛被自己的丈夫姦污過？她們常會三三兩兩湊在一起，數落自己的丈夫，是不是也包括被姦污的幽怨？但是她們還得繼續扮演家庭主婦的角色，挪著因下身不適而有點蹣跚的步子，操持家務，相夫教子。我曾經聽見一個女人對另一個女人說：就是做那事啦，那半路死的！中指一戳。我知道她指的是什麼。她這麼說時並沒有羞澀，因為對方也是被同樣對待的人，這很正常。只要是人妻，那褲子裡面都有著屢屢被虐的傷口。她也不憤怒，只是無奈，甚至好像只是怨恨她丈夫別的事，比如好吃懶做啦，不顧家啦，老把菸灰抖到被頭上啦。

我曾為滿街有主的女人感到惋惜，她們長久被占有了，只能屬於自己的丈夫了。難道她們不憾然？一個人一生只能和一個人做愛，是多麼的可悲。因為你不是我的丈夫，所以無論如何不在我考慮之列；因為你是我的丈夫，我就無條件地給你，不管我喜歡不喜歡。當然你要問她們，她們也可以回答你，她們確實不喜歡跟別的男人做，因為她們的潛意識已經被規戒了，她們已自己切斷了通往真實的路。

這裡面要是有愛還好些，但是你有愛嗎？

你怎麼知道我沒有愛？她辯。

她居然這麼說。那麼你也愛我嗎？我反問。

我沒愛你。她說。我知道她會這麼說。她應該慶幸她從來沒有承認對我的是愛。不管我多麼愛她，也不會得到她的愛；不管她丈夫多麼不愛她，她也仍然把愛給他，要去他那裡。

那麼好，我說，那麼我問你，他要是愛你，為什麼他不跟你做愛？

我這麼揭她，簡直惡毒。我知道。我瞧見她的臉唰地白了，嘴唇哆嗦。但是我無可選擇，只有這樣才能遏制她。那是她曾經跟我說過的，她丈夫即使回來了也不跟她做。丈夫不跟妻子做愛，那妻子的身體只能荒廢掉，發黴，爛掉，生鏽。

你怎麼知道是他不做？她說，是我不肯，還不行嗎？

她說還不行嗎，明顯是一種狡黠，使她的話也可以被解釋為一種假設。可是她還是感到虛弱，又再進一步，叫，是我怕疼，還不行嗎？

要是妻子不讓做，那麼丈夫也只能熬著，因為你有了妻子，你就不能再找別的女人做，你就只能不做。

那麼好，我說，那麼他呢？你不讓他做，你愛他嗎？

愛，又怎樣？他也不願意做，還不行嗎？她說，他愛我，疼我，還不行嗎？又是還不行嗎！這是一種反問，她的謊言在她的這一下下反問中變成了事實。你們男人以為有洞就可以往裡戳，不管什麼時候，不管什麼樣的尺寸，你們以為女人的陰道是灶膛嗎？什麼樣的木柴都可以塞進去……

我吃驚。她怎麼這麼說？說得這麼粗野？也許她也覺得了，她又說，這是我們兩個人的事，你管得著嗎？

他們兩個人？是的，是他們兩個人。何況他們是合法的夫妻！這世界上無論誰跟誰，都可以湊成兩個人，你不能說他們不是兩個人。即使她曾經跟你是兩個人，也可以把你排斥出去跟另一個人成為兩個人。

我真的要休息了，她又說，你走吧。

你走吧，你走吧！你快出去！她忽然大聲叫，出去！好像恨不得把我掃地出門。她的家裡不能出現我，我是魔鬼。我還沒有反應過來，就被她推出門去。我已經被關在門外了，她仍然在嚎叫著：你出去！快出去！那嚎叫，毋寧是說給自己聽的。我聽見她的大姥姥在叫：你們怎麼又吵架！

可見她丈夫回來時，他們總是吵架。

老人劇烈咳嗽，咳得憋過去似的。我想提醒她去看看老人，可是我不知道我該怎麼稱呼老人家。她是我什麼人？我是什麼人？

我什麼都不是。

5

這個樓道，我非常熟悉，多少次半夜三更進出，沒有燈光，我都不會摸錯，不會踩空樓梯，但是它跟我沒關係。她把我撤銷了。

我後悔我們為什麼要想去旅遊。假如沒這勞什子念頭，我們還能渾渾噩噩混著。雖然很多時候她讓我很無奈，一種不到位感，包括她一直不肯跟我有肉體關係。到了肉體融合才能最到位。我曾經這麼跟她說。

那是你們男人的想法。她說。

難道你們就真不需要？難道你是性冷淡？

她說性不是太重要，歸宿感更重要，如果能給她歸宿，她可以不要性，這本來就不是很強烈的東西。所以很多女人會那麼安心地做賢妻良母，而不覺得自己性上有什麼欠缺。並不像你想像的那麼可怕。她說。

男人生性是野狗，女人則是家貓。也許吧。可她難道就真不想嗎？她為什麼喜歡咬我？不讓吻，可是有一次她讓我吻她的額。半夜我要走了，她躺到床上去，讓我吻她的額頭，說晚安，晚安！我說。她眯地一笑，嗯，點頭，像乖孩子。BYE！她說。然後我關了燈，離去。聽著你清脆的關門聲，有一種家的感覺，真好！過後她說。

家的感覺？作家的說法就是特別。那是她刻意設計的夢幻場景。

現在她不理我了。她家的門緊閉。我敲門，她不開。我找到一個能看到她臥室兼書房的角度。她在寫作。她一直這麼寫著。她不會寫昏過去？曾經我問她，她說，昏倒不是問題，應該是「瘋」，寫瘋過去。

寫作是一種殘酷的審視，文字是逼人的，沒有思索清楚的東西是形不成文字的。她說，就像你的數碼程式，錯一個碼都不行。是吧，怪不得很多作家詩人是瘋子。那麼她怎麼就不會想到自己生活的可悲？怎麼不瘋？

我打電話給她。她接了。可是又掛了，把話筒放一旁。我又打她手機，她看了來電顯示，掐了，從此關機。

我去敲門。不開。門上有貓眼。她把自己跟外界隔絕了，難道她就不需要人家？我忽然希望她出個什麼事。我這麼想真是對不起她。

她那麼安安靜靜地坐在那裡寫著，寫著，我不得不佩服女人的忍耐，男人痛苦了要去喝酒，去撒野，女人卻能平平靜靜，一點事沒有似的。我懷疑那不是女人善於忍耐，而是善於遮蔽。不去想它唄！她不是說嗎？

夜深了，她仍坐在那裡寫著。仍不接我的電話。那門也仍關得死死的。更糟糕的是，我的假期一天天臨近了，如果不預定旅程，她即使同意去，我們也去不成了。

一天，那門打開了，一個穿白大褂的被她迎了進去。待我跑過去，那門又關了。好像她大姥姥生病了。什麼病？老人家這麼大年紀了，這可不是可以掉以輕心的。醫生在給她大姥姥檢查著什麼，她在忙裡忙外，我發現，他們家多了一個人，一個男人。

白大褂走了，我又打電話給她。通了，也許她以為是醫生。我問：大姥姥病了？

她說，是。

什麼病？

老年病。她說。她的語氣很冷靜，好像接線員。就這樣吧，她說。就掛了。

不容我多說一句。我又打給她，她說，你別再打了，他回來了。

喔，那男人就是她丈夫。衣冠楚楚，很商務。大姥姥病了，她當然要把他召回來。我第一次看見她丈夫。我們交往這麼久，她從來沒有把他的照片給我看。有時候我會尋思：她的丈夫是什麼樣的？既是老闆，可能有點腦滿腸肥吧？果然是。我還猜想他沒心肝，資本家嘛，唯利是圖。但是我錯了。他不僅回來了，而且還給她帶了一台最新款式的手機。她後來告訴了我。他從不拒絕她的物質要求，要多少給多少，很大方。這其實也很好理解，穩住後方嘛，何況他又那麼有錢。說不定他給別的女人更乾脆呢，還說不定，他是為了補償。

匆忙回來，還記著給她買最新款式手機，這功夫可真練足了。她很滿足，把手機掛在胸口上，一磕一磕她的胸脯。她就這樣帶著她丈夫出來了。

他們上了計程車，我跟著他們。計程車停了下來。他出來了，大模大樣地就走掉了，看得出來他是坐慣了有司機開的小車的。她連忙出來去追他。她把手插進他的臂彎，可是很快就脫出來了，他走得太自我。她只得搶前幾步，又去勾他。

她在他的邊上，顯得小鳥依人。她做出很幸福的樣子。女人需要這種幸福感，歸屬的感覺，她要讓人家看到她有丈夫。可是她其實走得跌跌撞撞。她拽著他，她像他的累贅。

她拉他逛百貨。我也陪她逛過百貨，買東西，只是她不可能這麼掛著我的胳膊。但是服務員還是把我們當作一對了。她喜歡逛花團錦簇的床上用品櫃，特別溫馨，特別有家的感覺。想像著把這一切妝點到自己家裡，該多麼好！但她說話經常會穿幫，一不小心就說「我家的」，而不是「我們家的」。她始終沒有說我們家的。

現在她也帶他去逛床上用品櫃。她一定很順溜說著我們家的吧？她不停地跟他說著什麼，他聽著，沒有表情。後來她把胸口上的手機托起來，好像把話題引到了他買的新手機上，他才笑了一下，但也是笑得懶洋洋的，含義模棱。

她難道就不覺得無趣？

他們回家時，她又拿手去牽他的手。這可是個好辦法，因為手臂的伸縮性，他的手就沒那麼容易脫掉了，而且又被她搭著勾。她的手指搭著他的手指，還搖盪了起來，像一對甜甜蜜蜜的小情侶。牽手，牽手。但是只要你細心看，這搖晃的動力完全只在她這邊，他只是隨著她動。她的幅度大，他的幅度小，甚至只是一種小擺動。有一次脫鉤了，他的手立刻就垂了下去。她連忙又去尋找他的手，抓，抓，抓，終於又抓到了，又盪啊盪。

她為什麼偏要這麼做呢？那毋寧是在表演，表演愛。她當然不知道我在看，她至少是表演給自己看。也許她想以此告誡自己：我是有丈夫的女人了。甚至她所以把他召回來，主要也是因為這個。大姥姥的病似乎還沒有到了非要把他召回來的地步。

他們走進了他們的家，門關了。拉上窗簾，關燈。我驀然一個揪心。他們接著要幹什麼了？誰都知道要幹什麼了。他回來了，她是他的妻子，她理所當然要接受他。強姦？當然也未必是。我想像他上了床，她也上了床，然後他開始動她。她被動時是什麼樣？她感覺這是應該了？符合道德了？但是跟沒有感情的人做愛，道德嗎？

她配合他。有酥麻的感覺嗎？這個男人是她的丈夫，這個給她幸福的男人就是合法者，歸了，歸了……她欣慰地閉上了眼睛。我不能想了。現在已經做到什麼程序了？他已經進入她了吧？我簡直要衝進去。

可是我能進去嗎？我是什麼人？我只能站在她家外面，這黑暗中，我只是個隱形人，只能在她丈夫在的時候遁形，我只是個樑上君子……

突然，唰！那窗簾拉開了。我大吃一驚，慌忙縮到更黑暗中。一個人影出現在窗前。從身材看，不可能是她。那是她的丈夫。衣裳平整，動作慵懶，他在窗口抽菸。我忽然啞然失笑了，唉——他們怎麼可能做呢？他們是老夫老妻了，會有什麼興趣？而她，對他沒感情，又怎麼可能有快感呢？

6

她把他召回來是個失策。反而把自己的路堵死了。

他要走了。她對他說：我要去北京。

他說：去北京幹什麼啊？

看你啊，她說。

不是剛看的嗎？他回答。

她無言了。為什麼不能再看？人家想你嘛！她想說。但是她說得出來嗎？再說，說出來了再得到，有意思嗎？

你也得讓我有個探親的地方，也得讓人家覺得我有丈夫！最後她說，怨恨地。

他怎麼說？我問她。

他說他很忙，她回答。她不再說話了。他走後她又打電話給我。我知道她是鬱悶了。

男人總是說忙，忙是推託的最好藉口。我說。

也許他真的忙呢，她說，一個公司，事情當然會很多。

我真恨她又回到為他辯護上來。那只是她自己不願意承認，她自己在騙自己。得了吧！我說，你難道還看不出來嗎？

看出來什麼？她問，很慌張地。好像害怕什麼被我發現了似的。

我忽然生出一絲殘忍：你去了人家怎麼方便嘛！

你什麼意思嘛！她說。

就是這個意思，我說，人家在北京有人了，你去，不是妨礙人家嗎？

你胡說什麼呀！她叫道，你這個人嘴裡就沒有好話，真惡毒！

不是我惡毒，是現實殘酷！我說。

什麼現實？她反問，你看見了？

我確實沒看見。

沒看見的東西你怎麼知道了？胡說八道！她大聲反駁道，彷彿是要用這聲音趕走我這詛咒。

你怎麼就肯定我是亂說？我也說。雖然我沒有證據證明她丈夫在北京就是有女人了，我並沒有錯，有幾個老闆、富人不包二奶的？這世界上有不好色的男人嗎？普遍原理。

你怎麼知道他就有？她說。

你怎麼知道就沒有？你怎麼知道他就對你還有感覺？

她不說話。

我再告訴你個基本原理吧。我說，男人就好像火力發電廠，它需要刺激源，可是單個的刺激源會使敏感度下降，輸出電阻過大，直到疲勞了，這時候就需要新的能源，也就是新的刺激源，像太陽能呀，核能呀這樣新鮮東西……

哎呀你別跟我擺譜啦，我是科學盲，從中學起，理科就不及格！她叫，我沒時間跟你胡攪蠻纏，你別再煩我了！我忙死啦，累死啦！

她又說累。忙？她也忙！是不是她和她丈夫兩個都忙，就什麼問題也沒有了？她有什麼忙？整天在家裡，就是寫作，也不至於老寫吧？我還要上班，還有那麼多實際工作要做。她說你懂什麼，我這是沒開始沒結束，沒完沒了，醒著都在想，睡了也做噩夢，你怎麼能理解這沒日沒夜的忙，累！

你以為就你們男人會累，女人就不會累！她忽然又說。我不知道她指的是什麼。

她嚶嚶哭了起來。是不是她已經察覺到她丈夫什麼了？可現在這世界什麼事不可能發生呢？只有你沒有想到的，沒有不會發生的。也許她還已經掌握到證據了。只是她沒有捅明。這種事，去捅明幹什麼呢？哪方去捅明了，哪方就被動。可是她為什麼也不對我說呢？

她什麼也不說，只是哭。我不知道該怎麼辦。有什麼就說嘛，只哭不說，算什麼呢？

你讓我安靜一下，好嗎？最後她說。掛了電話。

直到第二天她無聲無息。我再打電話，她不接。又這樣！我去她家，她開門了，頭髮披散，眼睛紅腫，看樣子，已經很久沒洗臉了。她穿著睡衣，皺巴巴，凌亂，像個淪落風塵的妓女。我們找個地方吧，她說。

好啊！我說。

現在。

現在？

找個沒人的地方，她說，我想叫。

我也想。誰不想呢？我們總是被各種各樣的眼睛盯著，壓制著。你已經有了固定的身分了，固定的角色，無論你做什麼，都要考慮跟你的角色合不合適，你得核算一下成本。我們是文明的現代人，衣冠楚楚，像被套上一個模子。我們住的是裝修得好好的房子，進要脫鞋，大小便應該上衛生間對準便器拉，有痰應該到特定的地方吐，公眾地方不能抽菸。我們是父母的兒女，長輩的晚輩，在她，還是人家的妻子，將來還要做孩子的母親，怎麼敢造次？

那晚上我們喝了酒，到郊外，一個沒人的地方，嚎叫。我沒有想到她的聲音會那麼尖，好像不是她發出來的。我驚訝。

她嚎叫，然後嚎啕痛哭了起來。我慌了，安慰她也不聽。好像長期以來的冤屈都在這時發洩出來了。我直覺她一定有什麼事。雖然她一直說沒有事，我就是不相信。我越來越覺得她跟我很疏離，原來那個她並不是她。

夜很深。深夜它不說話。

她忽然跑了起來。我也跟著跑了。沒有車，沒有人，我們像兩個孤魂野鬼。她跑一陣，停了，我也停了。她又開始哭。我說我不再提去旅遊了，我們不去了，好嗎？

她說：你是不是嫌棄我了？

我說沒有呀，只是旅遊這勞什子讓我們多了那麼多事。

你想省事嗎？她卻說，你想拋棄我了！

我說沒有，怎麼會呢？我想要你都想得不行了，怎麼會拋棄你呢？她不信，就又哭。我也哭了。

她說：謝謝你陪我哭。

那麼柔弱，令人心痛。我猜她丈夫不會陪她哭，她也不會對著她丈夫哭。她只對我哭。

我們去旅遊吧。她忽然說。

我簡直不相信我的耳朵了。

可得找個有創意的，她又說，揮揮手，顯出很輕鬆的樣子。好像她純粹是奔著開心去旅遊的。那個痛苦的她驀地不見了，雲開霧散，倒把我撂在陰影中。沒心沒肺。

有時候我挺不滿她這種沒心沒肺。

7

不管怎麼說，我們可以去旅遊了。我又開始找，去哪裡？去哪裡……去海南？

不好，她說，沒創意。

去西安？

去過了。

那麼去敦煌？

也沒創意。

那去張家界？

你怎麼就不會想出有意思的？她說，沒一點吸引力。

世界這麼大，居然沒有打動她的。難道她就只為了吸引力才去的？難道我沒有吸引力？把滑鼠都點爛了，電話都打壞了。我又找到一家旅行社。

旅行社小姐眼睛彎彎的，帶著笑。先生您是幾位呢？

兩位。我說。

我們有國內遊，國外遊，國內遊的我們可以向您推薦武夷山，這是我國唯一被聯合國評為自然和文化雙遺產的旅遊勝地，國外有歐洲五國遊、九國遊……小姐說得像倒豆子。

去歐洲，出境手續辦來得及嗎？我問。

請問您有護照嗎？

沒有。我說。唉，我們這之前怎麼不會想到去辦護照呢？不然異國情調，該有創意了吧？

那恐怕來不及了。小姐說。

遺憾。

您可以去香格里拉，小姐說，也一樣神祕浪漫的。

香格里拉?真有這地方嗎?我問。

我聽說所謂的香格里拉，只是一個英國人的杜撰。他說在神祕高山和藍月亮峽谷間，有一個使人陶醉的世外桃源。

有啊，小姐說，就是在我國雲南的麗江啊。已經考證出來了，香格里拉這個詞出自英國小說家詹姆斯．希爾頓《消失的地平線》這一小說。

這我知道。

據考證他的靈感來自當時的《國家地理雜誌》。這雜誌介紹了納西學之父、人類學家瑟夫．洛克在雲南西北探險的經歷。他在麗江生活了二十八年，拍了很多以麗江為中心的滇西北神奇風光。令人稱奇的是，小說中描寫的香格里拉與滇西北地方，特別是麗江的實際十分相吻合，甚至是地名也相吻合。麗江縣的老君山山脈沿金沙江到梓里鐵鏈橋一線廣大山區，清末就稱為香格里，其東部稱東香格里，西部稱西香格里。而希爾頓書中「香格里拉」的「拉」，也與當地的習慣用語相近……

小姐滔滔不絕地說著。顯然她是訓練有素的旅遊推銷員。她說得言之鑿鑿，總之是要你相信。好吧，我信就是了。其實旅遊不就是玩感覺，似假似真。

這裡還有奇特的風俗，小姐又說，摩梭人的「走婚」。

「走婚」？

是的，小姐說，在全人類都普遍實行一夫一妻制的今天，在瀘沽湖卻仍然保留著一種奇特的「走婚」制度。

我恍然記起，我的幾個同事就開玩笑說過這事，說光是為了能「走婚」就值得去麗江住下，不停地換老婆，多好！

這挺稀奇。應該有創意了吧？我拖了一大疊宣傳資料回來。什麼亂七八糟的！她卻說。明顯指的是「走婚」。

這又有什麼？

是沒有什麼！你覺得沒什麼，並不等於我認為沒什麼。我看你是巴不得去「走婚」呢！

她怎麼這麼說我！難道在她眼裡，我是這樣的男人嗎？難道她真的覺得我是個花花公子？她以前說我對她只是需要不是愛，難道她真的這麼想嗎？有時候覺得她看我挺惡毒的，難道是以小人之心度君子之腹？

什麼嘛！我說，要是真是這樣，我為什麼要來纏你？搞得這麼苦，我隨便找一個人，滿世界女人多的是，又不是沒處找……

好啊，你準備去找了！不料她卻緊緊抓住我的話，叫。簡直不講道理。那麼你去找好了，也免得把我拖得這樣人不人鬼不鬼的，私奔，背叛！

又是這話！我討厭她這樣子，一本正經。她一道德，就反襯了我不道德。她那麼講道德，那麼她為什麼還要我去找有創意的？再有創意也不會去，那不是在要我嗎？我叫：難道你就很道德？人家「走婚」，至少是以感情為基礎的，而你們呢？沒有感情還湊在一起，你們以為自己很文明，文明之都，哼，北京！

我不知道為什麼攻擊起北京來了。我知道沒道理，但是我不可遏制。你以為北京有什麼了不起？我叫。

沒什麼了不起可人家容易來錢呀！她說。

我愣了。錢？我簡直不敢相信，她會這麼說。她一直貌似很獨立的。女人哪！天下的女人都一個樣。

她也愣了一下，可是她馬上像是更下定決心地又說了下去：至少我老公能養我，我需要他養。要不然我拿什麼養活自己？你以為稿費能養活我？

確實，她的稿費不能養活她，她還沒有出名。（她這種思想境界怎能出名呢？）可也不能見錢眼開呀。可是她卻越說越理直氣壯了，手一揮一揮的，動作輕佻，像個痞子。你知道婚姻的實質是經濟關係嗎？她說。

那你可以找個更有錢的人養呀！我挖苦。

是，可以！她回答。

那你不是成了妓女了嗎？誰有錢就跟誰，跟他睡覺，不愛也跟他做愛。

她嗷地叫了起來，我知道這話把她扎狠了。是呀，我就是妓女，我不僅跟我老公，還跟你，我就是妓女！她叫，去抓自己的臉。我這不要臉的，妓女！

我慌了。如果因為別的原因，她去死了我也可以不管，但這是因為我，嚴格地說，是我把她拉到如今這境地的，我是罪魁禍首。我去控制她的手，不讓她抓自己的臉。她扭不過我，就又放聲大哭了起來。

我跟他沒愛，我也跟你沒愛，我不要愛了！她叫。那邊大姥姥也大聲咳嗽了起來，好像要憋過去了。我提醒她，她止住了哭。

不再哭的她，好像被繳了武器。她垮掉了，樣子讓我心碎。我這是怎麼了？本來我們應該相濡以沫，卻如此自相殘殺。我抱她，把她的頭摟在自己的胸口。她的身體柔軟了，我明顯感覺到，她癱倒在我身上，像一隻午後的貓。我吻她。她忽然敏感地逃開了。

她遠遠地對著我，她的臉白得像屍體。

她的身體也像僵屍，好像跟我隔著兩個世界。咫尺天涯。

多少日子來，我們離得那麼近，卻又離得那麼遠。為什麼？為什麼愛她這麼苦？即使是狗男女吧，這世界上這麼多狗男女，他們都過得好好的，為什麼我們就不行？

8

有時候真想放棄算了。她有什麼好？我竭力去想她的壞處，讓自己討厭她。

我真的還想過把情感轉移到別人身上，隨便什麼人，轉向她，把她當作防空洞鑽進去。可是不行。全世界這麼多女人，我就獨獨愛她一個。

有時候她也會問我：我真有這麼好嗎？有，我說。我真的覺得她是最好的。她倒笑了起來，說，你簡直不顧事實，不像個讀理工的。

是吧，她倒像讀理工的，那麼冷峻，簡直冷峻到了無趣的地步。開個玩笑，她就要當真，比如我說我們在一起，她就立馬說：誰跟你「在一起」！

我說：這不，你在這裡，我也在這裡，我們倆不是「在一起」嗎？

那你給我走！她就說，你馬上走！

她就要趕我。好像不把我趕走就會鑄成大錯。我說，人家不過是開個玩笑嘛！

這種玩笑少開！她說。

她脾氣粗暴，乖戾，一點也不顧我的感受。有時候我懷疑她是真的不愛我；只是你要維持，你就忍受我吧，不然你就走，我還不想要呢。

有時候她會說，能不能只你愛我，我可以不愛你？

什麼話嘛！不可以。我說。

不可以？那我也不要你愛我。她說。

沒辦法。只能我單方施予，這沒有回報的愛。我愛她，呵護她，甚至縱容她，誰叫我愛她呢？

把她哄得舒舒服服，然後才有我要的。也許愛真是需要陰謀。誆她，哄她，需要技巧。但愛一旦要用技巧，就大打折扣了。

她舒服了，說：你真好！

我說，好就讓我吻一下。

她伸出了腳。

要吻，吻這裡。她說。

我以為她開玩笑，就裝作真要舔的樣子。我以為她會縮回去，不料她竟然沒有縮，反而閉上了眼睛。我真的吻了下去，她呻吟了。天地幽暗。

我的吻變成了舔。我舔著她的腳，我的感情成了汩汩黑流，我感受到了黑暗的快樂。我從腳趾舔到了腳面，舔到了小腿……我直奔大腿。她猛地驚醒，掙扎，可是她的腿已經被我緊緊攥住了。她穿著睡裙，大腿畢現了。她腿不大，仍然很嫩，像青蛙。也許感覺到了腿上的涼意，她掙扎得更加厲害了，但是我已經揪住了她的內褲。她的內褲很精緻，鏤花的。她穿著這麼精緻的內褲給誰看呢？難道是給自己？或者她已經預感到哪一天會出現這樣的情形，甚至，根本就是在等著。

那內褲被我扯下了。幾乎是她的掙扎造成了。她猝然安靜了。聽說被強姦的女人一旦被衝破防線，就會馬上安靜下來。我成了強姦犯？好吧，我就當強姦犯吧！

我愛她。可是我的愛卻要透過強姦的方式來表達。可她忽然趁我不備，掙脫了出去。她迅速拉上內褲，放平睡裙。她閃在一邊，背撞到了牆。她的房間那麼小，中間又橫著那個碩大的床。我追她。她很快被我逼到床邊角落了。可是她爬上那床，翻到另一側去。慌亂中她撞倒了掛衣架，嘩地一響。那邊的大姥姥又咳嗽了起來，她的動作馬上凝固了。我想過去，她叫：你別過來！

我停住了。我愛你。我說。我的樣子一定很可笑。性是愛的必然結果，自然而然，愛了，就擁抱，就吻，到了狀態就做愛，水到渠成。現在我卻要刻意去表達，竭力去達到目的，費周折，即使最終達到了目的，我也成了流氓了。至少也像躺到了床上想睡了，又要起來去關燈，睡意全無。

我知道，好在她還說，我知道你愛我，可是我不能！我有障礙。

還是老問題！有障礙，說明你不夠愛我，我說，你的愛不足以讓你衝破障礙。

你要我衝破障礙嗎？她問。

當然！我說。

你受得了嗎？她叫。

為什麼受不了？我應，我就要你全部。

那麼你全部給我了嗎？你能全給我嗎？你能娶我嗎？你能給我一個家嗎？你不能。那麼你有什麼資格要求我全部給你？

我愣了。確實，我不能。她的話照見了我的卑劣。

那麼她呢？其實我們只是在交換，盤算成本，男人想確認他是不是買到了，女人則想確認她賣得值不值。我的精液回流了，黯然地，像慘敗而歸的部隊。

她似乎也覺說得太尖刻了，走過來了，對著我。

對不起。很久，她說，你去找小姐吧。

我震驚。

9

她並不是在開玩笑。她是說真的。她說得那麼抱歉，那麼痛楚。

難道我們的關係到了如此不堪的地步？她無論採取什麼手段都要把我推出去。是不是嫖娼比婚外戀還道德些？也許只因為，這樣她可以逃脫干係，做個良家婦女。所以吧，早在兩百年前就有人提倡保留妓院，為的是良家婦女不受侵害。也所以吧，這滿街有那麼多妓女，它們是社會安定家庭穩固的柱石。男人在這裡得到了性滿足，然後就能平心靜氣地回去扮演他的家庭角色社會角色了。

不要愛，把愛分成兩部分，一部分是責任，一部分是性，把愛轉化為性，問題就簡單多了，就不會再糾纏她了。她是這麼想的。她不是在開玩笑，她是說真的，她的神情是那麼抱歉。對不起，她說。看著自己深愛的女人這麼痛苦，我感覺自己簡直罪孽深重。

難道你就不需要愛？我問她。

她搖頭。不要了，不需要。你饒了我吧，讓我平靜地活著。

平靜地活著？是的，所有的人都在平靜地活著，我的那些朋友也是這樣。他們活得很好，他們不談情說愛。談什麼情？愛個屁！累不累啊？他們說，要解決，找小姐去呀，做完就算，乾脆利索，簡簡單單，清清爽爽。我要對他們說我和她的事，肯定被他們笑死。

無處訴說。我在QQ上說了一次。對方說：難得你還有激情。是不是性不能解決呀？去嫖呀！

也是這口氣。看來娜拉應欣慰吾道不孤。

也許我應該從自己方面找原因，尋找解決。我應該退。我真應該向我身邊那些同事學習。以往，在他們喳喳呼呼談論小姐的時候，我就像一桶自滿得不再淌響的水，在一旁靜靜想著她，獨自享受著自己的世界。他們不能理解的。他們做愛像編程，他們不能理解什麼是感情。

我們一起去桑拿時，我不找小姐，至多只是找個做正規腳按的。他們說我可能有問題。他們要是知道我卻在這裡這麼苦苦追求，該做何感想？

他們一定會笑，笑我捨易求難，笑我傻。有一次，他們看報上一個婚外戀鬧得拚死拚活要離婚的，他們說，現在怎麼還有這麼傻的人？什麼年代了？還離婚？再結婚？咻！

傻，是我們這時代絕對摒棄的，它意味著你被打入另冊。這是一個智力的時代。好吧，我不當棄兒。我也可以吃得開的，我什麼比不上別人？只不過，這場愛讓我變得弱智了，戀愛中的人，智力處在最低下狀態。

我去找小姐了。娜拉，是你叫我找的！是你把我逼到這種境地！你會後悔的！

髮廊門口一溜坐著小姐，袒胸露乳，她們的肉被紅色燈光照得粉粉的，讓你想吃。只要你要，她們就給你了，這乳，這腿，這陰道，你拿去用就是了，你不會被拒絕。只要你不想到那該死的愛，事情就這麼簡單，便捷。不像她，你千辛萬苦還不能得到。其實想想千辛萬苦都為了什麼？實質還不就是這個？那些千方百計向女人獻殷勤的男人，疲於奔命，其實還不是為了褲襠裡的那個東西？看他們兜著那麼大的圈子。我曾經有個鄰居，操辦婚事，被女方這條件那條件苛刻煩了，站弄堂口，戳著自己下身，罵：他媽的，還不都是為了這個屌！

我叫了一個小姐。她比娜拉性感。這是肯定的，這是她們的資本。要是純粹講肉，比娜拉好的肉多的是。她一進包間就劈里啪啦脫了起來，一邊叮囑我也快脫。我說，別脫。她很詫異。

是的，不脫怎麼能搞呢？可是在我的性幻想裡，我還從沒有期望過把一個女人脫光了搞的。小姐已經脫光了。她白唰唰像死豬肉的身體讓我索然。我叫她重新穿起來。她猶疑地問：你搞不搞？

搞。我回答。

她穿上了。我把她抱住。只是抱著。她搞不懂我怎麼了。她站著，我把臉伸過她肩頭，貼在她耳鬢上。她沒有反應，沒有出聲。而在娜拉，有一次，在我深夜離開她家，欠身吻她額前時，忽然一陣衝動，在她耳鬢磨了一下，她驀然發出一個不可名狀的聲音，一種顫慄，一種嘆息，發自肺腑的，終於透出來的，帶著疲乏。那聲音我至今不忘。

可是在這裡沒有出現。我為什麼偏要希望出現呢？

我要小姐發聲。她茫然地把頭仰後，看著我。我說，你叫。她好像明白了，發出了一聲叫，很職業化的，讓我失望。我就把手兜到她的衣服底下去，兜住她的乳房，希望以此激發她的感覺。我並不想動她，我對她的身體沒有慾望。

可是她叫得仍然沒有感覺。

她又把頭仰後，看我。如果是娜拉，我相信她這時候是不會睜眼看我的，她的眼睛應該是閉上的，醉了似的，甚至稀哩嘩啦全垮了。而小姐不會，她是在工作。

我明白了，我為什麼不能捨棄娜拉，就因為不能捨棄她那聲音。那聲音魂牽夢縈，折磨我，把我的心搗成爛泥。你會為她去獻身。這就是愛和嫖的區別吧，就是情人和妓女的區別吧，就是感官和感情的區別吧，一個人愛上另一個人，重要的並不因為對方的硬體，而是軟體，甚至是不可捉摸的感覺，那聲嘆息。

我沒有再讓她叫。可是她好像摸到了路數似的，連聲叫了起來，同時她伸手把我的東西抓住，緊密地扯著。我感覺到包皮很痛。我把她推開了。

她說，沒關係，沒有動，怎麼搞得起來？

我說不要了。愛是不能做假的，男人陽痿，女人沒有愛液，會痛。也許大家都這麼做，可是我不行。因為要愛，所以我不行！我簡直想哭。她仍然過來動我，我喊：不要啦！

真的，我不想。如果是娜拉，即使沒有碰她，我也會勃起的。這就是吸力吧。吸力？還有人相信這虛無縹緲的東西嗎？可悲的是我還信著。我還信著愛，我自覺得無比高尚。我甩下小姐，軒昂地走了出來，我聽見後面她們在議論：哼，陽痿還這麼神氣？

10

大姥姥沒了。

說沒就沒了。昨天還在守貞操，今天就沒了。

我倒覺得這生命太長了，不知道怎麼打發。娜拉卻說。

我知道她是指自己。是，假如像她這麼折騰的話，這飽受折磨的一生真是太漫長了。

大姥姥熬了她漫長忠貞的一輩子，終於圓滿了，圓滿得像個藝術品。可是她死前卻將這藝術品打破了。

在她死的前一天，她忽然異常清醒，目光晶亮，有神。一個人要死了，她的一生總有不甘，她要掙扎著醒來說話。

大姥姥說了什麼？後來我問娜拉。

也沒什麼，娜拉說。她不想說。

她一定說了什麼了！我追問。我從她的神色中看出來了，她在迴避。也許因為大姥姥死了，淒涼的緣故吧，她不想失去我。她嘆了口氣，甩甩手，說，姥姥說，她看見了。

看見了什麼？

親人呀，母親，父親，兄弟姐妹，親戚，都是已經死去的人。嚇死人了！

毛骨悚然。

還看見了我媽。她說。

喔？

大姥姥說：你媽來了，怎麼不讓她進來？

可是門口空空的，什麼也沒有。

你媽總是很乖的，很守規矩，跟你一樣守規矩。你叫她進來吧！大姥姥又說。娜拉敘述著，眼圈紅了。我知道她想母親了。我喜歡她哭，那是一種到位的情緒，不喜歡她沒心沒肺。我要撩撥她傷心處。你長得像你媽吧？我故意問。

你怎麼知道的？

你別問，是吧？

她點頭。

你媽像你姥姥嗎？

是。

你姥姥像你大姥姥嗎？

是。娜拉說，大姥姥說，她當時就想給姥姥取名叫娜拉。

娜拉？

嗯。可當時她不敢，大姥爺在吶，根本輪不到由她來取名字。

這個鴉片鬼！害了我一生。大姥姥忽然叫，伸出手臂，枯柴似的，好像要搧對方耳光似的。

搧？

好像我大姥爺就在邊上。娜拉說。大姥姥叫著：我不怕你！我現在不怕你了！我要告訴你，其實我的名字叫娜拉，你叫我的不是我真名字，你叫我，我從來沒有應過你。你不覺得嗎？我叫娜拉！只有我自己知道，我自己叫自己。

這是真的嗎？

不知道。娜拉說。

這是怎麼回事？

其實也沒什麼啦，娜拉說，一個老故事。

什麼故事？說吧！

大姥姥剛結婚時愛過一個學生，那學生帶著劇團來鎮裡演出，演「玩偶之家」。

「玩偶之家」？我叫，娜拉！

時光猝然縮短了，重疊了，一個多世紀前的，現在的。然後呢？我問。

大姥姥看哭了。娜拉說，一直哭到戲演完，她去後台，那個學生看見她哭，就給她一塊手帕，讓她擦眼淚，還安慰她吧，她就決定跟那學生走了。

居然！走了嗎？我問，急切地。我渴望她走。我渴望把一切舊道德舊秩序砸爛，因為它們不合理，就應該砸爛。就這麼簡單。

沒有。娜拉說。

為什麼？

因為他們都沒有錢呀，靠什麼養活？

噢，錢！我頹然了。我記起了魯迅，娜拉出走以後怎麼辦？涓生和子君。感觸忽然連成線了。

你應該把這寫下來！我對她說。

她搖頭：寫不出來。

為什麼？

寫不出來就是寫不出來。

我看你是不想寫！我說，你們這些作家，為什麼總是寫花花草草，風花雪月，逃避問題？難道是因為你現在富了嗎？就不屑於去寫這些事？難道你們覺得現在不存在這些問題了？

不是這問題。她辯。

怎麼不是這問題？這問題大姥姥都看出來了，而你卻還在迴避。所以你一直說沒什麼，不重要。什麼是重要？過去沒有經濟獨立，現在有了，而你還走不出來！

不是這個問題！她又說。

就是！就是這問題。我叫，我火了，想起這些日子我所受的折磨，我真想掐死她。你看看，你看看，從你大姥姥，到你，一百多年了，時代好像沒有進步！哈，對了，海茂，海爾茂，簡直絕了！那個娜拉的丈夫是海爾茂，這個娜拉的丈夫叫海茂。上帝有眼！有這麼巧的事！我叫。

你看你看，她反唇相譏。你高興了吧？你找到切入角了吧？你也可以去編個老套的故事了吧？一個不幸婚姻的故事，婦女解放的故事，悲劇，應該把它寫成悲劇。

你以為我就不會寫嗎？

你會寫！她說，因為你頭腦簡單。她笑了起來，你可真是學科學的。

學科學怎麼了？我說，科學讓人懂得真理！

你懂得真理，她說，我不懂。

科學給人力量！我說，我明白了，為什麼現在作家沒有寫出過去那樣有力量的作品了。是，我承認。她說，我沒有力量，我掌握不了真理，我不是易卜生那時代的作家，他們相信真理掌握在自己手上，他們能夠把握這世界，他們想得很清楚，他們就獲得了文字的支持。而我卻不行。那個娜拉覺得她對自己有責任，神聖的責任，「人」的責任。可是「人」呢？現在「人」在哪裡？已經解體了，已經全是慾望了，成了氣體。你怎麼不想到要是大姥姥不被束縛她能成為大姥姥嗎？是我庸俗，不錯，我無能、我混亂、我沒有勇氣好了吧？你有勇氣你娶我呀！你保證我的後半生，你能嗎？

還是這問題！

你連娶我的心都沒有，還談什麼愛？她又叫。

好啊，我娶你！我應。我自己也愣了。這是我的決定嗎？是的。其實說起來，我這麼的愛她，我為什麼就不能娶她呢？

她卻笑了。告訴你吧，我就是離了，也不會嫁給你！

我不知道她為什麼要這樣，化血為水。

她丈夫沒有回來。他說這幾天他公司跟一個大客戶在談判，抽不開身。不巧，趕上了！他說，是不是一定要回來？他問她。

她說不必了，你忙吧。

我替她找了個喪事一條龍服務公司。對方在電話裡交代：你們家屬先把死者衣服換了。沒有親人，也沒有朋友，只有那個保母。但那保母忌諱死人，託病走了。好在大姥姥早在十年前就把壽衣準備好了，放在皮箱裡。娜拉給大姥姥換衣服，只能由我在邊上幫著。也沒什麼可忌諱的，大姥姥不是把我當成她的曾外孫女婿了嗎？我也是她家裡人了。

娜拉端來一盆水給大姥姥擦身。擦到下身時，我避開了眼睛。突然，娜拉驚叫了起來。怎麼了？我問。

你看！娜拉的嗓音都變調了。

大姥姥陰道居然流出了血。

這是什麼？經血？怎麼會？

娜拉沒說。

辦完喪事的晚上，我陪她在家裡，她沒有趕我走。到了深夜，我把她摟在我懷裡，她也沒反對。我吻她，她的嘴唇像垮了的城堡之門，張開了。她流淚了。

我把她緊緊摟著。我愛你。我說。

我也愛啊！她說。

我第一次聽她這麼說，我很驚訝。真的？我問。

真的，她說。

我還是不能確認。你不是說不要愛嗎？

傻子，哪有女人不要愛的啊！她沙啞著說，沒有看我，好像是對自己說的。

我說：我們結婚吧！我感覺說這話時無限悲壯。

她一抖，抬起臉，看著我，好像不認識我似的。她的額頭有幾道皺紋，使她顯得很蒼老。我心裡一痛。她老了，就這麼幾天，她被折磨得這麼老。我會好好愛你的，我又說，你叫我幹什麼我就幹什麼！

要是做不到，我會殺了你！她忽然說。

我一驚。她咬牙切齒，目光兇狠，不像是在開玩笑。

驀地她笑了。她推開我，站起來。我們去旅遊吧。她說。

我喜出望外。好啊，我去找個有創意的！我說。

別找了，去麗江吧。她說。

好！要是讓我再找，我還真不知道還能不能找出來有創意的。我立刻到旅行社報名。我們到了麗江。

11

麗江可真是個好地方。山美，水美，人美，浪漫極了。

我們坐著旅行車，從這個景點到那個景點。雪山，峽谷，寺廟，庭院。那些沿途上辛苦勞作的身影，在我們眼中也成了美景。一個攝影家在拚命地捕捉鏡頭，嘴裡讚嘆不已。他長得有點歐化，讓我想起那個英國人詹姆斯・希爾頓。藍月亮峽谷在哪裡？那一座座田園式庭院的「世外桃源」又在哪裡？一八七三年以來，西方人接踵而至，法國人保爾西、特拉佛、杜各洛、叔里歐、孟培伊，英國人喬治・福萊斯，奧地利人洛克，義大利人費蘭克・卡普拉，還有英國小說家詹姆斯・希爾頓……那正是易卜生的娜拉出走的年代。娜拉她也來過這地方嗎？

來，我給你們也拍一張。攝影家說，他很熱情。

我就拉她拍。她有點扭捏了，但似乎也感到太扭捏反而讓人家起疑心，就拍了。完了，那攝影家說：你們真是完美的一對。

我瞧瞧她。確實，我們多麼好，不說完美，也是很好的一對。我禁不住把她摟了摟。她嬌媚地乜了乜我，我朝她一笑，她也笑了。

沒有人知道我們什麼關係。我們自己也不記得自己什麼身分了，我們是夫妻。

她沒再提起她丈夫。為什麼不提他？她應該控訴他，她有理由。她應該向我傾訴她的痛苦，我更喜歡她這樣，然後我就撫慰她，我們的愛就更切實了。

或者我們也可以談論她大姥姥的坎坷苦難。可是她隻字不提。

沒有人認識我們。她曾說我們躲到誰也不認識我們的地方去吧，現在不就是了嗎？她說她想住下不走了。

好喔！我說。真的想住下不走了，哪怕拋棄了一切。我們要在一起生活。她說她要開家果汁店，她要我種水果。

她還真的去物色店面了。

我們喜歡在民居吃飯，坐在日常的桌子旁，用著粗糙的、還有些不乾淨嫌疑的餐具。孩子們在邊上跑，又喊又哭。那種亂糟糟的情形讓我們感覺真實，我們是落在地上生活著的，愛就有了附麗。這是我們跟那些大城市來的人不同的地方。他們的生活原來已經亂糟糟了。那一對老的，也許他們早已相處得厭煩了，他們出來，只不過想尋開心，也就是說，他們原來不開心；那對年輕的，也許他們還有經濟上的不愉快，還有很具體的問題，比如家務事該誰做。所以他們出來了，一出來問題就沒有了，全由賓館餐館提供，車到了就吃，吃了一抹嘴就走。

他們在迴避日常生活場景。而我們則跟他們不同。我會給她拿碗筷，為她夾菜，問她吃飽了沒有，樂此不疲。他們是我表達愛的道具。我會把她喜歡吃的小餅包了走，給她路上吃，然後再由她分給我吃。我們是因為愛而來旅行的，或者說，是為我們未來美好生活熱身，而不是為修復危機而來的。

我們喜歡在四方街走來走去，在那些雜貨舖裡挑挑揀揀。狗在門檻邊睡覺。她喜歡揀出奇形怪狀的東西，套在頭上，戴在耳上，穿在身上。我就歪著頭，欣賞：唔，好！

那就買啦？她說。

於是真的買了。她穿花戴銀，像女瘋子。那件納西服裝簡直不適合她，但是正是不適合，我們很開心。她還買了個鬼面具。我們在石板路上亂走。她忽然做出要嚇我的樣子。那是一個晚上，月光照著我們，如在夢中。

我們到了摩梭博物館。

摩梭人普遍存在「阿注婚姻」制度。講解員介紹說，「阿注」即朋友的意思，阿注婚姻是相當於母系氏族制發展期的對偶婚形式，男不娶，女不嫁，男子夜間去女家偶居，白天仍回自己家中從事各種生產勞動，生育的子女歸女方，謂為「走婚」。「走婚」通常沒有什麼手續和儀式，男女「阿注」之間不建立共同的經濟生活。如果女子拒絕男「阿注」來訪或者男子不再去女「阿注」家，「阿注」關係即算自動解除。這種情形就類似於你們現在，講解員借題發揮了一下：走來走去，遊來遊去，只旅遊，不定居。

大家笑了。我瞥了瞥她，她也笑了。

我們又被帶到一戶摩梭人家。一男一女，還有兩個孩子。男的在屋裡逗弄著孩子玩，但是那孩子並不是他的，男的是剛來走婚的。女的見我們來了，進去喊男的。她瞧著逗孩子的男人，瞇地笑了，竟忘了我們還在屋外等候著。

我們相視而笑了。

多好！我說。

旅遊，遊客。她說。

晚上，我們住一間，她也沒有異議。只是她仍不讓我動她。

但能跟她共度良宵也已經滿足了。她躺在我身邊，這是以前從來沒有的。睡前，我在她的額頭親了一下，晚安。我說。晚安。她也說。

我看著她入睡。早上我醒來，看見她仍然睡著。我望著她熟睡的樣子，像個孩子。我又輕輕地在她額上吻了一下。她醒來了，她衝我甜美一笑。

醒了？我說。

她點點頭，打著哈欠，伸著懶腰，一臉酥麻、幸福。她拉長手臂探過來：你真好。

她突然滾到我的身上。我一驚，趁機抱住了她。

她沒反抗。我猛然意識到什麼，把她掀翻過來，壓住了她，吻她。她的舌頭接應著。她的舌頭燙極了。

我又去扯她的內褲。她稍稍掙扎了兩下，嘴裡咕嚕一聲，就順從了。她的腿甚至還順著我的動作，在脫到腳踝時，把腳一繞，脫出褲圈。我驚喜。我感激她。我要把她吞下去！我親吻她的身體，我的舌尖往下走，她的手摟住了我的頭。我吻她的乳頭，抬眼看了看她，她的頭高高仰起來，好像一隻毫無反抗能力的羔羊。我吻到她下身時，她的手猛地緊揪我的頭髮，我感覺到了痛。

我進入了她。她喟然嘆息一聲：你把我毀了！

就是這聲音！

我被摧毀了。我們融為一體了。我們的愛越深，我們的身體越是不能分離；我的愛越深，我就進入她越深。她緊緊抓住我，摁住我，把我往她身上緊摁，壓住她。她突然咬住了我的肩膀，劇疼！她瘋狂了。好像豁出去似的，一種決絕。我沒有躲開肩膀，讓她咬。我渴望疼，疼讓我更愛她。這是愛的疼，到位的疼。多少日子了，我等太久了。

疾風驟雨……

我倒下了。我從她身上跌了下來。

她把我的手牽了過去，示意我用手繼續幫她做。我知道她要什麼。我驀然感覺她慾壑難填。

我已沒有了激情，男人的激情就這麼快消失，消失了，就什麼也不想了，甚至只有後悔。她撥弄我的東西，我只感覺難受。

終於結束了。她吻了我。我聞到了她嘴裡的味道，有點口臭。

我躲開了。我起來。起來吧，我說，遲了。

不嘛，我不起來。她說。

真任性！我想。她是要盡情享受這時光了，也可以理解。我想起了她大姥姥乾癟的陰道，那血。

我要你躺下來。她又說。

好吧，我又躺下了。但是我沒有去接近她。我們說話，可是話說得有一茬沒一茬的。一會兒我又說：起來吧，再不起來真要來不及了，你聽，他們都走了。

我不走。她說。

什麼？

今天我不想走，她說，你也不要走，我們就留在房間裡。

我想表示異議，但是也說不出這有什麼不可以的。我不是你的唯一風景嗎？她說。

是的，我說過。

我們自願放棄，反正旅行團晚上回來，又可以會合了。我們在賓館待了一天。我們又做了。一會兒就一次。那麼長時間的飢餓，現在我們在惡補。別人用長時間釀造愛，我們濃縮在一天內釀成。我感到有點暈眩。

到了晚上她還不起來。我拉她吃飯，她也不去。我說，我可餓壞了，我先去吃吧。

不許！她說。

我苦笑了。

好吧，一會兒她說，放你一馬，你去吃。

我就出去了。外面的空氣真好。街上在放水，五花石板路被沖得清清爽爽的。我吃了東西，給她帶了點回去。我把東西鋪在床頭櫃上。她說要餵她吃，我就餵了。

她說，你累嗎？

累？我想，確實累。但是她能夠想到我是累的，畢竟還是值得我欣慰的。想想要是不出來，要累還沒有機會呢，應該珍惜。我說，不累。

旅行團回來了。他們說，晚上要去參加豔遇派對。

什麼？我問。

是新增加的項目。導遊說，就是模擬當地的「走婚」習俗，在篝火晚會上，男女豔遇大配對，包括第一次親密接觸、戀人即興表演、豔遇奪寶、圍爐夜話、狂歡之夜、雙入洞房……

那豈不亂了？我問。

那就看你們有沒有緣分了。導遊說得很曖昧。

簡直亂彈琴！她說，摩梭人對「走婚」態度是嚴肅的，並不像你們想像的那樣。

只是玩玩吧，我連忙說。

簡直是褻瀆！她說，我們不參加。

我就也不能去了。雖然我不覺得她說的有道理，只是不想讓彼此不開心，把氣氛搞壞了。我忍了。

我說你也吃飯吧。把帶回來的東西放在床頭櫃上，鋪開。我覺得自己很模範。

她說不吃。

吃點吧。我說。

不吃！她說，就是不吃！我要你抱我。

我忽然感覺背上有點躁熱。但是我還是去了，抱了抱她。不行，她說，要一直抱著，永遠，永遠。

我笑了。她可真是作家。好吧，我就抱著她。我感覺到背上沁出汗來。

外面鼓點響了起來。那個攝影師在敲我們的門，喊我們去參加豔遇大派對。我看看她，她還是說不去。我們不去。我朝門外喊。

去看看吧，我們又不參加派對。攝影師說。

我覺得他說的挺有道理，就又看她。她仍然說不去。

我就說不去。

攝影師走了，所有的人都走了，外面一片死寂。好像整個旅館只剩下我們兩個人。是啊，誰在旅遊中一直待在客房裡呢？特別是這麼一個晚上。我仍然抱著她。我仰著頭，我聽到了窗外隱約傳來納西古樂的聲音，可是我卻被她用胳膊拴著。我沒想到她這麼纏人。現在想來，其實她丈夫也有無辜的地方。男人又不是牛馬，不是發動機。

我知道你在想什麼。她忽然說。

想什麼？

我不告訴你。她說，口氣詭祕。

不告訴就不告訴吧，我想，我也不一定要聽。我聽到外面人聲鼎沸。他們在狂歡吶！我豎著耳朵。他們彼此不認識，正因為不認識，所以才放得開，才盡情，無所畏懼。有個很尖的女人的叫聲。我能想像得出那女人可能被配對上了，那叫，毋寧是驚喜。我真想去看看她是什麼樣的，她長得漂亮嗎？

我睡覺了！她說，鬆開我。

我知道她不滿意了。我想她有什麼不滿意的？我有什麼對不起你？為了你，這麼精采的晚會我都沒有去，你還要我怎麼樣？我說，好吧，你睡吧。

她就真的把被單一罩，睡去了。我真想不理她了。可是我想想，還是理她吧，千辛萬苦出來了，別鬧得不開心。我就也去睡了。我去抱她，她也高興了。她問：你愛我嗎？愛。我說。

她把我壓在下面，咬我。她可真是魔鬼。

第二天她仍然不起來。我只得再陪她留在房間裡。吃飯了，還是不起來，我說不吃飯會死的！她說死就死了好了，這時候死了，真好！

我知道她為什麼這麼說。她的感覺一定好極了。她只顧自己美美睡去。好容易看她一翻身，又睡下去了，一點也不考慮我。她居然還能睡得著，還流了口水。床單都發餿了，服務員要來收拾，她也不讓。她就是不起來。

我說，別鬧了，起來吧。

我沒腳。她說。

女人總是在腳上作文章，愛買鞋子，還有纏腳啊什麼的。沒有腳是不是特享受？我抱你去。我說，我知道她喜歡這樣。

好，她說。她就讓我把她抱起來。她的身子軟綿綿的，她自己不使一點力，賴在我身上，完全由我來使勁。她是不是在說你已經要了我了，我就交給你了，就要你承擔了？我很累。

你能一直抱著我嗎？她問。

我就抱著她在屋子裡大轉了一圈，放回床上。她說：這就叫永遠啊？操！我想。

她哈哈大笑了。

第三天，又是睡，不出門。好容易醒來了，她又問：你愛我嗎？

又來了。我已經說過無數遍了。愛，過去要對她說這詞不容易，現在怎麼這麼肉麻？

愛，愛，愛！我說。

你不愛了。

誰說的？我否定。

你就是不愛了！她說。

別胡思亂想了，我說，我愛你的。

你要是真愛，就來救我。

救？救什麼？我說。

你救不了我，可她又說，誰也救不了我！

說什麼嘛！我說。

我難受。她說。

怎麼了？

難受。她仍說。

為什麼難受？病了？我有點慌了。在這樣的時候，可別出現麻煩事。

就是難受！她說。

你說呀，怎麼了？哪裡難受？

她把嘴湊近我的耳朵。我想尿尿。她說，居然！

她咯咯笑了起來。

這，什麼嘛！我好像被甩了一記耳光。不過沒事就好。那快去吧！我說。

我不想起床。她卻說。

怎麼辦？她又問。我能怎麼辦？我想。好吧，我就去找器皿，能裝她尿的容器。我找到了茶杯，她說不夠裝。

我說夠吧。她說不夠。我又拿來熱水壺，她仍然說不夠裝。說明你對我一點也不了解。她說。

也許吧，這兩天她變成我不了解的女人了，她真是瘋了。我說，那怎麼辦？

你說呢？

我怎麼知道？我可真煩了。

我要你裝我。她忽然說。

什麼？我不明白。怎麼裝？

你願意怎麼裝？她反問。

這種貓捉老鼠的遊戲，要是放過去，也許有意思，但現在我只覺得無聊透了。怎麼裝？我不知道。我說。

那是你沒心。她說。

也許吧。我想。

我要裝在你嘴裡，她突然說。

別開玩笑了。我說。

我是真的。她說。

什麼？我驚愕。你說什麼呀？她怎麼能想出這種主意？

我要嘛。她說，這聲音從一個酥麻的身體裡流出來，帶著濃濃睡意。不行啦。我說，我以為她在開玩笑。

我就是要！她驀地明晰叫道，你不是什麼都可以做嗎？

她還真記住這話了。這話現在回想起來，恍若隔世。原來她就是把我當臭狗屎的啊！我是說過，我叫，可是也不能叫我喝你的尿啊！

你看你還要講條件！她說，你不愛我了！

我愛你。

你不愛我了！她叫，不然你就把嘴拿過來！你來呀，來呀，來呀！

她撲過來，抓住我的嘴，往她身下拽，把我的嘴撐開。她怎麼這樣啊！她居然還來真的了，這是什麼女人嘛！她的頭髮刺拉著，眼有眼屎，齜著牙，咧著嘴，她簡直是野獸。我從來沒有發現她是這麼可怕，這麼醜。她的陰部碰到了我的鼻子，破敗，像要爛了，令人作嘔。太過分了！太過分了！我忍無可忍。我一把將她搡開。她哇地哭了起來。

我就知道你不愛我！我就知道了！她叫，還好我沒嫁你！

12

她走了。

我們再沒有見面。我曾經想過去找她，可是她已經搬走了，她鄰居說，她去了北京，到了她丈夫身邊。

我再沒有談愛，一想起愛，我就噁心。我去找小姐了，一次又一次。我居然也適應了，能夠如魚得水了。人可真是能變的動物。不談愛，只享受感官，原來也不錯。無愛一身輕。我一個一個地換女人。只是我會時時想起她，這個可怕的女人。

有時我會在報上看到她的文章。她仍然沒有出名，沒有成為我們這時代的熱門作家。有一天，我看到了她的一篇很短的小說：

旅遊客　娜拉

易卜生的娜拉出走了。她走了兩個多世紀，仍然沒有找到一個新家。這期間世界科學飛速發展，人類日益文明。二十一世紀某一天，她邂逅了一個男人，他單身，他愛她，她也愛他。他要帶她走。可是她拒絕了。

為什麼？他不解，難道你還顧忌你丈夫海爾茂？

不，娜拉答，我早在兩百多年前就不顧忌這個了，我早已招夠了罵名。

那麼是因為經濟上還要依附於他？

娜拉說：你看會嗎？我自己有事做，經濟來源，這時代已經有不少適合婦女的職業。只要我願意，我就可以找到，這都不是問題，無非是累點，這困難只要我想衝破就可以衝破。

那麼你為什麼不想呢？

因為很累。娜拉說，像說著悖論。

所以感覺累，是因為你愛不夠，你的愛不足以讓你衝破重重險阻。

男的叫道。

不，我愛，娜拉說，我很愛，只是很累。

那好，男的說，那就由我抱著你走。於是她被男的抱著走了，他愛她，呵護著她，實話說，娜拉很受用。哪裡有不喜歡被愛的女人呢？

而且對方也是自己愛的人。可是她對這愛很惶惑。這只是在旅途中，一種遊走。終點在哪裡？遊走就遊走吧，反正她已經走了兩個世紀了。可是他卻要給她確切的愛。一路上，他給她找好玩的，好吃的，好住的，這是旅遊。她也盡情享受著，享受著他的愛。可是這是愛嗎？這是真實的生活嗎？

不，這只是假性的生活，是幻象。可這幻象又是如此誘惑著她，讓她滑下深淵。她不能自拔。她一面驕奢淫逸，一面異常焦慮。愛到底能有多麼幸福？享受吧，享受吧，我們到底能有多大的幸福極限？她怕他突然不愛她了，離開她。即使他不離開她，她也保不準自己會不會厭倦他。你以為就男人是火力發電廠嗎？你以為女人就不會疲勞嗎？

科學研究發現，人的激情至多只能保持三十個月。假如千辛萬苦一場，到頭來仍然是分手，那開始不就是作孽？

她明白了，自己所以不敢接受他的愛，是對自己沒把握。因此自己這麼久了，越來越找不到家。她需要愛的權利，她也有了愛的權利，可是愛卻越來越大把握不住，一種把握不住的恐懼。就好像一個死刑犯腦後被指著槍，你不知道什麼時候開槍。古巴革命後，受到死刑判決的人按傳統可以提出一個要求，許多人選擇的要求就是：向行刑者發出「開槍」的命令。好吧，就讓愛的電流更兇猛吧，好讓它迅速崩掉。讓他討厭我吧，恨我吧，也好說服我自己，給自己下決心。也許這太殘忍，但長痛不如短痛。她說：你真的愛我嗎？

他說：愛！

她說：你怎麼愛？

他說：你要我做什麼我就做什麼。

她說：真的嗎？

他說：真的！

她說：我要撒尿。

他說：那我抱你去。

她說：不，我不起床。

他說：那我給你找器皿。

她說：不要。

她知道他最受不了的是什麼，她要他受不了！她要他噁心，要他恨她。她要的就是看他噁心的嘴臉。她說：我要拉在你嘴裡！

她成功了。

我愣了。

我馬上向那報社要了她的電話。我打過去，是她接，我聽出來了，是她的聲音。她也聽出來了。長久，沒有說話。最後她說：有事嗎？

我不知怎麼回答。

有事說吧，她說，他要回來了。

如此冷漠。也許她還是個賢妻？你好嗎？我問。

好，她說。我知道她會這麼說。

你呢？她也問我。

不好，我說，我還愛著你。

對方沒聲音。我聽到了她的呼吸聲。很久，她說：對不起，謝謝。

謝？居然是！

謝謝你愛我，她接著說，我也愛你。

電話啰地掛了。我再打過去，一直是忙音。

後來就是：您所撥打的電話不在使用中，請詢問一一四後再掛。

她再也不見了。

您想好了嗎？
您可以選擇闔上。
您確定要打開嗎？

七章 又見小芳

1

女人到底想要什麼呢？她說，她沒有麥，只能打字。

我們在NetMeeting上聊天。我知道她有麥。我調整音頻，揚聲器音量燈在閃。我說，你有麥，你在撒謊。

她為什麼要撒謊？不用語音交談，只打字。打字比起語音，毋寧是一種閹割。科學發展到今天，什麼都成為可能，為什麼還要閹割自己？她終於發出了一點聲音：你好。

你好嗎？我問。

好。

可我看不到你好不好。我說。

我沒有視頻。她又說，對不起。

你還在撒謊。我說。你有視頻，你沒有開。

你知道的？

其實我也不知道。我只是詐她。她笑了。我聽到她的笑聲。這笑聲才是她真的聲音。你怎麼知道的？她問。

我當然知道。因為我比你懂網際網路。我說。

對方不作聲了。我對上網是不太熟悉。她說。叮，掉線了，真沒意思。我起來撒尿。我住的是公司集體宿舍，合居者正從衛生間出來，急匆匆的。見了我，點了個頭。我知道他是急著要鑽進他的房間，他也愛趴在網上找女人聊天，我給他一個外號：搜狐。其實也無所謂搜不搜，更多的時候只是不肯失望，處在吃雞肋狀態。搜狐忽然停住了腳，好像想到了自己即使進屋去，也沒有誰在等他。他向我嘀咕了一句什麼。

他在問我房子裝修得怎樣了。

我馬上就要住進自己的房子了，我要結婚了。新房是貸款買的，正在裝修。還得一個月吧。我說。

哎，多了一個現實的人，少了一個虛擬的人。他怪裡怪氣嘆了一聲。我知道他指的是什麼。少了個像他那樣的人。

多的不見得是好事，少的不見得就是壞事。我回答。這時，房間裡又響起了NetMeeting呼叫聲。又是誰？我奔進去。還是那個女的。

接了。她仍然沒有打開視頻。

我有點惱了，膀胱裡的尿憋得難受。有一種冤枉的感覺。

我掉了。她說明道。

喔。我說。

我確實是新手。她說，接上了剛才的話題。

是嗎？

是的，只是喜歡聊。

要聊就誠心誠意。我說。不然又有什麼意思呢？不如不聊。你開呀。

她終於開了視頻。可是仍然沒有把鏡頭對準自己，而是對著牆壁，牆邊有一個石膏像，是那個斷臂維納斯。什麼嘛，你又不是維納斯。仍然是遮掩。何況，我一直是現著形的，我都現出形來了，你也太不夠意思了。我說。

她笑了。男人現出形，跟女人現出形所付出的代價是不一樣的。她說。

這倒也是。難道她是恐龍？再不露就切了。我說。

終於露出了一個臂膀。那臂膀挺肥沃的。果然。我問：你是哪裡的？

上海。你呢？

我也是。我答。

是嗎？她叫，聽得出是驚喜的。你是幹什麼的？

老闆。我說。

我也在撒謊。其實我只是一個為老闆開車的。我喜歡說自己是老闆，至少在說時，心裡好像咬破了酒心巧克力糖一樣，一個醉甜。

我驀然意識到身後還開著門。搜狐站在大廳上。幸好我的鏡頭逼自己非常近，沒有把後面的他攝進去。我把攝像頭掉開了，回頭關上自己房間的門。我聽見他在外面揶揄地叫了聲：老闆。

我臉紅了。真他媽的討厭！還不是彼此彼此？但是我比他好，因為我還炒股，因此有了女朋友。

可是我有了女朋友，為什麼還要在網上找女人呢？

我再轉正鏡頭時，對方那女人說，你很帥。

2

我和未婚妻在商場買浴缸。她叫影。女孩子嘛，就是購物狂，只要有錢就可以把她搞定。影說要那種帶水力按摩的。我說那不好，對身體沒有好處。你怎麼知道？她問。你想想啊，人有高有矮，可那按摩點卻是固定的，頸部，腰部。對我是恰到好處了，到了你，不就按到屁股上了嗎？

你好啊，你罵我！影叫，就要過來掐我。

影比我矮半個頭。我沒有說錯。但我知道自己是在推諉，實際是我沒有錢，按摩浴缸少說也要五千元。我的股票被套牢了，我所買的東方地產，傳說是一家空殼公司，我用了我全部的錢買了它。當然那些錢也是我從股市上賺來的，一下子進到我的帳上了，又忽然全出去了，不是自己的錢了。買股票就是這樣，像夢。當初我是用賺來的錢吸引影的，她並不知道那錢只是暫時寄在我這裡。我不敢告訴她，告訴了，她一定要飛走。誰願意跟一個窮光蛋？我只能瞞著她。先結婚再說。儘管我也知道結了婚了也可以離，現在婚姻是拴不住人的，但也沒辦法，只能走一步算一步了。

我故意裝作逃跑。她追。我很快就把她帶離了那該死的賣按摩浴缸店。她追上我，說：你是不是嫌我矮？

我怎麼會呢，再說你也不矮呀，一米六，還矮？

她其實長得很漂亮。我說了。漂亮什麼呀！她說，很快就要老了，你不讓我保養。

誰不讓你保養了？我辯道。我只是覺得你這樣漂亮的身體，應該放在那樣的浴桶裡。

我指著前面一個木製浴桶。看上去很粗糙，簡直是我小時候用的木洗臉盆的放大。現在的人真是邪門了，這種東西又搬出來了。之所以指它，是我斷定它不會有多高價格。影果然活蹦亂跳地跑過去了，一下就跨了進去。她在裡面確實很漂亮，像精巧的玩具。你也進來！她叫。

我怎麼進得來？這麼窄。我說。

擠擠嘛！她叫。喔，不願意跟我擠？還沒結婚你就嫌棄我了？女的一結婚就變成老太婆了，你們男的還可以青春永駐，永遠這麼帥。她說。

我確實很帥。NetMeeting上那個女的不也這麼說我嗎？可是帥有什麼用？我原來是賽車手，沒賽出名堂，就給人當車夫了。只配買這種木浴桶。我瞥了瞥邊上的價格。一萬元！我嚇一跳。

銷售小姐過來了。先生小姐，喜歡嗎？

喜歡這玩意兒？我說。

我瞥見她吃驚地看著我。她不明白我為什麼忽然又變卦了。這鄉下才用的東西。我又說。

銷售小姐說，先生，這您就不知道了，這叫回歸自然。

靠，還什麼回歸自然。現代人什麼毛病？我說。這要是回歸自然，我爺爺那輩就回歸自然了咧。

對嘛，銷售小姐說，所以才叫回歸嘛。

我愣了。影咯咯笑了。看來你小學沒畢業，那畢業文憑是假的。

靠，我說，現在什麼不是假的？我說。

那你對我也是假的囉？她叫。

那哪裡會……我支吾。

那你就買！她叫。簡直是命令。要不你就是假的，就是不愛我！

我當然愛你。可是我拿什麼愛你呀？我想。我已經沒錢了，可是我怎麼能對她說？算啦，買就買吧，大不了借款，結婚後一起還，她要離婚也得承擔一半債務。

還沒結婚就考慮著離婚，簡直有點殘酷。誰讓我沒錢呢？誰讓我破產了呢？誰讓我中了那該死的上市公司的圈套了呢？付了定金，出來，影吻了我。我咬住她的舌尖，體味到愛的殘忍。這就是我們的愛嗎？

3

我又在網上遇到了她，那個女人。她呼我。她好像總挺悠閒。

你是幹什麼的？我問她。

公司。

公司的，老總？我問。我是在揶揄。我恨有錢人。我沒有錢。

你不也是老闆？她問。她果然是老闆。我愣了一下，記起我曾經對她說我是老闆。我是小老闆，你是大老闆。我說。也許是出於李鬼見到李逵的心虛。

你怎麼知道我是大老闆？她問。

我就是知道。我說。

你說嘛！她急了，問。我感覺她被我釣住了，像一隻魚，使勁扯著魚鉤，欲罷不能。因為我知道。我仍然說。

說吧！

我瞥見了她的胳膊。有這麼肥沃的胳膊，難道還是小老闆嗎？因為我看到了你。我說。

對方猛地把胳膊一縮，閃出了畫面。我笑了。

你根本沒有看到我。她說。

我看到了。

你看到了什麼了？

看到了你怕了。

我怕？哈，笑話！她又把胳膊大大方方露了出來，好像在說，我為什麼怕？為什麼要躲？

為什麼只敢露出胳膊來呢？我說。

你還要怎麼樣？她說。猛地把鏡頭一拉，露出了臉。那臉似乎並不醜。但是那脖子在指示，那延伸下來的部分可能是很胖的。有膽量見面嗎？我問。純粹出於挑釁。

見就見！她回答。

居然！

我們約好在一家咖啡屋見面。她來了，果然是胖，非常之胖。女人一胖，給人印象稀哩嘩啦就全垮了，再不會去細緻分析她哪裡還可取。就連我原先建立起來的她還過得去的臉部印象。

我甚至看不出她的年齡了，大概有四十來歲吧。

她明顯很不自在，不停地使喚著服務生拿這個幹那個，好像要把你的注意力轉移到那上面去。忽而她似乎又覺得自己點太多東西了，讓人想到自己肥胖過剩，就說，我們走吧。

去哪裡？

去兜風。她說。她指了指玻璃窗外的她的車。那是一輛寶馬，好車，而且適合女人開。我常會在街上看到女人開著好車，這些女人有的很年輕很漂亮，但是我知道這車十之八九不是她們自己的，或者不是靠她們的錢買的。而確實有些女人，她們是真正的車的主人，但是她們老醜。每見到這樣的女人，我的心頭就會湧起一絲悲哀，那車，就好像她們抹在臉上的厚厚的脂粉。

我才記起必須交代我車的情況。一個老闆是不能沒有車的。我說，我的車壞了。

她笑了笑。

笑什麼？我問。

我的車沒有壞。她說。你開的是什麼車？

大奔。我撒謊道。不過也並不完全是撒謊，這車確實是我開的，只不過是我老闆的車。難道這有什麼嗎？就好比那些二奶，她們開著她們男人的車，為了她們男人搞事便利。

大奔好啊。她說。

不過現在的大奔也不怎麼樣，你看，我那就壞了。我說。

她讓我上她車。她上車時側著身，好像是硬擠進來的。特別是那肚子，真擔心會被擠破。世界上居然有這麼胖的女人。可是她有車。

自己有車真好啊。我記得我們股票交易所裡有個大戶，有段時間也開了一輛寶馬來，說是股市上掙的第一桶金買的，把我們羨慕的。後來他不再來了，據說賺了更多錢，開大公司去了。這樣的運氣怎麼就輪不到我？

你當初是怎麼掙到第一桶金的？我問她。

她顯得很驚訝，似乎沒想到我這麼直截了當。是的，沒有人會這麼冒冒失失去問別人這個問題，特別是對一個女人，特別是一個女老闆。但是恰恰因為她是個女人卻很醜，我可以這樣作賤她。

你是不是認為是睡出來的？她反問。

她居然這麼說。也不看看你什麼樣子，還有人跟你睡？

人們看漂亮女人成功了，就想，還不是睡出來的？她說，看醜女人成功了呢？該怎麼說？你看，這麼醜的也能睡出來！

我吃驚。

她笑了。傳銷。她直說了。

沒有被抓起來？我說。

險些。她說。很累啊！她還真是幹過傳銷的。她說，有一次幹部會議，突然聽說公安部門來檢查，連忙轉換會場，到對面樓十三層。這邊下樓六層，那邊再上樓十三層……

你也上得去？

上不去也得上呀。她說。不過那時候還真能上得去，那時候還年輕，還沒有現在這樣子。她居然用眼睛指指自己肥胖的身體，也許是出於一種抵抗性的自嘲。這個女人，對自己的長相相當在乎。話說回來，哪個女人對自己的長相不在乎的呢？我倒不知道該怎麼辦了。倒好像我看著她的醜相，是一種侵犯。年輕好啊，我只能說，年輕好賺錢。

不，往往是年輕時不好賺錢的。她說。賺了錢，就不年輕了。

說得像繞口令。我也笑了。她打開了ＣＤ匣，音樂響了起來。是那首流行的李春光的「小芳」。「知識青年」被趕去「上山下鄉」，只能跟村姑小芳談戀愛，後來返城了，日子好了，卻又懷念她了。說是流行，其實只不過是他們那年代人的流行，我是沒有感覺的。從詞到曲，其實都很簡單、一般，但在他們那代人聽來卻像濃醇的酒。也許只因時間釀久了。

後來呢？我問。

什麼？她好像被驚醒，幾乎是神經質地。其實我也是隨口問問，我找不到合適的話說。我趕忙說明：我是問你後來又做了什麼生意了。

房地產。她回答。

啊，就是那個把我害了的房地產！我就是買了房地產股。我恨它。儘管那上市公司跟她沒有關係。房地產好啊，可以炒，大炒特炒，炒得一方傾家蕩產，一方吃得肥肥的……

你這是什麼意思？她問。

我知道她指的是什麼，可我不想住口。不是嗎？我反問。

是吧。她承認。她抵賴不了，就像她像海綿一樣的身體隱藏不住她吸取的本相一樣。

你還可以再吃呀！我說。

為什麼？她說。

為什麼不？我說。

為什麼要？

還可以吃得更多呀！

我已經吃這麼多了。她說。又瞥瞥自己。我已經這麼肥了。她驀然說。

我一愣。感覺一拳砸過去，被她的肥肉彈回來。可我仍不善罷甘休。我說，你這樣怎麼了？可以去鍛鍊呀！可以把車子賣掉去走路鍛鍊呀，把錢分給窮人，保證你瘦得下來！

說得對。她說，語氣軟了下來。

我離不開車了。她又說，聲音喑啞，好像是貼在我耳邊說的。我猝然被觸動了一下。

我也是。我也說。我也離不開車，這些天我的大奔壞了，我就幾乎寸步難行了。

她笑了。你沒有大奔。她說。

我腦袋猛地懵了。我沒想到她會這麼直截，這麼說。

你不需要大奔，這個棺材。她又說。你還能走動，身強體壯，你不需要棺材。她捶著方向盤，喇叭響了起來，我們都一驚。沒有交警，趕緊加大油門跑。

這哪裡是棺材？你看它還會叫。我說。也許正因為她把自己的車稱作棺材，我的屈辱被抵消了。

她笑了。

你看它還跑得這麼快。我又說。

你可真會說話。她說。聽說過那個新聞嗎？

什麼？

美國的。一個肥胖的人躺在沙發上起不來了，最後沙發也垮了，他就躺到了地上，直到死，人們無法將他抬出門來，只得把門拆了。

我似乎聽說過有這樣的事，是不是這一件，我弄不清。這樣的故事總是很多，肥胖是我們這個時代重要的話題。有人甚至設想：假如哪一天世界上都充斥著肥胖的人，地球就要受不了了。

其實胖也沒什麼。我安慰她。

那換給你？她說。

好啊。我說。我無所謂啦。

你是無所謂。她說。男人胖一點也無所謂。

只要沒病。我說。你沒病吧？

這很重要嗎？她反問。

當然，健康是最重要的，只要沒病，身體好⋯⋯

口是心非嗎？

為什麼要口是心非？我說。

男人不要女人的錢。她說。男人只要女人漂亮。

我一驚。這倒是。無論人類如何進化，世界格局如何改變，這似乎是不變的。我問，你結婚了嗎？也許我問得太冒昧。

結過了。

結過了？

對，又離了。

對不起。我說。

沒什麼對不起的。她說。她盯著我，幾乎是挑釁地。我很惶惑。為什麼……我問得很含糊。

因為他受不了。她說。

喔。

因為他不要女人的錢。他寧可一分錢也不要，走了。那時候我已經有錢了，公司發展得越來越紅火，人也發展得越來越胖。發展，對女人是個悖論。

她說。我一愣。

不是嗎？

是吧。我想。

永遠扯不平。她說。除非死了。

她忽然加大油門。我大吃一驚。她神情冷酷，好像就要去赴死似的。我感覺自己也飛了起來，到了臨界狀態。雖然我是賽車手出身，但以前從來沒有這樣的感覺。也許因為是別人掌握著方向盤的緣故，而且是她掌握著。我想去抓她。我感覺我們被綁在了一起。那感覺有點玄妙。

4

我一連幾天都在想著她。可是她再沒有在NetMeeting上出現了。或者是她改了ＩＤ了？我不知道她的名字，她也不知道我的名字。我怪自己怎麼沒有向她要電話，或者是ＱＱ號什麼的。

那種玄妙的感覺一直揮之不去，也許是因為它跟死聯繫在了一起。它觸動了人最根本的隱痛。誰沒有死的時候？其實我們時刻都在準備著死，無論是懼怕，還是奔赴；無論我們對生活是希望還是絕望。

死把我們連接在了一起。或者說，是死亡的話題。那是一種超越在現實之上的話題。人跟人，一旦談到了這話題，就共同擁有了一個玄妙的世界，就好像一起從陰間走一遭回來的旅伴。

她終於又在NetMeeting上出現，是在一個星期後。我呼她。我責問她這一段時間都跑哪裡去了，好像是她失約了似的，好像她本就應該屬於我。

她說，公司忙。

噢，她有公司。我這才記起來。她的主要角色是公司的老闆，她要忙活的是她的公司，而不是我。

你忙吧。我說，我下了。

不不，她說，現在沒事了。

沒事了才找我？

她笑了。現在即使有事也不管它了。她說，那些事真是煩死了。

老闆都是這麼說。我說，可是你們又不肯放棄生意，關門大吉，去睡覺，去玩，只是希望休閒休閒。就這麼沒治。

說得好。她說。我今天就放棄了，去喝酒嗎？她說。

我們找了衡山路一家酒吧。酒吧非常吵，有樂隊表演節目，說話都困難。服務生跟她說著什麼，她聽不見，我也聽不見，只瞧見服務生攤著大巴掌。她就給他一疊錢。她可真有錢。服務生點著錢，走掉了。

酒來了。其實她不該喝酒。書上說，酒也能使人發胖。但是她喝了。她還點了蘿蔔乾，都說醃菜能減脂肪，也許這就是她保持著理智的地方。可是她就不怕醃菜致癌嗎？

碰杯，喝。一個染著棕色頭髮的男孩在歇斯底里唱著。她忽然對我說話。我聽不見。她就湊近我，我聞到了她嘴巴的味道。

我湊她耳朵回話時，我聞到了她的香水味。

太吵的地方，只適合於喝酒，瘋，不適合交談。或者把心交給了那唱歌的男孩，他在唱貓王的「Don`t Be Cruel」。大家身體隨著歌聲晃動著，讓那歌聲牽著走，讓那歌聲占領自己的心，把自己變成空心人。

音樂終於柔和了，有人去跳舞。跳嗎？她問。

我不會。我說。

我真的不會跳。在這種場合，你會發現，不會跳舞真是個遺憾。浪費了好身材。她也說。

我反問，我身材好嗎？

當然，一看就是個運動員。

她還真有眼力。你錯了。我卻說，我只是個車夫。

這我知道。她說。現在是司機，過去是運動員。

她怎麼什麼都看得出來？我說得對吧？她問。

你怎麼知道？

你看你的胳膊，多健美。她說。

原來如此。我承認了。我曾經是個賽車手。我說。

令人羨慕。她說。

羨慕什麼？只是勞累。我說。

那叫鍛鍊。

哈，是鍛鍊。我討厭鍛鍊。我說。當年訓練完全是被逼的。因為要出成績，要有出路，就好像傳說中的歐洲公主穿上紅舞鞋就只得跳個不停，直到死。結果還是沒有出路，只能給人打工，還這麼窮。

討厭的，往往是有益的。她說。這就是宿命，就像富裕了，就不可避免地胖起來一樣。

她又提起了肥胖。哈，我連忙說，又來了，什麼關係嘛。

什麼什麼關係？她反問。沒關係嗎？你以為你是老闆就沒有關係了嗎？

我不能說。

是的，你是老闆。她說。你可以進入各種各樣的場合，你參加招商會，人家說，這是個女的呢。你做得很出色，人家會說，這女人厲害，她長得什麼樣？

我一愣。是啊，我倒沒有注意到。也許這就是女人不能逃脫的宿命。

長得什麼樣？她說，自嘲地。就是這個樣，你再成功也沒有用。你越成功，越吸引人家的眼光，就越讓人看到你是這、個、樣！沒有一個女人不在長相上被人議論的。你逃不了，你想逃也逃不了。有一次我給一個農村小學捐資，一千萬。我拿著寫著一千萬的紅紙板在台上，學生給我獻花，我騰出一隻手去接花，那沈重的紅紙板就拿不住了。邊上的節目男主持人就連忙幫我扶住一頭。他不停地誇我。男的。她說。

我點頭。我理解她為什麼要特地點出主持人是男的。

我好開心哪。她繼續說。我感覺到自己是這世界上最驕傲的人了，這世界是多麼的美啊。我去親那個給我獻花的男孩子，不料那男孩忽然鼻涕流了下來。我的臉頰沾上了，熱乎乎，黏乎乎的。我笑了，我不覺得髒，我拿手幫他擤掉了。那男孩說，姨，你的手真香。

她那手？我瞥了瞥她的手。

真的嗎？我更笑了。她說。姨，你的手真好看。那男孩又說。我看看自己的手，我的手真的很好看嗎？也許是因為小孩的眼光吧。當然更因為我現在的角色，我是個獻愛心者。或者也可以說，我是個給錢的。有錢真是好啊，就這隻手是一隻普渡眾生的觀音手呢。觀音不是也挺胖的嗎？如果讓我再捐一千萬，我還願意。

……男主持人要我講話。我說，我唱一首歌吧，「愛的奉獻」。大家就鼓掌了起來。我就開始唱了。我站在台的中央，拿著麥，有音樂伴奏，所有的人都聽著我唱。我唱啊，我覺得自己就是韋唯了。我感動了，眼淚花花了，我都被自己陶醉了。忽然，我聽到了台下一個聲音，像潑在琴弦上的水。什麼聲音？我聽不清。是一個男人的聲音。我不知道他在哪裡，或者說，我知道，但是我不願意承認。

……其實那只是一聲嘀咕，我沒有必要去聽。但是我又非聽不可，我要知道他講什麼。

……那聲音在說：你瞧你長得什麼樣！

……心好像被一根棍棒一杵，杵到了深底。

我一驚。那傢伙怎麼能這麼說？簡直太刻薄了！擔心她感覺我在意那句話，我輕鬆地笑了一下。

你笑了。她說。

不不，不是……我慌忙辯解。我怎麼會呢？

你會的。她說。你也是個男人。

也許……我也是個男人，沒有一個男人不在乎女人的相貌的，一個醜女人，是永遠的輸者。

她開始喝酒，一杯接著一杯。音樂不知道什麼時候已經換成了薩克斯風，低迴，旋下去，旋下去，旋到了底。她的嘴唇溺在酒中，酒杯玻璃後面她的臉，溺在了水裡。

我伸手拿開她的杯子。你會醉的。我說。

醉了不好嗎？她反問。醉了，就分不清現實和夢了。一輩子都沒有醉過的人好可憐。她說。

5

出來時，她已經醉了。搖搖晃晃。秋天了，夜已很深。

她沒有去開她的車。看來她腦子還清醒，就是身體不聽使喚，醉酒的人都這樣。她把我推到駕駛座上，說她家住在很遠的南郊。

我開著她的車。過了公交終點停靠站，我意識到回頭必須自己花錢打計程車了。我當然不可能再把她的車開回來。我在心裡盤算著兜裡的錢，畢竟我沒有什麼錢。

她的家到了，一幢很漂亮的洋式樓房，三層樓。她說，你進來坐坐吧。

我說，不了。

這樣麻煩你，真不好意思。她又說，連一口水都沒有讓你喝，不行，我不能讓你就這樣走。

我也想看看富人的房子，就答應了。

很寬敞的房間，富麗堂皇。牆是用皮革包裹著的，給人殷實的感覺。我聞到了皮革的味道，那是豪華的味道。我老闆的車內，就充滿著這味道。那味道有時候會令人窒息，讓人受罪的，好像在考驗你是不是承受得了這種豪華，你是不是這個命。

這家裡沒有別人。我記起來了，她離婚了。牆上的皮革繃得緊緊的，我的心也繃緊了。沒有別人，房間就顯得更加空盪盪的了。你看，這麼大的房子，就我一個人住。她說。

你住得過來啊。我說。

有幫我住的。她說。

誰？

她笑了笑。她帶我走進一個房間，裡面擺著一張考究的麻將桌。電動的。她說。關上了門。還有它們幫我住。她又打開了另一個房門。這是一個大房間，滿是運動器械，像個機房，沈重，看了都累得慌。這麼多。我說。

可是沒有用。她說。

什麼沒用？

減肥呀。她說。

噢。我說。

絕食也沒用，她又說。還暈倒了。

我知道。

她好像忽然不甘心起來，又走向跑步機，登上去，按下電門，跑了起來。她很快就累得氣喘吁吁了，可是那機器還拽著她跑。我驀然想起我每天騎著自行車長途跋涉，上坡下坡，趕去上班，為人賣命。她卻無端地讓自己疲於奔命。人跟人真是大不一樣。窮人肉還吃不夠，而富人卻要吃蘿蔔乾蔬菜了。

我要幫她按滅按鈕，可是她不肯。她再也跑不動了，好像馬上就要死了，她終於臉色慘白地敗退了下來。可是她並不坐下來，也不站住，而是走動著。她說不能停下來。這我知道。劇烈運動完猝然停下來，會造成猝死。心臟受不了。必須繼續走。走！走！體能鍛鍊時，我們教練就總是這麼朝我們喊，越累越要走。生命的祕密在於運動。簡直可憐……

她終於緩過氣來了，又恢復了常態。她的常態是什麼呢？就是胖。她好像意識到了這點，又開始動了起來。她又鑽進了一台大型機器中。那機器模樣有點猙獰，像刑具，我從來沒有見過。她說是最新研究出來的。研究者一定是在惡毒的心態下研究出來的，發狠，沒有這種狠，是難以有此創造的。

她把兩個手臂伸進兩個長筒裡，是皮長筒。長筒猛地一擰，她顫慄了一下。但是她沒有退縮，閉了閉眼睛，堅持住了。然後她的雙腿也被銬住了。機器運行了起來，發著猙獰的聲音。她整個人被吊了起來，橫下。現在，即使後悔也來不及了，只能任人宰割。她應該不是第一次體驗到，她不會不知道這結局。她是自己情願送上去受刑的。

我從她的神色看得出，她的手和腿在經受著強烈的擠壓，她卻迎接似地吸了一口氣。莫不是迎接痛苦才能抵消痛苦？

那些皮長筒鬆懈了些，可是它馬上又旋轉了起來。我瞧不見它了，只感覺一陣唰唰的風。她的全身也篩糠似地顫抖了起來，好像遭受了電擊似的。

由於她的抖縮，她肚子上的衣服被撩了起來了。那肚皮真的慘不忍睹。

突然，一條什麼東西抽向她的肚皮。啪！還沒等我看清，那東西已經把她的肚皮緊緊圈住。是一條皮帶。她的肚皮在皮帶下抽搐，可是當皮帶離它而去，它又好像迷戀似地要跟著皮帶上去。皮帶不顧，兀自遠離。待到肚皮失望地搭拉下來，它又猛一回頭，回抽一下。原來是一種欲擒故縱的陰謀。那肚皮縮住了，縮得很深，幾乎要貼到脊梁上了。讓人看到了它實下去的希望。

她慘然笑了，豆大的汗珠從她的額頭沁出來。

那腰間也滿是汗珠，涔涔的。她說，這下體重一定輕了！

我懷疑。

出汗減肥嘛。她又說。她爬了下來，站到邊上的磅秤上去。輕了，你看。她說。

我看不出來，我不知道她原來有多重。為了安慰她，我點頭稱是。

可是喝口水又重了。她卻又說。

怎麼會？我說。

問題在脂肪。她說。怎樣才能把它揉出來，排出來！她說得咬牙切齒。只有動手術！

手術？

吸脂呀！她說。

噢。我也聽說過。

往你的身上切個口，注入膨脹液，把脂肪稀釋了，然後把吸管插進去，吸。她說，吭著嘴。有一種恐怖的感覺。

……你可以瞧見吸管在你的皮下面遊走，像老是插不到位置的輸液針頭。可是那不是，那是因為吸管吸完了一個地方的脂肪，又轉到其他地方吸了。你感覺得到吸管在劃來劃去，你的皮好像是透明的，看得見吸管頭突了出來，是淺藍色的。有時候會覺得吸管好像要穿到皮外面來了……

我感覺到了疼。並不是純粹的疼，一種不可名狀的感覺，我難受了起來，可是她卻笑了。脂肪被吸出來了，黃黃的，不不，是橙色的，因為摻和著血水，一泡一泡地出來了。她說，雙手順著自己的身體，笑了，好像看到了吸脂的成果。

她為什麼要這樣折騰自己？就為了活嗎？何苦呢？我想起小時候玩金魚，一隻金魚搖搖晃晃，不時翻著白肚，眼看就要死了，有人說，往牠身上澆尿就會活起來。我們就做了。果然，金魚又被刺激得活蹦亂跳了起來。

其實好看只是一種感覺。我安慰她，其實你並不胖。

真的嗎？她問。

真的。我應。我以為她是相信了。女人是容易被哄騙的動物。

謝了，可是她說，你是在奉承我。

我，我，我為什麼要奉承你？我說，我又不想向你借錢。我說著，自己也笑了。我怎麼說起這話來了？純粹是口頭禪。

她也笑了。好啊，要多少？她說。

我也笑了。我不借，說的才是真話嘛。

誰知道呢。她說。當面說好話，也是誰都會說的。

那不見得。我辯道，我突然發現自己抓到了一個極好的理由。你忘記了？那個在捐款大會上說你的人。

他不是人。她說，他是畜生。

我一愣。那傢伙，真是個畜生。

其實他說的是對的。可是她說。他不是畜生，我才是畜生呢。她說著，猛然拱起肩膀，把自己的身體團成像一隻熊，那肥肥的後頸肉簡直慘不忍睹，簡直惡毒地。她幹嘛這麼糟賤自己？

沒法再陪她玩了，我告辭。

你不想到上面看看嗎？她說。

上面？我望了望上面，樓梯有點暗。不了，我說。

上去看看吧。她又說。

我又望了望。按正常格局，上面應該是臥室了。她醉了。我說，不了，很遲了。

上去，我給你看個東西。可她堅持說。

你醉了。我說。就要走。她撲上來要拽我的手。我躲閃，她拽住了我的胳膊，用她的胳膊緊緊勾住。你不要走！

她的胳膊可真胖，像粗大的繩索。她眼睛發紅，像一隻餓極的母狼。我慌忙掙脫。可是那身體異常笨重，幾乎要把我拽倒。我終於甩掉了她。她坐到了地上，她把手在地上拍著，喊道：我是醉了！醉得上不了樓了，你就這樣把我扔在樓下嗎？

我的心一顫。可是我還是走了。

6

我知道她要做什麼。一個單身女人，一個沒人要的女人，一個用酷刑都不能拯救的女人，一個絕望的女人。

而且，她又那麼有錢。她以為她有錢就可以得到了。我驀然感到屈辱。她有錢，又怎麼樣？可是有錢確實很怎麼樣的。這世界上，人們忙忙碌碌，誰不是在為著錢？股市簡直瘋了。東方地產被證實是個空殼公司，股值跌到了底。我趁老闆不在趕到了股市。有人在罵，有人在嚎啕大哭。一個老頭，撲到自動操作機前，拚命捶打著機器，喊著要把裡面的錢搶救出來。保安過來拉他，他打了保安。保安叫了一一〇。他被架出去時握著乾巴巴的拳頭，唾沫掛在嘴邊。他喊：這是我的錢！我全部的血汗錢啊！

我拿著證券報，恍若夢中，似乎不知道發生了什麼事了。難道一切是真的？就報紙上這幾百個字。那操作機螢幕上的錢就沒了？又是一陣騷亂。大家紛紛往樓上跑，說是一個人爬上樓頂跳樓了。人群忽然又折了回來，說已經跳下了。

我從窗戶往下看，如臨深淵。那人大張著手腳躺在深淵裡，臉對著我，他好像在朝我笑。我被螫了一下似的，猛縮回來。

我早該想到了，只是我還抱著幻想，以為只是傳聞，不是真的，但傳聞往往是真的。我不願意正視，抱著僥倖。我還在玩，還在跟她玩，跟一個富婆玩。我還在勸慰她，同情她，多麼可笑。

我趕回來，老闆問我去哪裡了。我支吾說不出來。其實我平時挺會找理由的，可是今天我不會了。

老闆說，要不想做，你可以走！

我不能走，我已經只剩下這薪水了。我感覺自己驀然被逼到獨木橋上，下面是萬丈深淵。我貓下身去，抱著獨木橋爬。

下班了，我不敢去找女友。我不知道該對她怎麼說。實說了，她一定會拂袖而去。我回到家，搜狐說，你怎麼了？

什麼怎麼了？我說。我甚至連他都不想告訴。這世界崇尚的是強者，不是弱者。我是個一貧如洗者。

搜狐還在鼓搗著電腦。可憐的傢伙，他找不到女朋友，只能在網路上玩虛擬，假裝老闆，博得對方女孩羨慕的眼睛，可是那女人並不是他的，拎不出來。嚴格上說，她只是玻璃螢幕上的圖像而已。他沒有女朋友，我馬上就要跟他為伍了。

影來找你。搜狐說。她說你的手機老打不通。

我忙掏出手機。不知什麼時候電池沒電了。怪不得老闆聯繫不到我。剛換上電池，影就又打來了。

你知道了嗎？影說。

什麼？我問。她知道了什麼？

東方地產。

難道她也知道？有一種接到死刑判決書的感覺。什麼東方地產？我說。

股呀。她說。

喔，這跟我什麼關係？我說。

你不是也買了嗎？

誰？誰買了？我撒謊了。

你不是說，你買了東方地產了嗎？她也猶疑了。

誰說！我說，你聽到哪裡去了？我買的是東方明珠。你看看，你這人，從來不認真聽話，以後可怎麼管我們家裡的帳喔！

我自己也覺得好笑，還要讓她管帳？以後還有什麼帳讓她管？

對方吃吃笑了起來。我才不管帳呢！你當銀行行長好啦，我只管支取。影說，我看中了一台液晶彩電，圖元可高啦。

多少錢？我問，幾乎神經質地。

兩萬七。

居然！太貴了吧？我說。

不貴，人家還有五萬多的呢。所以這才限量銷售。她說。

人家是什麼人！我幾乎要脫口而出。但我把話吞下了，我如果說出去，我知道，她會馬上走的。現在的女人都這麼現實，尤其是漂亮的女人。漂亮的女人為什麼要嫁給你窮光蛋呢？我為什麼會是窮光蛋呢？

一個窮光蛋不僅會娶不起老婆，而且還要最終淪落到社會的最底層去。窮人更窮，富人更富，就是這個趨勢。

7

Hi！

Hi！

我和那個富婆又在NetMeeting上相遇了。毋寧說，是她來找我的。我知道她為什麼來找我。

她不忌諱地讓自己全部形象出現在視頻裡。已經沒有必要隱瞞了。她胖胖的身體好像要把視頻框脹破了似的。

你好嗎？她問。

不好。我說。

怎麼了？

不怎麼了。我說。

說吧，也許我能幫你。

你？

不能嗎？她說。她的身體在視頻裡前傾了一下，好像要壓過來似的，我慌忙向後一退。但是我還是感覺到自己被壓扁了。

能。她還真能，她有錢。而在此之前我還一直覺得是自己在同情她呢。

也許她瞧出了我的虛弱，她哈哈大笑了起來。她的身體隨著她的笑在發抖，畫面上泛起了一團團馬賽克。那馬賽克又隨著她身體的扭動旋轉了起來，我的心好像也被扭轉了起來。我被扭得氣惱起來。

我真的能幫你。她又說，不相信嗎？

我相信。我說。

那麼，能跟我講嗎？她問。她的身體定住了，靜著等我回答。也許她是真要幫我，也許她早已經猜到了。這麼大的事件。她的同行業。還有人跳樓了。雖然那跳樓的不是我。在這個不公平的社會，弱者總會遇到不公平的事。一個弱者遭殃了，意味著別的弱者也會遭到同樣的命運。我還有什麼好挺的？

我當然相信你。我說。我從心裡真的服從了她。我沒錢了。我說。

是這樣。她說。我還以為什麼事呢。她說得很平淡。當然，她有的是錢。

還有什麼事更大嗎？我說。患病？

病又怎麼樣？

癌？

癌就癌。她說。

那麼死呢？

她笑了。

那麼發胖呢？我說。簡直惡毒。我要激怒她。

她的笑容猛地凝固了。你為什麼要這麼說！

她在乎了，刺到她的痛處了。我感覺到一種轉被動變主動的暢快。這有什麼？我學著她的口氣說道，死都不怕，還怕發胖嗎？

你不要這樣說我！她說，你道歉！

她幾乎是尖叫著。這世上的事可真稀罕，不怕死而怕發胖。肉體被毀滅了，美感還存在嗎？也許她是這麼覺得的。她能夠這樣想，因為她不存在肉體被毀滅，她並沒有病。她可以追求精神，奢侈地，追求純粹的精神感覺。可是我遠沒有達到這個境界。我沒有錢，我要被餓死了。一個要餓死的人還講究什麼？好吧，我道歉。我說。

你沒什麼可道歉的。可她忽然又說。

我一愣。謝謝你總是安慰我。她說。我能幫你解決問題嗎？

我不要。我說。我又不願意了。

別死要面子。她說。

這話忽然讓我有點心酸。

真的沒有。我仍然說。

不要強。她又說。我知道你很有志氣，你很男子漢。她說。這話好像把我一搡。我笑了一下。還男子漢？我還是男子漢嗎？好吧，我說，能借給我一點錢嗎？

說吧，多少？她說。

兩萬七。我說。也許我可以多說一些，也可以備用吧。可是我說不出來，我沒有底氣。

小問題。她說。晚上你來我家吃晚飯。

8

她憑什麼要借錢給我？嚴格上說，我們並不認識，只是見過一次面。她不知道我的任何情況，姓名，住址，具體工作單位。她唯一知道的是，我是一個男人。

她說過，男人不需要女人的錢，男人需要女人漂亮。但是當女人有了錢，男人沒有錢的時候，情形可以倒過來了。你很帥，她曾經說過。你到我家來。她在召見，我必須去應召。

我為什麼要去？我坐在宿舍裡。搜狐推門進來了。你還沒吃飯哪？他問。他端著一碗速食麵在吃，一股寒磣的熱氣味。

我沒應。

他又問了一句。

我不吃不行嗎？我突然嚷了起來。我針對的是晚上她的晚餐：你來我家吃晚飯。

搜狐愣了。我問了你一句，我做錯了什麼了？他說。

他沒有錯，但是我也沒有錯。你是窮人我也是窮人本身就是錯了，窮人跟窮人只能亂糟糟混在一起，永遠拎不清。

對不起。我說。

他站著，好像有什麼事。他有事總是來找我，也只能來找我。什麼事？我問他。

我想向你討個主意。他說。他變得有點可憐兮兮。有一個女孩，她想約我見面。

我笑了。還真弄出真名堂來了。

可是我告訴她我是開公司的。他說。

這一定是的，我們總是在網上謊稱自己是老闆。他怎麼就沒有想到接下去該怎麼辦？如果不能有所發展，撒謊又有什麼意義呢？也許只是為了心理滿足一下，即使自己給自己畫餅充飢也好。

那你就一口咬定自己是開公司的吧。我說。

可我不是呀。

你可以是呀，去開個公司。我說。

他笑了。你說得容易，你去開個給我看。

你以為我開不了？

你拿什麼開？錢呢？

錢？啊，錢呢？我他媽的缺的就是錢。這時影來了電話。她說，要我晚上就跟她去買那台液晶彩電，怕被買光了。我哪裡有錢？

我說，我晚上有事。

什麼事？

什麼事？我能說嗎？一個朋友約了。我說。

什麼朋友？那朋友就比我重要？

不是重要，是我們有事。

有什麼事？她仍在糾纏。還不就因為你的事？我想，有點火了。

有事就是有事！我說。

那就是瞞著我的事了？她叫。

我能不瞞你嗎？好，我不瞞你，說出來了你會答應我嗎？你不就看著錢嗎？我還不知道你嗎？我這才明白自己為什麼有了她了，仍喜歡在網上泡女的了。現實有什麼意思？沒意思透了。誰瞞你了？可是我仍然必須說。

你不瞞我，好，那你說。

我說不出來。窮是最說不出口的事。窮困是最大的隱私。

說不出來了吧？她叫。好啊，原來你一直在瞞著我。你說！是什麼事？她是誰？那女人是誰？

那女人？她怎麼知道的？什麼嘛。我說。你亂猜什麼呀！

你以為你有錢了，就可以這裡一個女人那裡一個女人了？她叫。

我有什麼錢？我想，我有什麼錢養女人？倒是，她說得也對，有錢就能養女人。女人有錢了也能養男人。我沒錢了，就要給人養！你知道不知道我是沒錢了去給人養？這就是這世界的邏輯！我叫：是呢，是呢，我是養人了！

你，你沒良心！那邊叫。

我是沒良心！我應，我是沒良心，沒什麼也不能沒錢！我卑鄙，不要臉……

對方把手機摔了。我聽到了地面亂糟糟的聲音。猛地，它被什麼一軋，什麼聲音也沒有了。徹底完了。我知道。即使我要向她檢討，也不可能了。無可挽回。我也許將再也找不到她了。雖然我知道她的家，但是他們家的人未必會理睬我。曾經有一次，我們吵嘴了，我到她家找她，她的母親就說她不在。其實她就躲在樓上。

其實我和她的關係是那麼的脆弱，說沒就沒了。即使我們結婚了，你能保住嗎？什麼也不能保住。

我感覺很累。

我也不知道是怎麼到那富婆家的。她出來迎接我。她穿得好像很休閒，寬鬆，像這秋天的葉子。她站在夕陽前面，我隱約瞥見她休閒服裡面的身體。

她說先吃了飯再說。當然，吃飽了，做事才能更加從容，甚至更加有力，這是正常的邏輯，所以有這麼多的飯局。請吃飯，未必只是個藉口。我說，好。

她安排我在大廳坐著。她在廚房裡做著飯，我聽到鍋碗的磕碰聲，還有炒菜的香味。我想起了母親，小時候我就經常這樣一邊玩，一邊聞著母親炒菜味道的。可是現在這已經不是在玩了，我聽到了刀和砧板在戰鬥。

飯好了，她招呼我過去。很豐盛的飯菜，我沒料到她這麼會炒菜，喔，她是女人。沒有開酒。我以為她會要的。她說，不喝酒了吧我們，醉了不好。

醉了不好？什麼意思呢？是因為醉了我不好被驅使嗎？即使是這樣，她難道不需要醉嗎？不醉，她方便嗎？可是又有什麼不方便的呢？還有什麼好羞羞答答的呢？不醉才能夠更清醒，在清醒的狀態下看著一個男孩被自己占有了，充分感受著占有的快樂。我明白了。

她不讓喝酒，你就不能喝，她不允許你醉，你就不能醉，你必須清醒著為她服務。但話說回來，醒著又有什麼不好呢？我也可以醒著跟她討價還價，做到付出有值，利益最大化。

她說，所以不喝酒，是因為酒對身體不好。

有什麼不好的？我問。

能使人發胖呀。她說，笑了起來。

她為什麼又要去提自己胖？難道是為了突顯自己的肥胖，從而確認是真實的自己在支配著我？一個醜陋的女人，在占有著我這樣一個帥小夥子？這是怎樣的快意呀！如果我有錢，我也會這麼做。

我並不胖啊。我說。再說我也不怕胖。

我知道你很帥。她說。她又說我很帥，果然。你知道嗎？你害了我了。她說。

我一驚。沒有想到。

就因為你這麼帥。她說。見到你以後，我越來越覺得自己長得不像話了。你這麼近距離地擺在我的面前，讓我發現我什麼價值也沒有了。這麼多年來，我都得到了什麼？賺了錢，可是又怎麼樣呢？

這是典型的有錢人的思維方式。有錢了，就想七想八了。而我沒有錢，我只有帥，只有年輕。想當初，我也是這麼年輕。她說。於是我就開始把過去的照片翻出來看。我也曾年輕過，還很漂亮。她說。

我以為她會去拿當年的照片了，可是她沒有拿。我真的想知道她過去長得什麼樣了。能讓我看看你過去的照片嗎？我問。

不要看了。她說。

為什麼？

為什麼要看？她盯著我。我感覺她洞穿了我的心。

我沒有別的意思。

我知道。她說。不看更好，看了，就更對比了。

原來是這樣。

這是絕對的錯誤。她繼續說。兩張照片，一張過去的，一張現在的，擺在一起，一個漂亮，一個醜。本來吧，是想用過去的漂亮安慰現在的醜，可是現實是真實的，你抹不去的，你看得到，摸得到，就擺在這裡。以前的美，簡直就是在告訴你，那一切已經一去不復返了，看，你現在已經多麼醜！

我倒沒有想到這些。

我就犯了這樣的錯誤了。她又說，就在見了你的當天晚上。那樣兩張照片擺在一起，讓你清晰瞧到了身體各部位的演變，簡直是醜惡化的過程。你看這腰，從多少公分肥到了多少公分。還有這肚皮，原來是平坦坦的，什麼也沒有，如今有了這麼多的贅肉，裡面滿是脂肪，惡性腫瘤似的。

我悚然。我看不到她體內的脂肪，我什麼也沒有看到，只是被她比劃著。我想像著，像想像著癌症病人體內的癌細胞。

她想得太過分了。

還有這眼袋。她又說了，還有那眼角，那一個，光滑滑的，你看現在這一個，眼尾紋一道，兩道，三道……爬上來了，看得多清楚，凜冽的對比。

凜冽！我一愣。沒有料到她會用這個詞。

……一道一道地來……她繼續說。

一個惡作劇的小孩拿著刀，在漂亮的寶馬車門上劃，一劃，兩劃，三劃，劃成了大花臉。殘酷哪！

同樣是這個人，這個女人，不是別的女人，就這樣過來了，到現在這樣子。她說。

我無言以對。誰都有這樣的時候，老醜了的時候。我忽然感到害怕，喘不過氣來。其實……也沒那麼可怕……我說。與其是安慰她，毋寧是安慰自己。

你不這麼覺得嗎？她問。

不會的。我說。我沒有說不覺得，而是說不會。真的。我又加了一句。

現在你沒有權利這麼說了。她說，你向我借錢了。

我一愣。

她笑了。可那笑很快就凝固了。都這樣了，還說什麼過去，過去的，不是自欺欺人嗎？她說。

也許真是的。但她還要求怎麼樣呢？她還要求她真實成為漂亮女人嗎？

是不是？她還問我，簡直是逼問。我不知道她為什麼要逼問我，逼問我，對她有什麼益處？是不是受虐更能解脫痛苦？

她把碗筷撒到一邊，不吃了。我瞧著她，她的動作有點浮，好像在水裡似的。她讓自己沈在水裡，一直往下沈，我救不了她。其實她是如此的清醒，要拯救一個清醒的絕望者是不可能的。她為什麼要如此苛刻地讓自己處在清醒中？

我也說不吃了。她說，我們走吧。她的聲音冰冷，好像不是從一個活著的人體裡發出的，而是從一個屍體。我感到不安。

又看到了健身房。她的聲調明朗了些，她說，你去練一練？

我？我吃驚。

她點頭。

不了。我說，你去吧。

我還練了幹什麼？她說。這些對我都已經沒有用了。

我知道。

總是抱著希望去練。可是希望一次，就更絕望一次。你去練幾下我看看。她再一次說。

我不知道她為什麼要我去。但是我馬上意識到我不能不去，我是有求於她的，今天在這裡，她是什麼人，我是什麼人，我應該很清楚。你看，你總是犯糊塗，你又在可憐她了，其實你應該可憐自己。

我走進去了，拿起了啞鈴。她說不行不行，你脫了外套。

這也是我不能推辭的。我脫了。時候是秋天，我只穿著貼身的背心。我重新拿起了啞鈴，她啪啪拍起巴掌來，像拍在我的光身體上。

果然健美。她說。

我是健美，我當然知道，但是這不是在健美比賽，我這是在賣。她也不是在欣賞，她是在玩我。她不停地誇著我，多麼健壯，你是個標準的男子漢。你看那三角肌，只有男人才有這樣的三角肌。真是男子漢，標準的男子漢，典型的男子漢！我知道她為什麼要這樣說，她是要讓自己感覺到面前這男人是典型的男人，所有男人的代表，所有的男人都被她玩於股掌之間。她肥胖的巴掌用力拍著，簡直要把我拍扁。我憤怒地揮舞著啞鈴。但我知道，我越是憤怒地揮舞，越是用勁，我發達的肌肉就越是顯現出來，就越讓她滿足。

這是我的宿命。

但是我為什麼不能讓她滿足呢？為什麼執意要抗拒呢？我他媽的就是投到人家富婆裙子下面又怎麼樣？當鴨子也要夠條件呢。

我開始輕快地揮舞了起來，做著各種各樣的動作。這在我並不困難，我原來就是運動員出身。我開始笑了，我索性把背心也脫了。

她簡直是驚叫了起來。

上腿力機，可以嗎？她忽然又說。

她說得小心翼翼的。我感覺到她的心在發顫，滑滑的，你一抓，它就滑走了。

我去了。一上了腿力機，我就明白了她的用意。我必須脫下外褲，長褲，要不然做不來。當然囉，只露出上半身沒有露出下半身是不行的。男人的上半身是隨處可見的，沒有什麼隱祕，沒有價值。現在需要真正的隱祕，真正的價值。開始了。

我的手提到了腰間，摸上了皮帶。我瞥見她有點緊張。我當然知道她為什麼緊張，但是她沒有說什麼，沒有肯定，也沒有制止。我解開了皮帶釦，鬆下了褲頭，褲子脫落下來了。她仍然沒有說什麼。其實這還是很正常的，因為我裡面還穿著短褲，雖然是褲衩。我的大腿肌肉把褲衩擠壓得特別窄小。

她的眼睛直了。

也許這仍然可以算是健美表演，她只是在欣賞。我的手又摸上了褲衩頭，把褲衩頭的牛筋拉起來，彈了一下，像彈一根琴弦。

她猛地一抖，她好像要說什麼了。可是她仍然沒有說。她能說什麼嗎？她能說得出口嗎？還需要她說什麼嗎？我很明白我應該怎麼做。我向她衝了過去，猛地抱住她，把她掄在地上。我發現她全身顫抖得非常厲害，像抽筋似的，可見她需要什麼。我把她壓住。我是一個男子漢。你不就需要一個男子漢嗎？

驀然，她掙扎了起來，令我吃驚。她竭力要掙脫開我。難道她不願意嗎？難道她不是這個意思嗎？她為什麼要讓我到她的家裡？她，這麼一個醜女人，沒有人要的，怎麼會拒絕我呢？你是個標準的男子漢。她不是說過嗎？

我撒手了。她趴在地上嗚嗚哭了起來。哭得像貓，那聲音是從肺腑發出來的，很掀人。我從來沒有瞧見像她這樣的人哭，這種年齡了，一個事業有成的女人，完全沒有了女強人的矜持。也許是我太魯莽。女人是不接受魯莽的，曾經看到一篇網文這樣說過。

9

我呆呆地坐在地上。甚至還保留著剛才被她推倒時的姿勢。

她也沒有起來，趴著。她已經不哭了。外面很靜，我聽見了落葉的聲音。

你們男人都這樣嗎？也不知過了多久，她說。

……曾經有個男人，就是在這兒，健身房，跟我做了這種事的。她繼續說。他說他愛我，他要娶我。他只不過是我的一個下屬。當然我並不賤視他，其實我有什麼呢？只不過給我撞上了時機，鑽了國家政策的空子罷了。倒買倒賣，誰都可以做。其實我很稀罕他的愛，可是還沒結婚，他就捲走我一大筆錢，跑了。

莫不是她認為我也是這樣的人？所以她遲遲不肯給我錢。

……後來我才醒悟過來。她又說，他為什麼要在這種地方跟我做。他一直在這種地方做這種事的，或者在衛生間，汽車裡，甚至在馬路邊。我很不習慣，為什麼好端端的臥室他不做呢？我有房子，這麼大的房子，我還有幾處這樣的別墅，可是他從不在裡面做。他做的時候總要命令我擺出這種姿勢，那種姿勢，全是非常規的姿勢。他最喜歡讓我做狗爬式，他說這樣才刺激。他需要刺激。我明白了，他根本是在厭惡我，他必須把我當作狗，把這種事當作強姦一樣才行。他其實愛的是我的錢。

……後來又來了幾位，也是這樣。都是衝著我的錢來的。他們幾乎無一例外逃避跟我做愛，因為愛是不能做假的，他們不能。不能就是不能。他們根本不愛我，好像我只是一遝母豬肉，他們碰都不想碰我，更不要說抱了。女人是喜歡被抱的動物，你知道嗎？那感覺真好啊，你的腳可以不用了，一直被鞋子束縛的腳，（所以女人喜歡脫鞋子的感覺，知道嗎？）不只呢，是被全身重壓的腳。人飄了起來。有一次，我向一個人提出來，抱我一下行嗎？他說，我抱不過來。

我瞧著她粗大的腰。

……前天，就在前天，我現在的那個，他，居然買了個人造工具送我，讓我自己解決。

我一愣。

……他說那是最高級的。電腦控制，自動調溫，價格最貴。他說他就是要買最高級最貴的獻給我。他還說，我這不是用你的錢買的，是掏我自己的錢買的，表示我的心意。我真是哭笑不得了。這是你的心嗎？這就是你們男人的心嗎？這就是你們男人的愛嗎？你們男人只知道錢，物質的，感官的，你們只知道一根棍子塞到一個窟窿裡，即使有溫度，即使用的是最有舒適度的材料，用所有現代高科技技術，那是人的嗎？即使有快感，那快感也是建立在這種冰冷的機械的技術之上，是刺激出來的。

她爬了起來，走向健步器，按開了按鈕。機器運動了起來。她又轉向了健騎機，也打開了開關按鈕，頓時一個龐大的影子在房間裡拱動起伏，橫衝直撞。划船器張牙舞爪，多功能舉重機讓你感覺到天要壓下來。整個健身房都動起來了，像一個大工廠，什麼聲音都有，鏗鏘，沈重，光影眩目，令你眼花撩亂。你弄不清楚它們是怎麼來，怎麼去的。你不得不佩服它們的奇妙。她就在這奇妙中，她又在受刑。

她瘋狂地搖著頭，好像在撕扯自己。可是沒有用，她還是她，還是那個完整的她，還是那麼胖。最後她頹然倒下了。

這在她，已經是第幾次了？

能上樓上來嗎？好久，她說。

上樓？我一愣。

是的，可以嗎？

她說，用的是商量的語氣，毋寧是在哀求我。我不能拒絕。

我知道樓上是什麼地方。我驀然明白了，她為什麼要我上樓。第一次來她家，她就讓我上樓。按基本格局，二樓應該是臥室的。

女人不能忍受粗暴，女人需要溫柔、溫馨。

我點頭。來。她說，說得很小聲。

我跟著她上樓。那樓梯很陡，她在前面走著，她的身體軟得像要垮下來一樣，像一堆化了的奶油。她熬不住了。我想。

上了二樓，又再上去。三樓也對。把臥室設在最高層更好。到了三樓，拐進了一個樓道。樓道有點暗，好像很長。我沒有料到會有這麼長的樓道，雖然她住處是單獨的樓房，整座樓都是她的，但是如此長的樓道，我還是想像不出在區間上如何安排的。

也許是因為樓道在悄然拐著彎？所以也越來越暗了，幽幽的。外面的夜，也已經很深了吧。我聞到了一種味道，一種舊房屋的味道，土木的。這味道我已經很久沒有聞了，這些年來我已經聞慣了皮革的、油漆的，或者是金屬的味道，只有它們，才代表著現代、華貴。

我用手摸邊上的牆，我的手被粗糙的木面扎了一下，像被電了似的。居然沒有上油漆，這樣豪宅裡居然用這樣不上漆的裝修，不可思議。也許是為了返回自然？一種理念。富人們的做派。吃夠了山珍海味，又來吃野菜。

終於到了一個房間前。打開了門，拉了燈。奇怪居然用的是拉繩，燈也是原始的白熾燈，上面用一張紙做燈罩。我小時候家裡就這樣。房間裡也全都是沒有上油漆的白坯家具，床，桌子。式樣並不是現在時髦的回歸自然型的那種，而是十多年前的，湊合著用的那種。純粹的寒磣。純粹的土。那時候中國還沒有富人。

她為什麼用這樣的家具呢？白熾燈昏黃，把一切變成了老照片。也許是出於懷舊？懷舊，也是一種時尚。誰能說那時代的東西就不能成為時尚呢？你看許多知青餐館、軍用挎包，不就成為當今的時尚了嗎？

只是牆壁上沒有照片。她現在的照片固然不會有了，她往昔的照片也沒有。她不是說過了嗎？太凜冽的對比。

僅有環境。也許她結婚時用的就是這樣的家具，她就在這樣的床上跟她的丈夫相親相愛？我明白了，她要的是這樣的效果：回到從前，跟我做。

我等待著。果然她開始動作了。她打開了衣櫥。在一個外人，特別是男人的面前打開衣櫥，意味著什麼？我聞到了樟腦的味道。

她拿出了一條內褲，放在床上。又拿出了一個文胸。那短褲和文胸好像很舊了。我知道接下來要怎樣了。我甚至悄悄觀察起更衣室在哪裡。

可是她並沒有脫衣，把它們換上去。她只是把它們擺在床上，按人體結構。一個女人的形骸赫然出現在我的面前。說白了，一個女人主要就是這些部分，這些部分出來了，女人就出來了。

可是那畢竟不是真實的人，沒有肉，沒有體溫，只是一個虛殼。什麼時候我們又開始玩虛的了？已經從看不到她的人，到看到了她的人，到約會，到交易。人都擺在這裡了，還要玩虛的？

也許她是想讓我對她過去的身材有個認識？撇開了照片，她還是想這樣。畢竟，過去是美好的。

是你過去的？我問她。

不！她卻否認了。怎麼可能是我呢？她說。你看我是什麼模樣。

我是說過去的你嘛！我說。

你可別亂說！她說，生氣了。好像我扯上她，是玷污了眼前這個女的。你看我是什麼樣！她叫。她猛地跳起來，扒下自己的外衣。她穿著緊身衣。原來她一直穿著緊身衣，還這麼胖。

她把緊身衣也剝掉了。她把緊身衣翻過頭時，我瞧見她起伏的肚皮，簡直像青蛙。

她剝掉後又恢復了姿勢，那肚皮顯得更鼓了，而且層層疊疊，像沙皮狗的脖子。在這之前，我沒有看到過她站著時的裸肚。那肚子連同全身的肉頂著她的胸罩和褲衩。胸罩帶和短褲褲頭好像頃刻要崩斷了。她戳著自己身上的胸罩，你看，這跟那個是一個型號的嗎？她嘴巴戳著床上的內衣。

她是她，我是我，我是我，她是她，有什麼關係？

她忽然又拉扯起自己的肚皮來。那肚皮原來的褶皺被她拉成了一張張扁扁的難看的嘴。這個女人，這樣子，你覺得好看嗎？她叫。這身體只配人造工具應付，這下水，只配狗吃，不，狗都不吃，只配埋了！

沒有一個女人會這樣作賤自己，我很吃驚。儘管在這之前她也曾說自己醜，但那只是嘴上說的，你也可以把它當作調侃。即使是實實在在地展現出來，暴露無遺，也沒有經過惡毒的醜化。她這是怎麼了？即使那不是她的，我說錯了，她又哪裡犯得著這樣呢？難道那女孩子比她自己更重要嗎？

她是誰呢？不是她，又是誰呢？

可惜不是照片。如果是照片，我可以指認照片上的特徵。我一定要指認！

可是它只是衣服。只是流水線車間製造出來的、誰都可能買的衣服，買了誰穿，就是誰的。又是內衣。只有穿者自己知道是誰的。

對不起。我只能說。

你也不必道歉。她說。她平靜了。或者說是，她感覺成功了。她已經成功地把自己跟那個女孩分離開來了，她的聲音裡有一種勝利者的明朗。她叫小芳。她說。

小芳？

小芳是誰？

小芳就是小芳。她說。

是那首歌裡的小芳嗎？或者是她杜撰出來的一個人。但也難說不是她自己。她叫什麼名字，我不知道，就像她不知道我叫什麼一樣。也許是她的小名？她叫什麼芳，這可是女的常用的名字。可也正因為有那麼多的叫小芳的人，我不能肯定就是她了，也許只是一種泛指。

你覺得她怎麼樣？她問。

我不知道。我說，我又不認識她。

想像一下。她說。

我想像不出來。

你真沒趣。她說。還是網路上混出來的呢，沒有一點想像力。

是啊，我為什麼忽然變得沒有想像力了呢？也許是因為她的存在，她就在我面前。她的存在，是個障礙。

這個女孩，怎麼可能跟眼前這個肥醜的女人是同一個人呢？看那內衣，她多麼的苗條。內衣是做不來假的。我想像：身材很好。

臉也不壞。她說。

應該是。我說。

你能說說她的三圍嗎？她說。

三圍？雖然我知道什麼是三圍，但是我從來沒有認真想過這問題。我連影的三圍都不知道。

她拉開抽屜，拿出一捲布尺，展開，遞到我手裡。我知道她是讓我量。我量了。我的手偶然碰到那文胸上，觸電似的一顫。我不知道自己為什麼會這樣。我並不是沒有碰過這東西，我有女朋友影，我們都已經到了談婚論嫁的程度了，那可是實實在在的身體呢。

胸圍：八十三公分。比影還棒，精巧而豐滿，影則太乾了。那文胸很圓，立起來那種。

你再量量她的腰圍。那富婆說。

五十八公分。腰很小。

說說你的感覺。她說。

好像一掐就能掐斷。我說。

我也這麼覺得。她說。

我真的這麼覺得。我的心底湧起一種要擁有的慾望。不，是掐，掐死對方，徹底地占有。

我量那臀圍。別忘了，衣服是平面的，人是圓的。她提醒我。

我知道。

她幫我把那褲衩撐起來。因為撐起了，褲布顯得特別薄，好像透明了似的。我彷彿瞧見了那薄薄的布後面的世界，圓潤，絕不拖泥帶水。

八十八公分。漂亮！我想。

她漂亮嗎？她問。

我點頭。

想要嗎？

是。我承認。

可是你得不到她。她卻說。因為有很多人愛著她呢。她的身邊圍滿了男人，蒼蠅似的。那些男人喜歡給她買衣服，她也沒錢買那麼多衣服，也樂於這樣。那些男人說她穿什麼樣的衣服都好看。他們看到了好看的衣服，就想讓它穿在她身上，朋友，同事，簡直把她當模特兒了。同事總是說，你可要天天上班穿來喔。其中一個甚至說，你不穿來，老子就強姦了你！

她說著，笑了。其實他們都恨不得把她佔為己有。他們很多人設圈套捕獲她。但即使這樣，感覺也很好啊是不是？你想想，你逃，他追，還有爭風吃醋的。看著他們吵吵嚷嚷，打打殺殺，多開心啊！她說。她眼淚盈盈了。

你知道她最後被誰捕獲了嗎？她問。

不知道。一定是其中最優秀者。

不是，她說。一個最會騙的。他說他很有錢，男財女貌。她笑了。也許也算優秀吧，男人會騙就是優秀。她說。

……其實他很窮。給她的結婚金項鍊都是借來的。一結完婚，就有人來搬新房裡的東西，什麼都搬走了，剩下一張沒有上油漆的床鋪，還有一張破辦公桌。她哭了。

我猛地瞧那床，那桌子。不會就是它們吧？應該不會。我也不相信。

……他就跪在她面前，請求她原諒。她繼續說。他說他一定要去掙錢，補償她。他哭了。他抱她，她感覺骨頭都被他抱碎了，那種深入骨髓的心酸和溫柔。如果她沒有受騙，沒有他抱著她懺悔，還不會產生這種感覺。她又哭了。她說，我們一起去掙錢。

……他們做起了生意。他們有錢了。其實是她有錢了，她做得遠比他成功。他們買了房子，有了全新的家具，把舊家具扔了，就像拋掉貧窮的帽子。我們再也不窮了！再也不需要它們了！再也不需要別人給買漂亮的衣服了，要什麼樣的衣服，她都買得起，多高級的時裝都買得起。我自己擁有了自己。可是……

什麼？我問。

她一愣，煞住了，不講了。

人需要外力，知道嗎？她說。

我不明白。不是常說別人有不如自己有嗎？我問。

那是在那時。她說。

那時？那後來呢？

什麼後來？她突然一跳，警醒了似的。這就是現在的事。

現在？我一愣。

對呀！你瞧她。她指那內衣。她在看著你呢。

說得如此逼真。我恍惚了。

她在問你喜歡她嗎？

我喜歡。我說。

愛她嗎？

愛。

謝謝你。她說。我不知道她為什麼要謝我，是替那女的嗎？我真的不知道⋯⋯
你可以抱抱她嗎？她忽然又問。
抱？
女人是喜歡被抱的動物。
可以。我說。我抱了。我真的愛上了她。
那富婆身子一個顫抖。我明顯感覺到了。她哭了。我不知道她為什麼哭。我真的不知道。
她打開另一個抽屜，拿出一沓錢。一看到錢，我就又記起自己是為什麼來的了。那全是百元大鈔。那麼粗陋的抽屜裡居然放著這麼多的錢，讓我吃驚。她隨手摳起一疊，交給我。我捏在手裡，明顯不只兩萬七。她居然又把剩下的也放在我手裡。我不要這麼多。我說。
拿著。她說。
我拿著了。這是她買我的錢。她多給，是在給我加價了。我想。那麼她到底要我怎樣為她服務呢？她忽然又決定了什麼似的，去抄抽屜，抽出一疊存摺。她怎麼這樣？難道，她要把所有的錢都給我？她真的要這樣。我不要。我承受不起，我甚至有點害怕了。她要幹什麼？她也止住了，說，也好，它們就放在這抽屜裡，我會寫好的，這些錢全歸你。
難道她不想活了嗎？我想。她寫什麼？遺囑？她知不知道我的名字怎麼寫？哈哈，作態罷了。
你給我這麼多，我怎麼還你？我說。
不要你還。她說。

我一愣。

你可以走了。她說。

走？事情還沒開始呢。我瞧她，她向我點著頭。她確實是讓我走。

我不敢走。

你可以走了。她又說了一句，我人有點不舒服。

喔，她是讓我暫且先走，以後再召我來。我必須隨叫隨到，隨時為她服務，做她的應召男郎。這就是我力所能及的。可是，難道她就不怕我走了，再不來了嗎？我已經拿了錢了。或者即使來了，也只是敷衍她，像那些她所遇到過的男人一樣。這個社會哪裡有誠信？她憑什麼對我這麼放心？她就不怕再次被騙嗎？我又望了望她。

我忽然感覺有點難受，好像是我在存心騙她似的。我需要錢，這世界就是錢。這是我的全部目的。可是她卻好像不知道。她是那麼的單純，無辜，一個弱女人。

你難道就不怕被我騙了嗎？我說。我不知自己為什麼要這麼說。

不怕。她說，謝謝你的騙。你快走吧！你走吧，你走吧！她叫，快走！

10

我幾乎是被她推出來的。

已經過了零點。我回頭瞧她屋子，燈光已經滅了。

已經沒有了回城的班車，也沒有計程車。我走了好長的路才攔了一輛運新鮮蔬菜進城的卡車。這麼早啊。我搭訕。

不早賣不了好價錢啊。卡車司機應。

喔，錢。我捂著懷裡的錢。

回到了城裡。我和女友重歸於好了。她沒有問我那晚去哪裡，因為我給她買了液晶彩電。現在人都不那麼死心眼。我們又買了家具，留了舉辦婚宴的錢，剩下的照了最豪華的婚紗照。我們就可以結婚了。

可是我變得懶洋洋起來，好像結婚並不是我的目的。常常會有一種恍惚的感覺。也許我還想著那女孩？小芳。其實她是不是真有其人，我根本不知道，無法證實。即使有吧，真像那富婆說的那樣嗎？

那個富婆始終沒來召我。有一天，我去了她家了。那房屋大門緊鎖，貼著封條，是公安局的，邊上還有一張尋找案件線索的佈告。她死了，自殺，但也不能排除是他殺。她死的日期是我離開的當天。

我找到了公安局。公安局說，她留下了一封遺書。遺書？莫不是她真的立下遺囑把存款給我？但是沒有。當然，她不可能把遺產給我。那遺書上只有一句話：

有你一抱，可以去死了。

她？

這個你，就是你吧？公安局問。

是。我承認。但是我並沒有對她怎麼樣呀！我辯。我抱的只是小芳……我愣了。

我們會弄清楚的。公安局說。

他們沒法弄清楚。沒有任何作案工具。她是以最簡單的方式去死的。跳樓。簡單就是快捷，所以她才那麼急煞煞推我走。她不能等。她等不得去拿藥，等不得去拿刀，等不得去找繩索。從那窗戶一跳。

美景定格了。

您想好了嗎？
您可以選擇闔上。
您確定要打開嗎？

八章　帶刀的男人

1

她去機場接他。他是來參加她作品研討會的。他是當今當紅評論家，他給她的詩寫了兩篇專評，她一直對他心存感激。

她沒有見過他，他們只電話和E-mail往來。她曾在報紙上看到他的照片，戴著眼鏡，一手扶著鏡框，一副儒雅模樣。見到人，居然比照片還要儒雅。他儒雅地向她深點一個頭。好的，他說，動作緩慢，聲調持重，一個長者（他比她大二十歲）。又扶了扶眼鏡。

晚上，主辦方省作協為他接風洗塵，被請來的還有本省幾個詩評家。大家很快就交談了起來。不是詩，也不是文學。如今都羞於談文學了。只有她，新出爐的女詩人，才企圖把話題轉到詩上。她給他敬酒時說，您的詩評好銳利。

大家笑了起來，說，他本來就是一把刀。

怎麼說？她不明白。

一個說，刀筆吏刀筆吏，他就是以筆做刀。

他說，這話對也不對，我不是吏。我是民間的。

大家又笑了。她也笑了，他是一把特立獨行的刀。屠龍刀？網路遊戲裡的那種刀，積蓄著長期的能量，技巧、熟練度和知識。

晚飯吃完，大家散了，他被安排在作協招待所住。作協招待所在作協大院內。門衛認識他，當然，他是名人。門衛向他致意，他也趕緊還禮，回頭對陪同的她說，當個名人可真累。

她能理解這種累。但是這種累正是她所嚮往的。她曾經在電視上看到孫燕姿被幾個彪形保鏢護衛著，衝破追星人群。她多麼羨慕。現在誰不羨慕這種效應？只可惜詩人不是明星。而且她才走出第一步。她對這次研討會抱有重望，當然最寄希望的是他，她要他把她的創作成就拔高到全國性的高度。她請他去酒吧喝酒。

為什麼選擇酒吧而不是茶樓？因為喝了酒，好說話。當然還因為他是來自京城。她聽說京城有很多酒吧，三里屯，後海。不用酒吧招待他，顯得寒磣了。

不好意思讓你陪我，他說，客氣地。

哪裡的話，是我應該謝謝您呢。她說。

你，家裡沒事吧？他又問。

沒事。她說。家裡有個兒子，四歲，由保母帶著（她丈夫在外地工作）。平時保母在她下班後回家，今晚因為她要應酬，叫保母待遲一些。

酒吧醉意濃濃。他終於醉了。她說出了自己的要求，他說好的好的，還是那麼文雅（好像她是理所當然是全國性詩人似的），只是把手放她肩膀拍了拍。她雖然有微微的不習慣，但也覺得沒什麼。再說他的年齡都能當她的父親了。她只是悄悄把他的手牽下來，化作牽手的姿勢。

很遲了，她把他牽出了酒吧。打車，上車。司機問去哪裡，她說了作協招待所。我不去那地方！他忽然說。

她詫異。

我不想看見那些討厭的眼睛。他說。

她笑了。沒事的，他們看您的眼睛又沒惡意。

他們看你有惡意。他說。

她承認。她長得不錯，走在大街上，有不低的回頭率。她感覺得到那些目光。她也為自己具有這種吸引力而得意。她相信在機場他第一眼看到她時，也感覺得到這一點。女詩人女作家大多是歪桃扁棗。

看那些看你的眼睛，我就受不了。他又說。

謝謝。她說，有點感動。要知道，他可是名人哪。

我歷來就討厭單位招待所。他又說。冷漠，無情！我不去！

她心一動。這幾個詞，也是她詩中喜歡用的。她共鳴了。去哪裡？司機又在問她。是啊，可是去哪呢？不去作協招待所，又去哪裡？

還是去吧。她勸他。

我堅決不去那裡！他說，要把我送到那裡去，我就立馬回去！斬釘截鐵。說著他就猛地睡下了。她推也推不醒。你們到底去哪裡？司機有點不耐煩了，催她。她慌了。不要說讓他生氣了回北京去，就是只讓他生氣，她的希望也會泡湯的。有一刻，她想把他拉下車去，再想辦法。可是他睡得很沈，她搬不動。那就到我家吧。她想。

2

到了她家。她叫他，他醒了，謝天謝地。他問，這是哪裡？

我家。她說。

喔。他說。又迷迷糊糊下去了。她攙著他，他把她當作拐杖似的。她從來沒有跟丈夫以外的男人如此身體相近過，她覺得有點不習慣。他怎麼就又迷糊下去了呢？

開了房門，保母站在門口。保母眼睛睜得老大。也確實，半夜三更你帶個男人回到家裡。她叫保母幫忙攙扶，保母卻閃到一邊去了，她只得自己攙他進屋。她感覺到保母的眼睛在後面跟著自己。他是我老師。她說明地對保母說。他醉了。

寶寶睡了。保母說，指指孩子睡覺的房間。匆匆忙忙走了，關上門。

她瞧著門愣了半天。

房間裡只剩下她和他。她知道保母一定會尋思接下來怎麼樣了。是啊，怎麼樣呢？可是又能怎麼樣呢？他是我的老師，著名的文學評論家。他是那麼文雅，只是現在他喝醉了。她給他泡茶。他坐在沙發上安安靜靜。他醉了也是那麼溫文爾雅，好像沈醉在文學世界裡。

她叫他喝茶，想讓他醒醒酒，然後還可以再聊聊。聊些文學，新的東西，現代的東西。世界越來越現代化了，越來越文明，人們的穿著也越來越衣冠楚楚。以至於她去給他放洗澡水，也沒有想到將在這裡出現的，是個什麼樣的身體。

她決定把自己的臥室讓出來給他，自己睡到兒子房間去。她記起他的行李都放在招待所裡。她又把自己丈夫的睡衣拿出來，給他用。不能說她完全不知道他是男的，但是她只不過把他看作自己丈夫那樣的自然而然的男人。她丈夫跟她，即使是做愛，也是自然而然。她常常會一邊想著別的事，一邊跟丈夫做。

他進衛生間小便。她聽到裡面傳出的流水聲，她也並沒有感覺什麼。她的兒子小便也總是發出這樣的聲音，有時候她會不放心地叮囑：對準了拉。那只是水管，水不要流得到處都是了。有一刻，她也想到他會不會拉歪了。她是愛清潔的。但是她馬上不在乎了，人家是你的貴客。

他出來了，褲子沒有穿好，皮帶尾掛了下來。他坐下來時，她又發現他的褲門拉鏈沒有拉上。她感覺有些不便，她剛好坐在他對面。她轉到了他側面的沙發上。

她請教他問題。他講了現代性，後現代，葉芝，里爾克，哈貝馬斯，薩義德。詹明信說，現代性永遠是一個有講述內容的故事，是當前事件的哲學。但是當前事件又是什麼呢？比如我的當前，他談起了自己的危機。

我曾經奮發拚搏，慘澹經營，終於功成名就了，但是又得到了什麼？其實什麼也沒有得到，人也老了，什麼都沒有了。你以為我有嗎？文學？文學只是文字。一錢不值！

可是你是教授呀！她說。

教授？呸！我什麼都沒有！他說。

應該說，文學如果不能帶來實在好處，只是文字而已。她說，自作聰明地。而像您就不是了，您是教授，享受著專家津貼呢，現在教授的收入可是誰都羨慕的呢！

那是什麼東西？他說，只要你規規矩矩，就養著你，像豢養寵物。我不需要！

但是至少您家人也需要呀。她勸說。您看您家庭，這麼幸福。

她自己也覺得可笑。她又不知道他家情況，怎麼就斷定他家庭幸福？只不過是安慰罷了，她還能怎麼樣？

家？家是什麼？他說，家是寶蓋頭下面一群豬！

她笑了。這比喻，巴金在《家》中借覺民的口說過，幾乎一個世紀前了。現在再聽這話，能感受的只是憤青的情緒。他居然也如此憤青。那也不會……她說。

知道老婆是什麼嗎？

她一驚。不知道。他為什麼要說這個？

一件笨重的考究家具。他說。

她一愣，噗哧笑了。這比喻妙。可是她馬上意識到自己的笑是不恰當的，他在看著她。

他醉了。她想。也許是過於痛苦了。也確實，誰不在痛苦中掙扎呢？她讓他喝茶，醒醒就好。

她記起橘子能醒酒，就站起來去拿橘子。她掰開橘子皮，給他。他不接。她就把橘瓣掰出來。他仍然不接。她就只得把橘瓣遞到他嘴邊。

塞他嘴裡，他張口接時，她感覺這樣不太好。正這樣覺著，突然，他把她的手一抓，她身體失去平衡，跌到他身上。她的臉埋在他的身上，手裡的橘子掉了。不，掉了一部分，翻著橘子皮丟在地上，好像脫了一半的褲子。另一部分抓在她手裡，已經被她抓爛了。

她不知道發生了什麼事。手中橘汁滴淌，不可收拾。

她猛然明白過來了。她要起來，可是她的腰被他捆著。

她終於掙脫了。她立刻裝作去撿地上的橘子，她什麼也沒有吱聲。

世界好像翻了個底朝天。他怎麼會這樣呢？

3

其實這就是真實的他。他並沒有醉。或者說，身體醉了，腦袋是清醒著。所以他才不住招待所。招待所裡有監視的眼睛。

只是行動有時候需要緩衝。

她不肯，是他預料到的。他欣喜，但也感覺到微微的麻煩。如果順從了就不需要再折騰了，他所遇到的幾乎都是不抗拒的。就是那次在福州，那個女作者，也只是微弱地反抗了一下。她臊紅著臉，衝他頑皮地做了個鬼臉，然後吃吃地笑了，隨他了。破開女人的感覺真好，像打開了一扇全新的門，從此進入了更深層的領域，幽暗的領域。這個女人跟幾分鐘前的女人，怎麼如此的不同？她們是同一個女人嗎？

她們中有的還會說一句：不要這麼嘛！他就知道她們肯了，甚至她們就在等著他呢。那一次在上海，那個女的在他還沒決定下一步時，已經把手臂抄過他的胳肢窩，蹺著反折過來，搭在他的肩胛上。在蘇州那次，那個女人居然準備了安全套。現在想來真有點倒胃。

這個女人會逃脫，讓他興奮。她蹲在地上，他看到她狼狽的背。她像個女傭。他站起來，又從後面抱住了她。

這下明確了，他在做什麼。之前她還僥倖以為，也許人家只是醉了，人家並沒有那個意思。她不知道該怎麼辦了。

她不是那樣的女人。她只是想寫詩，想得到承認，想出名。她需要他。她怕得罪他，她沒有動。動了就說明你在抗拒。如果說前面的掙扎還因為本能反應，現在就是你有意的了。她靈機一動，順勢把他馱到前面的沙發上，好像他是來要她馱似的。這是一種聰明的化解。

她曾在一本雜誌上看到一篇小說，一個女生有求於一個男教師，到他宿舍，男教師問她：我能吻你嗎？女生答：好啊，我們去操場上，一邊接吻，一邊做廣播體操。多聰明的女孩！

她竭力顯示出自己是在幫他做事的樣子，認真地。好像她是他的母親，他是不懂事的小孩，她在給他打理。她湊得他非常近。他聞到了她頭髮的香味了，他想起了自己的初戀。

她反過身把他擱在沙發上時，又被他一拽，她仰天倒在他身上，被他摟在懷裡。

她掙脫出來，可是她的手被他牽住了。她回過身，還是被牽住。死死的。她掙不脫。

現在她必須跟他面面相對。她的頭髮亂了，她用另一隻手捋著。他怎麼會這樣呢？也許只是因為他醉了，他其實並不是這樣的人。她仍然蹊蹺地想，酒後失態。但是，又有一句話怎麼說的？酒後吐真言。那麼他又是醒著的了。

他望著她。她被他望著。這種情形簡直殘酷：看你這臉該怎麼辦？你甚至連像剛才那樣把臉埋在他眼睛看不到的地方，都不可能了。她只得笑了。笑得很單純，好像他是在跟她開玩笑似的。她說我要去添點茶。

他搖頭。我不要茶，只要你。

她又笑了，好像聽不懂他的話似的，笑得很弱智。或者他只是在開玩笑？這種玩笑也是經常會有的，比如在酒桌上，在對方講黃段子時。那時候無所適從的女性，也只得這麼笑。

來吧。他說。

她笑著搖頭。這下是明確表示拒絕了。她又害怕讓他感覺出拒絕來，就笑著，軟著脖子，嘻嘻嘻嘻，竭力表現出柔軟，好像在跟他撒嬌似的。她為什麼不願意又不肯拒絕他？因為她需要他。

他的那張臉，雖然還戴著眼鏡，可是眼鏡已經搭拉下來了，他的眼睛在鏡片後白煞煞的，她想起了白眼狼。頭髮一綹掛在額頭上。

他看出了她不敢拒絕。他感覺到了強迫對方的殘忍的刺激，由此產生了快意。

我完全可以把他的手一把甩掉。她想。可是就是不敢。她覺得自己的臉笑得發僵，她看到了自己涎著的臉，她簡直嫌惡自己。

手盪來盪去，她的羞澀感被盪得麻木了，又被盪清醒了。我這成了什麼人了？也許是為了轉移自己的難堪，她用那沒有被控制住的手去拿橘子，茶几上的，那橘子與其說是橘子，毋寧只是橘皮。可是在她欠身時，他突然又把她拽了一下。她的胳膊幾乎被拽斷。她又笑了。這笑是在哀求。我們好好說話，好嗎？她說。

不好！他說，居然。

她不知道該怎樣辦了。她沒想到他會這麼直截了當地回答。他怎麼會這樣呢？他又一狠勁，把她拽到懷裡。他要吻她。她掙扎，她把嘴別過去。他沒有吻到，他也沒力氣把她的嘴扳過來。他畢竟是醉了。

她掙脫出來了。您累了，您休息吧。她說。

不休息！他說。

您看您累了，一天的旅途勞累。她說，當然不是出於關心，毋寧是因為無話可說。多辛苦啊，你看，你都累成這樣……您看，您都在沙發上起不來了。您去洗個澡。她指了指衛生間。

我不洗！他說。

洗吧。她說。

那好，我們一起洗！他說。

他怎麼能這麼說？不用了。她說。

不用這詞用得可真妙，不是不要，而是不用，好像她是在客氣，對方是在好意幫助。

那我就不洗。他說。他讓自己更深地陷在沙發上，好像一尊鐵墩子。她不耐煩了。她猛然意識到，他不洗澡也好，洗了澡，他就更來精神了，更不好辦了。就這樣讓他去睡。有一刻，她想到家裡有沒有安眠藥，悄悄放進水裡，讓他吃下去，讓他睡去。

不洗也好，她說，那您就休息吧。她又指了指臥室。

我們一起休息！他又說。

當然囉，我也要休息的。她說，耍了個小聰明。

他愣了。他很快明白了。他以為是自己的堅韌成功了。其實她已經是結了婚生了孩子的女人了，有什麼放不開的？被啃過的饅頭，再啃一口也不要緊。她所以不肯一起洗澡，是因為她害臊脫光了面對他。很多女人羞於這種審視，她們被摸了，被做了，但是卻不肯被看。那是真正撕破她們羞恥的（所以聽說國外的妓院，房間牆上往往鑲著一面大鏡子）。

進了她的臥室。有很大的床。他奇怪她怎麼要那麼大的床，既然丈夫不在，那不是顯得更空盪，更寂寞嗎？守空床。他忽然記起這個詞。現在這床不會再空了，是個好床。他要拉她，她卻閃身到了門口。

不是說好了一起休息嗎？他問。

對呀，她說，你在這邊休息，我在那邊休息。她手指了指隔壁兒子房間。

不要！他說。

一起睡我會睡不著的。她說，俏皮地。

我不會吵你的。

是我睡不著的。她說。不關您的事。我不習慣兩個人睡。她說。

他笑了。她知道他為什麼笑，不習慣兩個人睡？那麼跟你丈夫呢？她也笑了。

撒謊。他說。

我是說，我不習慣跟我老公以外的人一起睡。她說明道。

為什麼？

就是不習慣。她說。

我一躺下去，馬上就睡著了。他說，根本不會吵你的。

不是，有人在旁邊我睡不著。她說，對不起。

那我睡得過去一點。他比劃著床舖。我只睡這一個角落，總可以了吧？他在床上分割著區間，像個軍師在比劃戰略地圖。我就睡這裡，到此為止，三八線。你睡那裡。

他這樣動作給她感覺很露骨。好像他們在討價還價似的，只要談得好，就可以成交了。怎麼到了糾纏在這問題上了？不行。她說。

沒關係。他說。

不行不行。她仍然說。

可以。

不行。

唉，我這不是老紙上談兵嗎？他想，這樣談下去會有什麼結果？你難道要她明確說可以嗎？你必須行動！把她控制住，然後她就可以裝出無可奈何被強迫的樣子，遷就你了。他猛地跳起來，撲向她，把她摟在懷裡，就往床上拽，把她壓在床上。她掙扎。這下可不比在沙發，沙發是局促的，床有很大的空間。讓他平平實實壓在她身上，她動彈不得。好大的床！她死命掙扎。她如此拚死命掙扎，讓他有點吃驚。我的預想有什麼不對了？

可見她跟那些女人不一樣，他又想。可見她還是正經女人。他的期望更上升了。我一定要得到她。

她感覺有個硬物在頂著她，頂在她柔軟的部位，像要戳進去似的，一把刀。她奇怪他哪裡來的刀，好像突然從身體裡長出來似的。平時那地方並沒有刀的跡象。她曾經從丈夫身上發現這種現象。丈夫不是個會藏刀的人，他平時性格溫和，為人老實，一個好男人。

其實所有的男人都帶著刀。

她想逃開那刀。可是她的身體被他壓得死死的，動彈不得。她四處張望，尋求解救。她瞧見了床頭櫃上的丈夫的照片。他在笑，他的笑容被震得搖搖欲墜。我是有丈夫的人。她忽然說。

他稍稍愣了一下。這有什麼？他說，他又不在。

她也一愣。他的話說明了，他是想到了的。他不糊塗，他並沒有醉。

他伸出一隻手，把相框覆下了。又沒人看見，他又說，什麼人也沒有。

是啊，什麼人也沒有。只有她的根本不明白這種事的兒子，他已經在隔壁房間睡著了。他很知道選擇場合的，其實在酒吧，在計程車上他就可以動手，但是他沒有做。根據他的經驗，除了非常流氓的女人，一般不會在公眾場合跟你做那種事。何況她不是那樣的女人。

於是問題也出來了。他沒有醉，不是酒後糊塗。如果是酒後糊塗，還可以原諒。即使她跟他做了，也就稀裡糊塗地做了。但他是清醒的。既然這樣，你跟他做，就是順從，就是賣。他在玩你，你在賣，你是個妓女！

她不願意當妓女。她發覺他在扒她的褲子。她趕緊揪緊褲頭。

她越不肯，他越要扒。看看吧，這個正經的女人是怎樣被扒下褲子的！這要比扒那些褲腰帶本來就鬆鬆垮垮的女人，要刺激得多。這個一本正經的女人有著怎樣的身體？這是張力。他評論文章喜歡用這個概念。藝術的魅力就在於張力。

她抗拒著。她的腳把床頭燈踢翻。哐噹！燈罩丟在了地上。

鄰屋的小孩哭了起來。

孩子被吵醒了。他遲疑一下。她趁機掙脫出來，向外跑。

4

孩子已經站在了臥室門口。

她羞得無地自容。萬一小孩明白這種事了呢？雖然他才四歲，難道能保證他真的就不懂嗎？

他瞧見了她的兒子，有點倒胃口，在這種情況下。這是她的兒子，是她和她丈夫生下來的兒子，是她丈夫的兒子。一個絕對的異己分子。

她把孩子抱了起來。她忽然靈機一動，這是舅公，她對小孩說，叫舅公！

她驀然發現小孩能救她。她要小孩叫他舅公，想讓他明白自己的身分。

舅公。孩子叫。

叫舅公好。她教孩子。

舅公好。孩子學著。

他感覺到了舅公這稱謂意味著什麼。他不自在了。他哼哼敷衍著。孩子從母親手上爬下來，要在臥室地上玩。

他說，把小孩哄去睡覺吧。

她說，他不會肯的，就讓他玩一會兒吧。這倒是個緩衝的好機會。她想。

不行，我要睡覺！可是他說。口氣強硬。

她愣了一下，不敢再堅持。她只得抱起了孩子往外走。可是孩子不肯，又從母親的手上掙脫下來，坐到了地板上。

他好煩。孩子去撿地上的燈罩。那燈罩翻著身體，顯出跟平時不一樣的形態。小孩感覺很奇特。好好，給你玩，給你玩。他說，拿起燈罩。去自己房間玩好不好？他對小孩說，竭力耐心地。不好。小孩卻說。仍然低頭玩。你只能等待。等待的時間是漫長的。他忽然什麼也不顧了，抱住了一旁的她。

她掙扎，一邊緊張地瞧了瞧孩子。孩子正玩得著迷。好在。

抱一下總可以吧？他說。

好吧。她想。孩子在，反抗會更糟。她嘆了口氣，轉到外面去，然後由他抱。

她被他抱著，有一種被強行侮辱的感覺。她幾乎流出了眼淚。好了吧。她說。

讓我吻一下。他又說。

簡直得寸進尺！她想。她討厭地望著他。他堅定地盯著她。

不答應是過不了關的，她也已經累了，何況孩子就在裡邊，說出來就要出來。快快滿足他一下，然後他就可以睡覺了。好好好，一下。她說。

她冷冷地對著他，等著他，一碰完她的嘴唇，他就該滿足了，她也可以過關了。他的嘴巴湊上來了，討厭的氣味，那嘴唇好像還涎著口水。她噁心地閉上了眼睛。她感覺那嘴唇碰上了自己的唇。一下，就結束了。不料對方卻把舌頭戳進她的嘴裡。她急忙阻止，用牙齒鎖住。他堅持攻。他把舌頭狠塞進她的牙齒。他感覺她已經抵擋不住了，上下牙間有了裂痕。她在喘息。正在這時，孩子叫了一聲媽。她一把將他推開了。孩子來了，她說。

孩子出現在跟前。

孩子吵著要跟媽媽一起玩。她去了。她把那燈罩反過來，又豎起來，變換著各種形狀。饒有興趣地。他簡直受不了。去睡覺！他朝孩子喊。

不要睡。小孩回答。

去睡覺！他又說。

孩子仍不管。

他火了。衝過去，將小孩抱起來，就往小孩房間走。孩子掙扎著。他把孩子抱進去，小孩又跑了出來。這孩子怎麼這麼煩！他想。他恨這小孩，就像侵入了別的獅群、占有了母獅的野公獅，對舊有的幼獅非咬死不可。他將孩子又抱進去，狠狠頓在地上。

小孩大哭。

寶寶！她叫，聲音都變了調。撲過來。你幹什麼！她喊。她第一次對他沒有稱您。她不是逆來順受的母獅。

他愣住了。也覺得自己太過分了。女人最不能容忍的是什麼？是對她孩子的傷害。尤其是她這樣的女人，她的什麼都可以冒犯，就是不能冒犯她的孩子。孩子是女人最後的財產。他想把孩子重新抱起來，可是她已經奪過孩子，摟在懷裡。她摟孩子的模樣簡直讓他嫉妒。

她把孩子抱進了小孩房間。孩子還是要燈罩，他主動把燈罩送給孩子。也許是為了取悅她。她伸手奪過來，進去了。

5

他怎麼會是這樣的人？她想。就在幾個小時前，他還是她所尊敬的老師。文雅，總是說好好好，好說話。多麼好啊！恍若隔世……

我這是何苦來呢？跟他這麼糾纏不清。我何苦要把他帶到自己家裡來？她真想衝過去，把他趕出自己的家。可是她不敢。

為什麼不敢？因為你有求於他。其實你不就是希望跟他糾纏不清嗎？你不就是需要他嗎？正是你把他灌醉了的。你不是希望他醉了能答應你的要求嗎？

你要利用他，當然他也要利用你囉。互通有無，交換。沒有什麼可奇怪的。他其實並沒什麼錯。他是男人，他只不過做了男人的事。你是女人，當然你做了女人該做的事也沒有什麼錯。他有他的優勢，你有你的優勢。你可以放棄嗎？

我可以。她說。她衝出去了，要趕他走。

可是她馬上又縮了回來，她實在不敢。她沒有力量。她真恨自己。

她黯然了。

孩子睡了。她出來了。他在廳上，站著。她瞟了他一眼，好像瞟著一隻喪家的公狗。他看她的眼神，像看著一隻母狗。她感覺到了。

他朝她笑了一下，是賴皮的笑。而在她看來，他所以賴皮，是因為他相信他能贏。你不敢拿他怎麼樣。

他又向她撲了過來。她問：你是不是一定要這樣？

他應：是的。

你就不怕我報警嗎？

你就報警吧。

你就不怕你身敗名裂嗎？

你也跟著臭。

你是名人。

你是女人。

她沒話了。

她讓他把自己抱進臥室，壓在床上。她瞥見床頭櫃上丈夫的照片，覆著。她沒有把相框重新豎起來。她的手搆得著，但她沒有勇氣。她也覺得還是覆著好。

丈夫不在。既然丈夫不在，既然除了他外，什麼人也沒有（那個保母，雖然她會有所猜測，但是她已經走了。也就是說，無論你做還是沒做，都不影響她的猜測），還要守著什麼呢？大家不都是這樣嗎？而且你就是守著，又有誰相信呢？他晚上是在你家度過的，誰都不相信沒有發生什麼事。

人們相信女人什麼？人們只相信女人首先是女人。即使你做出再大的成績，也是因為你是女人。說白了，是你賣出來，睡出來的。現實中不也是這樣嗎？女人有什麼出路呢？她曾經在一個外資企業做過，她的上司，那個雞婆，就是給外國老闆睡出來的。雞婆睡了以後就讓人家在中國設了個辦事處，當起了買辦，把她使喚來使喚去。她不服，可你又有什麼辦法呢？你要像雞婆那樣，也去找，你也得跟人睡覺，去賣，不然你就老老實實當個窩囊廢。道理就這麼簡單。令人心寒。

即使你堅持不賣吧。你討好人家，你笑，笑不也是在賣嗎？只是程度不同而已。什麼樣的程度是允許的？守住底線？什麼叫底線？

他又開始剝她的褲子。她只是微微掙扎著。最後到了內褲。底線。

我的內褲是什麼樣的？她忽然想。是漂亮的鏤空帶繡花的那條。好在是。

為什麼在意了呢？其實她一直很在意的。內褲，穿在裡面，只有自己能看得到，她為什麼要買漂亮的？今天下午出發前，她特地挑了這條內褲穿上。難道冥冥之中就想到會發生這種情況？

他剝下了她的褲衩。底線移動了。她閉上了眼睛。

她聽見他在窸窸窣窣擺弄著什麼，她知道他在擺弄著什麼。然後他的肉貼上了她的腿，她的胯部。她感覺一陣冰冷。

她感覺到有一塊骨頭硌得她生疼。受不了！她奇怪，自己怎麼單單對他硌她疼受不了？

她突然跳起來。她要去拿安全套。事情要弄得乾淨俐落，這是最要緊的。安全！千萬別出事了。現在人都知道的。

聽說美國女人出門，都揣著避孕工具。她曾經問自己：如果我遇到強姦，我能怎麼辦？反抗？不可能，力不能及，而且還會被毀容，被殺。那麼怎麼辦？

這是殘酷的選擇。她只能選擇：順從。當然最明智的辦法就是，拿出避孕套，求對方能否戴上。

她記起上次丈夫回家時，用剩一個擱在壁櫥內抽屜裡。

她草草兜上褲子走路的樣子，讓他有點失望。

果然有一個安全套。

她把安全套丟給他。是丟，不是給。她沒有看他。她重新躺下，閉上了眼睛，展望著結束的時間。可是奇怪，他遲遲沒有進入。她甚至感覺不到那刀的存在了。他不是有刀嗎？

他折騰著。臀部蹺起來了，靠上身支著。他的上身支在她身上，她被壓得難受。

她睜開眼睛。她瞥見安全套還丟在床鋪上。他根本沒有拿起來，他在對自己的刀具不停地套弄著，忙乎著。那刀，根本沒有尖利起來，軟塌塌的像紙刀，經過他的手的折騰，更皺巴巴了。他不行了。她就坐了起來。反正他是不行了。不料他卻把她按住。他拿擺弄自己陽具的手碰她，她感覺受不了。

你又不行了。她說。

我能行！他說。其實他知道，自己還真是不行了。他奇怪自己怎麼就不行了呢？這是從來沒有過的。他跟不少女人做過，從沒有發生這種情況。何況她看上去比她們有味道。也許正因為這樣，他對她期望值過高了，她一屈服，反而不行了。

這邊他還堅持要她的貞操，那邊她卻已經放棄了貞操。擦肩而過。

他空虛了。他使勁地弄著自己。他從來沒有這麼空虛過。這些年，他感覺自己過得瓷實瓷實的。那是一種看得見摸得著敲得出聲音的結結實實的實。他曾經在景德鎮敲過瓷器，他感受最深的就是它的實，他理解了瓷實這詞是多麼的精妙。一種真正的實際。如果叫錢實，是不是更妙？

6

有錢才真實。

只有體現到利益上，才是真實的。

這些年，他利用自己的身分、地位賺了不少錢。他知道自己的身價，他知道自己能製造效應，他滿腦子就是如何製造轟動效應。就像使用激素，直接就達到目的了。

他給人製造的前提是，你給多少錢？高官大款出書比作家有錢，他就為他們吹捧。小說家又比詩人有錢。什麼詩歌？去他媽的，現在誰還讀他媽的詩？詩歌是含蓄柔軟的，可是他相信明確的、直接的。已經沒有那種餘裕了。這是一個沒有餘裕的時代，一個不要詩的時代。

這種情形下寫詩評，更是瞎掰，胡扯淡，只是為了別的因素，或者她是個女詩人。她們利用他，他也利用她們。她們用了他，就不再理睬他了，他當然也不想理睬她們，拖泥帶水，麻煩。什麼愛？什麼感情？這世界還不就是這模樣？一堆狗男狗女。從來沒有哪個朝代，哪個國度，有這麼多的狗男女。幾乎沒有一個女人是有貞操的，幾乎沒有一個官員是清白的，幾乎沒有一分錢是乾淨的，幾乎沒有一個字是誠實的。撈呀，搶呀，你還想什麼？你還堅守什麼？你還做夢？

文學這東西真要命，它既是出世的，也是入世的；既是聖徒，又是魔鬼。

其實有時候他也未必需要什麼。可是他又不得不去要，因為已經不是需要不需要的問題，而是你有沒有能力得到？你有沒有武器？現代化，就是兵器化（你瞧瞧那些票房率高居不下的槍戰片）、速食化、商業化、直接化。可是他漸漸感到不對了。他需要迂迴曲折，需要意蘊，需要羞澀。所以他才對她感興趣。雖然她寫得其實並不好，但是她不是妓女。不料她卻也是。

他一直弄，就是不行，那陽物垂著。不行，不行了……

她開始著急了。她要配合他了。

她岔開腿，主動對著他。竭力對準。涎著舌頭。由於要對著他，她的臀部必須蹺起，她的肚皮摺了起來，像沙皮狗的脖子，讓他看起來倒胃口。他把她身體壓平了，這樣就又跟他的角度不對了。他搖搖晃晃對著，怎麼也不能進去。其實並不是角度問題，而是他跟本沒有蹺起的能力，只是垂直地掛著。

你愛我嗎？他忽然問她。

愛。她說。什麼嘛！她想。但是為了讓他興奮起來，她只得說。

你真的愛我嗎？他又問。

這是追問愛情的基本方式。用在這裡，簡直顯得可笑。她想。是的。她回答。

讓我吻你！他又說。

又是吻！她把嘴唇讓他碰一碰。他又要把舌頭伸進去。他想要。沒有舌頭交融的吻，不是真正的吻。

她拒絕。依然。

為什麼？

不行，我的嘴好臭。她說。

我不在乎！

我在乎！她說。

他就只得把戰場轉到她的臉頰，脖子，身體。他把她吻得滿身口水，她很厭惡。他的舌頭所經之處，她的皮膚都豎起了雞皮疙瘩。他的舌頭過去了，它們才平息下來。可是他一會兒又回吻了過來，疙瘩又重新豎了起來。疙瘩起起落落，她被折騰得累壞了。他終於停住了。她以為他行了。他爬了上來，她承接著。可是他並沒能插進去，他的手仍在下面自己套弄著。她仰頭瞧他下面，那東西仍然疲軟得像隔夜的油條。

他又爬上去，在她身上亂磨蹭著。又把她翻過來，翻過去。她累壞了。可是他仍然不行。要讓自己擺脫折磨，就得讓他有折磨我的能力！讓他的刀尖利起來！別無選擇。

這簡直是個悖論。

她翻身起來。你躺下！她對他叫。

他愣了。懵懵懂懂躺下了。她抓過他的陽具。這東西她並不陌生，她的丈夫也有。只是那個人是她的丈夫，而這個人不是。但是已經沒有關係了。是男人就都是。男人一旦成了陽具，就變得簡單了。現在她也希望簡單。簡單，快捷。她握住那陽具套動了起來。她曾經為丈夫這麼做過。其實哪個妻子沒有為丈夫這麼做過？平時還人模人樣的，出廳堂，進廚房。

她的舉動讓他吃驚。他沒有料到。即使是他發現她原來也是妓女，仍然沒有想到她會主動這樣。他的身體蹺著，底朝天。他弓起身來，躲閃。他的身體弓得像海馬。她做不來了。

別動！她喝，命令他。

他不動了，由她掰平身體。她瞧見他白白的身體，慘白得像注水豬肉。她是私宰者。她套弄。他感覺到了她的手，那是一雙冰冷的手。它還真弄起了他的快感。但是那快感也是冰冷的。他感覺自己好像一個觀賞者，站在遠遠的台下，觀賞著另一個自己。他清晰地感覺到快感的弧線。很精確，精確得就像儀器測出來的。他就曾經從雜誌上看到過一種性交機器，電腦程式上能清晰地標出彼此快感值，全是數位化的，由不得半點模糊，一就是一，五就是五，九十九點九九就是九十九點九九。他很驚異於現代科技的發展。現在他能清晰地看到了自己的快感值。她的快感值是怎樣的呢？她沒有快感值，她只有服務成績。你有感覺嗎？他問她。

她一愣。

你沒有感覺的。他自言自語。

有啦。她回答。

你撒謊。他說。

沒撒謊。

你撒謊了。他又說，你沒有感覺。

她很厭惡，給你做，還要我有感覺。我能有感覺嗎？我能不撒謊嗎？我說出真話你願意聽嗎？

我——有——感——覺。她說，慢條斯理地。

貧乏。他聽出來了。彼此都夠貧乏的。貧乏得只有肢體。你撒謊了。他說。

哎呀你別老是講話嘛！她說。

她感覺手上的棍子又疲軟了。手感越來越沒有了。本來已經可以把握得住的東西，又把握不住了。

這刀也有成不了刀的時候。當你要用它時，它的刃軟了，反而可恨。現在她還真需要這刀具。

她是他的工具，他也是她的工具。

她急促地上下套弄，不，簡直是揪扯。他的包皮像橡皮一樣被扯長了，又反縮回去。他感覺到包皮好疼。你撒謊。他仍然說。

你怎麼知道我撒謊？她說。

你都不肯吻我！他說。

好，好，我吻你。她忽然說。他正詫異，只見她把頭伏了下去，伏到他下身，他的陽物被她啃在嘴裡。

他簡直不相信！

這是什麼呀！親嘴不行，親陽物卻可以。原來他也是得意於這樣的。那是他強悍的一面得到了極大滿足。想想看，用對方最要乾淨的嘴吻你最骯髒的東西。可是現在他不這麼覺得了，他需要愛，真正的柔軟的愛。可是她卻寧可去親他的陽物。他感覺到直接的興奮。

沒有經過心，直接通過感官刺激。一種很荒謬的感覺。可是，你不是就一直喜歡這種直接嗎？他看得到對方在啃著自己（如果是接吻，是看不到對方的），好像在啃著豬肉。

反正就當作啃什麼牲口的肉。她想。她啃。她終於看到他的陽物硬了起來。他也看到了。它支支地立著，像一隻昂首的蛇。他感覺它很陌生。它不是長在他的身體上的。他沒有感覺。他感覺它很醜，他想捂住它。

她驚喜。可以完成任務了！可是他卻沒有動。讓她著急。再軟下去怎麼辦？一切又得重新開始。不行！我要抓住這機會！她驀然騎到他身上去。不管他怎麼樣，她握住他的陽具，對準自己的陰道。坐下去。

她驚訝自己怎麼也能適應。儘管最初有點不適，她微微調整了一下。這不是自己丈夫的陰莖，她本來以為自己只能適應它。其實陰道是有伸縮度的。底線？

他抗拒。

她堅持。

他抗拒。

你別動！馬上就好了。她叫。

我不要！他叫。

她停住了。他這是怎麼了？難道這不是他所需要的嗎？也許是他的陰謀，他想延緩射精時間？那不行！不能讓他的陰謀得逞。她說：我要。

他問：是嗎？

是的。她應。

真的嗎？

真的啦。

好啊，他說，那你就叫一叫。

他忽然產生這念頭。這念頭簡直惡毒。她愣了。叫？她想。荒唐！

你叫呀！他催她。他倒想聽聽她的叫。

她叫了一聲。

不行！叫得沒激情。

她又叫了一聲。

還是不行！他說。就要把她掀下來。

她慌了。那你說要怎麼叫呀？

他笑了。可見她真沒有感覺。她只是在賣淫。你叫：啊！啊！啊！他示範。

啊！啊！啊！她學著他教的。

這是沒有通過心靈的叫，直接從聲帶經過喉嚨從嘴巴發出來的。直接化，噁心化。貧乏。貧乏到只能聲嘶力竭，貧乏到必須通過叫春來表達感情。他見多了，這些年。她們全是妓女！其實自己不也是文妓嗎？他已經非常厭倦了。沒有感覺，找不到那種感覺。什麼感覺呢？那是在很久的時候，第一次，他進入了一個女孩。她沒有叫。她只是把他的肩膀咬爛了。

那個女孩就是他現在的妻子。

那時，他啃著饅頭寫文章，千錘百鍊，戰戰兢兢地拿去拜訪老師，讓人家推薦。已經找不到那個感覺了。他的感覺變得很粗糙。即使是肉體黏在一起，也沒有實感。一面又是虛擬的真實。叫得好，叫得好。他說。與其是肯定，毋寧是無奈。

我是真的呀。她說。

我信。他點頭。那你也希望我來真的嗎？

她點頭。當然。

那好。他說，那我也來真的。你想知道我怎麼評價你的詩嗎？

她搖頭。

我告訴你吧，你寫得很差。真差！

她愣了。

儘管她知道他以前對她的肯定裡有虛的成分，甚至她也想到自己的性別因素，現在聽這話，還是受不了。好像猛地被摑了一巴掌。

你一點也沒有才氣！他又說，還是別寫了吧！

她覺得猛地被推下了海，沈下去，沈下去。沒能出頭了。我該怎麼辦？

她想逃。她不幹了。可是逃了以後呢？何況都已經這樣了。已經進去了，再拔出來，也已經進去了。

你罵我。她說。

不是罵，是事實！他說。他有一種惡毒的快意。這快意讓他的失落得到部分補償。

你罵我……她仍然嘟囔著，幾乎是自言自語，好像沒聽到他的話。沈下去，沈下去……

驀地，她從深海中浮了出來。那你就罵呀！她叫，你就罵呀！罵我，罵我呀！

這念頭幾乎是臨時閃出的。罵，不也可以把一個人炒紅嗎？而且能炒得更紅。她又在他身上運動了起來。讓他做！讓他做成，做成就好了，不管如何，只要他做了，就得聽我的了。她不怕他了。這些年來自己一直擔驚受怕地希望著，怕人家不承認她。患得患失。又想有名氣，又要好名聲。現在她什麼也不怕了，徹底釋放了。她已經一無所有，也就是說，人家承認她有，她才有；人家不承認她有，她就一無所有。一個乞丐。

現在只有一個目的：成功！很純粹，很明確。她更加劇烈地運動了。她的身體肆無忌憚地彈著，腰肢搖盪。放鬆甚至讓她感覺到了快感。她哭了。

現在輪到他發慌了。他一直感覺自己是個乞丐，現在發現對方是更徹底的乞丐，一個窮途末路的乞丐，拿著刀，要跟他拚。他沒有刀。我的刀不是我自己的，我的刀已經被她挾持著。

這是一場性戰爭。

她套弄，上上下下，像個壓力泵。他沒有快感，一點也沒有。但是沒有快感也可以讓他射出來，像水管噴出水。他感覺到了這危險，可是他無力自拔，他使不上勁，關不住閥門。

他丟了。

她還沒覺出。驀然發現，她馬上跳起來。她跑進了衛生間。她的影子消失了。我這是怎麼了？空盪盪，靜悄悄。他感覺到排泄物，冰涼，像冬天裡的鼻涕。我這是做了什麼呀！

他趕緊抽掉了安全套。

7

她出來時，已經衣服穿戴停當。恢復了她之前的模樣。這模樣，毋寧在昭示著，其實之前她就是剛才那樣。

她嘻嘻對他一笑。他猝然一抖，像滑精，一種透骨的虛寒。

你罵我吧。她說。

罵？他好像沒有聽懂。

你寫文章罵我呀！她說。

我不罵。他說。我想回家……

你以為你這麼輕易就回得了家嗎？她說。

簡直是威脅。你，你要幹什麼？他問，感覺有點發怵。

我要告你！她說，我要告你強姦。

我沒有！他辯。

你沒有？你已經做了。她從地上撿起安全套，裡面還水盈盈沈甸甸的，一晃一晃。

他愣了。我沒感覺。他說。

沒感覺也一樣。她說，要知道，法庭是根據進去的深度、尺寸、結果來審判的，不是根據你有沒有感覺。

我沒感覺。他仍然說。這是他最後的救命稻草。像個孩子。我沒有……

她嘆了口氣。看看手上拎著的安全套。那好，我就再給你做一次，讓你有感覺。她說。

他驚愕地瞧著她。

他瞧見她把舊安全套拎進了衛生間。他彷彿知道她要做什麼，又彷彿不知道。她出來了，抖著洗好了的安全套裡的水。她把它丟給他。他瞧見她又開始脫衣服。不！他叫。

她衝他一笑，輕輕的。她已經看透他了。糟糕的是，他感覺到自己下面確實又甦醒了。他還沒有穿上褲子，他的下身還裸露著。那東西毫不爭氣地貪婪地伸出頭來。他慌忙用褲子蓋住它，可是它又從褲布後面頂上來，像和尚撐傘。這就是他。這就是男人。

你只不過是個男人。所有的男人都是一樣的，他們都帶著陽具在這個世界走來走去。

他真為自己是男人，是男人們的同類而羞恥。

她向他走來了。她還會把我的陽物，插進她的洞裡！他想。我該怎麼辦？我能怎麼辦？

誰說女人是柔軟的？誰說這世界就相信堅硬？

他退縮。

她也奇怪，他這是怎麼了？她所要求的那種事，對他，不是難事啊。他不是都在做著嗎？根據利害關係，捧這個，壓那個。你不是刀筆吏嗎？你的刀不是很厲害嗎？她說。

刀？他想。

他跳起來，衝向廚房。她的廚房一定有刀。菜刀。果然。

她跟了出去。她瞧見他抓起了菜刀。

這是菜刀。她這下才發覺它是武器。刀這個詞，已經被遮蔽為菜刀、水果刀、裁紙刀、手術刀……其實它本質上就是武器。你要幹什麼？她叫。

他操著刀。

別殺我！她叫。好，好，我不告你好了。你要什麼，你說，我給你，我全給你……

我什麼也不要！他叫。他舉起了菜刀。

你要什麼？你說呀！說呀！說呀！她仍然叫。她只能這樣叫。她不知道還能說什麼，她腦子已經不會想了。

吵鬧聲把孩子吵醒了。孩子哇哇大哭。她猛然意識到孩子危險，慌忙跑進孩子臥房，摟住孩子。可是又不放心外面，他會不會闖進來？她又把孩子藏在床上，出去看。他已經不見了。

他剛才還在那裡站著。她奔上前去，瞧見他倒在地上。

他的下身滿是血。

他的手橫攤著。菜刀抓在他手上。他的刀，掛在刀口上。

您想好了嗎？
您可以選擇闔上。
您確定要打開嗎？

九章　我愛我媽

他：案件

1

他就擺在我們面前。他是個殺人嫌犯。

我剛放走一批嫌犯，她們是從夜總會抓來的三陪女。作為一名刑警隊長，我負責這場掃黃突擊行動，卻沒料到結局如此怨聲載道。被衝擊的部門太多了：沒有了色情業，娛樂業服務業也垮了；娛樂服務業垮了，賓館旅店也蕭條了；遊客少了，過夜生活的人少了，計程車司機也沒了生意，遊魂似地滿城市遊蕩，拍著方向盤罵政府；交警也罰不了款，工商也收不了管理費，稅務也收不了稅；經濟不滋潤了，領導也不高興了。牽一髮動全身。說穿了，色情行業已成了我們這座城市的重要經濟支柱。要不要發展經濟？要。要發展經濟，就必須靠山吃山，靠海吃海，我們這地方靠的是妓女。只能把她們給放了。那些女人也明白為什麼放了她們，瞧她們慢吞吞收拾東西的樣子。有一個還把髮夾解下來，含在嘴裡，慢條斯理紮起頭髮來。我讓她們以後別再幹這行當了，她們乜我一眼。我知道她們的意思。我說，難道你們就願意出賣身體？

有，為什麼不用？不用白不用。她們答。

爹媽給的。另一個說，就像你爹媽給了你一米八個頭，就用來抓人。

可不是因為我一米八才抓人的，我正色道。是因為法律，抓人要有理由。

被你抓了，有理沒理都由你說了算了。她們說。

也許吧。我有著跟職業很相稱的外表。被我抓的人，無論有罪沒罪，都會顯出罪犯的模樣。在我所在的轄區，大人嚇唬小孩，也會說：叫一米八來抓！

我的「一米八」外號，是在結婚那天傳出去的。我的妻子各方面都相當優秀，當初追求者眾多，她獨獨選中了我。結婚鬧新房時，大家問她為什麼選中了我，她笑而不答。一個同事就扯著嗓門問，是不是看中了他一米八？是不是看中了他一米八？從此我就被叫作了「一米八」。我一來到案件現場，就會有人喊：一米八來啦，一米八來啦！

無須諱言，我一直很得意於自己的身高。有多少男人為自己身材矮小懊喪不已，痛不欲生啊！父母給了我一副好身材，也給了我光明的前景。當初我考進警官學校，在面試上就賺了大便宜。在學校裡，開運動會，我在前面拿旗；文娛演出，我演英雄；我走到哪裡都有女同胞熱辣辣的目光，以至於我覺得自己本該如此。我的魁梧身材是父母給的，父母的恩情做子女的終生也報答不完。所以當我接手眼前這個案件，簡直不能理解。這是一個兇殺案。被殺死的是一個五十多歲的老太太，兇手不是別人，恰恰是她的兒子。這個世界什麼都會發生，妓女不知羞恥，兒子殺親生母親，簡直是瘋了。

他就在我的面前。他是個殘疾人。

是小時患小兒痲痺症導致殘疾的。他病病歪歪坐在床上。我讓人把他扶出去，不料他一被扶起，就歪著要倒下去，那腳竟然沒有一點支撐力。邊上有鄰居說，要用抱，把他抱出去。別人抱不動，只能由人高馬大的我把他抱上了警車。這樣的人居然會殺人？鄰居們說，他平時總是趴在母親背上的，用拐杖也不能站穩，所以乾脆就棄拐杖不用了。我不知道他是怎樣打死他母親的。難道那母親不會逃嗎？人有著求生的本能，只要稍加逃脫，他就不可能接近對方。

也許是因為被害者是母親，她不忍心逃。她一逃，他就會倒下去。母親是不能看著自己兒子跌倒的，寧可自己挨揍。難道她就這樣讓自己被兒子活活打死的嗎？是用鞭子抽的。屍體上佈滿了鞭痕。那每一道鞭痕，都把她向死亡推近一步。我難以想像她是怎樣忍受著，一步步被推向生命終點的。

我察看那個鞭子，皮的，是真皮。也許由於長期在水裡浸過，顯得又乾又硬。我不知道兇手是怎麼弄到這東西的。即使是自己加工，也需要原材料。他怎麼上街去買？他每走一步，都要由母親馱著。難道是在他母親支持下得到的？我注意到，那鞭子的握柄上包著一個絨布護套。是完全按照這握柄的尺寸縫製的，十分妥貼地包住了握柄，是用幾塊碎布拼成的。我被那護套的銜接邊緣吸引住了，銜接得非常細密，要不是細心辨認，還不會發現是個接縫，手摸過去，完全沒有被硌一下的感覺。它柔軟地呵護著手。縫製這柄套的人是誰？難道還有第三人？如果沒有，難道就是死者自己？

那兇手什麼也不說。

2

鄰居們說，當時只聽到那母親一聲叫，好像從脹滿的氣球裡洩出來一點氣來，又馬上憋住了。然後什麼也聽不見了。門緊閉。有好奇者跑到與他們家相鄰的一個雜貨舖裡，把耳朵貼著相隔的牆板聽。只聽到鞭打聲，沒有呻吟。對方被打出人命來了，也應該反應吧？可是沒有。所以也不能確定是誰挨打。雜貨舖老闆說。這是一片棚屋區，房屋間只用單層隔板隔著。假如只是壁板，也許還可以看到影子晃動。但是那家的牆板上糊著報紙，從外面看，什麼也看不見。近幾個星期來，那家不歡迎人家進他們的屋子了。過去有什麼事，還叫大家進去幫個忙，現在全沒有了。居委會說，有事找他們，那母親也總是堵在門口，問：什麼事？

屋裡悶出的餿味從母親身後湧了出來。居委會主任說，既然這樣，我們也不進他們家了。居委會說，我們要忙的事多著呢！計畫生育、社區衛生、垃圾袋裝、休閒公園建設，還有腰鼓隊表演。抓腰鼓隊可是事半功倍的事，最能顯政績。一到什麼活動，無論是節日，還是「十六大」，還是移風易俗宣傳，把它拉出去，最能立竿見影顯示我們的太平盛世。社區裡動不動就鑼鼓喧天。但這一切，似乎都跟這一家沒有關係。但也由於他們自閉，他們也成了好公民，沒有亂佔門口地盤、騷擾左鄰右舍。至於重中之重的計畫生育，更是跟他們沒有關係。那兒子，根本就娶不到媳婦。

這個家庭只有母子倆。死者的丈夫很早就死了。她三十歲就守了寡。因為這孩子，她沒有再嫁，母子倆相依為命。兒子是兩歲時患了小兒麻痺症的。被宣佈無治後，母親自己發明了治療辦法：在腳上綁木板，撐著，讓年幼的孩子走。或者是把孩子的腳綁在床欄杆上，讓他彎下，立起，鍛鍊脊柱力。一天五、六個小時。大家看著那小孩也挺可憐的，疼，累，豆大的汗珠從額頭淌下來。做母親的難道就不心疼？可她還是逼著小孩練，孩子也常因此挨打。大家來勸，她說：不練好，以後怎麼活下去？可是這土辦法有用嗎？有用沒用，不管三七二十一練就是了，死馬當作活馬醫！她回答。可是孩子的腿始終沒有好起來。

孩子倒是個聰明的孩子，鄰居們說，沒法上學校，但是他自己識了不少字，愛看書，但是即使這樣也沒法走入社會。人們總是瞧見母親馱著兒子，轉這裡，轉那裡。從小到大，他總是這樣被母親拽著馱著。已經三十好幾了，一個大男人，還被母親馱著，或者是摟著抱著。兒子有時候摟著母親的脖子，有時候是腰，有時候甚至攔胸摟著。有一次他將要滑落下去，慌忙中揪住了母親的乳房，像抓住救命的把子。他洗澡怎麼辦？是不是也是母親給洗？有一次一個小夥子突然問出這問題，話一出口，就遭到大家的責備：你這個下流胚！人家都這樣了，你還這麼說！但是大家都知道，為了便於照顧，兒子一直跟母親睡同一張床。人們並沒覺得不妥。一個殘疾人，一個殘疾人的母親，為了生存，有什麼呢？何況，兒子是從母親的身體出來的，他怎麼可能對那身體有非分之想？人們看到的只是，一對孤立無援的母子。母親沒有工作，原來所在的一家工廠被賣掉了，割頭仔（注：大陸八、九十年代，不少企業往往採用給職工一小筆錢、買斷工齡的辦法，讓職工下崗，把職工打發回家，從此對一切不再負責。）割了一萬元給她，讓她回家。怕這錢蝕光了，母親將它存入銀行吃利息，又去給人家做家庭衛生補貼生活。一次十五元。她也只能幹這活，因為可以中午趕回來做飯，照顧兒子。但是這樣的日子也不能長久下去呀。她一年年老了下去，雖然才五十多歲，但也已經離幹不動不遠了。有母親在，兒子還能活下去。假如沒有母親了呢？兒子誰來供養，誰來照料？單是為了這個，也要給兒子娶個媳婦。一個雇過她的東家說，起初我們不理解，這樣的兒子了，還娶什麼媳婦？混著過一輩子算了。沒有人認為那個殘疾人有結婚的權利。

最初給介紹對象的，就是這個東家。是在那母親一再懇求之下答應的。也看在她幹活挺賣力的份上。她不但做約定的衛生，連主人的碗筷她都給洗。久而久之，她來做衛生這一天，主人就不洗碗了，後來連衣服也堆著讓她洗。可是，應該介紹什麼樣的人合適呢？東家被這問題難住了。當然首先必須肢體無殘疾，然後，不呆不傻，才能照顧他。至於長得什麼樣就顧不著了。他們給介紹了個醜女，非常醜。女方以為對方只是腿腳不靈便，把腿像拖把一樣拖著還是勉強可以行動的，不料竟然站都站不住。馬上回絕了。

只能把條件再放低了。再低的條件是什麼呢？再醜？再醜該怎麼醜？五官不全？人往高處走，水往低處流。愛美之心人皆有之，現在卻要竭力往醜處找，想到這兒，東家都覺得慘。去農村找吧，最後東家提議，去那些邊遠的飯都吃不上的農村找個吧。也可以找個模樣好點的，那兒子一聽，就說，涎著口水。

何況我們還有一萬元！那母親也說，該花的時候不能省。但是東家沒有路子。後來不知道他們怎麼七撞八撞，逮了個四川來的，長得也還真的可以，也確實往他們家跑過一段時間。大家都說，看來還真有樣子了。不料有一天，那母親跌跌撞撞跑到街上，叫喊，他們家的存摺連同身分證都丟了。

是被那個女子偷走了。那存摺上的就是那一萬元錢。那女子原來告訴他們的地址是假的。

離過婚的也可以。後來他們說，現代社會了！他們這麼說，毋寧是在寬解自己。可是既然是現代社會了，離過婚的為什麼要選就給你？後來又說寡婦也行，帶著小孩也沒關係。還是沒有人願意。而且沒了那一萬元錢，娶老婆的本錢已經沒有了，就是殘疾女人也娶不到了。誰也想不出他們還有什麼讓人看上的。

兒子就開始怨母親，甚至打母親。可是母親是沒有辦法啊，鄰居說，當母親的，什麼都肯給兒子，就怕她沒有。母親可以剜自己身上的肉給兒子吃。鄰居們看不過去，就跑去勸。可是母親卻說，讓他打，打一會兒就好了。她要用自己的肉來餵那隻瘋狗。

後來她乾脆把門關上了。再出來時，大家瞧見她臉上的傷痕。她朝大家笑著。那傷痕因為笑，拉得更大了，泛著光。她帶著這傷痕去市場買菜。她還必須給兒子做飯。那死兒子打累了，肚子餓了。如果她不去做飯，又心疼兒子要挨餓。

還真沒料到她會被打死。

3

有一次，那母親居然突發奇想，想用自己換一個兒媳婦。與他們家隔幾條街，有一個老

不拉嘰了，什麼事情也做不了。他老伴死了，給他留下一個傻女兒。那女人不但不會照料父親，還要父親照料她，發起脾氣來，還會打父親，打得老父親逃到街上去，站在街對面罵：我操你媽！

大家笑了：你不是操了她媽一輩子了嗎？

老頭自己也笑了，嘆息道：唉，就是操了她媽才操出這孽債來了。沒辦法！被兒女打了，是一點辦法也沒有！

大家就想到了這邊的一家子。有人就開玩笑說，他們配起來倒挺合適。那母親居然真的向老頭發起進攻了。簡直荒唐。她跑到老頭家，為他們做飯、料理家務，哄那個傻大姐。後來索性把兒子背到他們家了。她做事，讓兒子陪傻大姐玩。她兒子雖然身體殘疾，可是腦袋並不傻的，還認得一點字。真不知道他跟那傻大姐有什麼好玩的。那傻大姐的智力水準，還不及三歲兒童。

因為有企圖唄。大家說。但跟這樣的傻女人，即使結了婚，又能解決什麼問題呢？傻女人還要人家照顧呢，她還能照顧瘸子？但那母親想，讓他們生出孩子來，孩子長大了，就可以照顧自己的父母了。

果然，老頭說，有一天，老太婆向他提出了結婚要求。我嫁你，然後你也把女兒嫁我兒子，我們兩家人住一起，互相照顧。她說。

她這不是賣自己嗎？大家說。

賣屄！更刻薄的甚至這樣說。

她是賣自己來換孫子。同情者說。

倒不如她直接和兒子造孫子呢！一個說。大家猛地不作聲了。這實在是大逆不道。中國人為了生育，是什麼荒唐事都做的。因為是生育，於是也不顯得荒唐。

老頭還沒有答應，她就乾脆把棉被搬到了老頭的家。她自己爬上老頭的床了！大家說。也許出於策略，她沒有立即讓自己的兒子也上對方女兒的床，只是鋪個地鋪。可是當天晚上，她兒子還是被那傻大姐像死狗一樣拖了出來。並不是因為他對她非禮了，傻大姐也不懂這個，只是因為他陪她玩，玩得她不高興了，她就叫他回去。他走不了，她就把他拖出來。她把他撂在大街中央，一輛大卡車通不過，拚命鳴喇叭，吵得各家各戶打開窗戶，探出頭來看。傻大姐衝著那廢人喊：回去，回去，不跟你玩啦！

簡直哭笑不得。那癱子在地上挪著，脖子一扯一扯地用勁。可他的母親制止了他。她哀求著傻大姐，向她作揖，鞠躬。可不管怎樣懇求，傻大姐就是不答應，就是要讓他們回去。那傻大姐似乎也不傻，她居然衝到附近的一個公共電話亭，要打一一〇。結果，一一〇來了。一一〇不分青紅皂白就把他抱到車上，帶走了。

那更像被挾持，一個目擊者說。當時那瘸子不走，一一〇沒有耐性了，就把他抱起來。他的腳在一一〇的胳膊下掙扎著，可是掙扎得沒有條理，他支配不了自己的腳。那腳只是盲目地亂蹬。他的眼中充滿了絕望。他瞪他的仇人，可是他連瞪仇人的能力都沒有，他的眼珠根本沒法對準目標。

他很快就被放出來了。那以後，他變得更加陰沈了。他們家的門也關緊了。大家說。

你：審訊

1

作為一名刑警，我遇到過不合作的嫌犯。抵賴的，裝瘋賣傻的，假裝老實的，但沒見過像他這樣的，完全是不理睬。由於病症，他看人必須把臉掉過去，斜視著對方，竭力盯著，顯示出近乎驚恐的凝視。現在他把臉對準我們，把目光轉到一邊去，倒顯得超脫了。好像他在注視著別的地方，他的魂已經飛到那地方去了，那是另一個世界。他在想著另一個世界的事。也許就因為他殺的是母親？他的靈魂已經隨母親去了。或許還因為，生命對他，本來就是個值得厭倦的東西，無所謂珍惜了。

拘留這樣的人，給拘留所出了大難題。生活無法自理，吃飯靠送，睡覺不能上床，讓他窩在地上睡也就罷了，可是大小便呢？他已經沒有任何親人，只能讓衛生工協助他。因為增加了工作量，衛生工不情願了，對他吆吆喝喝。有一次，衛生工幫他小便完了出來，對我賊笑了一下：哼，那小子的賤物還挺大！

我一愣。我還從沒有想到這事。他畢竟也是三、四十歲的男人了。

但我沒覺得這跟案件有什麼關係。我只一心想著如何撬開他的嘴，我需要知道真相，我需要他的供詞。可他一言不發。我決定暗中觀察他的舉動。特別在晚上。黑暗是會讓人卸掉盔甲的。我發現了他在躁動。黑暗中，他趴在拘留室的地上，不停地扭動著。他拿自己的頭撞擊牆壁。他臉朝著內側，我只能看到他的背，那背在微微抽搐，也許是在哭泣。一個人把自己的母親給殺了，無論如何是要痛悔的。他在自責，他不能不自責……果然，我聽到他叫了一聲：媽！

他在懺悔吧？可是看那動作又充滿了攻擊性。他的身體掙動得更加厲害了，好像一隻困獸，他在殊死搏鬥。那身體猛地一震，好像挨了槍子似的，猝然不動了。他好像死了。他這是怎麼了？

好久，他側過身來了。嚴格地說，是因為支起身體而側了過來。他好像在找什麼。可是沒有找到。他茫然四顧。月光從高高的窗上照了進來，照著他的臉。一臉失落。並不是我這幾天來所見到的那張死氣沈沈的臉。那是激昂的，剛剛從激昂的巔峰掉下來的。我很驚訝。

剛才在他身上發生了什麼？

他好像沒有找到他要找的。最後他伸出了手，放在牆壁上擦著。他在擦什麼？拘留室太暗，月光沒有照在牆上，我看不見。

他重新躺下了，一聲喟嘆。那是野獸滿足後的嘆息。

我猝然意識到了什麼。我逃走了。

2

那擦在牆上的東西，被發現，是精液。我簡直憤怒。

那是我利用第二天提審對方的時候，到那拘留房察看的。我從來沒有想過犯人或者嫌犯有這方面的權利。監獄總是把男犯和男犯、女犯和女犯囫圇關在一室，拘留所也總是四面透風，便於監視。他們的性問題怎麼解決？他們被關進來前，性是被承認的。一旦進來了，就沒有人考慮他們這問題了。現在，這精液掛在我的面前，告訴我，他們是男人。並且是和我一樣的男人。我驀然感覺不自在，有一種被對方捆綁在一起的感覺。我聞著對方呼出的黏乎乎的氣息，自己和對方有一樣氣味。那味道，是男性的味道。好像我們沆瀣一氣。我忌諱。我一直沒有意識到自己的性別，我只知道自己是刑警。現在好像被揭露了。我明白了所以我要憤怒，我要叫出來，顯示我跟對方不同。而且我很快就讓自己相信了，我的憤怒是出於對他的行徑：一個殺人犯，不思悔改，還做出這種事來！

我還抓到了切入點，審訊從這裡開始。

問：昨晚你做了什麼了？

不回答。但是他抬起了頭，目光斜射過來。

問：你敢說你沒有？

答：沒？（他脫口而出。打著口吃，咧著嘴。終於打破沈默了！）沒，沒什麼？

問：問你呢！

答：沒做什麼呀！

問：沒做什麼？我問你，你把什麼抹在牆壁上了？

答：沒……

問：又是沒有！我剛才去看過了。那是什麼？

咧嘴。

問：是什麼？

答：鼻涕嘛……

問：你撒謊！我可向你重申政府的政策：坦白從寬，抗拒從嚴！你要老實交代！

答：交？我交代什麼？

問：你應該自己知道！

答：我不知……

你還在狡辯！你在動自己！我不得不這麼說，說這話時，我很噁心。

對方猛地低下了頭。可他嘴裡仍然強硬地說著：沒，沒……

問：沒？那好，你說，你沒有什麼了？

那目光猝然在我臉上一掃，像閃電。它很快就又躲閃了起來。只可惜他的眼睛並不能利索地聽他指揮，好像兩只不聽話的車輪子，被他一拽一拽著。他的脖子於是更劇烈地牽動著，讓我覺得自己很殘酷。可是我不能不這樣做。你說呀，沒有什麼？我緊逼。

沒動。

沒動什麼？

沒動。

沒動？沒動哪裡？

意思已經說出了，只是不能明確說。這種事，誰說誰羞。我卻要他說。我佔著優勢，現在是我在審問他，他必須回答我。除非他再沈默下去。可他似乎已不可能再沈默了。他傷口的痂已經被揭開，甚至已經鮮血淋淋，捂也捂不住了。他開始盯著我，頭一掙一掙，像被割斷了氣管後的雞。終於，他發怒了。

你別以為你，怎麼樣！他叫。你別以為你有，什麼了不起！你了不起，還不因為你不缺胳膊不缺腿？

不，是因為我是執法者！我正色道。

算了吧！執法者？你要是像我這樣，你能執法？

我就是不當執法者，也可以做個正直的人。

做個廢人？

即使我殘疾了，我也可以堂堂正正活著，不至於去殺人。還是殺自己的母親。

你沒有資格說這樣的話！

為什麼？

你不是我，也不是我的母親。

不是你母親？難道你母親不是被你殺了？難道她是自殺？她願意被你殺死？沒有人願意自己被殺死的，也沒有兒子去殺母親的。你為什麼要殺死自己的母親？

我們不能一起活。

難道你母親不是你的唯一依靠嗎？

我不要這樣的依靠。

你討厭她？

我恨她。

為什麼？就因為她讓你殘疾了？

對！他忽然煩躁了起來。我很高興，我想在煩躁之下他會說出我有用的東西了。可是他卻猛然平靜了下來，不再說了。他支撐著要站起來離開。可是他搖搖晃晃，根本起不來。他一滑摔到地上去了。他叫著疼。

好吧，我讓你走。我說。

他立刻把目光投向了把他背來的刑警。我揮了揮手。那刑警過來背他。他急切地爬上對方的背，像個貪婪的小孩，一點也沒有原先叫疼的模樣了，純粹在倉皇逃離。他竭力往外拽著身子。我看到了他漸漸輕鬆下來的背。

你恨她，是因為她妨礙了你做昨晚那種事了吧？我不得不衝他的背說一句。

他猝然一震，險些從背著他的刑警背上滑脫。他側過頭來，目光朝著我這方向，那目光充滿了無辜。

飲食男女，食色性也。我繼續說，可是你卻和你母親同居一室……

背他的刑警很快領會了我的意思，重新又把他背了回來。他神色絕望。

……她時刻和你在一起。我繼續說。

他忽然哈哈大笑了起來。什麼叫作時刻在一起？難道就不會有不在的時候？他居然說。

當然有，我說。可你如何處理排泄物呢？

他愣住了。

你母親發現了你這惡習了吧？

什麼惡習？他說，在你們眼裡什麼都是惡習！

難道在你母親眼裡就是允許的嗎？

我不允許你污辱我的母親！

不是污辱，是審訊，這是嚴肅的審訊，你必須回答。那麼我問你，你母親對這種事怎麼看？她是怎麼處理的？

不說話。

你不說也罷。總之她遭你恨了，所以你殺死了她！我說。這樣的推斷未免牽強。我只是要激起他的申辯。

我沒有恨她！他叫，我沒有恨我母親！他又情緒激動了起來，渾身發抖，怒目瞪著我。要不是他不能支配自己的身體，他一定會撲過來把我掐死。可是他現在只能叫，喊，聲嘶力竭，把自己整得憋氣過去，他的眼珠子好像鼓得要掉出來了。他為什麼反應如此強烈？也許他真的愛他母親，那麼他為什麼要殺她?也許他並不想殺死母親,只是打。他失手了。

3

他似乎明白了反抗無用,也不再反抗了。他奄奄一息靠在椅背上,頭仰著。那頭好像被椅背卡斷了,掛在那裡。

你恨她。我說,你恨你母親,所以你把她殺死了。

他不再反駁。

因為她生了你嗎?

他點頭了。她既然不能給我幸福,為什麼要生我?他說。

荒唐邏輯!我說。而且你別忘了,你小兒麻痺症是後天的,是你兩歲的時候。那時你已經出生了。

可以將我捏死。

什麼?

就是嘛!他古怪一笑。那時候我還不懂得死,那麼小,一捏就死了。

你別胡說,胡說八道……

……就了結了。可他繼續說,等到長大了,能量儲得滿滿的,死就難了。

你別就想著死。

你活得這麼滋潤，當然不想死囉。要什麼都會有，媳婦也會有。

你也會有的。我說，也許有點不講道理，是那種為了安慰人而不顧客觀事實的不講道理。

是啊，有。他也說，又笑了起來。都是些什麼貨色呀？他叫，這世界上的醜女人傻女人我全見過啦，真是大開眼界。跟她們結婚，有什麼胃口？我不想結了，她還說，要結，世事都是這麼做的。正常的人這麼做，我這不正常的人他媽的也要被迫做正常的事？

你不想結婚？

不想。

你不需要？

不需要。

真的不需要？

他瞅著我，臉邪惡地扭歪了。是呀，我可以自己手淫呀！他說。居然。我沒料到。似乎是有意用邪惡抵禦什麼。你手淫過嗎？他忽然問我。

我一愣。我有過，在我戀愛之前。當然。每個人都多少有過手淫的經歷，就好像每個司機都不同程度地違反交通法規一樣。可是我說：沒有！

我是刑警，我不能那麼說。

那是因為你有女人。他說，有人給你搞！

不要胡說八道！我喝道。

你不也是男人嗎？他一笑。我們的區別只不過是境遇的區別。

你再胡說八道！我叫。我再次用了「胡說八道」這詞，可見我辭彙的貧乏。

搞女人的感覺，好嗎？他又問。簡直是挑釁。

那該去問你自己！

很好！他說，實在是太好了。世間還有如此快樂的事……

我感覺渾身癢了起來，是被他撓癢的。很久，終於平息下來了，但是我皮膚仍然發麻，感覺很遲鈍，像剛從催眠狀態中醒來一樣。

你一直這樣？我問。

不，原來沒有。他說。

那原來怎麼解決的？

夢中都跑出來了。他說。

那麼什麼時候開始呢？

被你們一一〇放出來那晚上，他說。第一次。想像不到吧？那晚上我睡不著。後來迷迷糊糊睡著了，也沒有夢。那以後再也沒有夢了。

我點頭。我沒料到他會說這麼多。

……半夜裡我醒來了。脹得不行。我其實是被脹醒的。我沒有辦法排出來。沒有夢。只有現實。但是現實有什麼呢？什麼也沒有。空盪盪的，房間，床。不，床上並不空盪盪，有我母親在……他神經質地一跳，不再說了。

我知道。我說。

你知道什麼？

我知道你只能和你母親睡在一起。我說。

他笑了。還笑得很羞澀。這沒什麼，我說。

是沒什麼。是我母親，難道會去搞母親？他說。

我一驚。猛地有一股什麼感覺。把性跟母親聯繫在一起，即使隨便說說，都犯忌，都噁心。他為什麼要這麼說？他這是什麼意思？

但是被母親發現了也很難堪呀。我套他。

是的。

被發現了？

是的。也許是我動得太厲害了。媽醒過來了。

然後怎麼樣？

她說了我。

只是「說」？

是「說」嘛！他應。神經質地瞥著我。不是「說」是什麼？他叫，嗓音都變了調。

我本來以為他是在避重就輕，用「說」代替了「罵」。不料對方卻這樣反應。我愣了。難道對方有什麼要隱瞞的？

你具體說說！

也不是「說」，是「打」。

打？我又一愣。怎麼又成了「打」了？

是打！他說。你解恨了吧？他忽然大笑了起來。你喜歡看嗎？你喜歡看熱鬧嗎？你們這種人就是這樣！你們有權利看熱鬧。事不關己，高高掛起，當看客。好吧，我告訴你，我媽罵我不是人，是畜生！像打畜生一樣打我。是，我不是人，我是畜生！你是人。你是人嗎？咱們來換個位置試試，讓你半夜起來孤零零的，沒有人，沒有別人，只有一個媽。只有一個媽。沒有女人可以用，你會把你媽拿來用的！

什麼？

對方猝然驚醒過來。原諒我，胡說八道了。他說。

他也用「胡說八道」這詞了。可見我們的辭彙一樣貧乏。當我們害怕真相的時候，這一句「胡說八道」，也許是最好的抹殺和逃避。他在迴避真相。他會說這樣的話，難說不會有這樣的念頭。犯了罪的人，心就被擱在了一片荒原，他竭力要從這荒原逃出來。他甚至不惜暴露自己。也許真的有什麼事？我簡直不敢去想。但是作為刑警，我必須去面對一切可怕的真相。

不，你不是胡說八道。我說，簡直殘忍。

真的是。他說，開個玩笑。他又笑了。由於他病症造成肌肉抽動，他的笑很神經質。

並非開玩笑！我殘忍地又說道。我們已經調查過了。

調查什麼？

你清楚。

我清楚？他說。哈，什麼嘛。

你要知道，沒有不透風的牆。

牆？

再說，你們家的牆壁又是那麼薄。我說。我自己也覺得這樣說，有點刻薄。但是我是刑警，我這是為了審訊，即使是刻薄，即使是殘忍。

對方終於被打蔫了，像被剝得精光了。我沒辦法，他終於說道。

我盯著他。

她罵我。他說。媽媽她甚至都羞於點出這具體的事，她只是說：這種事。好像並沒有特指什麼，但是我知道，她在指什麼。母親知道了。讓自己的母親知道了這種事，真不知道該怎樣說那種感覺了。可是我又能怎麼樣呢？我沒有辦法。我還得做。即使我知道這樣做的後果。特別到了半夜三更，忽然醒來，黑暗一片。黑暗讓你什麼也顧不了，只想著眼下，要做。然後第二天，又被母親罵，最後發展成了打。我是從小沒有離開母親懷抱的人，也許就因為這樣吧，母親覺得我還是小孩，打對我算不了什麼。可是我已經不是孩子了。我恨！

就這樣你最後殺了你母親？我幾乎要說出了。自然推理，符合邏輯。我已經得到了我所需要的了。可是我收住了話。假如只是這樣的話，那麼在這之前，對方慌張什麼？我無法判斷。我追問下去：只是恨嗎？

還有什麼？他反問。

你說呢。我說。我再次告訴你，我們的政策是坦白從寬，抗拒從嚴。事實已經鑄成了，但是我們還是可以寬大處理的。我想，你母親她不會希望她的兒子死的，所有的母親都不會希望自己的兒子死。即使你打她。

他低頭。

你想想，你母親被你打，她還不反抗。她為什麼不反抗？

你怎麼知道不反抗？

她要反抗，你打得著她嗎？她能被你打得傷痕累累嗎？

他一驚。你們怎麼知道的？

什麼？

傷痕累累……

我笑了。我們有法醫，驗屍是我們的必要程序。我說。

你們沒有權利這樣做！他叫，她是我媽！

笑話。你是殺了她的人！她還是你媽嗎？

反正你們沒有權利這樣做！他仍然叫。他又一次要站起來。他搖搖晃晃倒下了。邊上的人慌忙去扶他，可他將大家搡開，要自己爬著出去。但是很難，他的腿沒有力氣，他的兩隻手力氣有限。可他仍然爬著。我媽在哪裡？我媽在哪裡？你們沒權利動她！你們沒權利屍檢！他聲嘶力竭，捶著地板。我很驚異：他為什麼對屍檢如此敏感？

4

我決定，重新驗屍。

陰道內有殘留精液。我簡直不能相信。經過比對，這精液不是別人的，是死者兒子的。居然！我震驚。

我衝到拘留房，把檢驗報告單丟在他面前。他馬上把報告單團在手心裡，唯恐被別人看了去似的。我要拿回來，他不讓，企圖將它塞在嘴裡。這是沒有用的，我說，我們已經知道了！

他停住了，死了似地一動不動。可是即使真的死了，也沒有用。你必須接受致命的審判。沒那麼輕鬆就此撒手。

是在什麼時候？我問。

死了後。他答。

她已經死了……

她死了，她丟下我，我怎麼辦？

什麼怎麼辦？我一愣。難道長期以來就是……

你不知道有多難受。他說，半夜三更被脹醒時的感覺。沒有人。我沒有辦法了。我只能自己給自己做，自己解救自己。即使過後要遭到母親的打罵。被母親發現這種事，是多麼的難堪！就好像被剝光了衣服，被撕破臉，再無法面對了，全完了。但感覺到全完了，倒又有一種輕鬆，感覺到很涼快。一切變得如此直接，如釋重負。反正是完了，反正我沒臉沒皮了，反正我是無恥了。我只顧自己快樂就行啦！我要放任自己。我盡情地做著，想像著女人的身體。我操她，她的洞……可這樣，那想像裡的形象就顯出虛來了，沒有實感。女人的身體是什麼樣？我不知道。我沒有見過。只有見過我媽的。她洗澡時總是拉起一塊塑膠布，洗完，穿好了出來，有時候會因為沒有完全扣好鈕釦，露出一角胸脯，或者在睡覺時會不經意露出一點來。曾經有一次，我就瞥見她撩開了衣襟，看到了她的肚子。現在是不是能看得到？我想看一看，讓我的想像有實感些。我去看了。果然，母親的衣襟又被撩開了，而且撩得更高了點。我看到了下半部的乳房，下弦月。我的眼睛好像被一扎，趕忙逃開了。

可是第二天晚上，我又想去看了。他繼續說。我不能不去看。我強迫自己不要這麼做，可是沒有用。那可是一個女人的身體啊，實打實的女人身體，就在我的身邊。雖然她年齡比我大，但這算不了什麼。我不是多醜的都會要嗎？不是傻女人都會要嗎？這年齡大一點算得了什麼？何況她比她們長得都好看。我媽很好看。你也看到了，即使她死了也還是那麼好看。我為什麼要捨近求遠？為什麼要捨易求難，為什麼要捨美求醜？沒有道理呀！

你又來歪理了！我道，這不是一般的女人，她是你的母親！你對母親也能做得出來？

只是借一下，他狡黠地一笑。借用一下……

什麼？

有什麼不可以的？他說，靠山吃山，靠海吃海。

他居然也這麼說！

而且不會懷孕了，他說，已經上了年紀，自然避孕。

荒唐！

對你們來說是荒唐。他說，所以我說你們不可能理解的。飽漢不知餓漢飢。溫飽才知廉恥。但這離我還遠著呢！你們絕不會一見地上有點麵包屑就想著撿起來吃的。你們想的是衛生：誰做的衛生，怎麼沒把這麵包屑掃乾淨？

也許吧。

很久以前，有一艘船在海上遇險觸礁了，沒有人來救，船上已經沒有了食物。有人餓死了，眼看著大家要一塊死了，就有人開始吃屍體。有人反對，說人怎麼能吃人呢？雖然是死人，也是人呀！可是為什麼不能吃呢？這死人畢竟已經死了，已經不可能活了。記住，我說的是吃死人，而不是殺活人來吃。為什麼不可以？只要不把它當作是人，是人的肉，就當作是豬肉，牛肉，什麼動物的肉，只是食物。要不然大家就要全死了。一邊是要餓死了，一邊是放任可以救命的食物腐爛掉，成什麼道理？一邊閒著女人，一邊是飢餓的男人，用它一下，有什麼不可以？

這關係到倫理！我說。

倫理？對方冷笑一聲。倫理是給有餘裕的人設的。可是別忘了，任何人都沒有絕對的餘裕，即使是富人，在那隻船上，也是想活的。或者，只能成為讓別人活下去的食物。你願意成為什麼？

我一愣。我願意成為什麼？也許倫理確實只是一種虛的東西，只有在面對靈魂的時候，它才有價值。但是我們什麼時候面對靈魂呢？要是面對靈魂，我們幾乎要寸步難行了，只能自取滅亡。只能放鬆一點，把它往客觀處想，可是這放鬆有個限度嗎？

那麼你母親，她也同意嗎？我問。

不可能！他立刻說，這怎麼可能呢？

這是當然的。我也覺得應該是這樣，或者說，我也願意得出這個結論。於是她打了你？我問。是，她打我。他說，她把我攙著豎起來打。他回憶著，為的是打得更狠些。我抱著母親，就好像掉在海裡的人抱著救命圈。這是打我的人，又是救我的人，我離不開的人哪！我忽然發覺自己從來沒有這麼依戀她。我沒有別的依靠，只有這個打我的人。我抱著母親，大哭了起來。

當時是後悔了。

當時？

後來就已經過去了。

那麼不就結了。我說。

結了？他說，過去了，還有再來的時候。

那就沒完了。我想。我想像著那情景：母親打孩子，又不能放開兒子。那與其是在打兒子，毋寧是在打她自己。難道是她自己打自己，把自己打死的？不可能。一個人是不可能把自己打死的，就好像人不可能揪著自己的頭髮讓自己飛起來。

那她怎麼反而死了呢？我問。

我打的。他回答，坦然地。

她讓我打她。他說，媽說，你打死我算了！打死我就什麼也不知道了！

於是你就真的打死了她？

是的。他說。

可是你知道，你母親她一定並不願意死的呀！

他低下了頭。我也知道這問題問得愚蠢，誰也不願意死，但是事實上死者已經死了。這個人現在一定已經非常痛悔，但是無可挽回了。

是失手的吧？我問，簡直是在誘導他。好在邊上沒有別人。作為一個幾乎沒有遭受過人生挫折的人，我特別容易同情人。因為我淺薄，所以我淺薄地容易同情。

可是他居然說：不。

我一驚。也許生命對他已經不重要，他要隨他母親一起去。可是他沒有結束自己生命的能力，他企圖利用我們來達到這個目的。但是我不能。

問你個細節問題，可以嗎？我說。那鞭子，是怎麼來的？

買的。

誰去買的？
是我媽。
我倒抽一口冷氣。那鞭子，那個用柔軟的絨布為握柄做了個護套的兇器。
那護套，買來的時候就有了嗎？
不是，自己做的。
誰做的？
我媽。他回答。她找了很久才找到了這個布，她說絨布疼手。
我心裡一個痛。所以她是愛你的，我對他說，你也是愛她的，對不對？
他沒回答。
記住，你是過失的！我暗示他，提審你時，你要好好說。

我：自白

1

做一個同情人的人多麼好！可以在施捨中讓自己圓滿做個好人。他總是幸福的。可那不是我，我是一個囚犯。即使法律原諒了我，即使他們放了我，也沒有用。我是自己的階下囚。我不能輕饒自己。

這個世界太輕巧了。所以他們也習慣於輕巧解決問題。他們甚至也願意寬恕罪惡，只要你懺悔了，我就寬恕你。那其實是他們發現了自己內心同樣也有罪惡，他們害怕，就用寬恕來蒙混過關，取得彼此的沆瀣一氣。現在我坐在審訊室裡。我看見記錄員拿著筆，盯著我。只要我開口，那筆就要輕巧地把我的話記錄下來。幾乎沒有罪犯不對刑警說謊的。坦白從嚴。何況我已經被暗示，我聽得出來。我可以按好心的刑警隊長你的暗示，說我是過失殺人。我明白你是為我好，我可以配合。我可以說自己是失手的，一時糊塗。像現在種種問題那樣，找個理由，歸結個罪魁禍首，蒙混過關。制度不好嗎？拿好制度來；社會混亂嗎？是因為壞人當道；沒有工作嗎？給自己知識充電……他們甚至也願意承認叛逆是情有可原的。可是我不是在反叛。假如反叛能解決問題，那還不簡單？反叛只是洗澡，雖然也能有一身輕鬆的感覺，但是癌細胞是不能透過洗澡洗掉的，放化療都不行。

即使你不殘疾，也是殘疾。

可我不也希望不是殘疾人嗎？我總是強調，假如我不是殘疾人，就能夠結成婚，就能夠有幸福的生活了。可見我也是怯弱的。我對別人說，同時我也幾乎讓自己相信了，我是多麼的不幸！要什麼沒有什麼。被一一〇放回來那晚上，半夜，我醒了。確實是醒了，卻是哭醒的。母親也被我吵醒了。她抱著我，摸我的臉，然後又把我的頭埋在她的懷裡。她穿得很薄，就單件，是那種地攤上很廉價的睡衣。廉價的睡衣才更有家常的感覺。媽的胸脯很柔軟，像廣告裡做的那個柔軟的水床。我聞到了她腋下的味道，也許在別人聞來是有點餿吧，但是我喜歡，這是我們家的味道。我從小就聞著這味道，沒有這味道反而好像失去了什麼。小時候母親總是帶著一身汗味，把衣服一掀，露出汗湠湠的乳房，給我餵奶。那晚上，我忽然又想吃母親的奶了。我像小豬一樣拱著母親的胸脯，我的腿早已沒有感覺了，好像被裹在襁褓裡。我的手也沒有感覺了，我的全身都沒有感覺了，酥麻了。

我說：媽，我要吃你的奶。

母親笑了：傻孩子，別說胡話。這麼大了還吃媽的奶，不羞你？

真的，媽！我說。

母親似乎發現不對了，猛地把我掰出來。盡說胡話！媽知道你心裡苦。她說，睡吧，明兒媽再給你找！

我知道她是說要再給我找媳婦。可是我要嗎？我問自己。

答案是：並不需要！

這答案讓我害怕。

從此我不敢看母親。我知道這是為什麼。到了晚上，我爬上床，把臉朝向床鋪裡側。我看見母親投在蚊帳壁上的拿著蚊掃趕蚊子的身影。蚊帳飄動，她的身影也飄飄若仙。我趕忙閉上眼睛。

母親躺下了。我慌忙閃到一邊去。我介意了。我奇怪以前怎麼從沒有這種感覺？母親很快就睡著了。可我睡不著。我輕輕轉過來，望著母親。母親也背著我。我才發現，母親其實並不老，至少身材上並不老，也許是因為沒有再生育的緣故，也許還因為平時勞作，吃得少，她的腰很細。她側著，那腰好像斷了似的，讓你想伸手去摸它一下。

我遏制住了這念頭。我只是自己摸自己，對著那身體，等待著那身體上的衣服被開個縫。可那晚上那衣服卻封得嚴嚴實實，好像是特地提防著的。我只能用想像，讓自己達到高潮。

第二天我害怕母親發現。那真的難以啟齒。我只能去自殺。但我又無法自己處理，母親似乎也沒有發現。我的褲子也乾了。

晚上，我又這樣做。第三天，第四天……漸漸地，我不滿足了。我湊近母親的身體，竟然撞在了那身體上。隱約感覺到那身體輕輕一縮。但母親她並沒醒來，她還睡得很沈。我就更大膽了，更湊近了些，再湊近，再湊近……她仍然沒有醒。我又把腿跨到她的身上，有一種騰雲駕霧的感覺。她還是沒醒。她怎麼睡得這麼沈呢？

我射在了她的身上。好爽！同時，我喚了一聲：媽。

那身體隱約又動了一下，但是她仍然沒有醒，好像死去了。我真希望她死去。我也希望我完事後也死去。我已經滿足了。

我輕輕把黏在母親身上的精液擦掉了。第二天母親起床了，好像沒有發現。但她去洗澡。她從來沒有在早上洗澡的，難道她知道昨晚的事？她換了衣服，不過是全換了，連同沒有被我弄髒的上衣，這讓我稍稍寬心。她照常做事，煮飯，給我端飯。她把飯端給我，讓我先吃，自己去灶台做事。可她並沒有做什麼事，是在那兒洗碗。我說，等吃完了一塊洗吧。她不應。我叫：媽！

不要叫我媽！她突然說，發了神經似的。但馬上又懊悔地支支吾吾著，哼哼哈哈起來。那天她把乾淨的碗也倒進洗碗槽裡洗。我明白了。

其實母親怎麼可能不知道呢？我發現自己真是幼稚了。利令智昏吧！在我做的時候，我還那麼大聲叫媽呢。可我怎麼能不叫媽呢？我已叫習慣了。整天跟媽廝磨在一起，一會兒一聲媽的，沒有比這叫喚更親切的了，稍不留神就脫口而出。也許我一直就對母親有那種心理？這個世界上的女人，我母親是最漂亮的。那些介紹給我的女人，都是他媽的什麼貨色呀！就說別的女人吧，有一次，我媽把我背去百貨，我媽背累了，沒有地方放，就把我擱在櫃台上，服務員就罵我媽。那個女服務員，看上去還年輕，可打扮得跟婊子似的，還紋眉毛。這樣的女人，她有什麼資格罵我媽？我就跟她大吵了起來。這樣的女人，給我當老婆我也不要。當然人家會笑說，人家還不給你呢！但是我也不要。並不能因為她們不給我，我就沒有選擇的權利。即使是挑剔。其實我所以還在結婚問題上挑剔，是因為我根本不想結婚。所以當對面街那個傻女兒那樣待我，我更不能容忍。其實被一一〇抓去那天，是我去掐那傻女兒的。人貴有氣，是不是？士可殺不可辱！我知道，我們這時代這樣的話已經不時興了。大家都講求實際，好端端的人也去假裝乞丐，只要有錢就行。我不要乞憐。我要我媽！我愛我媽！

2

一天晚上，母親說要上街逛一逛。她把我背到一個離我們家很遠的地方。到一家髮廊前，母親說，推拿也許能治療我的病。那髮廊裡紅彤彤的，幾個面目模糊的女人，只有那裸露著的肉是清晰的。我從來沒有來到過這種地方，但是我猜出這是什麼地方。電視上曾經報導過掃黃，在我們這城市，這就是最大的經濟增長點。你一定不會不知道，隊長，是嗎？

一個小姐就把我們引進裡面一個小間。那裡散發著霉氣和香水氣味，還有男人的菸味，都是跟我無關的味道。我沒有抽菸，我不配做男人，我不配做男人當然也就不配得到有香水味的女人。母親按小姐的示意，把我擱在一張按摩床上，說她要去買點東西。她看了小姐一下，走了。她沒有跟小姐說一句話，正因此我明白了，她原先已經跟小姐談好了，她是有意背我來這兒幹那種事的。原來她沒有睡，她什麼都知道。她怎麼會想出這一招來？她怎麼捨得花這錢？也許正如她所說的：該花的時候不能省。她別無選擇了。何況這世界都已經發展到這地步了，做一下，又有什麼不可？只是發洩。就是一個洞吧，借用一下，完了就算。有什麼不可以？多少嫖客還不照樣是好丈夫、好父親、好職工，是良民，不會去炸大樓，濫殺無辜。從實際角度上說，沒有什麼不好的。你為什麼不做？

小姐向我伸出手來了。沒有徵求你意見，可見母親真已經跟她串通好了。小姐很自然地就把手按在我的腹下，像通了閃電似的，當然，她是女人。那手很柔，我應該承認。她也很年輕，我從來沒有遇到過這麼溫柔而年輕的女孩子。也許她以為我就會很自然地把手伸向她。當她發現我並沒有這麼做，她就索性自己把衣服解開來了。我看到了比手更加年輕漂亮的身子。我承認，我有點把握不住自己。

那個洞！我夢寐以求的聖地。

我的褲子被剝掉了。我瞧見自己陰莖蹺立，好像一桿槍。我也可以當個戰士了，投入到這個世界上，去混戰。

她也知道我站不起來，她就爬了上來，趴在我的身上。她的動作是那麼的柔，像蛇一樣地。她舔我的乳頭。然後她立起來，一邊手握住我的陰莖，對準自己。就是那個洞啊！馬上就要進去了。借用一下。只是借用一下。我馬上要沈沒下去，沈沒，借用一下……

可是這是我所需要的嗎？

我猛地跳起，把小姐掀下去。床很窄。她莫名其妙地望著我，然後是憤怒。是的，我應該遭人恨。她沒有什麼對不起我的，她沒有什麼不對。是我。是我！是我不對！我不能……

像你這個樣子，以為我們願意給你做呀！媽來背我回去時，她們說。要不是你媽一直說……

媽紅著臉，低著頭。原來是這麼個亂七八糟的地方呀！出來後，媽嘟囔了一句。我知道她是故意這麼說的，她在辯解。還以為真做按摩呢，她說，我真蠢！

母親從來很好強，從來不承認自己愚蠢，即使她發明鍛鍊下肢的土辦法徹底失敗了，她也沒認輸過。現在她居然說自己蠢了。噢，媽媽！我知道，跟羞恥比起來，愚蠢算得了什麼？即使你不得不承認你是存心這麼做的，跟亂倫比起來，嫖娼又算得了什麼呢？只不過是大家都在做的事，只不過是大宴席上多加了你一雙筷子。同流合污吧，可是我不能。偏偏是我不能。

那些小姐說得對。像我這樣的人，一個廢人，還這麼要模要樣。整個世界都爛了，要你一個廢人去拯救？要你一個廢人去堅守？簡直可笑！我並不想堅守。我只是想愛，得到我的愛。這是我自己的事。也許你會說，還關乎另一個女人。可她是我媽。我媽是什麼都肯給我的人。她可以把自己賣給那個老不死的給我換媳婦，她為什麼就不能給我？媽是什麼都肯給我的，她是最愛我的人。

我要愛母親。這不是一個洞的問題。跟灶台下那個老鼠打的洞不一樣，跟草席上的破洞也不一樣。那是偽造的洞。我的靈魂從偽造的洞中掙脫出來，像鬼魂一樣遊蕩。天黑了。燈滅了。母親上床了。她睡了。我的靈魂找到了家。我要進去，實實在在地進去！

連我自己都嚇一跳。我這是怎麼了？

母親仍然裝作什麼也不知道。也許，她應該明白了我想要什麼，只是她無計可施。我想像得到那側的她的眼瞼隨著腦筋的劇烈轉動在跳動著。也許她也沒有預料到會到這種地步，至少不會這麼快吧，她背對著我，沒有動。我剝下了她的睡褲，她似乎抗拒了一下，但是沒有轉過來。轉過來就把問題明朗化了，也許她想，讓我看看動動就好了。她抱著僥倖心理。我就更大膽了。

我要奔地獄！

我要奔去！

我進入了。她明顯顫慄了一下。但是她並沒有怎樣，只是稍換了一點姿勢，好像又睡著了，好像只是從一個睡眠狀態轉到另一個睡眠狀態。她的姿勢變得讓我更容易操作了些。她睡著了。我進行得很順利。我甚至想，她是不是已經認了？有意讓我得逞，用一下算了，就當作不知道。只要不把事情明朗化，還不當作是別的男人？比如是那個老不死的老頭。是啊，我也可以看成是在做別的女人。可是，我不行。我要的是這個女人。我叫：媽！

我居然叫。這不是要把她叫醒嗎？她一定會聽得見。即使我沒有大聲叫，我離她這麼近，晚上這麼靜。可她完全聽不到，沒有醒。這就更現出了她是在假裝。一輛汽車從外面開過，她好像在深度睡眠中煩躁地扭了扭身子。既然外面馬達聲她都能聽得到，她怎麼就偏偏聽不到我的叫聲呢？

而我，為什麼要叫醒她呢？我要的是這個人。我真的是愛這個人，而不是一個洞，一個肉體。假如只是肉體，那麼跟找小姐有什麼兩樣？跟兩隻雌性動物有什麼兩樣？正因為是這個人，是我母親，才感覺不一樣。我就是要確認這種感覺，確認真實。假如我蠅營狗苟，假如媽閉上眼睛，我們可以苟且下去，我的問題可以解決，她也可以裝作不知道。什麼問題也沒有。只是用一用。只是用一用。借用一下，只是借用一下。這世界大家都太敷衍，這世界上罪惡太多，誰正視過自己的行為？雖然罪惡仍是罪惡，我們這時代特別需要對自己罪惡的正視。就好像一個記日記的人，在日記中確認自己做了什麼了。可是媽太怯弱了，她堅持不醒。我堅持不住了。我洩了。

我很懊喪。

第二天早上，我故意問她：媽（我故意仍然叫媽，一叫，我的身體就會酥麻一下），昨晚你睡得好沈哪！

她一愣。是啊，她說，白天太疲勞啦！

是嗎？我說，如果發生了地震了呢？也不會醒嗎？

她又一愣。繼而她臉上閃過一絲絕望。那死了就死了算了！她猝然說。

你死了，我怎麼辦？

所以我要盡快給你找個媳婦啊！她忽然說。她已經很久不再提找媳婦的事了。

找誰？傻女人？我故意問，簡直尖刻。

她慘然一笑：那當然要找最好的了。

那就是你了。我說，我乾脆說了。媽媽最好！

你說什麼呀！胡說什麼……她說。吃飯吃飯！完了媽還要出去一下呢！沒時間跟你耍貧嘴、胡說八道。

母親說胡說八道。胡說八道是最好的支吾。也許我真不該去揭穿，那太殘忍。

她連飯都沒有吃，就慌慌張張走了。她走了。我發現，床上擱著一捆衛生紙。這是從來沒有過的。而且床上還放著她的衣服。從上身的到下身的，從外到內，放著，恰恰擺成一個人形。這就是媽呀！我撲過去。摸、嗅各個部位。我用它們裹住自己，像襁褓似的。我太幸福了。我洩了。

媽回來了。她好像順手似地把紙和衣服整理了。把衣服似乎漫不經心地跟別的生活用品堆在一起。企圖抹掉其特殊性。我感覺母親有點可笑。

我叫，媽。

幹嘛？

過來一下。

過來……幹嘛嘛。她說。

我要尿尿！我說。

她猶豫了半晌。最後無可奈何地端著尿盆過來了。她把尿盆擱在我腳前，扶我下床。我倚著她，拉下自己的褲子。

我把她抱住。

這不是在她入睡的時候，是在她醒著的時候，光天化日之下，彼此清醒，清醒地看到了對方。你不能立刻睡下去吧？她一個哆嗦，把我搡開。我被搡在了地上。

我沒法爬起來。我是廢人。她又把我扶了起來。我站不穩，她又只得把我抱住。

我又摟住她。

她開始打我。也許是用力過猛，她一個趔趄，跌倒了。我要奔過去扶她。我哪裡能扶？可是我居然站了起來。但我又很快垮下去了，摔在地上。母親瞧見了，大叫一聲，滾爬著過來拉我。我被扶起來了。我們倆坐在地上，喘氣，像一對兩敗俱傷的狗。我瞅著她。她不敢瞅我。她猛然拍著地板叫道：你為什麼要這樣啊！

媽，我愛你！我說。

胡說什麼呀！

媽，你愛我嗎？

愛，媽說。可那是另一回事。

怎麼是另一回事呢？我問。

媽說，我知道媽對不起你，是媽把你弄殘廢了。媽可以賠你。媽可以為你去死！死都可以，還有什麼不可以的？

那不行！

為什麼？媽。

那是害了你。媽說。她不說她自己不行，而是說怕害了我。我的好媽媽喲！

母親會害兒子嗎？

她一愣。

你就不怕別人害了我？

媽保證給你找個好的！她說。非常好的！你相信媽。

我相信媽，我說。什麼樣才算好的呢？

賢慧，漂亮……母親說，她的表情豐富了起來，竭力拼湊著一個妻子所有美好的品質。百分百的好妻子，好女人。媽，那不就是美女蛇嗎？我說，她會害死我的。

不會的！媽說，她會讓你很幸福的！

她會吸乾我的！我說，只有媽才把握得住。

不行！媽說，你就不要當我是你媽吧！

那好吧，既然不是我媽了，還有什麼不行的呢？

那你就當我是個壞媽媽吧！她又說。

既然是壞媽媽了，還有什麼不能做的呢？

我不願意！這樣總可以了吧？

你不疼我了嗎？

不疼。

真的？

你不要逼媽了吧！她叫，不要讓媽遭天打五雷轟了！她這麼說，猛地愣住了，恐懼地瞪著眼。她的眼裡是空的。

你就把我打死算啦！她突然說，我不要活了！你把我打死好了！

她揪著自己的衣領，送到我手裡。她抓起我的手打她。我怎麼能下得了手？我抗拒。可是她的力氣非常大。她把我擰疼了，我叫了起來。她停住了，心疼地摸著我的手。忽然，她大哭了起來。我不是個好媽媽！你打我！你打吧，打吧！打吧！

我們都哭了。

3

要不，媽用手為你做出來？過後媽說。

不要。我說。被我這一頂，倒好像媽不知羞恥了。她尷尬地站在那裡。你以為我願意受這個罪？她說，你以為我願意？

她猛地把一塊盤子摔在地上，摔個稀巴爛，好像在說，不過了，這日子。這讓問題轉移了，好像我們是因為生活上的事吵架。

她在撿碎片時，食指扎出了血。我拉著她的手。媽的手可真瘦。我可憐起她來了，我答應了讓她用手做。

她去塗了紅藥水。然後，洗了手，擦乾，晾著過來。手伸過來了，忽然又遲疑了。其實這動作對她來說已經很正常了，我洗澡都是她給脫的。再說我不就是從她身子裡出來的嗎？現在她卻生分了。一個東西一旦被明確了，就不一樣了。

她終於拿食指戳了戳我的東西，像是想通了，毅然伸了過來。

很舒服。媽她做得小心翼翼，不讓我生疼。簡直是在撩，就好像我小時候做了壞事，媽輕柔地一巴掌撩在我的臉上，與其是在打，毋寧是撫摸，這只有媽能做得到。她的食指蹺著，那上面的紅藥水，像血。

天地荒涼，只有我們倆。牆板外喧囂，有人在叫賣。那裡是市場，但跟我無關，有一種大隱隱於市的感覺。我射了。那手立刻摁住出口，不讓射出來，流失了。她反應那麼迅速，好像早就準備著了。她怎麼知道我什麼時候要射呢？也許因為她是我媽，我是她兒子。她把我的陰莖搖了搖，好讓我的精液回流下去。她揩我出口上殘剩的精液時，好像一個吝嗇的主婦舔著鍋裡的殘留飯液。我們家沒有錢，我們什麼也沒有，我們必須保存，必須珍惜。

然後她去洗手。我看見她的整個身體。我瞧見她的屁股，有點豐腴，生過孩子的女人的屁股真美啊！我要！我不滿足了。用她的手，畢竟是一種閹割。沒有洞，用手假造出一個洞，無論如何仍然是假的。媽，用嘴巴好嗎？再一次時，我說。

什麼？媽叫，像盯著魔鬼一樣盯著我。不行！虧你想得出！你越來越壞了！

是吧，我壞。

你是哪裡學來的這壞？媽道。

其實也不是哪裡學來的。我連A片的權利都沒有，只是想像出來罷了。有需要，就會去想如何實現，人在這方面是無師自通的。我不求用那裡，只用嘴，好歹也是個洞啊，媽！我說。

不要叫我媽！她敏感地喝道。你已經弄得我人不人鬼不鬼了！

只一下。

一下也不行！你這不是作賤我嗎？

愛不就是作賤嗎？我說。

又是哪裡學來的油腔滑調？媽說，我已經太縱容你了！

我沒話了，低著頭。我的下面勃勃生疼，好像要炸了。我呻吟了起來。媽起初不理我，甩手走了。我不能跟上她，不能去追她，只能坐在原來的地方，痛苦地搖晃著身子。我想用自己的手搞掉，可是好像有排斥似的，我的手一伸上來，自己就有一種厭惡感，我的手被憤怒地彈了出來。我只能絕望地搖著，掙扎著。我叫著：媽！

媽不理我。我從來沒有見過這麼狠心的媽。我只能去捶自己，一拳捶下去，陰莖好像被折斷了似的，疼得我慘叫一聲。

媽終於回過頭來了。你幹什麼呀！她叫。你瘋了嗎？你要自己死嗎？這東西是命根子，會讓你死的你知道嗎？

我沒有辦法了！我哭著說。

那你就去死好了！媽於是說。

死就死！死算什麼？

你聽你還在胡說八道喲！媽又說。你要死，那好，你先把我打死吧！先把我打死！打死我！她又來抓我的手，打她。她的力氣仍然非常大。這下我也不抗拒了，就由她把我的手支配著，打就打。她狠敲，我也狠打。我真的也想打，我恨！也許我真的是恨母親。我打乏了，她也乏了。她撒了我的手。她忽然說：好了。

好了？什麼好了？這才發現，我的下面已經不再脹痛了。不知道什麼時候已經平息了，也許是轉移了。剛才我的手的憤怒，就是出自這個的。我的手毋寧是個替代品，打媽呢！

以後，你要覺得難受，就打我吧！媽說。

不，我說，我不打。

其實我很想打。

4

用這個打媽！媽說。她買回來一根鞭子，皮的。我不知道她從哪裡買來的。我不打！我說。

媽讓你打。她說。

不，我不打！我說。

讓你打就打！她喝道。好像被她的喝叫搡了一下，我踉踉蹌蹌接過了她手裡的鞭子。你就當我是壞媽媽吧！媽說。

不，我不！我說。

聽話！媽說，把鞭子摁在我手裡，把我的手指團上。她攥住我拿鞭子的手，揮舞，往自己身上抽。鞭子夾著雄風掃過我的臉，有一種凜冽的感覺，好像大部隊拉過，戰爭開始了，把你也推到了戰爭狀態中。我聽見母親哼了一聲。痛嗎？我問。

不痛，倒有種痛快的感覺呢！媽答，做出很稀奇的表情。這話這表情慫恿了我，第二鞭就是我自己打的了。打得有點遲疑。這樣反而是痛了。媽說。

為什麼？

最怕的就是這樣愛重不重，這才會真的痛。媽解釋說。

這是真的。有時候我恨起自己來，去掐自己的大腿，最疼的就是掐得半緊不緊的時候。我忽然產生了惡作劇心理。我故意又輕輕地抽了她一下。

傻兒子，媽說，你要媽難受死呀？

我笑了。我就是要你難受！我就是要你難受！我說，調皮地。

媽也笑了。那好吧，誰叫我生了個不孝子呢！她說。我知道她故意要這樣說，竭力把我們的行為往孝不孝這問題上靠，這樣我們就可以為所欲為了。

當然也是媽罪有應得。媽又說。我想媽是指她沒有讓我有個健全的身體。仍然是在說，我們的問題是凡常的母子問題。

我說：不！

就是！媽道，你就這麼想著！

5

媽，我想沾上水。

為什麼？

你給我沾上水呀！我說。我把鞭子遞給她。她懵懵懂懂地去了，沾上水。我看見鞭子的末端滴著水，好像滴著血。

我揮起鞭子，抽！母親更尖銳地叫了一聲。果然。沾上水的皮鞭抽得更到位，卻留不下什麼疤痕。

你呀，你好壞哪！你是個大壞蛋！

是的，我是個大壞蛋！我希望自己當一個大壞蛋。這輩子我最大的怨恨就是當不成大壞蛋。我終於當上大壞蛋了，是母親給我的。我是怎麼想出這個惡毒主意的？我也不知道。沒有人教我。也許天生骨子裡就有的。

6

媽，我想站起來打。我說。

好，媽說。把我豎起來，她躺著，舉著手支撐我。我馬上有了站立的感覺。我是一個正常的人，我可以支配這個世界，我有權力。我揮鞭。

可是我很快就癱下去了。因為母親的手撒開了我。我是靠她的手支撐著的。她一痛，就不由得撒了手，我就倒了下去。她慌忙又來攙我，好像她幹了什麼大壞事似的。她所幹的最大的好事是關於她孩子的，她所幹的最大的壞事也是關於她孩子的，她讓她的孩子摔倒了。

她攙著我。這樣她就無可逃避地挨著我的鞭子了。我們是冤家。我就是要確認我們是冤家！

7

媽，你起來。我說。

對方躺著，躺在跟床舖、地一個水平面上，你感覺不到明確的靶子，就好像打在床和地上一樣，沒有強烈的擊中感。

媽起來了。一個明確的靶子。

8

媽摟著我。因為離得太近，我揮不開鞭子。可是媽離開我了，我又站不住。我沒有腿，我這腿！我這腿！

媽，我要騎在你背上！我說。

媽趴下了。

9

我是個瘸子。不僅是瘸子，手也不好使。我的動作往往把握不住，打不準。我用力太猛，還把鞭子甩脫出手去。媽爬過去撿，再交到我手裡。

你的手怎麼了？她叫。

破了點，沒關係的。

誰說！媽說。她為我包紮完，又審視著鞭子握柄。這東西怎麼做的，太粗糙了。現在的產品都這麼粗製濫造！

她要為握柄縫製一個柄套。要絨布的，絨布疼手。她在平時蒐集的碎布片中挑揀，找到一塊了，只是不夠寬。她就又找一塊接了。接痕幾乎看不見，我握了，一點也不硌手。絨布好溫柔，溫柔得讓我想哭。

不能太鬆了，鬆了，不貼，拿著會打滑，要多費勁。她量得很精確，像做一件藝術品。做完了，欣賞著。也許那隻打她的手有了快感，她也有快感？

媽，你真的願意嗎？我問。

媽真的願意。媽說。

你舒服嗎？我斗膽問。

舒服。不料媽真的說。

胡說，媽，我說。你是胡說的。

你舒服了，媽就舒服了。

可見你是不舒服的，媽，你是為了我舒服。

你舒服了，媽就也舒服了，傻！媽說，兒子是媽的心頭肉，你舒服了，當然我也舒服了呀！

媽，我不要舒服！我不要舒服！

你不要舒服，媽可要舒服！

媽，我可以讓你舒服。我叫，我又想要和媽做那種事了。我拉住了媽。

滾開！媽叫，她從來沒有這麼兇。

你是真討厭我了，媽！我說，你討厭我嗎？

不呀！媽說。

不，我知道你討厭我了！要沒有我，你可以過得比現在好。

就算是吧，媽說。她簡直絕情地說道：你難道不也在恨我嗎？我們到了現在這分上，你就不該恨我嗎？你這沒出息的！

我是恨你！我說。

好啊，恨我，所以你打我了，是嗎？你這個狼心狗肺的！

罵得好！我就是狼心狗肺！

你打呀！媽刺激我。

我就打。

你再打呀！

就再打。我真的恨媽了，恨不得她死！她不該刺激我。可是她是故意的，她就是要刺激我。寧可讓我恨，也不要讓我愛。她要培養我的恨，讓我在恨中得到滿足。她呻吟著。那是爽的呻吟。我也爽。真的好爽！我揮舞著鞭子。我的鞭子好硬！好硬……她叫了一聲，突然又憋住了。倒不是怕被鄰居聽到，而是怕洩了氣，像一罈好酒要漏了酒氣。憋住！讓酒氣醇濃。醉。她一步步醉了下去。我打。徹底醉了。她醉了，不動了。媽你怎麼能只管自己醉下去了呢？我可怎麼辦？你這麼自私！還說母親如何無私呢！不行，我要你醒過來！怎樣才能讓媽醒過來呢？嗯，幹她最怕的事！我就幹了。我還要叫：媽，媽！我愛你，我愛我媽！我愛我媽……記錄員你沙沙沙埋頭記錄，隊長你不要張這麼大的嘴，你別瞪我。你在為我惋惜？你在恨我？你在說，我必死無疑？我還要遭受嚴厲的審判？我還要被遊街示眾？還要被暴屍街頭？可我還要說！什麼？是畜生？好啊，就讓大家看看這世界上的畜生吧！我們像禽獸一樣活著。你們不承認，你們不是，就我是吧！你們就體面地活著吧，把母親胎盤的血跡洗乾淨，體面地活人，心安理得地活下去……

一八七七年，摩爾根在他的《原始社會》中指出：美洲印第安易洛魁人對親屬有很奇特的稱呼。他們不僅把親生的父親叫父親，而且把父親的所有兄弟都稱為父親。對母親的稱呼也是同樣的。這稱呼是原始血緣婚的活化石。在漢語中，姐本意是「母」，從《說文》、《廣雅》、《廣韻》、《集韻》、《稱謂錄》中可以看出。而在民間語言中又用作妻子、情人。「娘」為母親，但本意卻為少女，《玉篇・女部》說：「娘，少女之號。」南朝樂府《子夜歌》有「見娘喜容媚，願為結金蘭句」。同時娘又指妻子：「娘子」。

現在，您還可以選擇闔上。
您確定要打開嗎？

十章　上天堂

1

你想到過死嗎?當你正活得有滋有味的時候,比如正打著高爾夫球,或正跟情人幽會,或是正蜷曲在沙發上喝酒聽音樂,或是正泡著熱水澡,或剛把對手打下去,你正躊躇滿志,突然被宣佈,你的生命進入了倒數計時。你會怎麼樣?你是不是會頓然癱倒,也許你又會馬上掙扎起來,想到自己就要撒手的那麼多東西。你割捨不下,不甘心。你忽然覺得這世上的東西全都應該屬於你的,即使不是你的,你也堅信你如果沒死,就將會屬於你。你不顧一切,像個強盜。我要死啦!我要死啦!你一路呼喊,像一輛急救車。你有這個特權,因為你馬上就要死了。你一路狂搶,見什麼都搶。可要命的卻是你怎麼也抓不過來。抓了這個,丟了那個,你仍然兩手空空。於是你又會像不懂事的小孩那樣耍起賴來。你哀求:等一等,等一等!再給我一點兒時間……

可是,生命還是像細軟的絲巾,從你手中滑走了。

約翰·麥克威恩跟我這樣講時,我腦海裡浮現出電影將要散場時的情景。照明燈亮了,放映廳亂了,大家紛紛站了起來,像暮色中撲楞楞飛起的烏鴉。到處都是活動椅座蹺起的聲音,甚至,放映員索性把片尾喀嚓一斷。走到外面,空氣淒淒的,腥腥的,好像痛哭過後擤著鼻子。約翰·麥克威恩是不是這樣感悟到了活著的意義？五十年前，他曾參加過朝鮮戰爭，他有一次遭到了夜襲。death！他說。我們稱作「死」的，他們叫作「death」。四面楚歌，繳槍不殺連天。雖然他平時很清楚死神隨時都可能降臨，可那一刻才明白，自己其實並沒有真的相信會死。

你會後悔自己平時為什麼要奢談死！那其實不過是明知不會死的矯情。他說。

後來呢？我問。

後來，當然繳槍不殺囉！

投降了啊。我笑了。一個美國兵，貪生怕死，發著抖，乖乖把槍舉過頭頂。我從小就在戰爭影片裡看到這樣的情形。可我沒料到他居然也笑了起來，還笑得很爽朗。他並不以投降為恥。在他的內心是不是有著比恥辱更堅實的東西？他活下來了，而且他們回國了，仍然受到了祖國的擁抱。而當年從同一戰場歸來的中國人民志願軍戰俘，卻被責問：你當時怎麼不去死？

咱中國歷來有視死如歸的傳統。比干拚死諫皇帝，屈原自沈示清白，竇娥死而鳴冤仇。老子說：民不畏死，奈何以死懼之？毛澤東說：聞一多拍案而起，橫眉怒對國民黨的手槍，寧可倒下去，不願屈服；朱自清一身重病，寧可餓死，不領美國的救濟糧。

每當想到這兒，我總有一種對自己命運的惴惴不安。什麼時候要輪到我被獻祭出去？我好像一隻籠子裡的雞，湯已燒開，刀已備好，什麼時候就會有一隻無情的手伸進來。

我什麼時候死？

（約翰・麥克威恩，世界《財富》論壇五十強SHALE公司總裁。）

2

討公道農家父子法院自盡《南方週末》一九九九年一月二十九日

袁印博、董翠俠夫婦是陝西省興平市南位鎮固顯村農民，家裡六口人，七、八畝地，生計艱難。一九九六年三月，他們承包了西安現代農業綜合開發總公司種植五場的四十三點七畝土地。承包合同約定，這片土地由他們自由種植，自產自銷，自負盈虧。

他們以兩千九百元現金和場方所欠他們的兩千八百七十八元欠帳繳清了第一期的承包費五千七百八十五元後，得以進地耕種。在收割了一批玉米桿之後，他們又種植了二十畝蘿蔔、十畝大白菜和十畝大蔥，後又全部套種了小麥。他們住在租來的簡陋土房裡日夜操勞，常啃乾饅頭，喝生冷水，精耕細作，盡心呵護，蔬菜長勢喜人，眼看豐收在望。

一九九六年十一月十九日，他們和所請民工一起拔了五畝地的蘿蔔。又大又白的蘿蔔小山般堆在地裡，煞是教人豔羨。

第二天早上，他們請了八個民工，滿心喜悅地上地繼續收穫。當他們來到地口，見農場副隊長王保爾和警衛劉少山擋住了那條通往地裡的唯一道路。說種植五場場長蒲渭濱叫袁印博去一趟，去了後才准進地收穫。袁印博去找蒲渭濱。蒲渭濱一見他來，騎上摩托車駛向農場派出所。袁印博到派出所大門口等著。蒲渭濱不理睬，又駛向總廠辦公室。袁印博又到總廠大門口等。蒲渭濱仍不理睬袁印博，出來開著摩托車亂轉。袁印博被戲耍了兩個小時以後，仍然攔截不住，便又叫妻子，到廠部西邊橋上等著。看見蒲渭濱回家了，他們趕緊追到他家裡。蒲渭濱大發雷霆，說：你們種誰家的地呢，也不打聲招呼！原來是因為他們收穫了沒給蒲渭濱送禮。蒲渭濱先說他們承包費沒繳夠，而後又說那塊地已承包給別人了，如果他們想包，每畝地交四百五十元（合同約定，每畝承包費按地塊和時期分別為一百四十元、五十元及一百八十元）。袁印博說：我們有合同，合同還沒到期呢。蒲渭濱說：合同是一張廢紙，我說了算！

二十二日下午，王保爾等二、三十人拿著麻袋，推著架子車，搶收蔬菜。袁印博夫婦無力制止。那二十畝蘿蔔和十畝白菜，後經法庭審理確認，按當時市價，共值八點五六萬元。一場辛苦付諸東流，反欠著一屁股債，夫婦倆悲憤莫名。他們拿著合同到西安市未央區法院諮詢，法院告訴他們合同是有效的，他們可以起訴。一九九六年十一月二十五日，他們向未央區法院張家堡法庭提起訴訟。一年零五個月之後的一九九八年四月十六日，法院終於作出一審判決，判被告西安現代農業綜合開發總公司種植五場賠償原告袁印博蔬菜損失七萬九千六十六點零五元。種植五場不服，上訴至西安市中院。蒲渭濱拿著判決書叫：姓袁的，你休想拿到一分錢，這八萬多塊錢我全都花到法院，也不會到你手裡！並稱其有親戚在西安市司法部門工作。

七月七日，西安中院發出裁定書，以原判事實不清、證據不足而撤銷判決，發回重審。

九月二十三日，未央區法院再審該案。按照民事訴訟法規定，組成合議庭的審判長和審判員應出庭審理，對法庭審理活動負責。但是奇怪的是，這一天合議庭成員中只有審判長馮霽一人出庭審理，兩名審判員僅由他念念名字而已。

庭審作出判決：原、被告雙方所簽訂之承包土地合同為有效合同。原告拖欠應交付給被告的承包費，被告有權向原告催要，而且無證據證明其承包地裡的蔬菜係被告收穫。判決如下：一、駁回原告袁印博之訴訟請求；二、原告袁印博給付被告終止五場承包費等共計七千八百三十點二十五元；三、一審及二審訴訟費共一萬餘元由原告承擔。

所謂拖欠承包費，即一九九五年秋，他們承包了種植五場的十畝地，數月後將種植的玉米稈賣給種植五場，種植五場以沒有錢為由一直拖欠付款，後來說他們承包一塊地，欠款抵沖一部分承包款。於是，他們東拉西借，湊了餘額，交到種植五場，並和種植五場簽訂了承包合同。種植五場一直沒有給他們那筆欠款的任何憑據。而蒲渭濱等人在法庭上則徹底否認那筆欠款的存在。

因此法院對此不予認可。原告代理車曉崗律師認為，即使如此，也不影響被告對民事侵權行為承擔賠償責任，因為它和拖欠承包費存在於兩種法律關係中。

車曉崗律師認為，即使沒有人站出來證明那些蘿蔔白菜是蒲渭濱派人收穫，也不影響被告對其強行阻止原告收穫自己所種蔬菜而造成的損失負全部責任。

在袁印博及父親死在未央區法院之後，一九九八年十月二十五日，袁印博的繼承人董翠俠及袁俊峰就該案向未央區法院申訴，該院受理後沒有開庭審理，於一九九八年十二月二十三日書面駁回申訴，維持原判。

袁印博和董翠俠一次又一次前往未央區法院，給法官下跪，求他們主持公道。他們跪在一位副院長面前，這位副院長說：你官司打輸了，在這哭哭啼啼幹啥，現在按判決執行，你該拿的錢一分也不少，沒錢了折家產，沒家產就關人！並把他們強行推出門外。

他們的確沒有任何家產了。兩年來，為了打這場官司，他們賣掉了耕牛，賣光了口糧。夫婦倆的精力全都花在了這上面，幾乎沒有什麼收入。他們十多次跪倒在馮霽法官面前，馮霽說他們干擾公務，要拘留他們，並說：實話給你說，你的官司永遠也贏不了！

他們每一次到未央區法院都遭到一個高個頭、大臉盤的人的毒打。此人將袁印博摔倒在地，提起來再摔倒，再提起來再摔倒，如此反覆，並多次揪著袁印博的領口，將他往牆壁猛撞頭部，直致其倒地不省人事。

一九九八年十月十四日，他們夫婦倆又在法院遭到了毒打。十五日，他們又到法院鳴冤。老父親袁鳳林放心不下，也跟著去了，因年老體弱，上不了二樓，就在一樓樓梯處等候。他們夫婦倆來到馮霽面前，馮霽放下茶杯，站起來說：你的官司永遠也贏不了，如果打贏，你把我馮霽拿槍打了！袁印博說：馮法官，你不是判我死刑嗎？馮法官說：那我也沒辦法。袁印博從身上掏出早就準備好的農藥喝下。

老父親見兒子被眾人手忙腳亂地抬下來，知道出事了，跪在樓梯口，雙手用力地拍打著地面，昏倒在地，幾天後不治身亡。

命案一出，三秦震驚。陝西省委省政府高度重視，省委書記李建國主持召開了專題會議，要求有關部門成立聯合調查組，查清此案原由，還老百姓一個公道。

死了，就能申冤了，就能伸張正義了。我們的生命如草芥。

因為活著是如此之輕，死是如此之重，死了，就得大張旗鼓。喪車堵塞交通，招搖過市，一路撒紙錢，放鞭炮，那些平日裡威風八面的交警居然一下子打了蔫，視而不見，不阻攔，不罰款，不扣證……人家死了嘛！死了就有理，死是最大的理。我從小在描紅簿上描字：死，總給我雄赳赳的感覺。漢字它有臉啊！比如笑，就是開顏笑的臉，哭，就是哭泣的臉。根據斯蒂芬假說，在一種文字的原始形態中，世界的一切，包括它的滋味、色彩和特質，都已包含在其中。

3

我爹就是吃死人飯的，給人操辦喪儀。我們家總是走馬燈似的來陌生人，或是電話。我爹拿鋼筆寫了廣告卡，插在各村、各鎮、城市街區單元房的門縫裡，上面寫：紅白喜事一條龍專業服務公司位址。後來有電話了。後來又有傳呼了。我爹有傳呼時，這卡片就變成鉛字的了，就像結婚請帖一樣漂亮。

我爹長得相貌堂堂，國字臉，紅紅的，像關公。這臉相本來是要做大官的，卻做了這樣神神鬼鬼的事！奶奶活著時總是這麼嘆息。我不知道奶奶為什麼對爹做這生意不滿意。

爹總是坐著抽著菸給人講生意，也分給人家菸抽。客戶很少討價還價的，若覺得價格高了，他們就找個託辭溜走。偶爾有個不識好歹的開口討價，我爹就馬上站了起來，挺著筆直的腰桿說：你是求把事辦清楚了呢，還是求省錢？

他們就不吭氣了。我爹從不肯讓人討價還價，說是這樣會搞賤了他的招牌，就像滿街的大路貨。也幾乎沒有人執意要在這種事上吝嗇的，再窮的，也要辦個起碼禮數。好像他們的錢首先是用在死上。我爹拿東家的錢，就三頭六臂大幹起來。我爹他真有三頭六臂呢。別瞧他什麼都沒有，只有一個不知什麼年代的破破人造革北京包，裡面裝著一些筆、紙、繩頭，就三下五除二把喪家的房子佈置得花枝招展了。當然花的是東家的錢。東家從衣袋裡一張一張地掏出錢，數給我爹。我爹要多少，他們就給多少，買！其實那些東西沒有一樣是有用的，有用的只是說明我爹把事情辦得很到位，他該拿這麼多酬金。當然對喪家也有用，他有了排場，就有了喪事氣氛了。把碗摔破到門口去，把香案佔到人家家門口去，讓鞭炮炸得四處不得安寧。燃燭燒紙，燒得烏煙瘴氣，沒有人敢說一聲不的。來客站得到處都是，到處都是送來的禮敬——毛毯、被單、銀燭、糕仔封……紅紅綠綠，重重疊疊。來人送了禮敬，就大大方方在一旁玩，等吃，有說有笑，打打鬧鬧，像來聚會。多年沒見面的熟人現在見面了。要不是有人死了，也許還沒機會見面呢。互相遞名片，留聯絡方式。還沒送葬，就有人在約吃喪酒時賽酒量了，打賭，發誓要把對方灌醉。

誰都來了。願意來的來，不願意來的，也得來。叫你來就得來。我爹兇巴巴撕著白布做喪帶，哧地一塊，哧地一塊。若有誰敢不來，什麼沒有時間，有事情，沒辦法來，我爹就又哧地一撕布，一聲脆。

不是我們一定要你來，是為你自己討吉利。往後不平安了可別怨我們！爹說。

爹說我們。我不知道爹怎麼忽然變成跟東家一家人了。爹的話比東家的千泡唾沫要有威力得多。爹的話，簡直是要脅。於是再不願來的，也只好來了，再忙的也得撂下其他事，擠了時間來。

還得做出很情願的樣子，不敢顯出為難神色。過去有怨的，有仇的，也得來。我瞧見東家悲傷的眼睛後面藏著得意，瞧著來人，好像在說，看你怎麼過這一關！怎麼過？只得鞠躬，一鞠躬，二鞠躬，三鞠躬，硬著頭皮，涎著臉，然後退到角落。

有時來的是仇怨太深的，喪家就會整個家族合著孤立對方。有一次我還瞧見不讓來人進靈堂的，來人也有辦法，索性在大門外嚎啕大哭起來。這招真絕！哭是我的禮數，反正我禮數做到了，不讓我行禮數，就是你的不是了，於是人家只好把他放進來。更好玩的是結怨結仇的姑嫂在靈前比賽哭的，你哭我也哭，你大聲我比你更大聲，你捶胸我就搗頭，你會念我比你念得更好，洋洋萬言，如歌如賦，你要表明死者是你的親爹娘，骨肉情深，我要表明我是正宗嫡傳你是潑出去的水你算什麼，我就索性把懷裡的嬰兒屁股一擰，孩子也哇哇哭了起來。靈堂熱鬧得像個大舞台。

每當這種時候，我彷彿總瞧見躺在棺材裡的死者在笑。他嘴角癟陷，隱約有笑意。

也許他一輩子也沒瞧見子女為他哭，也許他活著的時候根本沒有人看重他，也許他從沒享受過這麼隆重的儀式，這麼多人被他所驚動，也許他一生從沒穿過這麼好的衣裳，沒睡過這麼好的床，也許他從沒有見過這麼多的錢，一疊疊地投進去燒了。他終於發財啦！

他像個皇帝，接受著各方朝見。我彷彿聽見他在說：啊啊，你們不要再爭啦，你們都是好孩子，好人。把所有仇怨都一筆勾銷了。好啦，好啦！皇恩大赦，我原諒你們啦！人間畢竟有正氣啊，老天畢竟有眼啊！其實我也不是要怎麼樣的啊，不是要吃，要穿的……

我總覺得死是件偉大的事情。你能去死嗎？不能。因為你還不夠偉大，不勇敢。

你經受不住疼。死一定是很疼的，病死，一定是在病痛到了極點的時候；被刀殺，更是疼；還有上吊，跳河，那窒息是很受不了的，你看上吊的人死時的樣子，可怕地吐著舌頭。吃安眠藥死了可以不難受，因為他睡著了，但是大道士說，還是會難受的，人雖然睡著了，可神經還醒著，神經仍然在掙扎，只是你看不到罷了。我曾經苦苦尋思怎麼死才不疼。據說把槍對準太陽穴開，一下就把知覺打死，就什麼也不會感覺到了。但是難道在被打的那一刹那，就不會痛嗎？也許是更痛呢，是把緩痛凝聚成劇痛。總之免不了痛。人從小活到大，就好像氣球從小吹到大一樣。吹大了，該用多大的力氣才能把它壓爆？

我一直在想這個問題。太可怕了！一個人要死了，艱難地喘著氣。一口氣下去了，不知道另一口氣會不會再上來。他的臉好痛苦。親人們心焦地盯著他，與其是擔心那一口氣下去，就接不上來了，不如說是擔心那下一口氣再接上來了，他還得再抽拉，再喘，再受苦。那氣終於不上來了，他終於平靜了下去。好了，好了，於是親人們就說。

開始料理後事。死了就是好了，我們的一生其實就是開向這死的火車。現在終於到了，好了。用大道士的話說是：輕舟已過萬重山。

所以吧，死才又被稱作過世吧？小時候我一直這麼猜測。想想吧，我們都還在這世界上，他已經走過了，已經高高在天上掃視著我們了，那是怎樣的一種境界？我彷彿瞧見他神祕的神情，他在笑，好像在給我們設圈套。我曾看到考古專家考察古墓，猜測地形，方位，下葬品的多少，當時的情況，苦苦猜想。想想吧，假如能問埋的人，問他們一下，不就得了？可是他們死了。再想想他們埋了這些寶物，就這麼閉口不說，死去了，難道他們就不怕永遠不被人發現？這麼久沒有被發現，他們如何熬得住？我就熬不住。那次我找到一隻神奇的人形何首烏，我把它藏起來，不給木頭和鐵蛋看。可是還沒過三天，我自己就熬不住了，就主動拿了出去。那些埋寶的人就怎麼熬得住？而且這麼久，幾百年，幾千年……他們熬得住，因為他們是死人。

我喜歡在靈堂上這轉轉，那轉轉。我爹有了業務，我媽也去幫忙，我就也被帶了來了。我很小就習慣了那樣的氣氛，那氣味，那個裝死人的匣子。我第一次見到它，覺得它樣子好奇怪，就問：這是什麼？

官、財、子。大人們說，不是說棺材子。什麼叫官財子？就是有官當，有財進，喜得貴子。他們說。怪不得。所以他們的喪事也辦得跟喜事一樣。雖說他們在哭，那不如說是在唱歌。那棺材也油漆得像新家具似的。我特喜歡看城裡人那叫作冰棺的棺材，彩燈閃閃，五顏六色，就像結婚的新房。我當然更喜歡那些奏的曲子，大號小號。樂隊統一著裝，大蓋帽，說不出軍銜的軍裝。領頭的總是獨眼龍。獨眼龍什麼都會吹。第一次找到我家，用一根繩子繫著大號背在肩頭上。爹說，獨眼龍，你會吹什麼？獨眼龍說，我什麼都會吹！「東方時空」剛播的我也會吹！就公雞報曉似的一昂脖子，吹起了「當兵的人」。他真的什麼都能吹。「幸福在哪裡」、「釬夫的愛」、「春天的故事」，「走進新時代」，還有那首「抱一抱」：抱一抱，那個抱一抱，抱上我的新娘上花轎！嗦嗦——嗦嗦——咪發咪來哆……爹笑了，說：好你個獨眼龍，老天廢了你的眼，敢情因禍得福全了你的嘴了。你他媽的可真會吹！

獨眼龍嘿嘿笑著，說：全虧了趕上個好時代。喜逢盛世不是？

爹說，屁！要不是我找了這好活路，你媽的哪來盛世？

獨眼龍原來混得很糟。既不會做生意，種田又不勤，整天就吹他的號子。老婆也討不上，他就把號子當老婆抱著睡。他沒飯吃，幾乎要餓死了，多虧了有紅白喜事。其實爹很是瞧不起獨眼龍，常啐他。他最好的衣服就是軍樂隊的制服。平時沒事也穿著，爹就拉臉：這是演出制服你知不知道？穿舊了你賠一套！

獨眼龍就恨恨的，一隻眼睛瞪瞪著，又不敢還嘴。那年縣裡大發大水，死了好多人，喪事不斷，他也發了一筆小財。他就立刻脫下制服，恨恨對我爹說：我還你，我再也不受你氣了！我要穿西裝了！我要過有錢人日子了！我要活得滋滋潤潤的。我要當老闆了！

爹冷笑道：你會當老闆，公雞也會生蛋了呢！

大家笑了，說不定人家就不是公雞呢！你看他那公不公母不母的樣子。

真的，他屁股蹺蹺的，腰肢軟軟的像裝了彈簧。果然，他很快就把錢喝光玩光了。

又找到了我爹。

獨眼龍是樂隊裡的領班。他總是最先吹，把舌尖不停地在號嘴上撲噔撲噔地舔。吹出第一個音，樂隊馬上就領會到他要吹哪個曲子了，就附和上去，像水一般湧起，連成一片。然後獨眼龍反而有一刻不吹了，騰出嘴來管人，管這個，管那個，然後才再吹。

他一吹，就馬上整齊起來，非常壯觀。

大家誇獨眼龍吹得好，有時候讓他單獨吹。他卻不吹了。只拿舌頭在號嘴上撲噔地舔，就是不發聲，撩得大家心癢癢的。有人就叫：獨眼龍，你娘的別只是舔著撩人，像舔屄一樣，又不做，教人難受。

樂隊這裡總是圍了最多的人看，還有人跟著哼哼。東家好像很高興，一會兒就過來沏茶，招待。可我總嫌他們吹得不夠好，有點走調。比如那首「抱一抱」，那個嗦嗦，應該是半拍，嗦、嗦！可他們卻總是拖了一拍，把人心懸起來，覺得要踩了空門。

可他們居然沒覺出來。坐著時，也就算了，但到開步走了，他們居然還沒發覺。他們在前面吹著，抬棺人怎麼也踏不穩步伐。好在那時候一切全亂了，也沒人去注意他們了。有更精采的東西看了：出山、轉棺、起棺材頭、封釘、旋棺、絞棺、哭棺材頭……

哭得好熱鬧。樂隊的聲音被淹沒了。發引、草龍、銘旗、孝燈、道僧金童玉女、各色的人：麻、苧、淺、黃、紅、白。全都齊了。樂隊也看得眼睛發直，不走了。

我爹火了，衝上去：還站著！還輪不到你們挺屍呢！

他們閒著時，爹罵他們挺屍。他們忙時，爹也罵他們。那是他們忙著吃。死了人一定有酒席吃的，這是最盼望的。送完葬，回到喪家，就劈劈啪啪佔了一個酒桌，大吃起來。最先他們一個個都是瘦得跟瘦猴似的，漸漸地臉都滿當當了起來。可是他們不能從頭吃到尾，因為一到大菜出來，他們就要起身開始吹奏。可是他們還沒吃夠呢，就拖拖拉拉，末了還要抓個什麼東西塞在嘴裡，一邊去，一邊嚼。可是他們是用嘴巴幹活的呀，這樣怎麼吹得出來？爹就衝過去罵：你怎麼不噎死！

爹從來不貪吃，不誤事。他是老闆。他也是領頭念詞的。樂隊吹一句，我爹就念一句，然後樂隊就快樂地過門：嗦啦嗦咪耒咪嗦咪耒哆耒。再繼續。念的詞也有針對性，如果是老人，就念：

大人您啊慢慢走，
送您直到家門口，
親戚朋友來相送啊，
喝酒喝到倒著走。

大人您啊放心走，
從此逍遙晃悠悠，
花花鈔票花不完啊，
塞在灶膛煲豬肘。

大人您啊放心走，
子孫孝順佔鼇頭，
一代更比一代強啊，
權也有啊財也有。

大人您啊笑嘻嘻，
後代全是有把手，
尿尿尿準酒壺裡啊，
一滴不濺到外頭。
……

哇哈哈，哇哈哈，全笑了。

大家都挺開心的。喝酒，乾杯，說話，喝酒，喝酒，說話，非常熱鬧。什麼話都說，有的我懂，有的我好像不懂。有時候我懂了，可是說的人好像卻不懂，糊塗著呢。有一次，一個老的和一個年輕的說話，他們好像原來熟。他們說的是城裡的事。

老的：最近忙？

年輕的：忙！

老的：忙啥呢？

年輕的：考試。

老的：考試？怎麼還要考？你不是中專畢業了？

年輕的：中專算什麼？您以為您那時候啊？技術員都了不得了。想當初，師範畢業，考完最後一科，我們還放鞭炮呢，以為這輩子不要再被考了。只有考學生。誰叫我們是當老師的呢？

老的：哈哈，這叫壞心肝，遭報應了。

年輕的：誰說我壞心肝？我也同情學生哪。看他們那樣讀書，我總問自己，換成我，能行嗎？不行。可誰叫他們沒有熬出頭呢？

老的：你是熬出頭了，按理說，都當老師了，可還要考什麼啊？

年輕的：大專啊！不讀就解聘下崗。

老的：還要讀大學啊？

年輕的：還不是大學，是大專！聽說將來還要本科、研究生呢！以後恐怕連掃大街的都要研究生畢業了。

老的：真玄！過去都說，考上了大學，就是穿皮鞋，不要穿草鞋了。

年輕的：那是老黃曆啦！現在誰稀罕皮鞋？

老的：倒是，像我這樣都還有皮鞋穿呢。現在人家是要有汽車。

年輕的：所以就更要使勁囉！

老的：哈哈，那就得怪你自己啦。你不會不要汽車？

年輕的：不要汽車？那我用什麼上班？自行車騎不到，摩托車三環內不讓走啊！乘公車要遲到。像您這樣不用上班，沒事，在公車上晃蕩晃蕩，隨它走多久，還行。羨慕您呢！

老的：你羨慕我？羨慕我什麼？

年輕的：過關了啦！退休了啦，國家認養了。

老的：你怎麼知道國家就養我啦？

年輕的：國家不養您，養老保險養您啦。我也有養老保險，可是他媽的要六十歲以後才能拿。還差一大截時間呢！我他媽的怎麼不快點老到六十呀！

老的：呸！你這是佔著便宜又賣乖。

年輕的：我佔便宜？

老的：那我們換一換？我還求不得年輕十歲呢！

年輕的：您老可真真糊塗啦！您想想，您要年輕十歲會怎樣？您就適應不了老人老辦法了，您要只能適應新人新辦法，下崗自謀生路。您也得像我這麼折騰了，一陣一個花樣，這往後這麼長的日子，怎麼過呢！所以說，您算過關了，徹底過關了。所以還是老了好！

老的：那倒不如死了更好呢。

生氣了。敢情他們在爭著早老早死呢。

4

好景不常。酒席散了。大家酒足飯飽，剔著牙齒，提著酒席的禮包，搖搖晃晃，一個個走了。忽啦啦電影散場了。我緊張了起來。想挽留，可是挽留不住。爹在點著鈔票，眼看著馬上就要點完了。也就是說，我不能再待這裡了。我得走了，不能再來了。記得最先一次，我居然問東家：你們家什麼時候再死人？

東家臉色大變。

你這個傻孩子！媽連忙罵我。爹就把我痛揍了一頓。

那時候，大人們都說我傻。我不明白我傻在哪，我不知道東家為什麼要不高興。就因為說他們家會死人嗎？死人是不好的事嗎？有一次我夢見我媽死了，我大哭，結果又被他們說成傻：夢見別人死了，對這人有利，對你才不利呢！大人們說。我搞不懂了，怎麼死的人反而有利，而沒有死的人反而不利了呢？他們也說不清。對死，他們總是顛來倒去說不圓。

當然我也有犯傻的時候。比如這喪禮，又不是只有他家才死人。而且就是只有你家死人，喪禮完了，你不還得接下來做「七」？做「七」其實更好玩。天上的神仙都下凡了，你能看見他們擠在靈堂裡，吃啊，喝啊。他們都是大道士喚來的。大道士是爹請來的。爹誰都不怕，就怕大道士。大道士是個癱子。

大道士年輕時據說是個美男子，什麼都好，就是個頭不夠高了點。那時候說標準身高應該上一米七。他只有一米六九。他聽城裡人說，有一種增高機器能夠把身體拉長的。可是那機器好貴。他沒有錢。他就把娶老婆的本錢拿出來買了，說是將來人樣百分百了，還愁娶不到老婆？其實在村裡人眼裡，一米六九已經不錯了。可他卻說這是二等殘廢。

殘廢還有什麼可活的？不如死了算啦！他亮著嗓門叫，梗著脖子，簡直驕傲地。

這話惹得獨眼龍不高興了。他其實才是百分百的殘廢人。就恨了，就咒。大道士哈哈一笑，真的去買了增高機器，在家裡練了起來。練了一陣，發現不但沒有增高，腰反而痠痠地挺不直了。嚇出一身冷汗，猛覺得被推到險惡之境，前面荒涼，背面荒涼。該不會被這獨眼龍給咒準了吧？殘廢人的嘴是很狠的。趕忙看醫生。醫生說，那機器把他的腰給拉廢了。

好在還可以站，還可以走。只是駝了背，連原來一米六九都沒有了。他如何能接受得了？淒慘慘摸回來，什麼聲音也不吱了。然後又大嚷著要去自殺。大家連忙勸他。

他鬧了幾天幾夜，哭得死去活來，乏了。好在還可以走路呢，大家說，跟普通人沒什麼兩樣的，就是腰疼一點，不礙事。他也想：還好，還好，還好一米六九還在。就也平靜了。我當初怎麼就那麼傻呢？偶爾他也會想，一米六九其實也夠了，有多少人連一米六九都沒達到呢，有人還真殘疾了呢！

他仍然拿獨眼龍比。他發現自己其實還是非常想活的。就活唄。可後來他就走得勉強了。他又想不通，可是想不通又能怎麼樣？他就又捶捶腰，說：其實啊，能走能動，也不錯啦！還求什麼呢？

他變成一個挺知足的人。好像他原來要求的就只是這樣。他想娶老婆，可是沒有人肯嫁給他。隨便娶個什麼樣的吧，可仍然娶不到。後來他那腰更不行了，彎了，駝了，得趴著，扶著凳子走。他又想，我還能動呢，自己的事自己還能做，這樣也算可以啦！他的理想被一再打折扣。

最後，癱了。

他又想到了去死。可被救了回來。人家把刀子、繩子、藥瓶子都拿得離他遠遠的，他搆不著。

他死不了。他得活著。身子疼，疼得受不了時，就叫人家給他按摩，又搓又踩的，他嗷嗷叫，像受刑。就連獨眼龍聽了都受不了，逢人就辯解：這可不是我詛咒的，我可沒詛咒他！別看我沒癱……就捶自己那隻完好的眼睛，倒好像自己還留著一隻好眼，還沒有癱掉，是太奢侈了。

按摩完了，不感覺疼了，輕鬆了，大道士一臉幸福地說：真爽！真舒坦！活著真好啊！

敢情幸福就是不覺得身上疼了，能夠麻木地活著。許多年後我明白了這道理，敢情人是拖著痛苦活著的。所謂幸福，就是沒有痛苦；所謂健康，就是我們感覺不到身上的任何一個器官的折騰、任何一塊骨頭的硌卡，一旦被感覺了，就說明我們有病了。

大道士終於像嶗山道士穿過了一堵牆，通了。他打通了陰陽兩界的牆。他成了大道士。

爹說大道士跟我們不一樣。我們哪裡能比呢？人家是見過閻王的人了，他一隻腳跨在陽間，一隻腳跨在了陰間。可其實他沒有腳，他的腳不過是擺樣子罷了。他那亂七八糟的一堆身體，簡直讓人想不出它跟一米六九有什麼關係。但是他眼睛精亮精亮，像把全身的精氣都聚集在了那裡。他的身體已經不管用了，他的眼睛就出奇地管用了起來。爹說那眼睛能看到我們凡人看不到的東西。爹很看得起他。爹誰都看不起，就看得起大道士。這讓獨眼龍很不服，可是不服也沒用，誰叫他不癱呢？誰叫他身體廢得不如人家大道士狠呢？獨眼龍萬萬沒料到，殘廢到了底，倒反而到了另一番境界，昇華了。

爹請大道士做超渡。大道士的身體像個爛架子，扶都扶不起來，爹叫幾條漢子抬他。

整個房間就被壓得暗了下來，透不過氣來。有人在扳門，有人在挪東西開路，七手八腳。

每當這時候，獨眼龍就扯著嗓門叫：閃開！閃開！別擋著大道士的道！好像為大道士開道，他也好歹攢了面子似的。

可大道士呢，卻好像什麼也不知道。什麼也沒聽見，什麼也沒有看見，閉著眼睛，像個活死人。倒顯得氣度不凡了。他身體軟軟的，頭顯得非常大，好像整個就是一個頭顱，一顫一顫的。我每每瞧見他瞇縫著眼皮底下的眼珠。

大家把他端在布團上。他就開始念經。他念著，邊上小道士敲著銅鐃，跟他的聲音配著，很協調，又有點發蒙，很快就讓人昏昏欲睡了，好像沈到陰間裡，神祕極了。我就去看畫師搭紙房子。用竹篾打骨，紮紙繩讓它立起來，然後糊上面紙，就要開始畫畫了。畫師用口水把筆尖咂溼，蘸上顏料，就畫起來。那房子好大，好漂亮。比我們住的漂亮多了，也比喪家住的漂亮。樓房，前有庭院，後有花園。後門口停著馬車，有開車的。有床，家具，電視，組合音響，都這樣，這我知道，桌子上還擱著一台手機。還有丫鬟。有一次，畫師畫的好像不是丫鬟，是男的，他特意在他們褲襠上勾了個鼓囊囊的東西。我笑了。他總是這樣，畫師很流氓，畫丫鬟，就在她們胸脯上很重地勾了兩個肥肥的大包，然後衝我笑，咧開沾著五顏六色顏料的嘴。

他們是誰？我問畫師。

男丫鬟。畫師說。

我問，怎麼會是男丫鬟？

畫師說，小姐是女的啊。

死的是一個大姐姐。畫師笑了，笑得很詭祕。我也懵懵懂懂笑了。

我忽然發現一個電視不像電視的東西。這是什麼？我問。

電腦。畫師說。

電腦？我叫，什麼是電腦？

噓！裡面的大道士喝了一聲。大道士已經念了一節經了，歇著。他仍然閉著眼睛，好像魂還沒有回附到他身上似的。

電腦是個什麼日怪？我問大道士。誰都怕大道士，就我不怕。

電腦就是電腦。大道士說。

我不明白。

電腦嘛，大道士又說了。電腦就是最現代化的東西，不懂得電腦，就不能跟國際接軌了。

接軌！我叫。我聽過這詞。可是我還是不懂什麼是電腦。

電腦就是，大道士又說了，就是裡面什麼都有。

什麼都有？那不跟電視一樣嗎？我問。

不一樣。大道士說，電視是人家給你了，你才有，電腦是人家不給你，你也可以有。

我心一動。他們就是經常不給我。他們就是木頭和鐵蛋。他們是我的玩伴，可他們其實不肯跟我玩。就在前天，木頭家的大黃狗生了小黃狗，我要摸一下，他不肯。鐵蛋要摸他卻肯，偷偷帶他進去摸了。我求就只摸一下，木頭說，你身上死屍味會把小黃熏死的！我哭了。有什麼了不起的？

不就是一隻小黃狗嗎？又不是電腦。

我等著大道士再跟我講什麼都有的電腦，可是他不說了。他好像在想什麼，很無助的樣子。他就又念起經來了。可他又念得不安心，眼皮不住地眨著。他的睫毛很黑，很長，他的睫毛暴露了他的不安心。

終於，他停了下來，不念了。這世界上又多了一條光棍了。他忽然說。

我不明白他說的是什麼意思。

你看，她在看你呢！他說。

誰？

她。他眼睛瞟了瞟遺像。大姐姐真的正瞧著我呢。大姐姐的眼睛好大啊。我躲到了左邊，那眼睛跟到了左邊。我又躲到了右邊，她居然還跟著瞧我。大道士看出了我的害怕，他笑了。我也怕呢！他說。

為什麼？

你瞧她長得多好看。

好看？我不明白。好看為什麼還怕呢？

你看哪，她嘴角多好看。大道士說。

大姐姐的嘴，確實很好看。蹺蹺的，我聽大道士描繪著，好像在笑呢！

我一驚。真的呀，大姐姐在笑呢。

還是處女呢！他又發了個聲音，好像在甕子裡說的，我聽不清。什麼？我叫。

噓！他又叫，顯得很緊張。其實邊上什麼人也沒有，幾個小道士已經到外面喝水去了。也沒有喪家的人。他們都在外面忙他們的事呢。

可一會兒大道士又說：給你要不？

大姐姐？我問。

大姐姐？他說，噢，是大姐姐，大、姐、姐！他笑了。笑得很古怪。

我還真想要個大姐姐。我沒有姐姐。我媽生了我一個，就不生了。我曾經問過媽，媽說，爹說了，這樣都活不清楚，還再生？所以我一直不像木頭那樣有個姐姐。木頭從小被姐姐背在背上。我瞧著他騎在姐姐背上，腿一蹺一蹺的樣子，我想那一定非常舒服。

我點頭。

給你了，你幸福嗎？

幸福。我說。

會怎樣幸福呢？大道士又問。

姐姐能背我。我說。

還有呢？他又問。

姐姐會做很多事。我說。我媽就經常嘮嘮叨叨說沒有生個女兒，沒有人幫她做事。

嗯，有道理。大道士點頭。還有呢？

還有一起玩。

還有呢？

還有……我想不出來了。

就沒有想到她會跟你睡覺？

噢，對啦！我媽也常說我晚上睡覺，睡著睡著就會滾到床下去。有大姐姐一塊睡，就不會啦。我睡裡側，大姐姐睡外側。我說，大姐姐還會給我蓋被子。

就蓋被子啊，大道士叫。不能再有別的嗎？

還能有什麼呢？我想不出來。我忽然發現他眼裡藏著笑。原來他是在設陷阱引誘我。

我臊了起來，不幹了。你說嘛！我推。

我怎麼知道！他說。你的事……

我更相信他是在引誘我說了。你說你說！我說。

你說！他也說。

我們推來推去，誰也不說。我就不理他了。他好像怕我不再理他了似的，就說，你不喜歡抱抱她？

抱？抱一抱？我想。

你就沒有想跟她結婚？他又說。

我愣了。結婚？

你知道什麼是結婚嗎？

我知道。就是非常好的人結婚。我曾經想跟木頭結婚，可木頭他不願意跟我結婚，他跟他姐姐好，要跟他姐姐結婚吧？

呵呵，大道士大笑了。你什麼都不懂。

我懂。我辯。

你不懂。

我懂！我說，我什麼都懂！

好，好，你懂。大道士終於承認了，那結婚了，你可要去跨棺啊。

跨棺？

你就是她的丈夫了，丈夫要從老婆的棺材上跨過去。他說，跨過去，她就是你的了。

可大姐姐不是已經死了嗎？我問。

是啊是啊。他嘆道，她已經到了另一個世界了。陰間的人跟陽間的人是不能相見的。

就是見了，也好像隔著層玻璃，伸出手，也摸不到的呢！天隔一方。

我瞧著那些紙房子紙金元寶匣子，也苦惱了。這麼多做了半死的東西，死的人怎麼拿得到呢？只有燒了它們。簡直是殘忍。我一直不捨得把它們拿去燒，我想不通，難道做得這麼漂亮，就為了拿去燒的嗎？

可是不燒，它們就升不了天。殘忍是為了它們好。

燒紙房的時候來了。火燃了起來。火的周圍圍滿了人，紮著紅腰帶，手扠著腰，像一群暴徒。所有的人都紮著紅帶子，血紅的。總這樣，他們喜歡紅色。棺材也是紅色的。

他們怎麼就那麼喜歡血一樣的紅色呢？

他們瞅著火，眼睛也燃燒起來了。人群一會兒就閃開一個通道，讓抬東西的人進來。抬東西的人兇巴巴，弓步，一掄臂，狠狠把東西投進火裡。轟！拍拍巴掌。那些裝金元寶的紙匣子，封鎖上還寫著活人的名字。那些活人的名字被火舌吞了，黑了，成了灰。

一件件東西被投進去，火就燒得更旺了，燒成了灰。黑灰隨著煙氣升騰起來，騰起一道煙幕，大道士和小道士們就在煙幕的那一面。他們的身影在煙氣中顫動，薄薄的，像蟬翼。他們的影子有點變了形，變得模糊不清，好像浸在水裡一樣，溼漉漉的。那念經聲也變得好像從水裡發出來似的，汩汩的。只有銅鑔聲是偶爾從水裡跳出來的雪白飛魚。

一群暴徒又過來了，搬著紙房。我有點心慌。我還沒明白過來，它們已經被投進了火中，頃刻間，屋子坍塌了。

又有一個人端著什麼東西走來。我只看見他汗涔涔的臉。他走得很慢，可是當擦過我身邊時，動作一個跳躍，變快了起來。我瞧見他掄起了胳膊。我驀地瞥見了他手裡的東西，是電腦！我撲了過去。我要奪，可已經被他拋進火海裡了。我趕忙去火裡搶，可我感覺被什麼拽住了。我聽到了大家的驚叫聲，我被拉住了。我掙扎著。我要電腦！我要電腦！我聽到了火的聲音，呼呼的。我瞧見那電腦剛被燃起一角，還有搶救出來的希望。我更拚命掙扎。我也不知道自己哪來的力氣，居然掙脫開了那手。可是馬上就有更多的手拽住了我。他們在喊我爹。他們知道我最怕我爹，可是我不管了。我瞧見自己的手幾乎已經搆得著電腦了。可這時，我爹一巴掌把我摑了出去。

我再回頭，電腦已經不見了。我哇地大哭了起來。

我一直不敢對我爹大哭，被打了，也不敢哭。哭是一種抗拒。可是現在我大哭了起來。我不怕了。我的電腦升天了。我搆不著了。它飛得越來越高。有聲音，是天外傳下來的，我聽見了。又好像是大道士的聲音。他在念經。我瞧見大道士的嘴。他忽然念得非常大聲。好像是為我哭聲助威似的。我從來沒聽到他念得這麼大聲的，好像在撒野，有點可怕。我聽見大姐姐的媽也哭了起來。燒了，燒了，燒個乾淨！她在叫。大道士的聲音就更大聲了。他的身影顫得更厲害了，可是他的聲音卻生成了一道光，他法力的光，一直通到天上去，像一把梯子搭在天堂的門檻上。他在念：

姐姐上天堂，
送你一程程，
送你一重天，
一重為中天，
送你兩重天，
兩重為羨天，
到了三重天，

神仙舞翩躚，
神仙來相迎，
再上四重天，
四重為更天，
五重為晬天，
六重為廓天，
美景無極限，
七重為咸天，
八重為沈天，
終到九重天，
富貴到永年……

5

那一次，我病了。發高燒。我躺在床上，媽摸著我的頭，問：想吃什麼？

這是我最愜意的時候，我一直希望生病。生病了，媽就特別疼我了，就會問我：想吃什麼。你有挑食的特權了。我就會說：想吃餅乾。

可是這次，我不想吃餅乾。我什麼都不想吃。我只想要電腦。我不知道自己為什麼那麼想電腦了。也許是因為它沒有了，我就越發想它了。它已經升到九天去了。九天是那麼高啊。我搆不著。只有那大姐姐搆得著。她身穿紅袍，夾著一把紅傘，到了天堂門口。天堂的門豁地開了，她倏地進去了。她立刻去領了電腦，說不定現在已經在玩了呢！要什麼有什麼。我的心癢得不行。若是我向她要，她一定不會肯的。換我也不肯。

我說，媽，我也要電腦。

電腦？媽很吃驚。城裡人也不都用得起呢！那東西多貴，你知道不？

我不知道。我猜一定比我所有東西加起來都貴。其實我也沒什麼寶貝。

我們家哪裡有錢買？媽又說，今天聽說又要加稅了。

加稅！我總聽這個詞。好像非常可怕。今天這個稅，明天那個稅。爹有一次接手一個被稅逼死的人的喪事，那人本來想用死來讓稅務局的良心發現，不料稅務局的仍然理都不理，當他死豬死狗。這是我印象中唯一一個沒有效力的死。

……能有飯吃就不錯了。媽說。

媽總說要吃飯。可是，我寧可不吃飯，也要電腦。

那女孩子可是想了一輩子呢，媽說。她家那麼有錢，她都沒能得到。死了，家裡惦記著，給她做了個陰物，讓她在天堂玩。

那我也去死，我說，我要上天堂！

媽笑了：你真傻。

我真的想去死。我不吃飯了。我說我吃不下。實際上是我想吃得要命，可是我讓自己餓，餓死。我的氣越來越虛了。我想我也可以死了。我想像著死的情形，死就是讓自己什麼氣也沒有了。我就憋住自己的氣試試，果然有一種很奇妙的感覺，好像整個人被掏空了，整個人飄了起來。我也可以飄起來了。上九天去，上天堂去。可是我很快就憋不住了，又掉了下來。我的身體可恨地是這麼的重，像有一塊沈沈的鉛墜著我的腳。

要自己讓自己死是很難的，簡直就像拉著自己的頭髮要飛起來。除非借個外力。提吊繩，拿刀，吃毒藥，可是很疼的。我恨自己忍受不了疼。大姐姐可是經受過疼的，所以才有了電腦。可是即使我忍受得了，能夠成功嗎？我一做，媽就會發現了，就會去叫爹，就會把我救活了，最後還免不了一陣狠打。打死了倒好了，就是怕打不死，那樣就白受疼了。

我想定了，到家外面去死。那樣就是被他們發現也遲了。

可是要出門，就必須是沒有病以後，沒有病你就該吃東西，我就答應吃東西。媽煮了麵，我快快就吃，快快就出去。可討厭上面加了很多花蛤，貝殼磕磕碰碰，很妨礙。媽說我喜歡吃花蛤，可是我現在不喜歡吃了。我已經不愛吃這裡的所有東西了。我的心已經飛到天堂去了。

終於吃完了，我要出去，媽說，下雨了。

外面真的下起了雨。居然在這時候下起了雨了。我從小就討厭下雨，它會把你的好事稀哩嘩啦全沖個稀巴爛。就只能眼巴巴等囉。雨越下越大，我在裡屋外屋亂走。別等到爹回來了吧，爹是不肯我到外面玩的。小孩家玩什麼！他總是說。只要他在，他就讓我待家裡。雨好容易小了，眼看要停了。可是爹真的回來了。

我簡直絕望了。

當然我可以趁他進裡屋時，悄悄出走。反正我是走了，他再也打不到我了。可是爹就坐在廳堂抽菸，像隻攔路虎。爹抽得很安穩，一點也沒有離開的意思。我瞧見他的菸頭沈穩地一明一滅。我就好像他菸頭的菸絲，被煎熬著。怎麼今天就沒有人來找他講生意呢？那樣我也可以趁亂溜出去了。終於抽完了，可是他又撿起一支來，放在拇指甲上頓頓，又抽。這樣抽下去什麼時候才能完啊！一支接著一支。我的好事就要黃了。可是，我不能讓它黃。我要電腦！

我只能巴望他快快抽到最後一支了。當然他還可能坐在廳堂上，但他一定會又想抽，他發覺菸沒了，就會叫我去買。我就可以跑出去了。當然要等到這樣，該到什麼時候啊！

爹忽然站了起來。我的心猛地歡跳了起來。他走到裡屋。我不顧一切衝出去，奔出門。等到爹發覺，要打我，我已經死啦！

大姐姐是河裡溺死的。我決定，也去學大姐姐，去河裡溺死。

我來到河邊。剛下了一場雨，空氣很腥，很生疏很神祕的感覺。我悄悄朝河裡走。

沒有人看到。只有水蛙，瞪著大眼睛。可牠不認識我。牠知道我在做什麼嗎？牠不知道。

別看牠瞪著兩隻大眼睛，其實笨得很。那大眼睛只能看到我的臉在想什麼。我竭力不讓興奮顯示在臉上。當然如果我把牠嚇走，就更安全啦。我朝牠一衝，牠一跳逃走了。現在再沒有什麼妨礙我的了。蛙叫聲也不見了。也就是說，直到我成功，都沒有人會發現。

成功！這念頭讓我激動。但是我得更加小心，保不準有哪個鬼精靈躲在草叢間偷偷窺我呢，比如小螃蟹。我果然瞧見幾隻小螃蟹躥進了河灘小洞裡。我又覺得處境險惡了。當然還有河裡的魚，牠們游來游去像巡邏艇。當然牠那麼小小的攔截不了我。我拿腳在水裡隨意劃了劃，那河看樣子很深。我折了一根竹竿探下去，果然是深。這麼深的水啊，我忽然又有點猶豫了。可是正因為深才死得成啊，你怎麼這麼糊塗？我罵自己。

我踏了下去。猛地好像被誰搡了一下。然後就穩住了。原來我還只是站在水草上。

我的鞋子進水了。我晃蕩晃蕩地淌著往前走，水波在我腳邊蕩開來，像螺旋似的，我在中心，我好像就要被旋到下面去了。我想像著水最下面的世界，我瞧見自己已經拿到了那個電腦，佔著玩呢。我讓它給我好多東西，要什麼有什麼，我說什麼它就給變出什麼，好像寵著我似的。什麼都寵著我。從來沒有人寵我，現在我要全世界都來寵我，讓我高興一下。我有電腦啦！我什麼都有啦！哇哈哈！哇哈哈！

可是不對，怎麼會是下面呢？天堂應該是在上面的。當然，人死了後先是要在地獄停一下，然後被超渡上了天堂。水底下最深的地方有個祕密通道，直接通向天堂。

可是誰來超渡我呢？我還沒有跟大道士交代好呢！好險！我連忙跑去找大道士。

你想上天堂？大道士問。

我說是。

想找大姐姐啊？他又說。

我一愣。嗯，我點頭。若是我像大姐姐那樣死了呢？我問他，你肯給我超渡嗎？

你？大道士叫，笑了起來。我不能超渡。

為什麼？

因為我會比你先死啊。他說。

這倒是。但也不一定呢。我說，若是我比你先死呢？

不可能。他說。

若是呢？

就是不可能！他堅決地說。

他怎麼不明白呢？我真想乾脆告訴他，我想去死。可是我忍住了：告訴了他，他要告訴我爹怎麼辦？

我一定比你先死。他又嘟囔了一聲，好像在詛咒。他為什麼要這麼說？我發現他神情有些異樣。他的家很亂，亂糟糟的，好像客人走了，撒下一個垃圾窩。我一定比你先上天堂的。他說，喂，上了天堂，找到大姐姐了，你要怎麼樣？

我想要大姐姐的電腦。我誠實地說。其實也不是因為誠實，而是我太喜歡電腦了，忍不住就說出心裡話了。

要電腦？他卻叫。

我點頭。

大姐姐要不給呢？

我就搶！我說。

呵呵！好容易找到大姐姐了，你居然去搶她的電腦啊！你可真傻！

我傻？

放著這麼好的大姐姐，你不疼，卻去跟她搶電腦？你真真的傻啊！他簡直是怒不可遏地叫起來。那電腦有什麼好？他叫。

電腦不好？那還有什麼好？我想，他該不是故意說的吧？難道他就不愛電腦？他不是說有了電腦就什麼都有了嗎？

我猛地明白了過來。我真是傻了！他是想自己要那電腦。他是故意給我放煙幕彈呢。他是自己要上天堂去，不讓我知道，不讓我去跟他搶。他在故意騙我！

誰不希望要什麼有什麼呢？所以他不給我超渡。所以他說會比我先死。他要比我先去了。那麼，他搶在我之前去了，我怎麼辦？

我要先穩住他！我故意裝出不明白的樣子。我要回家了。我說，家，是跟我要去的天堂完全相反的地方。我這麼說，他就不會懷疑我是要去天堂了。我溜了出來。我快快又跑到河邊，蹚進河裡。我的腳一進了水，我就又猛地煞住了腳。那麼誰來超渡我上天堂呢？

大道士如果知道我搶先去了天堂，他恨我都來不及了呢！那麼只能希望我爹去求他。我爹不去，我媽也不會依的。我媽最疼我。

想到我媽，我又有點捨不得了。這世界上就我媽最疼我。可再疼我，她也請不動大道士的。但她也可以去請別的道士呀，只是他們法力不如大道士。我想還是選個高的地方保險些，離天堂近一些。我就往山上跑。我爬上了雲崖。雲崖是我們村的最高峰，絕壁，我感覺到了險，很逼，但是這逼讓我激動，好像在跳板上，騰地要飛起來。

天有點陰。山綿綿的直到很遠的地方，像波浪，一浪一浪，直到看不見，迷濛濛一片。有幾隻小鳥飛了過去，不見了。那就是天堂入口吧？又好像離得不太遠，伸手搆得著。只是我的手太短，我還是個小孩。但飛總可以吧？不管怎麼說，飛過去好像不是太遠。我感覺我要飛了起來。喂！下來！趕快下來！誰在叫我？

危險！又是叫。後面有個人。我的魂整個被拉了回來。真討厭！

聽見沒有？那人仍叫，那不是小孩待的地方！掉下去屍體都找不著！回來！回來！

回來？回哪裡去？回你那兒？他披著蓑衣，手裡捏著鋤頭，衣裳破破爛爛。都活成什麼樣了啊你！

他的聲音是飄過來的。他恍若是在遙遠的地方。我們是兩個世界的人。我在上面的世界，他在下面的世界。我居高臨下俯視著他那個可憐的世界。他根本不明白我在想什麼。而且關他什麼事呢？我真想更快地跳下去，不顧三七二十一，單就為了跟他拗著幹。

可他已經衝到我的背後，拽住了我。我沒辦法了。如果來硬的，我力氣沒他大，他是大人。而且他還會告到我爹那裡去，我就會被我爹看管起來。我就只得順著他往回走。到了他的菜地旁，他撇開了我。我討厭他身上的五穀屎尿味。我忽然有一種惡毒的念頭，我想衝他喊：要加稅啦！你要沒飯吃啦！

可是我沒說。我怕他火了，把我拽到我爹那裡去。再說，稅不稅的現在跟我有什麼關係了呢？我走了。但我沒有走遠。我離開了他的視線，又觀察起別的上雲崖的路。可這時，我撞見了木頭和鐵蛋。

他們怎麼也跑到這裡了？可不能讓他們知道了。我低頭要走，他們叫我，我沒回答。他們卻追了上來。叫你呢，怎麼不答應？他們說。

我說，我沒聽見。

那現在聽見了吧？他們說，跟我們一起玩吧。

我說我不玩。

我知道了，你是還在為小黃的事生氣吧？他們說。

他們的聲音齉齉的，臉很模糊，好像我們之間隔著一層玻璃，好像已經離得很遠很遠，包括那些恩恩怨怨。很淡，很淡。一個快死的人就是這樣的吧？我跟你們沒關係，我跟你們沒關係。

木頭瞧了瞧鐵蛋，好像要鐵蛋表態。鐵蛋說，其實，我那天也沒有摸到小黃，只是把手放在小黃的上面。

胡說！我想。他的手肯定碰到小黃身上了。當時我人在外面，我見木頭和鐵蛋從屋裡出來時，鐵蛋的巴掌一張一張的。他那神情，就像後媽的孩子偷偷被媽餵了東西似的，咂著嘴巴。但我現在無所謂了。跟電腦比起來，小黃算什麼？不過是一隻小黃狗罷了。小黃狗最終還是小黃狗，玩著玩著就玩厭了，沒興趣了。

我說，沒事啦。

木頭說，你不生氣了？

不生氣。我說。

那你跟我們一起玩了？

我不玩。我說。

那你還是生氣。鐵蛋說。

不是，我說，我有事情。我說「有事情」時，忽然感到很自豪。我也有我自己的事情了。不然他們總認為只有他們有事情，我一點也不重要，他們要我怎樣就怎樣，要我玩，我就得跟他們玩。我現在可以拒絕他們了。我不求他們什麼了。

什麼事？他們問。

就是有事。我說。我當然不能跟他們說。

說嘛！他們說。

我就是不說。

說嘛說嘛，我求你了！木頭求我了。他很著急的樣子，跳跳的像憋著急尿。他也有求我的時候了。他怎麼不記得當初我是怎樣求他們的？我是怎麼急的？現在輪到你急了！我很得意。我還真想把電腦的事告訴他們。

說吧，我們一起玩。木頭又說。

這話讓我警醒。這可不妙！他們要去，就又多了搶電腦的人了。他們歷來都比我會搶。也沒什麼事。我趕忙說。

你在騙我們。他們說。

我沒有騙。我說。

你就是在騙。他們說。

我急了。騙就騙唄！又怎樣？關你們什麼事？我應：我就是不想玩，不行嗎？

他們愣了一下。大概我樣子很兇，他們從沒瞧見過。他們就軟了。行，當然行。木頭說。木頭比鐵蛋兇，他卻軟得比鐵蛋快。我們是說，你一個人玩，多不好玩啊。

我知道你還在為小黃的事生氣。鐵蛋也說。

你說什麼呀？還小黃小黃的！你們就知道小黃。你們拿這麼小小的小黃攔住我，耽擱我。已經被耽擱很久了。大道士要是醒悟過來，追上來，怎麼辦？而且，天就要黑了。我不耐煩了。我說，我沒有！我才不呢！

你瞧，你就是在生氣。木頭說。

怎麼跟他們說不明白呢？真是的！我沒有！我說。

要不我去抱小黃來給你摸。木頭又說，我馬上就去抱！

我真的不稀罕。

我馬上就去，你就在這兒等著。可是木頭說，就要拉著鐵蛋一起去。鐵蛋說，我不去，我也在這裡等。

木頭說，也好，你在這裡看著他，別讓他跑掉了！就急匆匆跑去了。

木頭的背影很快消失在草叢後面。鐵蛋忽然衝他的背影一個冷笑。別聽他的！他居然說。我很吃驚。木頭不是就跟他好嗎？小黃讓他摸，就不讓我摸。

我真的沒摸到小黃。他說。我只摸到小黃的毛的尖尖的尖尖。鐵蛋竭力比劃著，表示自己幾乎等於沒有摸到。他那樣子讓我可憐他。

木頭是世界上最小氣最小氣最小氣的小氣鬼！他又說。

我又一驚。我沒有料到他也會這麼說木頭。我一直以為他是木頭最親密的人，木頭最親密的人都反對了他，我簡直幸災樂禍。

我有個好東西給你看。鐵蛋又說，十三色蟾蜍。

十三色蟾蜍？我幾乎叫了起來。這傳說只有月宮裡才有的。

我找到了，一隻，我把牠藏在北山山洞裡。鐵蛋說。

其實不可能。月宮上的東西怎麼可能被鐵蛋捉到呢？一定是他看錯了。但我也不稀罕。這十三色蟾蜍電腦裡也一定有。可是鐵蛋仍然說：我帶你去看。

我不去。

我都沒給木頭說呢！我藏著只給你看。

真的？我瞧著他，原來他最親密的人是我！好像地下黨發現了一直隱藏在自己身邊的革命同志。我的心像剛殺的雞內臟一樣熱了起來。我感到好溫暖。好啊！我說。與其是我稀罕十三色蟾蜍，不如說是我稀罕他的情義。

其實你最大人大量了！鐵蛋又說。你有了人形何首烏都給我們看。

是啊，那次何首烏，我都給他們看。鐵蛋還記得，可見他多麼知義。

來，跟我來！鐵蛋說，就來牽我的手。我讓他牽著。我被他引著向北山走。路很難走，可是我竭力顯出走得很輕鬆的樣子。忽而又故意做出很累了，誇張地喘著大氣，為的是讓氣氛很快樂。他也張大了嘴大笑。其實我原來是更想跟木頭好的，我有點看不上鐵蛋。可是現在，我覺得我最願意跟他好。

他在前面走，我望著他背影，他很瘦。他家裡很窮。他爹就知道種田，種了交租交稅。又要加稅啦！要沒有飯吃啦！他家什麼都沒有。他的鞋子是破的。有一刻那鞋子脫落下來，我撿著了，我看到那鞋底已經穿透了。這就是我朋友的鞋！這就是我的朋友！我最好的朋友！我心裡一陣酸。我說，鐵蛋。

他扭過頭。

我不知道說什麼。

他好像想到我是要不去了。他害怕我不去，他就沒什麼好奉獻給我了。他急了。

鐵蛋，我帶你看電腦。我忽然說。我也不知道自己怎麼忽然有這主意的。

他的眼睛猛地亮了起來。好啊！可是我得先給你十三色蟾蜍看。他說。

不必了。我說。我們朋友間的……我說這話時，眼睛有點熱。

真的啊！他說，喃喃地，你真好，你真好……

他的嘴唇在發抖。我看到了，他顯得那麼可憐。我心裡一個痛。我說，是真的，咱們間，誰跟誰啊！來，跟我來！我說。

我反牽了他的手。他的手很熱，汗涔涔的，顯得更加可憐。他的手被我牽著，還有些不自在，手指躲躲閃閃的。我在心裡說，我要給他看電腦。我要讓他玩電腦！我要把最好的東西給他玩！我要讓他什麼都有！即使我沒有，也要讓他有。我要讓他先玩電腦，我自己後玩。我要無私奉獻，我心甘情願，我很舒坦。好鐵蛋，我最好的朋友，我要讓你上天堂！

我把他引到雲崖。那個討厭的大人已經走了。謝天謝地！鐵蛋你運氣可真好！我引他站到懸崖前。你看，我說，指向遠處。那裡迷迷濛濛的。

什麼也沒有啊！鐵蛋說。

你過去，就有了。我說。

怎麼過去啊？

飛過去。我說。

我不會飛。鐵蛋說。我怕！

怕什麼？怕怎麼去得了天堂！

他不吱聲了。一會兒，他還是說，我怕，我不會飛……

怎麼不會飛？我說。可我也說不出怎麼就會飛了。我和他一起待在那裡。我不知道該怎麼證明我們是會飛的。也不知過了多久，我忽然想起有一次在城裡，一個喪家家裡電視裡演過蝙蝠俠，他就會飛。

你知道蝙蝠俠嗎？我問他。

他搖頭。他當然不知道。

他就會飛。我說，張開翅膀，就能飛起來。

他猶疑地瞅著我。我急了。你飛吧！

我不會飛。他仍然說。

就這樣。我示範著，張開兩臂。

他也張開兩臂。可是他又垂了下去。我不會……

我真急了。已經很遲了。天要暗下來，路就看不清了。而且天知道還會出什麼意外的事呢，半路殺出個程咬金，比如那個攔路虎大人，比如木頭，他要回來，沒看到我們，就也會找我們的，還有大道士，說不定他已經離家出發了呢。還有我爹，他一發現我不在，也會來找我的。我們村屁大地方，村頭撒個尿就撒到村尾去了，很快就會找到我，那我就全完了。夕陽忽然出來了，血一樣的紅。但我知道，這更說明了天很快就要黑了下去。我真恨鐵蛋不開竅。沒見過世面的人就是不開竅！機會放在面前也會讓它白白失去。不行！我要替他抓住這機會。

來，我們一起飛。我想說。可是我忽然猶豫了。這不行！一起飛了，他要是再反悔，不飛了，我已經飛了，那可怎麼辦？我決定我先不飛，讓他先飛。當然我還得哄他，說我們一起飛。我說，飛啦！他站在最前面一塊懸起來的石頭上，搖搖晃晃的。

他回頭瞧我。他要是看到了我並沒有飛起，他一定再也不肯相信我了。我心一緊，趁他還沒有完全回過頭來，猛將他一推。

他不見了。一隻鳥驚叫著從下面飛了起來，飛遠了。

鐵蛋他沒有回來。我想，我也應該出發了。這時我聽見了我媽的聲音，她在喊我。

夕陽照著下面的村莊，許多屋頂在冒著炊煙。我媽在喊我吃晚飯。我聞到了炊煙味。我驀然感覺到肚子有點餓。我想媽媽。難道我就這麼撇下她自己走了？我也應該先把她送走！我得下山拉她。可是這樣就會碰到我爹，他會揍我的。那怎麼辦？而且說不定還會碰到誰呢，要是他也央我，也要上天堂，那我怎麼辦？一個還可以，可是他們要是再來一個呢？他們要是好多人呢？那就沒完沒了啦。我簡直忙不過來了。其實他們平時都待我挺好的。手忙腳亂。哎真煩！可是不管怎樣我首先得去拉我媽，你們再說啦。我這樣想著，往家裡跑去。

你破壞了我的想像力，讓我血液沸騰。我打算開始享受這一切了。

【評論】為破敗的生活作證

謝有順（名評論家）

一直以來，我都不喜歡太溫和的過日子文學，而喜歡有力的、能把對人的追問推向極致的文學。只是，多數的中國作家，都缺乏把存在推向極致的勇氣和力量，這幾乎成了中國當代文學的精神大限。只有個別的作家，能夠在今天這個消費主義的話語叢林裡保持必要的警惕，保持一個向存在發問的姿態。陳希我就是這樣的作家之一，《冒犯書》就是這樣的作品。

《冒犯書》能讓我們這些日漸疲憊的閱讀靈魂，重新意識到文字的力量——確實，陳希我的小說是有骨頭、有力度的；許多時候，為了使自己的小說「骨感」更為顯著，他甚至來不及為自己的敘事添加更多的肌理和血肉，而直接就將生存的粗線條呈現在了讀者的面前。所以，閱讀陳希我的小說，你會為他的尖銳和突兀而感到不舒服，他似乎太狠了，不給生活留任何情面，並將生活的一切掩飾物全部撕毀，但他的確讓我們看到了生活的破敗，一種難以挽回的破敗。

陳希我試圖在自己的寫作中，接續上逼視存在、書寫破敗的文學傳統。他把我們貌似平常的生活推到存在的聚光燈下，從而使生活中的荒謬、匱乏與絕望悄悄顯形。這樣的寫作姿態是獨特的，也是有點不合時宜的。當慾望和消費日益成為新的時代意志，誰還在關心存在？誰還在堅持揭發存在本身的疾病？又有誰還在傾聽這些存在的私語以及作家對生活的抗議？這或許正是陳希我的不同凡響之處：他沒有像一般的年輕作家那樣，熱中於講述消費主義的慾望故事，他關注存在，關注平常的生活內部顯露出的存在危機。所以，陳希我的小說，一開始總是從一個平常的人或事件入手，但在那束潛在的存在眼光的打量下，人物和事件很快就改變了它原先的邏輯和演變方向，轉而向存在進發。我以為，他這種將事件向存在轉化的能力，在當代作家中是並不多見的。

讀陳希我的小說總令我想起卡夫卡。卡夫卡說：「和每日世界直接的聯繫剝奪了我看待事物一種廣闊的眼光，好像我站在一個深谷的底部，並且頭朝下。」確實，卡夫卡的作品，在他那個時代具有一種「頭朝下」的品質——他對文學和存在的理解，與固有的傳統觀念是正好相反的。讓我感到驚異的是，陳希我的寫作居然也完全無視當下文學的流行面貌，而採取「頭朝下」的特殊方式來書寫現代人的存在境遇。比如《冒犯書》的第三章〈補腎〉，寫的是一對表面上恩愛有加的夫妻，過著丈夫獨自自慰，然後用手給其妻子滿足的性愛生活；而那個妻子，居然認可了這種生活，她要做的就是不停地給丈夫補腎。她見補就買，而且因為自己的經濟能力總能毫不費力地買到那些補物，她開始對補物的補效產生了懷疑。最後，他給丈夫買了人腎。這個血腥的細節讓人想起魯迅〈藥〉中的人血饅頭。魯迅筆下的人血饅頭沾的是革命烈士的血，而〈補腎〉中的活腎卻是從被社會深惡痛絕的被槍決的黑社會頭目身上盜割來的——這裡面，蘊含著比「人血饅頭」更大的荒謬。在陳希我筆下，一切的價值觀念都顛倒了，他決意要讓我們看到亂世之下的人心，正如他自己在一篇文章中所說的：文學就是要關注人心，關注我們靈魂中黑暗的盲點。

陳希我的小說，與當下文壇萎靡瑣碎的風氣是大不相同的，它裡面有股狠勁，迫使著我們不得不去關注存在的本相。因此，讀《冒犯書》需要有堅強的神經：一對小戀人為了能夠有實質性交媾，千方百計合謀，讓女方欽定的未婚夫先破了處女膜（第一章《曬月亮》）；一場玩笑居然引發出搶劫的妄想（第二章《暗示》）；假如我們的身體沒有一種抑制感覺的物質，我們是不是每時每刻都會感覺神經的抽動，血管的奔流，我們一刻也活不下去（第五章《我疼》）；假如把種種私有生活場景（包括上衛生間前後撩衣襬、在化妝時擠眉弄眼、翻看自己的內牙齦……）完全展示在我們面前，我們將如何再面對這個世界？……

這樣的文字，像是在揭發生活的隱痛和傷疤。當那些外面的飾物被除去，顯露在我們視野裡的，其實是一片難堪的景象——生活是禁不起追問的，可作家的使命，不正是要持續、堅定地追問生活底下那個精神的核心嗎？存在的真相，常常隱匿在經驗的叢林裡，不經過追問和逼視，它永遠也不會顯形。因此，陳希我的小說，並不是按照經驗的邏輯來設計的，他遵循的是存在的邏輯，他所要描述的也是存在的圖景。比如，同樣是寫「不幸」，一些作家可能就流於展示艱難或殘忍的生活場景，把「不幸」理解為遭遇上的苦難，但陳希我筆下的「不幸」，因著他有沈潛於生活底部的能力，這個「不幸」就不僅是遭遇上的苦難，也是存在論意義上的苦難；同樣是寫慾望，一些作家可能滿足於展示慾望的細節，把放大的慾望合法化，以此來理解現代人生存的變化，但陳希我卻把從人的本性上說往往不可能去征服的慾望，理解為我們肉身的沈重，靈魂的殘疾，他通過慾望所要書寫的是我們的大絕望。

《冒犯書》走的是一條極致化的寫作道路。它的尖銳和堅決，旨在喚醒我們對自身生存境遇的敏感和覺悟。陳希我似乎在說，當麻木、變態成了一種時代病，我們唯一的拯救就在於恢復對生命的真實感受，恢復一種精神的痛感，並重新找回存在的座標。

【後記】一個作家的誕生

這本書裡小說，寫作時間跨度很長。最早的〈曬月亮〉寫於一九九八年。當時無處發表，就發表在網路文學雜誌〈橄欖樹〉上，用的是〈一九一一年的陰謀〉的標題。類似經歷的還有〈暗示〉（原名為〈去偷，去搶〉）、〈補腎〉（原名為〈我的補腎生活〉）、〈我疼〉。感謝網路，讓我發表作品，雖然在當時，在網路上發表作品的只是被稱作「網路作家」，甚至是「網路寫手」，但能讓大家看我的作品，已經十分值得慶幸了。至於是不是「作家」，是有作品而「作家」，還是沒作品卻「作家」，讀者自有評說吧。

從那上溯十八年，我還連作品都發表不了。那時我十七歲，一個大學中文系學生，一次寫作課交作業，我交了一篇小說〈墳墓〉。當時的任課老師孫紹振看了，大為驚異：一個十七歲的孩子，怎麼竟寫出如此黑暗來？當時他並不認識我，我印象深刻的是，某天一個同學來找我，說孫老師讓我去找他。當時孫老師已經因〈新的美學原則在崛起〉而聲名大振，在我們心目中簡直是只能仰視的大人物。我記得我是忐忑不安地走向他所住的校園內一間簡易的房間的。我看到了他在我小說後面密密麻麻寫上的幾乎一張的評語。他拿給我一疊五百格的福建作家協會的稿紙，讓我把小說抄正，他要拿去推薦發表。那時候他到哪裡就力薦我，後來人們回憶說，我的名字當時幾乎成了他的「關鍵字」。他甚至說我「天生就是一個作家」。我頓覺自己的前方打開了一扇通往作家的大門。

但是孫老師的推薦並沒有取得成果。我的小說一篇也沒有發表出去。其間有些編輯給了修改意見，比如加個「光明的尾巴」，或者索性把事件背景移到海外、「水深火熱」的臺灣什麼的。我一口拒絕了，寧可不發表。甚至還斥責對方。當時所以那麼狂，一方面是該死地學了些文學理論知識，一方面也因為，我年輕，更具體地說，我覺得我耗得起，即使耗它十年，我也不到許多大作家第一次發表作品的年齡。在我看來，十年是夠奢侈的了。不料一耗卻是二十年。

我不知道這二十年裡，即使是孫老師，也是否還堅信我會成為作家，我周圍的絕大多數人是不信了，在他們眼裡，我只是屢試不第的範進，不合時宜的孔乙己。這二十年，多少人都改做別的行當了，我卻仍然寫著，即使流落到了國外，也還在做著文學夢，最終不顧一切跑回來寫作。現在有人說我有恆心，有毅力，其實哪裡是？與其說是毅力，不如說是賴皮勁；與其說是恆心，不如說是無奈——我不能再幹別的什麼。無數次衝鋒，潰敗，喝點酒，嚎幾聲，睡一覺，又好了傷疤忘了疼了，再上。循環往復，如此而已。

其實那時不被接受，也屬正常。即使是孫老師，也不是完全被接受的，即使認可他的，也覺得他具有危險性，他很快遭到了批判。我這麼一個讓具有「危險性」、必須被批判的孫老師都驚駭的人，更怎麼可能被容納？這種情況直到跨世紀，才有了改變。這當然有著偶然的因素，但是也應該承認，世界潮流浩浩盪盪，中國的生態環境變了。

訂下這個標題，是想到格里菲斯的〈一個國家的誕生〉。把「誕生」一詞放在我個人身上，也許大詞小用，但是這與其說是我這單個作家的經歷，不如說是許多中國當代作家的經歷，乃至中國文學新時期以來的某方面歷程。

兩年前，在一次筆會上見到小說家馬原，他驚訝說以為我是「七〇後」的。我想是從我作品裡產生的印象吧。早年讀舒婷詩：「要使血不這樣奔流，憑二十四歲的驕傲顯然不夠。」血顯然是年輕人的紅袖標。但是馬原也沒有錯，這二十多年來，我的風格基本沒有改變，現在我這麼寫，在我十七歲時，就已經這麼寫了。不同的是，社會包容了。當然包容畢竟還是相對的，我的作品在發表出版時，還必須做處理，我的書稿還總是要在多個出版社或書商間輾轉，包括這本書，本來是十篇，現在成了九篇，撤下了〈遮蔽〉（網路上發表時名為〈我愛我媽〉）（注：此為人民文學出版社所出版的簡體字版）。我被承認的，只是某些方面，我這個作家，也只對應於某些作品而言。

這篇後記寫還是不寫，心中一直彷徨。因為它是記錄真相的文字，但如果寫的是真，可能又不被採用；而寫的是假，又失去了它的意義。今天早上，忽然就寫起來了。還是寫得遮遮掩掩。寫完，打開網路，猛然看到德國漢學家顧彬責難中國文學的報導。他說中國當代文學是垃圾，中國作家膽子特別小。我愣了半晌：我在不在他所說的「作家」的行列？

在與不在，在自己。

——原載於人民文學出版社出版的《冒犯書》

AQUARIUS

寶瓶文化叢書目錄

寶瓶文化事業有限公司
地址：台北市110信義區基隆路一段180號8樓
電話：(02) 27463955
傳真：(02) 27495072 劃撥帳號：19446403
※如需掛號請另加郵資40元

Island

有詩、有小說、有散文

系列 書號	書名	作者	定價
I045	我城	蔡逸君	NT$220
I046	靜止在——最初與最終	袁哲生	NT$350
I047	13樓的窗口	古嘉	NT$240
I048	傷疤引子	高翊峰	NT$220
I049	佛洛伊德先生的帽子	娜塔・米諾著　胡引玉譯	NT$180
I050	白色城市的憂鬱	何致和	NT$330
I051	苦天使	廖偉棠	NT$250
I052	我的異國靈魂指南	莫夏凱	NT$250
I053	台北客	李志薔	NT$220
I054	水鬼學校和失去媽媽的水獺	甘耀明	NT$250
I055	成為抒情的理由	石計生	NT$230
I056	紅X	李傻傻	NT$280
I057	戰爭魔術師	大衛・費雪著　何致和譯	NT$390
I058	好黑	謝曉虹	NT$220
I059	封城之日	郭漢辰	NT$230
I060	鴉片少年	陳南宗	NT$230
I061	隔壁的房間	龔萬輝	NT$210
I062	抓癢	陳希我	NT$350
I063	一個人生活	董成瑜著　王孟婷繪	NT$230
I064	跟我一起走	蔡逸君	NT$240
I065	奔馳在美麗的光裡	高翊峰	NT$250
I066	退稿信	安德烈・柏納編　陳榮彬譯寫	NT$280
I067	巴別塔之犬	卡洛琳・帕克斯特 著　何致和譯	NT$280
I068	被當作鬼的人	李傻傻	NT$250
I069	告別的年代	張清志	NT$230
I070	浴室	讓—菲利蒲・圖森著　孫良方・夏家珍譯	NT$220
I071	先生	讓—菲利蒲・圖森著　孫良方・夏家珍譯	NT$220
I072	照相機	讓—菲利蒲・圖森著　孫良方・夏家珍譯	NT$220
I073	馬戲團離鎮	Wolf(臥斧)　伊卡魯斯繪	NT$230
I074	屠夫男孩	派屈克・馬克白　余國芳譯	NT$300
I075	喊山	葛水平	NT$240
I076	少年邁爾斯的海	吉姆・林奇著　殷麗君譯	NT$290
I077	魅	陳育虹	NT$350
I078	人呢，聽說來了？	王祥夫	NT$240
I079	清晨校車	龔萬輝	NT$230
I080	伊甸園的鸚鵡	卡洛琳・帕克斯特著　張琰譯	NT$320
I081	做愛	讓—菲利蒲・圖森著　余中先譯	NT$230
I082	冒犯書	陳希我	NT$360

Island

有詩、有小說、有散文

系列 書號	書名	作者	定價
I001	寂寞之城	文/黎煥雄　圖/幾米	NT$240
I002	倪亞達1	文/袁哲生　圖/陳弘耀	NT$199
I003	日吉祥夜吉祥——幸福上上籤	黃玄	NT$190
I004	北緯23.5 度	林文義	NT$230
I005	你那邊幾點	蔡明亮	NT$270
I006	倪亞達臉紅了	文/袁哲生　圖/陳弘耀	NT$199
I007	迷藏	許榮哲	NT$200
I008	失去夜的那一夜	何致和	NT$200
I009	河流進你深層靜脈	陳育虹	NT$270
I010	倪亞達fun暑假	文/袁哲生　圖/陳弘耀	NT$199
I011	水兵之歌	潘弘輝	NT$230
I012	夏日在他方	陳瑤華	NT$200
I013	比愛情更假	李師江	NT$220
I014	賤人	尹麗川	NT$220
I015	3號小行星	火星爺爺	NT$200
I016	無血的大戮	唐捐	NT$220
I017	神秘列車	甘耀明	NT$220
I018	上邪!	李崇建	NT$200
I019	浪—一個叛國者的人生傳奇	關愚謙	NT$360
I020	倪亞達黑白切	文/袁哲生　圖/陳弘耀	NT$199
I021	她們都挺棒的	李師江	NT$240
I022	夢@屠宰場	吳心怡	NT$200
I023	再舒服一些	尹麗川	NT$200
I024	北京夜未央	阿美	NT$200
I025	最短篇	主編/陳義芝　圖/阿推	NT$220
I026	捆綁上天堂	李修文	NT$280
I027	猴子	文/袁哲生　圖/蘇意傑	NT$200
I028	羅漢池	文/袁哲生　圖/陳弘耀	NT$200
I029	塞滿鑰匙的空房間	Wolf(臥斧)	NT$200
I030	肉	李師江	NT$220
I031	蒼蠅情書	文/陳瑤華　圖/陳弘耀	NT$200
I032	肉身蛾	高翊峰	NT$200
I033	寓言	許榮哲	NT$220
I034	虛構海洋	嚴立楷	NT$170
I035	愛情6p	網路6p狼	NT$230
I036	十八條小巷的戰爭遊戲	廖偉棠	NT$210
I037	畜生級男人	李師江	NT$220
I038	以美人之名	廖之韻	NT$200
I039	虛杭坦介拿查影	夏沁罕	NT$270
I040	古嘉	古嘉	NT$220
I041	索隱	陳育虹	NT$350
I042	海豚紀念日	黃小貓	NT$270
I043	雨狗空間	臥斧	NT$220
I044	長得像夏卡爾的光	李進文	NT$250

Vision

給你新的視野，也給你成功的典範

系列	書號	書名	作者	定價
Vision	V001	向前走吧	羅文嘉	NT$250
	V002	要贏趁現在——總經理這麼說	邱義城	NT$250
	V003	逆風飛舞	湯秀璸	NT$260
	V004	失業英雄	楊基寬．顧蘊祥	NT$250
	V005	19歲的總經理	邱維濤	NT$240
	V006	連鎖好創業	邱義城	NT$250
	V007	打進紐約上流社會的女強人	陳文敏	NT$250
	V008	御風而上——嚴長壽談視野與溝通	嚴長壽	NT$250
	V009	台灣之新——三個新世代的模範生	鄭運鵬、潘恆旭、王莉茗	NT$220
	V010	18個酷博士@史丹佛	劉威麟、李思萱	NT$240
	V011	舞動新天地——唐雅君的健身王國	唐雅君	NT$250
	V012	兩岸執法先鋒——大膽西進，小心法律	沈恆德、符霜葉律師	NT$240
	V013	愛情登陸計畫——兩岸婚姻A-Z	沈恆德、符霜葉律師	NT$240
	V014	最後的江湖道義	洪志鵬	NT$250
	V015	老虎學——賴正鎰的強者商道	賴正鎰	NT$280
	V016	黑髮退休賺錢祕方——讓你年輕退休超有錢	劉憶如	NT$210
	V017	不一樣的父親，A+的孩子	譚德玉	NT$260
	V018	超越或失控——一個精神科醫師的管理心法	陳國華	NT$220
	V019	科技老爸，野蠻兒子	洪志鵬	NT$220
	V020	開店智慧王	李文龍	NT$240
	V021	看見自己的天才	盧蘇偉	NT$250
	V022	沒有圍牆的學校	李崇建．甘耀明	NT$230
	V023	收刀入鞘	呂代豪	NT$280
	V024	創業智慧王	李文龍	NT$250
	V025	賞識自己	盧蘇偉	NT$240
	V026	美麗新視界	陳芸英	NT$250
	V027	向有光的地方行去	蘇盈貴	NT$250
	V028	轉身——蘇盈貴的律法柔情	蘇盈貴	NT$230
	V029	老鼠起舞，大象當心	洪志鵬	NT$250
	V030	別學北極熊——創業達人的7個特質和5個觀念	劉威麟	NT$250
	V031	明日行銷——左腦攻打右腦2	吳心怡	NT$250
	V032	十一號談話室——沒有孩子「該」聽話	盧蘇偉	NT$260
	V033	菩曼仁波切——台灣第一位轉世活佛	林建成	NT$260
	V034	小牌K大牌	黃永猛	NT$250
	V035	1次開店就成功	李文龍	NT$250
	V036	不只要優秀——教養與愛的27堂課	盧蘇偉	NT$260
	V037	奔向那斯達克——中國簡訊第一人楊鐳的Roadshow全記錄	康橋	NT$240
	V038	七千萬的工作	楊基寬	NT$200
	V039	滾回火星去——解決令你抓狂的23種同事	派崔克．布瓦＆傑羅姆．赫塞 林雅芬譯	NT$220
	V040	行銷的真謊言與假真相——吳心怡觀點	吳心怡	NT$240
	V041	內山阿嬤	劉賢妹	NT$240
	V042	背著老闆的深夜MSN對談	洪志鵬	NT$250
	V043	LEAP！多思特的不凡冒險 ——一段關於轉變、挑戰與夢想的旅程	喬那森．柯里翰 余國芳譯	NT$230

Vision

給你新的視野，也給你成功的典範

系列 書號	書名	作者	定價
V044	陪你去環島——一個父親送給兒子的畢業禮物	盧蘇士．盧蘇偉	NT$240
V045	主播遇見CEO	蕭裔芬	NT$250
V046	看見孩子的叛逆	盧蘇偉	NT$240
V047	捧著企管書的豬老闆	坎尼斯．塔克＆凡達娜．歐曼 胡引玉譯	NT$200
V048	移動的學校——體制外的學習天空	李崇建著	NT$280
V049	老店翻新大作戰	好鄰居文教基金會著	NT$240
V050	盲鬥士——柯燕姬傳奇	陳芸英	NT$250
V051	看見男人——搞定你的老公與兒子	盧蘇偉	NT$250
V052	一個癌症媽咪給兒子的遺書	夏學曼	NT$250
V053	鮮活人生——小故事，妙管理	李錫津	NT$260
V054	搶先佈局十年後——2017華人未來地圖	劉威麟	NT$250
V055	這就是我的堅持——楊基寬與104傳奇	楊基寬．顧蘊祥	NT$250
V056	愛會傷人——寫給父母的內心話	盧蘇偉	NT$260
V057	囚室之春	施明德	NT$360
V058	盲眼媽媽一顆心	薛以柔	NT$240
V059	飛行少年——一輪千里環台挑戰	盧蘇偉．莊忠勳	NT$290
V060	道德——幸福的必要條件	林火旺	NT$280
V061	Money Game——金錢遊戲	吳均龐．劉永毅	NT$280
V062	趙老大玩癌症	趙慕嵩	NT$250
V063	所以，我愛上了狗	曹燕婷	NT$210
V064	蔡國南的金生金飾	蔡國南．陳芸英	NT$280

系列	書號	書名	作者	定價
Enjoy 搶先給你最嗆、最in的生活資訊	E001	夏禕的上海菜	夏禕	NT$229
	E002	黑皮書——逆境中的快樂處方	時台明	NT$200
	E003	告別經痛	吳珮琪	NT$119
	E004	平胸拜拜	吳珮琪	NT$119
	E005	擺脫豬腦袋——42個讓頭腦飛躍的妙點子	于東輝	NT$200
	E006	預約富有的愛情	劉憶如	NT$190
	E007	一拍搞定——金拍銀拍完全戰勝手冊	聯合報資深財經作者群	NT$200
	E008	打造資優小富翁	蔣雅淇	NT$230
	E009	你的北京學姊	崔慈芬	NT$200
	E010	星座慾望城市	唐立淇	NT$220
	E011	目擊流行	孫正華	NT$210
	E012	八減一大於八——大肥貓的生活意見	于東輝	NT$200
	E013	都是愛情惹的禍	湯靜慈	NT$199
	E014	邱維濤的英文集中贏	邱維濤	NT$250
	E015	快樂不怕命來磨	高愛倫	NT$200
	E016	孩子，我要你比我有更有錢途	劉憶如	NT$220
	E017	一反天下無難事	于東輝	NT$200
	E018	Yes，I do——律師、醫師與教授給你的結婚企劃書	現代婦女基金會	NT$200
	E019	給過去、現在、未來的科學小飛俠	鍾志鵬	NT$250
	E020	30歲以前拯救肌膚大作戰——最Hito的藥妝保養概念	邱琬婷	NT$250
	E021	擺脫豬腦袋2	于東輝	NT$200
	E022	給過去、現在、未來的科學小飛俠（修訂版）	鍾志鵬	NT$250
	E023	36計搞定金龜婿	方穎	NT$250
	E024	我不要一個人睡！	蘇珊・夏洛斯伯 莊靖譯	NT$250
	E025	睡叫也能瘦！——不思議的蜂蜜減肥法	麥克・麥克尼等 王秀婷譯	NT$250
	E026	瘋妹不要不要仆街	我媽叫我不要理她	NT$230
catcher	C01	基測作文大攻略——25位作文種子老師給你的戰鬥寶典	25位作文種子老師合著／聯合報教育版策劃	NT$280
	C02	菜鳥老師和學生的交換日記	梁曙娟	NT$220
	C03	新聞中的科學——大學指考搶分大補帖	聯合報教育版企劃撰文	NT$330
	C04	給長耳兔的36封信——成長進行式	李崇建著 辜筱茜繪	NT$240
	C05	擺脫火星文——縱橫字謎	15位國中作文種子老師合著	NT$300
	C06	放手力量大	丘引	NT$240
	C07	讓孩子像天才一樣的思考	貝娜德・泰南 李弘善譯	NT$250
	C08	關鍵教養○至六	盧蘇偉	NT$260
	C09	作文找碴王	十九位國中國文菁英教師合著 聯合報教育版策劃	NT$260
	C10	新聞中的科學2——俄國間諜是怎麼死的？	聯合報教育版策劃撰文	NT$330
	C11	態度是關鍵——預約孩子的未來	盧蘇偉	NT$260

系列	書號	書名	作者	定價
High	H001	阿貴讓我咬一口	阿貴	NT$180
	H002	阿貴趴趴走	阿貴	NT$180
	H003	淡煙日記	淡煙	NT$220
	H004	幸福森林	林嘉翔	NT$239
	H005	小呀米大冒險	火星爺爺、谷靜仁	NT$199
	H006	滿街都是大作家	馬瑞霞	NT$170
	H007	我發誓,這是我的第一次	盧郁佳、馮光遠等	NT$170
	H008	黑的告白	圖／夏樹一　文／沈思	NT$199
	H009	誰站在那裡	圖／夏樹一　文／沈思	NT$220
	H010	黑道白皮書	洪浩唐、馮光遠等	NT$200
	H011	3顆許願的貓餅乾	圖／阿文．文／納萊	NT$299
	H012	大腳男孩	圖．文／JUN	NT$250
壹詩歌	001	壹詩歌創刊號	壹詩歌編輯群	NT$280
	002	壹詩歌創刊2號	壹詩歌編輯群	NT$280
Pure	P001	天使之城——阿使的孤單	流氓．阿德	NT$220
	P002	天使之城——小天的深情	李性蓁	NT$220
	P003	天堂之淚	張永智	NT$270
	P004	不倫練習生	許榮哲等	NT$200
	P005	男灣	墾丁男孩	NT$210
	P006	10個男人，11個壞	發條女	NT$220
賀賀蘇達娜	001	賀賀蘇達娜1——殺人玉	吳心怡	NT$149
	002	賀賀蘇達娜2——二十二門	吳心怡	NT$230
	003	賀賀蘇達娜3——接龍	吳心怡	NT$230
	004	賀賀蘇達娜4——瓜葛	吳心怡	NT$220
	005	賀賀蘇達娜5——喜禍	吳心怡	NT$200
	006	賀賀蘇達娜6——戰	吳心怡	NT$220
	007	賀賀蘇達娜7——弄玄虛（最終回）	吳心怡	NT$220

High：在這裡。最具話題的全都集中最流行、最合乎潮流、

壹詩歌：傳統繼承與前衛造反並俱。詩與跨媒介的新浪潮，

國家圖書館預行編目資料

冒犯書／陳希我作. -- 初版. -- 臺北市：寶瓶文化, 2007［民96］
面； 公分. --(island；82)

ISBN 978-986-7282-91-0(平裝)

857.7 96007088

island 082

冒犯書

作者／陳希我

發行人／張寶琴
社長兼總編輯／朱亞君
主編／張純玲
編輯／羅時清
外文主編／簡伊玲
美術設計／林慧雯
校對／張純玲・陳佩伶・余素維
企劃主任／蘇靜玲
業務經理／盧金城
財務主任／趙玉雯 業務助理／彭博盈
出版者／寶瓶文化事業有限公司
地址／台北市110信義區基隆路一段180號8樓
電話／(02)27463955 傳真／(02)27495072
郵政劃撥／19446403 寶瓶文化事業有限公司
印刷廠／世和印製企業有限公司
總經銷／聯經出版事業公司
地址／台北縣汐止市大同路一段367號三樓 電話／(02)26422629
E-mail／aquarius@udngroup.com

法律顧問／理律法律事務所陳長文律師、蔣大中律師

著作完成日期／二〇〇五年一月
初版一刷日期／二〇〇七年五月十一日
ISBN／978-986-7282-91-0
定價／三六〇元

AQUARIUS 寶瓶文化事業

愛書人卡

感謝您熱心的為我們填寫，

對您的意見，我們會認真的加以參考，

希望寶瓶文化推出的每一本書，都能得到您的肯定與永遠的支持。

系列：I082　書名：冒犯書

1. 姓名：＿＿＿＿＿＿＿＿　性別：□男　□女

2. 生日：＿＿＿年＿＿＿月＿＿＿日

3. 教育程度：□大學以上　□大學　□專科　□高中、高職　□高中職以下

4. 職業：＿＿＿＿＿＿＿

5. 聯絡地址：＿＿＿＿＿＿＿＿＿＿＿＿＿＿＿＿＿＿＿＿＿＿＿

   聯絡電話：(日)＿＿＿＿＿＿＿＿(夜)＿＿＿＿＿＿＿＿

   (手機)＿＿＿＿＿＿＿＿

6. E-mail信箱：＿＿＿＿＿＿＿＿＿＿＿＿＿＿＿

7. 購買日期：＿＿年＿＿月＿＿日

8. 您得知本書的管道：□報紙／雜誌　□電視／電台　□親友介紹　□逛書店　□網路

   □傳單／海報　□廣告　□其他

9. 您在哪裡買到本書：□書店，店名＿＿＿＿＿　□劃撥　□現場活動　□贈書

   □網路購書，網站名稱：＿＿＿＿＿＿　□其他＿＿＿＿＿

10. 對本書的建議：(請填代號　1.滿意　2.尚可　3.再改進，請提供意見)

    內容：＿＿＿＿＿＿＿＿＿＿＿＿＿＿

    封面：＿＿＿＿＿＿＿＿＿＿＿＿＿＿

    編排：＿＿＿＿＿＿＿＿＿＿＿＿＿＿

    其他：＿＿＿＿＿＿＿＿＿＿＿＿＿＿

    綜合意見：＿＿＿＿＿＿＿＿＿＿＿＿＿＿＿＿＿＿＿＿＿＿＿＿＿＿＿＿

11. 希望我們未來出版哪一類的書籍：＿＿＿＿＿＿＿＿＿＿＿＿＿＿

讓文字與書寫的聲音大鳴大放

寶瓶文化事業有限公司

(請沿此虛線剪下)

1P056
32K

廣　告　回　函
北區郵政管理局登記
證北台字15345號
免貼郵票

寶瓶文化事業有限公司　收

110台北市信義區基隆路一段180號8樓

8F,180 KEELUNG RD.,SEC.1,

TAIPEI,(110)TAIWAN R.O.C.

（請沿虛線對折後寄回，謝謝）